Les Douze Crimes d'Hercule

Paul Halter

Les Douze Crimes d'Hercule

ÉDITIONS DU MASQUE

Pour François.

PROLOGUE

Pourquoi faisait-il si chaud dans la pièce rouge ?

Pourquoi le « dragon bleu » la regardait-il avec tant d'hostilité ? D'ordinaire, il se contentait de flotter au-dessus d'elle, de se mouvoir légèrement au plafond, derrière les méandres de fumée. Menaçant, certes, mais pas plus qu'un autre dragon. Or, à présent, il semblait nourrir une vive animosité à son endroit. Son corps bleu et luisant se lovait fébrilement, en émettant d'inquiétants petits sifflements, comme s'il ne refrénait qu'à grand-peine sa fureur. Il déroulait ses anneaux à l'infini et ses yeux fous brillaient partout, à chaque coin du plafond, comme ceux d'une hydre maléfique multipliant ses têtes à volonté...

Depuis plusieurs semaines, plusieurs mois même, la jeune femme était régulièrement terrassée par cette vision, ce cauchemar... D'une manière générale, sa crainte des dragons n'était pas plus développée que chez la plupart de ses semblables. Elle se limitait à de vagues souvenirs de lecture, telles ces créatures monstrueuses ayant hanté les contes de fées de notre enfance. Cependant, quelques années auparavant, elle avait consulté une astrologue chinoise lors d'une kermesse paroissiale dans son village. Elle devait avoir 14 ou 15 ans et était incidemment entrée dans la tente de la vieille femme, qui l'avait plusieurs fois mise en garde au cours de leur entretien : « *Méfiez-vous du dragon... Il exerce sur vous une influence très néfaste... Évitez-le à tout prix... Pour vous, sa seule vue peut être un présage funeste...* »

De quelle sorte de dragon s'agissait-il ? D'un véritable monstre ? D'une idole aux pouvoirs néfastes ? D'une personne vindicative née sous ce signe astral ? Cette dernière hypothèse semblait la plus probable, puisque la vieille femme était versée dans cette science. Mais hélas, elle n'avait pas été suffisamment précise pour qu'elle pût en avoir la certitude...

La jeune femme n'avait jamais oublié cette ancienne mise en garde contre les dragons, sans doute à cause de son caractère flou. Quoi qu'il en soit, ce n'était pas ce « dragon bleu » qui présentait l'aspect le plus effrayant de son mauvais rêve. Certes, il s'agissait d'une créature résolument hostile, sans doute de mauvais augure, mais sa silhouette semblait bien anodine par rapport à l'autre, celle qui se mouvait sur le fond cramoisi de la pièce...

Elle, elle respirait la mort, la mort inéluctable, malgré son sourire angélique. *Elle,* c'était une créature bien humaine et qui n'avait physiquement rien de repoussant. Bien au contraire. Quelle jeune fille, d'ailleurs, n'aurait pas été sensible au charme de ce grand jeune homme blond, d'allure sportive, au visage séduisant et au sourire juvénile ? Il avait une voix posée, chaleureuse et bien timbrée. On avait naturellement confiance quand il parlait. Une fois de plus, il s'imposa dans l'esprit tourmenté de la jeune femme :

— *Viens, ma chérie, n'aie crainte... Tout se passera bien...*

Toujours souriant, il levait ses bras musclés en un mouvement coulé et approchait ses mains puissantes du cou de la jeune femme. Elle déglutit à plusieurs reprises mais ne recula pas. Un frisson de mort la parcourut quand elle sentit le contact soyeux de ses doigts sur sa peau. Lentement, ils descendaient le long de sa gorge, chauds et caressants comme du velours...

— *Oui, je dois le faire, tu le sais bien... Tu dois mourir !*

À ce moment-là, tout devenait flou autour d'elle. La moiteur ambiante se faisait plus oppressante, et elle n'était plus maîtresse de ses pensées. Elle était alors incapable de dire si elle *devait* ou *ne devait pas* mourir. Les murs de la pièce tanguaient, le « dragon bleu » continuait de se mouvoir au milieu des épaisses volutes rougeâtres. Il la fixait d'un regard torve, qui contrastait nettement avec le sourire serein du jeune homme, dont elle sentait l'haleine tiède. Soudain, ses mains se resserrèrent brutalement autour de sa gorge. Elle ressentit une douleur diffuse qui s'intensifia rapidement. Des mains d'acier lui broyaient le cou, devenu brûlant comme si on l'avait forcée à boire du métal en fusion. Elle essaya de se débattre... En vain. Elle n'était pas de taille à opposer la moindre résistance au jeune athlète. « *Non, arrête ! Je ne veux pas !* » aurait-elle voulu hurler. Mais elle n'était plus en mesure de prononcer le moindre son. Le jeune homme, sans lâcher prise, psalmodiait :

— *Tu dois mourir... Il le faut, c'est nécessaire... C'est écrit...*

I

LE TAUREAU DE CRÈTE

1

Récit d'Achille Stock

Londres, St James's Square, mars 1917

Quand Owen déposa son journal, je compris que sa lecture l'avait passablement intrigué. Le fait était si rare, ces temps-ci, qu'il méritait d'être signalé. D'habitude, il jetait au loin sa gazette après avoir brièvement pris connaissancc dcs nouvelles du jour, avec une indifférence proche du mépris, comme si les quelques feuilles de papier représentaient à elles seules le reste de l'univers, un monde de trivialité et de misère intellectuelle, situé à des années-lumière de sa perception particulière de l'Art, et en fait de sa propre personne, à propos de laquelle il n'hésitait pas à exprimer de vive voix son sentiment : « Je me sens toujours pris d'un merveilleux vertige quand je me penche au-dessus de l'abîme qui me sépare du commun des mortels. C'est follement grisant et cela me réconcilie avec la vie... »

Quand il se laissait aller à ce genre de confidences, c'était en général qu'il traversait une période de spleen profond, elle-même tributaire de la faible activité criminelle sévissant dans le royaume. Critique d'art de son état, Owen Burns consacrait davantage de temps à traquer la beauté dans le monde du crime que dans les expositions d'œuvres d'art. Il professait que l'exécution d'un meurtre parfait, selon le talent de l'« artiste » et le soin apporté à l'ouvrage, pouvait receler plus de poésie qu'une œuvre littéraire. Mais à son plus grand regret, il devait avouer que les assassins de cette trempe se faisaient aussi rares que les hommes compétents au gouvernement, si bien qu'il n'hésitait pas à prêter main-forte à Scotland Yard lorsque la célèbre police butait sur quelque cas inextricable. Pour rien au monde, il n'aurait voulu passer à côté du « merveilleux spectacle » offert par l'assassin-artiste. De leur côté, les policiers prisaient son assistance, qui se révélait toujours bénéfique. Sa science de la détection surclassait celle des meilleurs inspecteurs. À plusieurs reprises, Owen Burns avait fait la démonstration de son incommensurable talent, notamment lors de l'étonnante affaire du *Roi du désordre*, ou celle plus singulière encore des *Sept Merveilles du crime*[1]. Deux années seulement s'étaient écoulées depuis cette dernière enquête, et je crois bien que l'éclaircissement de ce cas hors du commun coïncidait avec cette lente et progressive apathie dans laquelle mon ami s'était enlisé ces temps-ci.

Avec une amertume teintée de regret, je songeais à cette tragédie tout en guettant mon ami du coin de l'œil. Il devait également y penser et se dire que plus jamais, sans doute, il ne serait mêlé à un cas aussi complexe, confronté à un criminel aussi brillant, aussi incroyablement adroit et ingénieux. Avec *Les Sept Merveilles du crime,* l'art de tuer son prochain semblait avoir trouvé la plénitude de son expression, atteint un degré insurpassable... ce en quoi nous nous trompions.

---

1. *Voir* Le Roi du désordre, *Le Masque n° 2338.*

L'affaire au seuil de laquelle nous nous trouvions allait, hélas, se révéler plus grandiose encore, et plus sinistre aussi. Pourtant, à ce moment-là, rien ne semblait le présager. Mon ami m'avait offert le thé dans son logement de St James's Square, par une triste et humide fin d'après-midi. Dans un silence presque sépulcral, nous vivions une des dernières journées d'hiver de cette année, et la vie londonienne languissait, comme le jour déclinant qui n'éclairait qu'à grand-peine le salon où nous nous trouvions. La lumière était si pauvre dans la pièce que la porcelaine du service à thé, les dentelles blanches de la nappe et des rideaux apparaissaient comme de vagues fantômes fluorescents. Rien donc, disais-je, ne semblait annoncer cet événement, sauf peut-être cette lueur d'intérêt que je venais de surprendre dans son regard, tandis qu'il venait de poser avec un soin inaccoutumé le journal sur un fauteuil en chintz.

Par sa taille, sa corpulence et son port de tête, Owen avait de la prestance. Tout comme moi, il approchait de la quarantaine, mais hormis ses paupières lourdes et quelques rides pensives, il avait conservé l'expression juvénile de son visage, qui se singularisait par des lèvres gourmandes. Elles semblaient avoir été dessinées pour une élocution parfaite, un usage délicat des mots, qu'il choisissait en général avec soin, notamment pour manier à froid son humour sarcastique. Après avoir posé un doigt songeur sur sa joue, il déclara :

— Curieuse affaire, Achille, n'est-ce pas?

— Quelle affaire? demandai-je, surpris. Je n'ai pas relevé de crime remarquable, ni même le moindre assassinat sordide dans la rubrique des faits divers...

Il secoua la tête avec une lassitude paternelle.

— Mon bon Achille! Faut-il nécessairement que le sang soit versé pour qu'un crime soit digne d'intérêt?

— Non, bien sûr. Mais je n'ai rien vu qui mérite un quelconque intérêt. Il est vrai que je n'ai fait que parcourir les titres principaux.

Il posa sur moi un œil scrutateur.

— Vous me paraissez bien fatigué, mon ami.

— Pas plus qu'un homme qui attend impatiemment le retour de la belle saison.

— Des soucis avec votre entreprise de vaisselle d'art à Wedgwood ?

— Non, tout va bien de ce côté-là.

— Un petit papillon qui a boudé votre cœur ?

— Non plus !

— Alors, reprit-il avec une logique imparable, grâce à votre sens de l'observation que je me suis employé depuis tant d'années à élever à un niveau décent — non sans mal, je dois l'admettre —, vous eussiez dû remarquer cet événement singulier...

Il reprit son journal, le déplia sur mes genoux, tout en indiquant un article de son index boudiné :

Singulière rixe d'ivrognes à Stepney.

Je levai sur lui un regard dubitatif, me disant qu'il était tombé bien bas pour accorder un quelconque intérêt à de tels incidents.

Semblant lire dans mes pensées, il répliqua sèchement :

— Lisez, vous jugerez ensuite.

Là-dessus, il se leva, se dirigea vers la cheminée, me tourna le dos et s'absorba dans la contemplation des neuf gracieuses divinités d'albâtre qui en garnissaient la tablette.

Intrigué, je commençai ma lecture.

Elias Zakinthos est une force de la nature! Une montagne de muscles, avec une nuque de buffle et un regard courroucé sous d'épais sourcils broussailleux... Personne n'aurait l'idée de chercher noise à ce marin d'origine crétoise, actuellement journalier aux docks de Londres. Il faut porter à son crédit que ses employeurs successifs ne se sont jamais plaints de son travail — il abat à lui seul la tâche de trois ouvriers ordinaires! —, mais sa conduite lui a déjà valu de sérieux ennuis avec la justice. C'est un homme au caractère emporté, violent et un mauvais père de famille. Cavaleur, buveur, il passe la plupart de ses soirées dans d'obscures tavernes de l'East End, au milieu d'une faune peu recommandable, où il a coutume d'imposer sa loi, en véritable seigneur de la jungle. On ne compte plus les côtes fêlées, les dents et les bras cassés de ceux qui ont osé se frotter à lui. Pourtant, vendredi dernier, il a fini par trouver son maître...

Vers 10 heures du soir, un homme singulièrement vêtu est entré dans la salle du Red Man. *On l'aurait sans doute davantage remarqué à Regent Street, mais là, à Stepney, au milieu de marins de toutes nationalités, aux tenues parfois exotiques, peu de clients se sont formalisés en avisant la peau de lion jetée sur ses épaules, la mâchoire supérieure du fauve coiffant sa tête comme une casquette fortement rabattue sur les yeux, ne laissant pas voir grand-chose du haut de son visage. Les témoins s'accordent à le décrire comme un jeune homme d'allure athlétique, grand, à la démarche assurée, mais sans pouvoir donner davantage de précisions. À ce moment, donc, on devait le prendre pour quelque excentrique chasseur africain, peu digne d'intérêt, mais il a provoqué une véritable stupéfaction parmi toute la clientèle en s'adressant soudain à Zakinthos, alors joyeusement occupé à lutiner une entraîneuse de la maison. « Hé! le gros taureau crétois, qu'est-ce que tu fais ici à cette heure-ci? Ta place, c'est chez toi, à la maison, avec ta femme et tes enfants! Laisse cette greluche tranquille et hâte-toi de déguerpir avant que je ne me fâche! »*

Pour Zakinthos, c'était plus que de la provocation. Il en était si stupéfait qu'il a d'abord éclaté de rire, comme si l'outrage était trop grand pour provoquer une réaction de fureur. En s'adressant à sa compagne du moment, il a hoqueté : « Ma petite, dis-moi que je rêve... Ce gringalet qui ose me parler ainsi? C'est pas Dieu possible! Ou il est saoul comme un Polonais, ou alors il sort tout droit de l'asile! » Mais à l'injonction suivante de l'étranger : « Allez le gros veau, tire ta graisse d'ici, avant que je ne te réduise en bouillie! », submergé par la colère, il a poussé un grognement furieux, a bombé le torse, s'est levé et s'est avancé vers l'homme à la peau de lion en brandissant ses poings énormes. L'autre l'a aussitôt imité, et l'inévitable combat entre les deux adversaires s'est engagé. Pour tous, il était évident que l'inconnu ne ferait pas le poids. Il semblait assez solide et alerte, mais c'était bien insuffisant face à la carrure démesurée du Crétois. Ce dernier était un peu éméché, mais à un stade qui ne faisait qu'attiser sa fureur. Dans un premier temps, l'étranger parvint à éviter les coups de boutoir de son adversaire, grâce à sa souplesse, mais on se disait à chaque fois que, pour lui, ce n'était que partie remise, qu'il s'écroulerait aussitôt que l'autre parviendrait à lui assener un coup sérieux. On pensait aussi que ses propres attaques se révéleraient totalement vaines, simples caresses pour l'impressionnant marin grec, lutteur aguerri. Mais c'est là qu'on se trompait. Les coups dirigés vers le visage du caïd étaient non seulement portés avec beaucoup de précision, mais surtout avec une force extraordinaire — « une force magique », pour reprendre l'expression des témoins.

L'homme-lion se battait pourtant à mains nues comme son adversaire. Chaque essai faisait mouche, causant un étonnement croissant chez le Crétois, et surtout des marques visibles sur sa grosse figure rougeaude, rapidement tuméfiée et dégoulinante de sang après qu'il fut touché aux arcades sourcilières. Aveuglé, il n'a pas tardé à se retrouver au tapis, tandis que l'autre a continué de le rosser à terre avec un acharnement féroce. Enfin, il s'est arrêté, puis s'est adressé au perdant inanimé : « Je t'avais prévenu, le taureau crétois ! J'espère que la leçon a été suffisante et qu'à l'avenir tu ne te détourneras plus du droit chemin ! Bon, je vais te ramener au bercail... » Là-dessus, il s'est baissé, a attrapé le colosse inerte par son épaisse tignasse noire, l'a traîné à travers toute la salle, puis est sorti sous les regards ahuris de l'assistance. La stupéfaction était telle que personne n'a réagi sur le coup. Une ou deux minutes plus tard, quelques clients se sont risqués à jeter un coup d'œil au-dehors, mais il n'y avait alors plus un chat.

C'est Mrs Zakinthos qui a donné des nouvelles de son mari le lendemain matin en allant porter plainte au poste de police de Whitechapel. L'homme-lion lui avait bel et bien ramené l'époux volage... mais dans quel état ! Inanimé, le visage en sang, toutes les dents du devant manquantes et la mâchoire de travers... il était méconnaissable. Mrs Zakinthos a cependant avoué qu'elle se sentait un peu responsable. En effet, deux semaines auparavant, elle avait rencontré le jeune homme vêtu d'une peau de lion alors qu'elle rentrait du travail. Il l'avait abordée, tandis qu'elle réprimait mal ses larmes, lui demandant avec une sollicitude inquiète pourquoi elle était si malheureuse. Très abattue, après une pénible journée, elle n'avait pas hésité à épancher son cœur, lui expliquant qu'elle avait du mal à s'occuper de cinq enfants, que son mari la délaissait de plus en plus, multipliait les fugues et la battait de surcroît lorsqu'il rentrait, empestant l'alcool et le parfum bon marché. L'homme-lion avait compati à son chagrin, puis s'était employé à la rassurer, lui promettant de s'occuper de la question. Pas un instant elle n'avait imaginé qu'il tienne son engagement, et surtout pas de cette manière.

« Voilà, le taureau est dompté ! » lui a-t-il annoncé en venant la réveiller la nuit de leur escarmouche. « Je crois qu'à présent, il n'ennuiera plus personne et sera sage comme une image. » Là-dessus, il l'a saluée et a tourné les talons en laissant sur le pas de la porte le corps inerte du Crétois.

Tout porte à croire qu'il disait vrai. En le rouant de coups si sauvagement, la brute lui a fait passer l'envie de partir en java pour un bon moment, et vraisemblablement de manière définitive. Car si le colosse peut retrouver toute sa vigueur physique, il gardera des séquelles graves de son passage à tabac. Il est devenu sourd d'une oreille, présente un visage effrayant avec sa mâchoire édentée et de multiples plaies et bosses, et souffre surtout de déficience intellectuelle. Selon les médecins, le méchant ogre aurait perdu toute agressivité, serait devenu doux comme un agneau et obéissant comme un éléphant.

À l'heure où nous imprimons ces lignes, l'identité de cet étrange « justicier » n'a pas pu être établie, mais la police reste confiante. De tels règlements de compte entre caïds sont fréquents dans ces milieux, où les esprits abrutis par l'alcool se repaissent de violence, dans cette jungle où la brutalité confine à la bestialité et où les fauves ne s'embarrassent guère de précautions pour s'entre-dévorer, croyant pouvoir s'affranchir des lois du royaume. Gageons que nos limiers auront tôt fait de débusquer cet homme-lion, afin de le placer derrière les barreaux d'une « cage » et de le garder aussi longtemps qu'il n'aura pas appris les règles élémentaires de bonne conduite.

— Alors, qu'en pensez-vous ? s'enquit vivement Owen Burns dès que j'eus terminé ma lecture. Étonnant, non ?

— Vous voulez parler de l'intervention de ce « justicier » ?

— Mais bien entendu, Achille ! Cet altruiste qui vient à l'aide de cette infortunée mère de famille en ramenant dans le droit chemin son époux volage !

— D'une manière si brutale qu'on se demande si c'est seulement par souci de justice !

Owen me darda un regard courroucé.

— Alors, vous pensez comme le béotien qui a écrit cet article ? Car voyez-vous, en matière d'esprits abrutis, je décerne sans hésiter la palme à ce pitoyable plumitif, bourrelé de préjugés et aveugle comme une taupe ! Contrairement à ce qu'indiquent le titre et la conclusion, l'alcool n'a rien à voir dans cette affaire ! (Il poussa un soupir, ramena ses cheveux mi-longs en arrière et se tourna vers une des gracieuses divinités grecques.) Ô vous, mes chères Muses, dites-moi pourquoi les hommes ne voient que le mal dans les actes de leurs semblables ? Pourquoi se cachent-ils si obstinément la face lorsqu'ils sont confrontés au Beau ? (Son regard interrogateur se reposa sur moi.) Ce mystérieux justicier n'a-t-il pas terrassé cette brute avec une certaine élégance ? N'est-il pas un artiste à sa manière ?

— Là, Owen, vous allez un peu loin, intervins-je non

sans agacement. J'ai peur que ce soit uniquement votre esthétisme qui vous pousse à voir une brillante et noble action dans cette rixe tragique. À moins que ce soit votre manque d'activité cérébrale de ces temps-ci...

— Possible. Mais il n'en reste pas moins que tous les témoins ont été frappés par cette intervention et cette « force magique » qui animait l'homme-lion.

— Et l'exagération des reporters, qu'en faites-vous ? Vous la dénoncez quotidiennement !

— Admettons, Achille, mais il n'y a pas que cela. Avez-vous noté les paroles de ce justicier ? « Voilà, votre taureau est dompté ! »... Étonnant de la part d'un homme portant une peau de lion, non ?

— Que voulez-vous dire ? Cette remarque me paraît tout à fait de circonstance !

— Sans doute, mais il y a là une coïncidence qui me semble très surprenante...

— Une coïncidence ? Quelle coïncidence ?

Owen m'enveloppa d'un sourire paterne.

— Vous me décevez, mon petit Achille. Cela devrait sauter aux yeux de tout homme un tant soit peu érudit, et aux vôtres en particulier...

— *Moi* ? Et pourquoi cela ?

— Parce que vous vous appelez Achille, mon ami. Un prénom, voyez-vous, c'est comme un patronyme, il faut en être fier et l'assumer !

La moutarde commençait à me monter au nez.

— Très bien, répondis-je sèchement. Je donne ma langue au chat.

Tel un professeur pointilleux, il agita son index en signe de méprise.

— *Au lion*, Achille, *au lion* ! C'est cela qui est important ! Je répète : un homme portant une peau de lion et semblant épris de justice...

— Je vais finir par me fâcher pour de bon, Owen, si vous ne vous expliquez pas sur-le-champ ! Vous savez, il arrive au bouillonnant Achille, malgré son apparence de paisible gentleman-farmer, de se mettre en colère.

— Vous brûlez, Achille, vous brûlez !

Je pris une forte inspiration, posai une main ferme sur la table au grand dam du service à thé de mon ami, qui frémit d'inquiétude, lorsque la lumière se fit soudain dans mon esprit.

— Bon sang ! m'exclamai-je. Ça me revient ! J'ai déjà lu un fait divers où il était question d'un tel individu !

— À la bonne heure ! fit Owen en adressant un sourire reconnaissant aux statuettes alignées sur la cheminée. Dites merci aux filles de Mnémosyne, qui viennent de raviver en vous ce souvenir. Eh bien, moi aussi, je me souviens de cette affaire ! Et c'est pour cela que je crois que cette nouvelle intervention de l'homme à la peau de lion nc peut être le simple fait du hasard.

— Oui, cette histoire de major étranglé m'avait frappé...

L'éminent détective fronça les sourcils.

— Un major étranglé ? Vous devez sans doute faire erreur ! La victime n'était pas un militaire ! De plus, elle fut poignardée.

— Je suis sûr de ce que j'avance : on a étranglé le major avant de lui voler sa peau de lion.

L'étonnement peint sur son visage s'accentua.

— Et quand cela se serait-il passé ?

— Voyons, il y a plusieurs mois déjà. C'était à l'automne dernier, en septembre me semble-t-il.

Il eut un claquement de doigts, puis secoua la tête.

— Alors, nous ne parlons pas de la même affaire ! Celle à laquelle je pense s'est déroulée en janvier. L'année dernière, en septembre, ça me revient, je faisais un séjour dans les Pyrénées, ce qui explique que je n'ai pas eu connaissance de ces faits... (Réprimant difficilement son exaltation, il ajouta :) Bon sang, Achille, racontez-moi vite cette histoire !

— Il faudrait passer chez moi. Je n'ai plus tous les détails en tête, mais il me semble bien avoir conservé l'article dans quelque dossier...

Owen posa une main fébrile sur mon bras.

— Eh bien, allons-y ! Descendons et sautons dans le premier fiacre ! Il me faut sans tarder prendre connaissance de ce récit, même s'il se révèle assez ordinaire sur le fond.

— Ordinaire ? Il est tout sauf cela, je puis vous l'assurer !

— Alors tant mieux ! Mais vraiment, je ne crois pas qu'il puisse dépasser mon histoire en matière d'étrangeté ! Pensez donc, pour rattraper sa victime, l'assassin a accompli un exploit sportif sans précédent, une performance quasi irréalisable, même pour un athlète confirmé...

— Alors apprenez que dans le cas du major étranglé, le meurtrier a commis un prodige si étonnant que les enquêteurs en ont perdu leur latin !

Sans que je m'en fusse aperçu, Owen Burns avait revêtu son manteau et mis son chapeau melon. Impatient en diable, il me tirait par le bras.

— Vite, Achille, dépêchons-nous ! Vous me faites languir ! Vous savez que je ne supporte pas les mystères et les cachotteries !

2

La nuit tombait sur Londres quand la jeune femme entra dans un modeste salon de thé de Shoreditch. Elle avait moins de 25 ans et une silhouette élancée. Sa longue chevelure châtain foncé flottait librement sur une veste de velours qui avait connu des jours meilleurs. Elle avait un joli visage, aux traits délicats et au teint de porcelaine, qui paraissait presque incongru dans ce quartier populaire et rébarbatif. En revanche, le regard lointain et inexpressif de ses yeux clairs semblait plus en harmonie avec les mornes immeubles des manufactures environnantes. Ce n'était pas des yeux tristes, mais plutôt des yeux désabusés, déjà marqués par l'existence, comme ceux d'une personne résignée, ayant perdu ses dernières illusions, ses espoirs de voir un jour son sort s'améliorer, ce qui était sans doute le cas de nombre des habitués de l'établissement.

Ordinairement, le salon de thé était fréquenté en fin d'après-midi par les ouvrières sortant du magasin de confection voisin. Elles traversaient la salle principale, passaient à côté d'une baie vitrée pour accéder à une pièce qui leur était réservée. Mais la firme avait exceptionnellement fermé ses portes, en cette journée bruineuse qui voyait la plupart des Londoniens se hâter sur la chaussée pour retrouver sans tarder le confort douillet de leur *home*. C'est dans cette seconde pièce, déserte, que la jeune femme s'installa. Vue de la salle principale, sa silhouette se détachait nettement en ombre sur la grande surface de verre translucide.

Peu de temps après, une autre personne pénétra dans l'établissement. Elle semblait soucieuse de ne pas se faire remarquer. Elle promena un regard scrutateur autour d'elle, puis s'immobilisa en avisant l'image découpée sur la vitre. D'un pas lent, elle se dirigea vers la salle du fond, où elle marqua quelques hésitations. On vit ensuite son ombre se dessiner sur la verrière de séparation. D'abord, assez à droite, elle glissa lentement vers la gauche, près de la jeune femme. C'était une silhouette masculine, pour autant qu'on pût en juger, car elle n'avait alors retiré ni son manteau ni son chapeau, dont le bord était rabattu sur le visage.

Pour un observateur situé dans la salle principale, il eut été malaisé de savoir en quels termes cette personne aborda la jeune femme, tant elle parlait à voix basse. Mais en s'approchant de la baie vitrée, en prenant discrètement place au coin de la banquette attenante, et en collant son oreille à la paroi de séparation, il aurait pu surprendre leur conversation.

La jeune femme avait allumé sa deuxième cigarette en moins de dix minutes et semblait assez nerveuse à présent. On le serait à moins, car l'attitude de la personne à ses côtés était des plus intrigantes, malgré tous ses efforts pour paraître posée et naturelle. Sa voix un peu sourde, elle aussi, paraissait affectée.

— Vous vous appelez Rita Draper et vous logez au 24 Silver Street, dans un deux-pièces mansardé peu onéreux, bien que vous n'en payiez pas toujours régulièrement le loyer.

— Cela me regarde.

— Votre activité professionnelle semble tout aussi aléatoire, ou disons peu lucrative. Vous passez le plus clair de votre temps à dactylographier chez vous des textes d'auteurs divers, étudiants, scientifiques ou écrivains...

— Et alors ? Je ferais autre chose si j'en avais la possibilité, croyez-moi !

— En ce qui concerne vos distractions, c'est tout aussi limité. Vous ne sortez guère de chez vous, hormis un ou deux voyages à l'étranger...

— ... Qui m'ont coûté toutes mes économies.

— Vous avez 23 ans, êtes orpheline, n'avez guère d'amis et on dirait que vous boudez la vie autant qu'elle semble vous bouder elle-même. Vous étiez sur le point de vous marier l'année dernière, mais votre fiancé, sapeur-pompier, a eu un accident en service commandé. Il a épousé l'infirmière qui s'occupait de lui en sortant de l'hôpital. Après quoi, vous avez passé une partie de l'été sur le continent pour vous changer les idées, puis êtes revenue.

— Mais comment diable savez-vous tout cela ? trancha soudain ladite Rita Draper en écrasant nerveusement son mégot dans le cendrier.

— C'est très simple, je me suis renseigné... comme il convient pour tout employeur consciencieux avant d'embaucher quelqu'un.

— *D'embaucher quelqu'un* ? balbutia la jeune femme en écarquillant les yeux. Et c'est à *moi* que vous songeriez ?

— En effet.

— Mais pourquoi ? Ne venez-vous pas de me montrer les limites de mes capacités ?

— Allons, allons, mademoiselle, ne vous dépréciez pas ainsi. Vous êtes assez instruite pour qu'on vous confie la copie de manuscrits.

— Mais... quel travail souhaiteriez-vous me proposer?

L'ombre parut assez embarrassée à ce moment-là.

— En vérité, c'est assez spécial.

— Je me disais bien qu'il y avait quelque chose...

— En fait de travail, c'est plutôt d'une mission qu'il s'agit. Une mission assez délicate, très délicate même, qui pourrait néanmoins vous rapporter beaucoup d'argent.

Un éclair brilla dans le regard de l'ombre. Elle ne lâchait pas un instant le visage de sa voisine, qui eut soudain une expression de méfiance.

— Est-ce quelque chose... de *malhonnête*?

— Non, rassurez-vous. Vous n'avez strictement rien à craindre vis-à-vis de la loi.

— Mais alors... Je ne comprends pas... Beaucoup d'argent, dites-vous?

— Même si l'affaire ne devait pas se terminer comme je l'espère, je vous verserai l'équivalent de ce que vous gagnez en deux ans ou trois ans de dactylographie, pour environ un mois de travail. La moitié payable dès votre accord. Cela est-il susceptible de vous intéresser?

— C'est... c'est très bien payé. Il n'y a rien à redire là-dessus.

— Pourtant, c'est peu de chose, croyez-moi, comparé à ce que vous gagnerez en cas de succès. Et j'ai toutes les raisons de croire que notre affaire ne se terminera pas autrement... enfin si vous voulez bien accepter. Dans ce cas, vous serez une personne comblée, heureuse, estimée et riche.

La jeune femme ouvrit de grands yeux surpris. Elle observa un long silence avant de répondre :

— Pourrais-je savoir... pourquoi vous vous adressez à moi?

— Oui, bien sûr. C'est à cause de votre physique.

— De mon physique? Mais qu'ai-je de si particulier?

— Vous êtes très jolie.

Elle haussa les épaules.

— Peut-être, mais comme beaucoup d'autres filles. Vous savez, je ne suis pas née de la dernière pluie ! On a déjà essayé de m'embobiner avec ce genre de compliments, surtout les hommes... Alors n'essayez pas de me faire marcher !

— Ce n'est pas du tout mon intention. Non, la vérité est que vous ressemblez beaucoup à quelqu'un, et c'est en cela que vous êtes, on peut le dire, *unique*.

— Devrais-je prendre la place de quelqu'un ?

— Oui, d'une certaine manière. Mais permettez-moi de commencer par le commencement, afin que les choses soient bien claires.

— Merci, je vous en serais infiniment reconnaissante.

— Voilà, c'est bien simple, en un mot, vous devrez séduire quelqu'un...

— Pardon ?

— Oui, séduire, plaire, gagner le cœur d'une personne... Comprenez-vous ?

— Mais... mais je ne suis pas une...

— Je sais. Je sais également que vous avez le profil psychologique qui convient, et c'est d'ailleurs pour cela que j'ai fait mener au préalable une petite enquête sur vous. En l'occurrence, il s'agit de séduire un garçon, en vue de lui redonner goût à l'existence, voire de l'épouser... J'ajoute qu'il est beau, jeune comme vous, bien fait de sa personne, intelligent, instruit, et très riche. En somme, il représente un beau parti, une occasion rêvée pour toute jeune fille de votre âge normalement constituée.

— Est-ce une plaisanterie ?

— Non, pas du tout. Et vous verrez, vous aussi vous le trouverez charmant.

— Quand bien même... Qu'est-ce qui vous dit que *moi*, je lui plairai *à lui* ?

— Vous êtes peut-être la seule personne au monde qui puisse le consoler. Voyez-vous, l'année dernière, ce jeune homme a perdu sa femme, alors qu'il venait de se marier. Depuis, il est inconsolable. Presque un an s'est écoulé et il ne fait que vivre dans son souvenir. Vous seule pouvez le sortir de ce marasme.

— Moi seule ? Et pourquoi diable ?

— Ne vous ai-je pas dit que vous ressemblez beaucoup à une certaine personne ?

— Vous voulez dire... à la défunte ?

— Oui. Elle s'appelait Patricia, Atkinson de son nom de jeune fille.

— Vous voudriez que je me fasse passer pour elle, que je me fasse passer pour... *une morte* ?

— Non, pas exactement. Notre veuf est malheureux, mais pas fou. Il saura pertinemment que vous n'êtes pas son fantôme. Néanmoins, il faudra tout faire pour lui ressembler, pour lui faire croire — comment dire ? — que le destin a placé une sorte de double sur son chemin.

L'ombre glissa sa main gantée dans une poche intérieure de sa veste, puis en retira une grosse enveloppe, qu'elle posa sur la table, juste devant la jeune fille.

— Il y a là toutes les précisions nécessaires, enfin tout ce que j'ai pu apprendre sur elle. Ses goûts, ses loisirs, etc. En un mot, grâce à ces renseignements, vous devrez être en mesure de passer pour une seconde Patricia Atkinson. Et il y a également une petite avance monétaire...

Rita Draper alluma une nouvelle cigarette et chassa d'un geste nerveux le nuage de fumée qu'elle projeta devant elle.

— Cela me paraît insensé, mais je ne sais plus quoi dire, bredouilla-t-elle. Faut-il me décider maintenant ?

— Oui, le plus tôt sera le mieux.

Un nouveau silence tomba, puis la discussion reprit :

— Supposons que j'accepte. Comment envisagez-vous de me présenter à ce jeune veuf inconsolable ?

— L'idéal serait que vous soyez sur place, que vous habitiez là-bas, chez lui, au milieu de sa famille, afin qu'il vous voie tous les jours. Je n'ai pas encore bien réfléchi à la question, mais je vous le ferai savoir à temps.

Un sourire de dérision passa sur les lèvres de la jeune femme, qui pianotait nerveusement sur la table.

— C'est ahurissant, vraiment ! J'aurais mille questions à vous poser...

— C'est tout naturel.

— Mais ce que je ne comprends pas, surtout, c'est la raison de ce marché !

La voix de l'ombre se durcit :

— Ça, c'est mon affaire. D'ailleurs je vous demanderai expressément de ne répéter à personne un seul mot de cet entretien. À personne, absolument personne, et surtout pas au veuf lui-même. Car sinon...

— Sinon ?

L'ombre haussa les épaules, puis soupira :

— Sinon, cela risquerait fort de mal se terminer. Car il y a malheureusement une ombre au tableau. Personne n'est parfait, vous le savez bien, et l'homme que vous devrez séduire n'échappe pas à cette règle. Il lui arrive de se mettre en colère...

Un rire nerveux résonna derrière la baie vitrée.

— En colère ? Mon Dieu, si ce n'est que cela !

— Gardez-vous bien de prendre cet avertissement à la légère ! C'est un garçon adorable, mais lorsqu'il se fâche... il est alors capable du pire, et même avec les êtres qui lui sont chers.

— Il n'a tué personne, tout de même, je suppose ?

— Justement... on n'en sait trop rien. Les circonstances dans lesquelles est morte sa femme sont assez étranges.

Une mauvaise chute durant leur voyage de noces. Certains ont envisagé le fait qu'il l'ait tuée à cause d'une violente querelle survenue la veille. Peut-être la pleure-t-il ainsi aujourd'hui par remords ? Peut-être n'y est-il strictement pour rien ? Nul ne le sait avec certitude... Je ne voudrais pas vous effrayer inutilement, mais je pense qu'il vaut mieux que vous soyez au courant de cette particularité de son caractère. Il faudra à tout prix éviter de le fâcher ou de le contrarier et ne jamais perdre de vue cet aspect de la question ! Si vous réussissez cela, tout en suivant mes consignes, alors je ne doute pas que vous serez une femme comblée ! Oui, une femme comblée... Mais mademoiselle, qu'avez-vous ? On dirait que vous ne m'écoutez plus ?

L'interpellée semblait prise d'un léger malaise. Elle regardait droit devant elle un point imaginaire. Il ne faisait pas très chaud dans l'arrière-salle du salon de thé, mais elle avait l'impression d'étouffer, d'être oppressée par une menace diffuse, un danger palpable, épais et ouaté comme la fumée de sa cigarette autour d'elle. Elle s'était toujours dit que sa vie était déjà écrite, tracée de manière aussi certaine que l'abîme inéluctable de la mort. Elle savait aussi que dans un instant elle allait dire « oui », et que ce « oui » la plongerait dans la plus folle des aventures, où le bonheur côtoierait en permanence le danger. Sentant un frisson lui remonter l'échine, elle revit en pensée la vieille astrologue chinoise et l'entendit réitérer comme une litanie ses mises en garde contre le mystérieux « dragon ».

Le dragon bleu, la pièce rouge... Son obsessionnelle vision la submergea. Elle tenta de la réprimer, mais en vain. Elle aperçut bientôt le visage du jeune homme au regard doux émergeant des limbes, puis sentit le contact soyeux de ses mains sur son cou... Elle lutta, chassa cette image qui lui rongeait l'âme, se disant qu'elle n'avait rien de prémonitoire, qu'elle ne présageait aucun malheur, que ce n'était qu'un cauchemar, un simple cauchemar...

II

LE LION DE NÉMÉE

3

Récit d'Achille Stock (suite)

Canon Street défila sous la lumière falote des réverbères, tandis que notre fiacre cahotait sur les pavés. L'averse qui menaçait depuis un bon moment finit par tomber, et il pleuvait des hallebardes quand le cocher nous arrêta devant mon immeuble. Owen paya le prix de notre course sans attendre la monnaie, puis nous nous précipitâmes vers l'entrée. Dans ma hâte, et pressé par mon ami, je laissai maladroitement tomber ma clé dans le caniveau. La pluie crépitait sur nos chapeaux tandis que je m'escrimais à saisir l'objet glissant à travers les interstices de la grille. Nous étions trempés lorsque je parvins enfin à la récupérer.

En temps ordinaire, Owen fustigeait le ciel dès qu'il commençait à pleuvoir, étant contraint de se mettre à l'abri tandis qu'il paradait dans ses mises recherchées. Je me dis qu'il devait être de fort bonne humeur pour se montrer aussi guilleret en la circonstance, alors que je maugréais entre mes dents en glissant la clé dans la serrure.

— Allons, mon cher Achille, un peu de tenue, que diantre ! Il faut faire contre mauvaise fortune bon cœur ! Et puis, ce ne sont pas ces quelques gouttes de pluie qui vont entamer le moral de deux Londoniens aguerris tels que nous ! Pressons, pressons, la Beauté n'attend pas !

— La beauté ? Quelle beauté ? Vous savez bien que je vis seul !

— Ne soyez pas stupide, voyons. Je ne parle pas de la beauté superficielle du sexe dit faible, mais de la plus sublime, la plus profonde qui puisse être ! La plus désirable aussi et la plus convoitée : la Beauté du mystère. Et quelque chose me dit que nous sommes à l'aube d'un très grand mystère. Vite, vite, vite !

Quand nous fûmes installés dans mon salon, il but d'un trait le verre de sherry que je lui servis et m'arracha littéralement des mains l'article du *Times* que je venais d'extraire de mon dossier. Ensuite, d'un geste impérieux il m'imposa le silence, puis se plongea dans sa lecture. La coupure de presse datait de septembre dernier.

Crime singulier à Coleford

Le major Charles Macleod ne jouissait pas de l'estime générale à Coleford, un petit village près de la frontière galloise. C'est même le moins qu'on puisse dire, car peu de riverains pleurent sa disparition, survenue vendredi dernier, vers minuit, dans des circonstances très singulières.

Le major Macleod faisait partie de l'armée des Indes, avait la réputation d'être un chasseur de fauves redoutable, et c'est sans doute là qu'il faut chercher la racine du drame. Depuis son installation à Coleford, plusieurs habitants se plaignaient du mauvais traitement que subissaient leurs animaux domestiques. Les chiens et chats qui avaient le malheur de pénétrer dans le « territoire » du major — son jardin et sa pelouse — en ressortaient rarement indemnes. Sans doute par nostalgie de son sport favori, il les pourchassait avec violence,

n'hésitant pas, selon certains témoignages, à lancer une fourche sur les indésirables. La plupart du temps, ces scènes de chasse n'avaient pas de témoin et l'on ne faisait que constater la disparition des animaux. Les plaintes, les récriminations, les menaces se multipliaient à Coleford, mais peu de personnes se hasardaient à les formuler de vive voix en présence du major Macleod. Et pour cause, c'était une force de la nature. Six pieds de haut, des épaules de déménageur et une longue barbe rousse qui flamboyait sur un torse formidable, un peu comme la crinière d'un lion, dont il avait, paraît-il, le regard agressif. Voilà à quoi auraient dû se mesurer les plaignants. On comprend dans ces conditions que si quelqu'un avait cherché à faire justice au nom des animaux disparus, comme nous avons des raisons de le penser, il aurait évité un affrontement direct... Et c'est là tout l'aspect paradoxal de ce crime, car l'agresseur a étranglé le major, de face et le plus simplement du monde, comme s'il avait eu affaire à un simple Lilliputien... Mais voyons les faits dans le détail.

La major Macleod n'avait pas que des ennemis à Coleford. Ben, l'aubergiste, peut-être par simple prudence, lui réservait toujours bon accueil dans son établissement. Le vendredi, le major venait régulièrement boire quelques verres. Mais ce soir-là, il partit plus tôt que de coutume. L'aubergiste lui en fit machinalement la remarque, à quoi Macleod répondit :

— Je reviendrais peut-être un peu plus tard, Ben. J'ai rendez-vous avec un jeune blanc-bec qui prétend être plus fort que moi ! Incroyable ! Il va voir ce qu'il va voir...

— Eh bien je peux vous dire qu'à Coleford, il n'y en a pas un qui se risquerait à dire ça ! Mais j'espère que vous n'allez pas vous battre ?

— Ne vous inquiétez pas, avait acquiescé Macleod en ricanant. Je vais juste lui faire comprendre qu'on ne défie pas impunément un ancien chasseur de fauves!

Là-dessus, il avait éclaté d'un grand rire sonore, puis avait quitté l'auberge. Il devait être 9 heures du soir. Trois heures plus tard, Ben commençait à fermer son établissement sans avoir revu le major. Il avait alors oublié leur discussion. Un de ses clients revint frapper à sa porte alors qu'il était en train de la verrouiller, en lui disant qu'il avait remarqué quelque chose de bizarre chez Macleod : un chat qui se frottait contre le montant d'une fenêtre ouverte de son salon. Les rideaux étaient à demi tirés, la pièce éclairée, mais il n'y avait apparemment personne à part ce chat bien audacieux...

Intrigué, Ben suivit l'homme jusqu'à la demeure du major, qui se trouvait à deux pas, mais n'aperçut plus l'imprudent petit félin. Il appela Macleod. Sans succès. Il se souvint alors de l'étrange rendez-vous auquel celui-ci avait fait allusion, et sa perplexité s'accrut lorsqu'il découvrit la porte d'entrée entrebâillée. Il frappa sans obtenir de réponse, entra et gagna le salon, puis s'immobilisa soudain sur le seuil. Le corps sans vie du colosse gisait sur le sol, allongé sur le dos, les yeux révulsés, la bouche entrouverte et la langue pendante. Deux lampes à pétrole sur la table et sur une commode éclairaient parfaitement la scène. Hormis quelques livres étalés sur le canapé, la pièce était parfaitement en ordre. La vision du cadavre était horrible en soi, certes, mais Ben était aussi surpris que terrifié. Comment pouvait-on avoir mis au tapis un gaillard tel que Macleod, sans qu'il ait apparemment pu se défendre, d'autant qu'il se tenait sur ses gardes?

Les policiers, arrivés sur les lieux un peu plus tard, se

posèrent la même question, mais sans pouvoir davantage y répondre. Ils crurent d'abord tenir une piste en avisant les livres éparpillés sur le canapé, pensant que c'était là un oubli de l'assassin. Il s'avéra cependant qu'ils appartenaient à l'ancien militaire. Il s'agissait de traités de prestidigitation et de tours d'évasion, autre domaine de prédilection du major après la chasse aux fauves.

Mais c'est surtout après avoir pris connaissance des rapports d'analyses du médecin légiste que les représentants de l'ordre saisirent nettement l'ampleur de l'énigme qui leur était posée. La cause de la mort était évidente : l'agresseur avait étranglé le major, de face, en laissant sur son cou les traces nettes de ses doigts puissants. Il s'agissait vraisemblablement d'un homme doué d'une force exceptionnelle, si grande que la victime ne semblait pas avoir été en mesure de se défendre. Hormis un morceau de toile retrouvé dans sa bouche, sans doute arraché à la veste de son assaillant, aucune trace importante de lutte ne fut découverte sur son corps. Il n'avait été ni assommé, ni endormi sous l'effet de quelque narcotique, les expertises étant absolument formelles sur ce point. Le colosse semblait bien avoir été terrassé alors qu'il était en pleine possession de ses moyens, par un individu considérablement plus fort que lui. Voilà quelle devrait être la conclusion logique de l'enquête. Mais compte tenu de l'impressionnante stature de la victime, on est en droit de se demander si l'infortuné major avait eu affaire à une créature humaine...

A priori, *le vol ne semblait pas être le mobile du crime, puisque aucun objet de valeur n'avait disparu. Cependant, un témoin fit remarquer que la peau de lion accrochée au-dessus du manteau de la cheminée était manquante. Aurait-on tué le major pour si peu? On fut un moment tenté de le croire, car un autre témoin signala avoir aperçu une ombre furtive quitter les lieux du drame aux alentours de l'heure du crime, située vers 10 heures. Il n'en était pas sûr, mais il lui semblait bien que le fuyard était vêtu d'une peau de lion. Nul doute qu'il s'agissait là de l'assassin, qui avait jeté sur ses épaules le trophée de chasse du major. La police pense, non sans raison, qu'il s'agit là d'un vol symbolique, destiné à mettre en évidence le véritable mobile du crime : l'élimination de ce grand prédateur du quartier qu'était le major Macleod. Le « lion » qui avait semé la terreur parmi la gent canine et féline du village avait été terrassé par un justicier, qui avait emporté sa « peau » en guise de trophée. Pour les enquêteurs, la découverte du coupable ne sera pas chose aisée, car les suspects ne manquent pas à Coleford, où la notion de « justicier » semble prévaloir sur celle de « coupable »...*

— Alors, qu'en pensez-vous? demandai-je à Owen quand il releva la tête.

Comme sous l'emprise d'une grande émotion, il bredouilla :

— Incroyable... extraordinaire... féerique...

Puis il se leva, gagna la fenêtre et ajouta :

— Ce crime est si fabuleux que j'ose à peine y croire! Votre récit a transformé mes doutes en conviction. C'est inimaginable... Dieu que la vie est belle! Voyez au-dehors le spectacle magique de la pluie, écoutez son doux murmure qui chante dans les gouttières, regardez ses doigts légers qui pianotent sur les carreaux...

Je ne partageais pas l'enthousiasme excessif et délirant d'Owen, mais hochai la tête avec satisfaction, comme si j'avais personnellement pris part à la conception du « prodige » qui nous intéressait.

— Je vous avais prévenu, n'est-ce pas ? C'est véritablement un mystère hors du commun !

— Oui, sans nul doute, mais j'ai peur que le vrai mystère ne soit pas celui auquel vous pensez.

— Mais si, voyons, c'est un nouveau tour de force de la part de notre individu !

Il secoua la tête avec une expression de commisération.

— Certes, Achille, certes... Donc, vous n'avez toujours pas découvert le véritable chaînon qui unit ce crime à celui de Stepney ?

— En toute honnêteté, non.

— Alors regardez par la fenêtre, abîmez-vous dans le merveilleux spectacle de cette pluie d'or qui tombe devant le halo des réverbères, cette même pluie divine qui a donné naissance aux plus grands héros de l'Antiquité, quand le dieu de l'Olympe ne trouvait pas d'autre moyen pour féconder l'élue de son cœur. Et c'est ainsi que fut conçu le grand Persée, Achille, comme vous ne l'ignorez pas.

Inquiet, je m'approchai de mon ami.

— Dites-moi, Owen, auriez-vous perdu la tête ?

— Non, j'essaie simplement de vous mettre sur la voie.

M'efforçant au calme, je pris une profonde inspiration avant de répondre :

— Owen, vous êtes exaspérant, et je pèse mes mots...

— Rassurez-vous, je ne vais pas tarder à éclairer votre lanterne. Mais avant cela, j'aimerais vous exposer à mon tour une petite énigme, l'affaire dont je vous parlais tout à l'heure, et qu'on pourrait appeler « La biche aux cornes d'or ». Après cela, j'en suis sûr, vous comprendrez de quoi il retourne...

4

Avril

Lorsque le colonel John Richardson hérita Greenway de ses parents en 1874, l'année de son mariage, la vieille demeure sise en bordure du petit village de Woodhall présentait l'aspect classique d'une grande maison confortable, comme il en existe tant dans le Kent ; bel édifice de briques rouges, coiffé d'un toit d'ardoise, se singularisant seulement par la sobriété de ses lignes. Mais à partir de ce moment-là, son aspect se modifia régulièrement et de manière assez fantaisiste au fil des ans et surtout des pérégrinations du militaire, qui se lançait dans de nouveaux travaux à presque chacun de ses retours.

Après quelque temps passé aux Indes, vers la fin des années 1870, John Richardson décida de flanquer la façade d'une large terrasse de style colonial, couverte d'un toit plat et ajourée en treillis. Au début des années 1880, après un court séjour en Grèce, il eut la manie des colonnes antiques. Durant plusieurs années, quelques habiles copies soutinrent des plafonds qui n'en avaient nul besoin, avant d'être reléguées au jardin. Une autre fois, il ordonna la construction d'une grande véranda à l'arrière de la maison, où il fit pousser avec succès des plantes exotiques. C'était pourtant là la moindre de ses excentricités en matière d'aménagements. Un beau jour, sans motif apparent, il décida de faire raser le premier étage et de flanquer la construction d'une aile pour le remplacer. Ce n'était pas sa solde d'officier qui lui permettait d'entreprendre de tels travaux, mais son héritage, qui s'amenuisa ainsi progressivement. Il fit exécuter des modifications plus surprenantes et plus coûteuses, notamment aux alentours de sa propriété, et l'on s'interroge aujourd'hui encore sur les raisons de ces initiatives.

À bien des égards, la vie du colonel John Richardson reste une énigme, à tel point que ses proches doutèrent parfois de son équilibre mental. Pourtant, si l'on s'arrête devant son image dans la galerie des portraits, on a le net sentiment d'avoir affaire à une personne en pleine possession de ses facultés. De petite taille, maigre, il n'est guère imposant, mais a le regard droit et déterminé d'un homme d'honneur, prêt au sacrifice suprême pour la gloire de la Couronne, comme toutes les autres figures figées de ses ancêtres.

En 1860, il faisait partie des troupes alliées qui entrèrent victorieusement à Pékin. Il avait à peine 20 ans. Il ne resta alors en Chine que peu de temps, avant de bourlinguer comme nous l'avons vu, mais il y retourna par la suite et y demeura une bonne partie de sa carrière. Au début des années 1880, il fut nommé à Shanghai, où il prit le commandement de la garde municipale de la concession anglaise. Il rapporta de ce pays de nombreux souvenirs, coffrets laqués, statuettes, peintures de paysages, qu'on retrouve aujourd'hui disséminés aux quatre coins de Greenway, et principalement dans son bureau, baptisé par la suite la « chambre chinoise », qui suscita elle aussi bien des mystères, car il n'en permettait pas l'accès. Il prit sa retraite assez jeune, vers la fin des années 1880. Dès lors, il ne quitta plus Greenway et mit lui-même fin à ses jours, vingt ans plus tard, en se tirant une balle dans la tête, laissant derrière lui une veuve et trois enfants. On ne sut jamais la raison de son acte.

Deux années s'étaient écoulées depuis le drame. On aurait pu penser qu'en disparaissant, le maître des lieux avait emporté avec lui cette atmosphère trouble, cette indéfinissable impression de malaise qu'il avait suscitée lui-même depuis son installation à Greenway. Mais il n'en fut rien. L'ambiance de la maison demeurait toujours aussi singulière, semblant influer autant sur les gens que sur les événements. Il y aurait à la fois peu et beaucoup à dire. Tout semblait en même temps grave et futile, vague et irréel comme cet étrange air de flûte qui résonnait alors dans les couloirs à l'arrière du bâtiment.

C'était une musique monotone, aux notes hésitantes, qui pouvait lasser même une oreille distraite. Le musicien ne possédait pas encore la maîtrise parfaite de son instrument. Mais son intention de bien faire était manifeste. On sentait qu'à chacune de ses phrases musicales, il voulait séduire, dialoguer avec son auditoire, gagner sa confiance, toucher son cœur. Le regard rivé sur l'extrémité de la flûte paraissait des plus attentifs, bien qu'il y eût quelque chose d'inquiétant dans la fixité de cette paire d'yeux noirs, froids comme des bijoux.

Derek Richardson finit par poser sa flûte, sans pouvoir réprimer un soupir de lassitude. Sous une mèche de cheveux raides, son front moite trahissait ses efforts. C'était l'aîné des enfants de Richardson, un célibataire endurci d'une bonne trentaine d'années. Avec son physique malingre, son visage osseux et son menton proéminent, il ressemblait à son père, mais n'en avait guère l'allure. Son regard était fuyant, son dos voûté et sa démarche peu assurée, voire furtive. À Greenway, on le remarquait à peine, tandis qu'il longeait les couloirs, ombre silencieuse, toujours plongée dans ses pensées. Il passait le plus clair de son temps dans la grande véranda, transformée en une sorte de zoo depuis qu'il s'intéressait aux serpents. Le terme de « jardin botanique » conviendrait mieux, car on distinguait à peine la dizaine de cages au milieu d'une jungle miniature, où dominaient les plantes exotiques jadis mises en pot par feu John Richardson. Derek leur prodiguait presque autant de soin qu'à ses pensionnaires qui, selon lui, souffraient de nostalgie comme des humains arrachés à leur terre natale. Tout au long de l'année, il veillait sur eux, leur parlait, les observait attentivement, prenant de nombreuses notes, en vue d'écrire une monographie sur le sujet qui, il n'en doutait pas, ferait autorité.

La grande adaptabilité des serpents en captivité était reconnue par tous les spécialistes. Pour cela, il suffisait de les manipuler avec douceur. Mais Derek Richardson voulait aller plus loin. Depuis peu, il pensait être en mesure de communiquer avec eux grâce à la musique. Il ne partageait pas l'opinion généralement admise selon laquelle les reptiles, nantis d'une mauvaise audition, ne perçoivent pas les sons aériens. Il admettait que les cobras pouvaient aussi être fascinés par les mouvements du charmeur de serpents, mais pour lui, la musique de la flûte demeurait primordiale, à condition de trouver la bonne sonorité. Il avait récemment lu sur le sujet une nouvelle théorie hindoue et entendait bien la mettre en pratique. « N'opérer qu'avec un instrument parfaitement naturel, taillé dans un bois de bonne qualité, et surtout sans additif de quelque autre matériau. Travailler, travailler sans relâche la sonorité, trouver le son juste, le plus pur possible... Mettre toute son âme dans chacune de ses notes... Choisir des mélodies répétitives, de manière à pouvoir aisément se faire reconnaître par le sujet d'étude... Ce n'est qu'à ce prix que l'on parvient à établir le contact avec lui... »

Lorsque les deux cobras lui tournèrent le dos, derrière la

mince grille de la cage, montrant ainsi leurs « lunettes noires », Derek fut traversé par un frisson de bonheur, persuadé alors que les deux serpents n'avaient pas été insensibles à son « message ». Leur attitude renfrognée depuis qu'il avait cessé sa musique l'attestait. Il brûlait d'envie de poursuivre son expérience, mais se sentait désormais trop épuisé pour cela. Il était plus sage d'attendre le lendemain pour la renouveler, lorsqu'il serait à nouveau en pleine possession de ses moyens. Peut-être alors se risquerait-il aussi à jouer librement devant eux, sans cette grille de séparation, qui était évidemment un obstacle à leurs rapports, comme toute grille qui sépare les prisonniers de leur gardien. Plusieurs fois, il s'était risqué à ouvrir la cage, à les approcher... Les reptiles n'avaient jamais manifesté de mouvement d'hostilité. *Lui*, il était leur ami, et ils le savaient bien. Il n'en était malheureusement pas de même pour le reste de la maisonnée. Il ne comptait plus les mises en garde de sa mère, de son oncle, de sa sœur, et de son père du temps de son vivant : « Un accident est si vite arrivé... Un jour, tu oublieras de fermer une cage... » Quant à son jeune frère, cette brute d'Hercule, il avait purement et simplement menacé de mettre le feu à la véranda, « afin de débarrasser Greenway une bonne fois pour toute de cette infâme vermine ! »

Les traits de Derek se contractèrent.

Hercule, son frère, son « petit frère »... Derek avait 10 ans quand il avait appris qu'il allait avoir un « petit frère ». Il se souvenait très bien de cette époque, car elle coïncidait avec le début de sa passion pour les reptiles. Environ deux ans plus tard, son père, de retour des Indes, lui avait rapporté un jeune cobra vivant, auquel on avait enlevé les glandes à venin. Il en avait également ramené un autre, destiné à un ami qui le lui avait demandé. Or, cette bête-là, n'avait pas été rendue inoffensive. On ne sut jamais par la suite ce qui s'était réellement passé, à quel moment l'« erreur » avait été commise — s'il s'agissait vraiment d'une erreur. Le soir même du retour de John Richardson, la maisonnée avait été réveillée par des cris d'enfant. Les parents s'étaient précipités dans la chambre du petit Hercule, qui venait de fêter son premier anniversaire depuis peu. Ils avaient été surpris dans un premier temps de constater que l'enfant ne pleurait pas, mais qu'au contraire, il se tordait de rire... Ensuite, ils avaient aperçu avec effarement le corps flasque du jeune cobra, que l'enfant tenait par la tête. De son petit poing vigoureux, il avait étranglé le reptile... Passé un premier moment de stupeur, après avoir constaté que tout danger était écarté, ils s'étaient dit qu'il s'agissait naturellement du serpent rendu inoffensif, lequel avait été placé dans une cage bien plus légère que l'autre. Mais ils se trompaient. Il s'agissait de l'autre... Ils ne purent jamais déterminer comment celui-ci avait pu s'échapper de sa cage, mais ils ne poussèrent pas plus loin leurs investigations, trop heureux et soulagés d'avoir évité le pire. Sur le coup, il fut question de supprimer l'autre reptile, mais Derek s'y opposa vivement. Il se sentait responsable de cette bête puisqu'elle lui était destinée. Et ce fut là le début d'une grande histoire d'amour, et en même temps celle d'une constante opposition entre les deux frères.

Hercule fut dès lors couvert de soins attentifs ; de la part de ses parents en général, et de son père en particulier, qui devait sans doute se sentir partiellement responsable de l'incident. Deux ans plus tard, il prenait sa retraite pour se consacrer à l'éducation d'Hercule. Il fit preuve d'une patience et d'une indulgence sans pareilles, lui passant tous ses caprices, lui trouvant une excuse pour chacune de ses bêtises, pourtant nombreuses. John Richardson choisit pour lui les meilleurs précepteurs, afin qu'il excellât dans toutes les disciplines, mais le jeune Hercule brillait surtout dans les exercices sportifs. Il était exceptionnellement doué pour la lutte et tout ce qui avait trait au combat, comme put s'en rendre compte notamment son professeur de musique qui, s'échinant vainement à lui donner des cours de violon, finit un jour au tapis, avec quatre côtes cassées et le nez en sang. Hercule, soudainement excédé par la difficulté des exercices, avait passé sa colère sur le musicien. Il y eut d'autres manifestions des irrépressibles emportements du jeune Richardson, dont son entourage fit les frais. Sa force et sa vigueur s'accrurent avec le temps, et à 14 ans, pour une raison futile, il corrigea un jour sérieusement Derek, le laissant dans un état voisin de celui du professeur de musique. Une autre fois, il l'assomma carrément, et une autre fois encore, il lui cassa le bras. À chaque fois, Hercule regrettait ses actes, expliquait qu'il n'était plus lui-même quand il se fâchait, que jamais il ne recommencerait... Les autres le croyaient, se laissaient prendre à son manège, à ses mines contrites, à ses expressions de douloureux remords. Cela marchait fort bien, avec son visage d'ange ! Mais Derek, lui, n'était pas dupe. De telles excuses pouvaient passer à 14 ans. Mais plus à 18 ans. Son frère était une incorrigible brute, dont les sautes d'humeurs auraient un jour de très fâcheuses conséquences. Le petit Hercule semblait avoir été marqué par le destin, la nuit où il étrangla le serpent. À moins que ce ne fût plus tôt, lorsque son père eut l'idée de l'appeler Hercule ? Pourquoi, d'ailleurs, lui avait-il donné un tel prénom ?

Tout en se posant la question, Derek, qui venait de s'engager dans le couloir, passa devant la série de tablettes de terre cuite, souvenir du séjour en Grèce de son père. Il y en avait très exactement douze, qui représentaient chacune un des travaux effectués par le héros légendaire. Il s'agissait de motifs moulés, si bien qu'ils apparaissaient aussi bien sur l'envers que sur l'endroit de la tablette. Il aurait fallu que les appliques de gaz du couloir fussent toutes allumées à ce moment pour qu'on remarquât celles qui étaient retournées. Ce qui était le cas de huit d'entre elles. Mais la lumière, venant du hall, était faible à ce moment-là. Derek, d'ailleurs, ne leur accorda qu'un bref coup d'œil. Il connaissait par cœur les motifs et les histoires. Cent fois, il avait entendu son père en faire le récit à son frère, lui compter par le menu les exploits du héros mythologique, le nourrir de ces incessants combats... Pas étonnant, dans ces conditions, que l'autre ait eu sans cesse envie de se servir de ses poings !

Avant d'arriver dans le hall, Derek s'arrêta pour jeter un coup d'œil dans la courte portion de couloir partant sur sa droite et menant à la « chambre chinoise ». L'endroit était plongé dans la pénombre et il ne distinguait qu'à grand-peine les contours de la porte. Il adressa de nouvelles interrogations muettes au disparu. Pourquoi n'avait-il jamais autorisé l'accès de cette pièce ? Pourquoi ne l'avait-il pas permis après sa mort, en faisant clairement spécifier dans son testament qu'il souhaitait que cette pièce demeurât inviolée, aussi longtemps que la maison serait occupée par des membres de sa famille ?

Derek haussa les épaules, puis se dirigea vers le salon. L'épais tapis persan étouffait ses pas. Il entra si discrètement dans la pièce que ses occupants ne parurent même pas s'apercevoir de sa présence. À vrai dire, ils étaient tous très pris par leur discussion. Il y avait là sa mère, sa sœur Vera et son mari Michael Novello, et l'oncle Neville. Leurs regards inquiets étaient rivés sur Hercule, installé sur un fauteuil près de la cheminée. Il regardait fixement le feu, qui crépitait doucement dans l'âtre, mais sans paraître le voir. C'était un jeune homme d'une vingtaine d'années, ressemblant fort peu à son frère. Il avait les hanches étroites et une forte carrure. Une chevelure châtain clair assez fournie surmontait un visage fort avenant, habituellement éclairé par un doux sourire. Mais pour l'heure, il trahissait un profond tourment. Tandis qu'une veine bleue jouait sur sa tempe, il lâcha dans un soupir :

— C'est moi qui l'ai tuée...

Dans le silence qui suivit, ces inquiétantes paroles se répercutèrent dans le vaste salon, faisant comme un écho au rire diabolique des figurines exotiques nichées sur les étagères. Ces mots auraient sans doute surpris un inconnu, mais à Greenway, ils étaient presque familiers...

— Mais non, Hercule, l'enquête l'a formellement prouvé ! déclara Vera, une femme mince et blonde au visage un peu masculin. Tu n'as aucun reproche à te faire !

— Aucun reproche ? répéta tristement Hercule en hochant la tête. Tu ne sais pas ce que tu dis, Vera.

— Mais voyons, si tu avais commis un tel acte, tu t'en souviendrais, non ?

Hercule se raidit dans son fauteuil et tourna vers sa sœur des yeux emplis de détresse.

— Non, justement ! Je ne me rappelle plus rien quand je me mets en colère ! J'ai d'abord le sang qui bouillonne dans les veines, puis ça me monte à la tête... Et après, je ne sais plus ce que je fais.

Vera répliqua sèchement :

— Mais pas au point de tout oublier ! Surtout après un geste aussi froidement prémédité !

Après avoir échangé un coup d'œil avec la sombre et pensive Mrs Richardson, Neville Lloyd s'approcha d'Hercule, l'air calme et réfléchi. C'était un quinquagénaire aux manières agréables, qui avait l'aisance des gens habitués à fréquenter la haute société. En faisant sa connaissance, on n'était pas surpris d'apprendre qu'il avait été maître steward, durant plusieurs années, sur le *Lucania*, élégant transatlantique. Avec ses cheveux longs et grisonnants, soigneusement ramenés en arrière, découvrant son visage affable et paisible, on était d'abord mis en confiance. Mais la rondeur de son élocution et l'assurance de ses gestes semblaient un peu trop parfaites pour confirmer ce sentiment.

— Voyons, mon cher Hercule, il faut se rendre à l'évidence. C'est ton chagrin qui te fait parler ainsi, et crois bien que nous le partageons tous. Que tes emportements te fassent perdre la mémoire? Allons donc, qui pourrait croire cela? Mais quand bien même cela serait, il y a eu l'enquête de la police, comme l'a fait si justement remarquer Vera. D'ailleurs, c'est bien simple : je suis sûr qu'en te remémorant toi-même les faits, posément et de manière réfléchie, tu finiras bien par te rendre compte de la réalité et chasser tes derniers doutes.

Le regard du jeune homme fit le tour de la petite assemblée. Un regard embué et chargé de reproches.

— Vous n'avez pas oublié, je suppose, pourquoi Patricia et moi étions partis faire ce long voyage de noces, pourquoi nous nous sommes mariés dans la plus stricte intimité et pourquoi elle n'a jamais mis les pieds ici et pourquoi...

— Ne parlons plus de cela, dit Vera qui réprimait mal sa nervosité. Cela ne servirait à rien. Oui, c'est notre faute. Nous n'avions fait qu'écouter les rumeurs à propos de ta fiancée... Pour l'instant, essaye simplement de te concentrer sur les faits.

Hercule hocha plusieurs fois la tête, puis eut un curieux sourire.

— La Suisse est un joli pays, et Patricia avait toujours rêvé de le visiter. Si bien que nous avions décidé que ce serait l'étape finale de notre voyage. Après Barcelone,

Nice, Capri, Venise, nous sommes allés à Goppenstein, où nous avions loué un petit chalet sur le flanc de la montagne. C'était au début du mois de juillet et il faisait un temps superbe. La vue était magnifique, l'air pur et transparent, nous goûtions chaque instant de notre bonheur avec délices. Tout allait pour le mieux jusqu'au jour où... nous nous sommes disputés...

— À propos de...

— ... De trois fois rien, soupira Hercule. Patricia venait d'appendre qu'une de ses amies était de passage, au village. Elle comptait lui consacrer quelques-unes de nos journées — ce qui était tout à fait normal, après tout —, mais moi, je ne l'entendais pas de cette oreille, prenant cela comme une intrusion dans notre vie intime, une sorte d'obstacle à notre bonheur. Nous avons eu une dispute épouvantable qui a duré toute la soirée.

— Tu ne l'as pas frappée, n'est-ce pas?

— Non, mais je me souviens de m'être fait violence pour ne pas exploser. En revanche, je lui ai dit tout ce qui me passait par la tête, l'accusant entre autres d'avoir prémédité cette rencontre avec son amie, de me l'avoir cachée sciemment et... elle en était profondément bouleversée. Le lendemain, nous n'en avons plus parlé. Nous sommes partis de bonne heure escalader la montagne, un périlleux exercice censé calmer nos nerfs durement éprouvés. Vers midi, nous avons repris notre discussion, sans pouvoir éviter une nouvelle dispute. Nous avons alors rebroussé chemin, et dans ma hargne, j'ai dû prendre pas mal d'avance sur elle.

— En effet, intervint Neville Lloyd. Tu es arrivé à la bourgade vers 16 heures, et tu avais pris une sacrée avance, car elle se trouvait alors à peu près à mi-parcours. C'est plus ou moins à ce moment-là qu'elle a fait sa chute. La corde qui retenait son harnais avait cédé parce qu'elle était usée et s'était vraisemblablement effilochée en frottant sur une arête rocheuse.

— Mon Dieu, je n'oublierai jamais cet instant...

— Comment pourrais-tu seulement t'en souvenir, puisque tu ne *pouvais pas* être avec elle à ce moment ? L'examen médical a prouvé que l'heure du décès coïncidait avec celle de ton arrivée au village ?

— Oui, mais on m'a demandé d'aller reconnaître son corps. Mon Dieu, ma pauvre Patricia, dans quel état nous l'avons trouvée ! Elle était tombée d'une vingtaine de mètres et...

— Hercule, je t'en prie ! s'énerva Vera. Ce qui est important, pour toi, aujourd'hui, c'est que tu te reprennes, que tu admettes que tu n'es pour rien dans ce drame ! Que c'est un accident, rien qu'un accident, car il ne peut s'agir d'autre chose.

Un pauvre sourire naquit au coin des lèvres du jeune homme, qui finit par acquiescer :

— Soit. Mais en la grondant comme je l'avais fait, en la blâmant aussi injustement, et en la laissant terminer seule ce périlleux parcours, je l'ai tuée aussi sûrement que si j'avais tranché moi-même la corde d'un coup de couteau.

— Personne n'avait tranché cette corde, Hercule ! le pressa Vera. Elle était usée ! C'est un accident, un simple accident, qui appartient désormais au passé ! Tu dois oublier, tout oublier.

— Facile à dire...

La voix de Vera se fit plus aiguë.

— Tu dois arrêter de ressasser ce drame, de t'adresser des reproches aussi vains qu'injustifiés, arrêter de faire cette face de carême, d'être ce fantôme ambulant depuis maintenant près de un an, tu dois...

Neville Lloyd fit un signe discret à sa nièce, puis posa une main paternelle sur l'épaule du jeune homme.

— Nous comprenons tous ce que tu peux ressentir, Hercule. Cependant, Vera a raison de dire que ce drame appartient au passé. Quant à moi, je te demanderai simplement d'oublier ces tristes événements durant quelque temps, ou tout au moins de faire semblant. Car nous allons bientôt recevoir la visite de ma filleule, qui traverse actuellement une passe difficile elle aussi. Une atmosphère de gaieté lui serait particulièrement favorable. Alors si nous pouvions tous faire un petit effort...

— Votre filleule ? s'enquit Vera. Quelle filleule, oncle Neville ? Vous ne nous avez jamais parlé d'elle !

— Ah bon ? Il me semble pourtant bien...

Il vida sans se presser son verre de brandy, puis reprit :

— Mais à la réflexion, c'est bien possible. Je ne l'ai plus revue depuis des lustres. En fait, c'est la fille d'un de mes meilleurs amis, qui m'avait jadis rendu un insigne service à Johannesburg. Le malheureux homme a perdu sa femme peu après la naissance de leur fille, et lui-même a cassé sa pipe récemment. C'est la petite qui me l'a appris. En réalité, je l'avais presque oubliée... Et j'avoue avoir même eu du mal à la reconnaître quand je l'ai rencontrée l'autre jour. Dieu qu'elle a changé ! Quoi qu'il en soit, elle se trouve actuellement dans une situation précaire... et je suis son parrain. Elle est majeure, certes, mais il m'a semblé tout naturel de lui proposer un toit, au moins l'espace de quelques semaines, le temps pour elle de se retourner et de réfléchir à sa situation.

— Tu as très bien fait, opina Mrs Edna Richardson. Mais tu aurais néanmoins pu nous prévenir avant de nous mettre devant le fait accompli. Quel âge a-t-elle, à propos ?

— Vingt-trois ans, le même âge qu'Hercule. Elle s'appelle Rita Draper et je dois avouer qu'elle n'est pas vilaine à regarder...

III

LA BICHE AUX CORNES D'OR DE CÉRYNIE

5

Récit d'Achille Stock (suite)

Sir Richard Gull vida lentement son cocktail, puis promena un lent regard dans la salle du *Ritz Hotel,* à Piccadilly, où s'agitait une foule bruyante et assoiffée. Les hommes, en smoking, se rengorgeaient, et les femmes avaient mis leurs plus belles toilettes. Çà et là, elles déployaient leur gorge blanche pour faire entendre de jolis rires perlés, qui reflétaient la bonne ambiance de la soirée. « Une indiscutable réussite », songea sir Richard Gull, qui fêtait alors les fiançailles de sa fille Alice et avait toutes les raisons d'être satisfait. Pourtant, il ne parvenait pas à se défaire d'un vague sentiment d'inquiétude, fondé sur cette absurde rumeur qui avait circulé depuis le début de la soirée. D'abord, il en avait presque ri, tant ce commérage malveillant lui paraissait grotesque. Mais ensuite, il avait senti la menace se préciser. Il avait remarqué quelques gestes apparemment anodins, mais suspects, comme si le destin complotait secrètement pour provoquer ce qui, à n'en pas douter, eût été un véritable scandale, une tâche indélébile à la réputation des Gull.

À l'origine, il y avait vraisemblablement ces petites mesquineries à propos de son futur beau-fils, Lionel Cream, qui était assurément un beau parti. Un garçon de bonne naissance, capable et intelligent, et qui venait par ailleurs d'entrer en possession d'un bel héritage. Certes, il avait un physique un peu quelconque, grand garçon efflanqué au regard de hibou, ce qui avait amené certains esprits malveillants à affirmer que sa fille Alice ne l'avait pas choisi que pour ses beaux yeux. Sir Richard Gull avait la certitude qu'il n'en était rien.

La rumeur avait peut-être pris naissance lorsqu'on avait appris qu'un certain Pierre Guibert séjournait à l'hôtel et faisait partie des quelques clients de l'hôtel qui dînaient alors dans un coin de la grande salle. L'homme passait pour un tricheur professionnel, grand séducteur, dont le charme envoûtant aurait été à l'origine de plusieurs drames — parmi des couples de renom —, allant du simple divorce au suicide. Rien n'avait pu être retenu contre lui jusqu'ici, mais sa réputation était si détestable qu'elle avait même franchi le *Chanel*, d'autant que l'homme faisait régulièrement le trajet entre Londres et Paris. Il faut dire que Pierre Guibert, beau brun d'une trentaine d'années et portant une fine moustache, était diablement séduisant et d'agréable manière. Mais c'était surtout son sourire à fossettes qui faisait chavirer le cœur des dames.

Alice ignorait sans doute tout de cet homme quand il l'invita à danser pour une des toutes premières valses. Mais pas les autres convives. Et l'hypothèse scandaleuse de se répandre comme une traînée de poudre : « Mon Dieu ! Et si cet homme parvenait à séduire la belle Alice... Il paraît qu'aucune femme ne lui résiste. » Par ailleurs, on savait également que le Français repartait pour Paris le soir même. Les rumeurs les plus folles avaient alors circulé : « Vous vous rendez compte, mon cher, du scandale que cela ferait, si ce sacré don Juan parvenait à embarquer la petite avec lui ? » Des paris fermes étaient même parvenus jusqu'aux oreilles de sir Richard Gull : « Allez, vingt contre un qu'il la ramène avec lui à Paris ce soir ! »

Sir Richard avait mis la malveillance de ses amis sur le compte de cette excellente fine champagne, qu'on avait abondamment servie durant la soirée. Il posa un regard critique sur son futur gendre, qui devisait avec une vieille lady et semblait tout ignorer de ces rumeurs. Puis il avisa la petite reine de la soirée, sa fille, la belle Alice, dont il était très fier. Elle était particulièrement ravissante ce soir-là, avec ses longs cheveux blonds, coiffés en tresses et savamment relevés sur les côtés, qui lui donnaient un air adorable. Il souscrivait sans réserve à la remarque d'un des convives, qui l'avait baptisée avec beaucoup d'à-propos « la biche aux cornes dorées ». Sir Richard sourit. Indiscutablement, sur un plan purement esthétique, le futur couple n'était pas vraiment assorti. Le brave Lionel paraissait bien terne à côté de l'éclatante beauté de sa fille. Mais il ne s'inquiétait pas pour eux. Il les savait très épris l'un de l'autre, très complices. Sir Richard se confortait dans cette pensée, tout en guettant du coin de l'œil la belle Alice, qui vidait un nouveau cocktail avant de s'en faire resservir un autre. Elle semblait très joyeuse et riait à tout propos. Il fronça le sourcil, se demandant s'il ne valait pas mieux lui dire un mot pour l'inciter à un peu plus de sobriété, lorsqu'il vit un serviteur la rejoindre pour lui remettre un pli. Elle le remercia d'un sourire, puis déplia la feuille qu'elle lut, d'abord d'un air insouciant, puis avec un étonnement croissant.

Intrigué, sir Richard s'approcha discrètement d'elle, mais il lui fut impossible de prendre connaissance du message. C'est alors qu'il la vit sourire. D'abord, un sourire qui effleura son fiancé — toujours absorbé dans sa discussion avec la vieille lady —, puis un autre, plus franc et plus étrange, qui s'épanouissait sur son visage tandis qu'elle glissait le message dans un pli de sa robe. Et, ô stupeur ! ce sourire s'arrêta sur Pierre Guibert, qui passait par là. C'était un sourire complice, qui trouva largement écho chez le séducteur français. Sur le coup, sir Richard crut qu'il rêvait, qu'il subissait les vapeurs de l'alcool. Grâce à sa force de caractère, il parvint à se convaincre que ce n'étaient que de simples manifestations de politesse, que la présence du Français à ce moment-là n'avait aucun lien avec le message, qu'il ne s'agissait que d'une coïncidence. Mais une heure plus tard, il devait déchanter.

Entre-temps, Pierre Guibert s'était retiré et on l'avait vu quitter l'hôtel avec ses bagages. C'est alors que, peu de temps après, on remarqua l'absence d'Alice... Nul ne fut en mesure de dire où elle se trouvait, et, pis encore, personne ne l'avait aperçue durant le dernier quart d'heure, ce qui faisait coïncider sa disparition avec le départ du Français ! Lorsque quelqu'un signala que le dernier train pour Paris, *via* Douvres, partait de Waterloo Station dans une dizaine de minutes, sir Richard et l'infortuné fiancé se ruèrent dans Piccadilly pour y arrêter le premier fiacre en maraude. Ils parvinrent à la gare sur le coup de 11 heures. Mais il était trop tard. L'express pour Douvres venait de partir depuis quelques minutes. Ils interrogèrent le chef de gare encore sur le quai, et c'est avec stupéfaction qu'ils l'entendirent répondre à leurs questions :

— Ah oui ! bien sûr ! je me souviens parfaitement d'eux... Lui, un homme élégamment vêtu, bien fait de sa personne, et elle, la petite, accrochée à son bras et le regardant tendrement... Quelle ravissante enfant, avec ses couettes dorées ! Difficile de passer à côté d'elle sans la remarquer...

Sonnés comme des boxeurs mis au tapis, les deux hommes entendirent à peine le chef de gare achever sa description du couple, qui correspondait point par point à celle des disparus. C'est alors qu'un homme étrangement vêtu vint au-devant d'eux pour leur demander de quoi il retournait. Sir Richard était trop abattu pour relever l'incongruité de son intervention, et Lionel, qui ressemblait à un zombie, lui expliqua la situation en quelques phrases laconiques. Sur quoi, l'homme releva un peu le bord de la tête de lion qui lui masquait les yeux, jeta un coup d'œil pensif en direction des rails, puis leur déclara : « Ne vous inquiétez pas, mes amis, je vais rattraper le train pour corriger ce gredin comme il se doit, puis je vous ramènerai la petite biche aux cornes d'or... » Il s'élança alors sur la voix ferrée, se mit à courir de toutes ses jambes et l'on vit rapidement sa silhouette recouverte d'une peau de lion fondre dans l'obscurité du grand hall de gare.

Le petit groupe eut alors la certitude d'avoir affaire à un fou, même si sa bonne volonté était manifeste; puis sir Richard alerta la police pour signaler la disparition de sa fille. Les représentants de l'ordre, bien embarrassés, alertèrent leurs collègues de Douvres par télégramme, tout en faisant bien comprendre à sir Richard que sa fille était majeure et libre de ses mouvements, et que par conséquent ils ne pourraient en aucun cas l'empêcher de suivre ce Français, si méprisable qu'il fût.

Sir Richard et ses proches passèrent une nuit blanche, taraudés par l'angoisse, maudissant tantôt la folie d'Alice, tantôt l'immonde séducteur, et spéculant également sur l'ampleur du scandale. Ils n'avaient toujours pas fermé l'œil le lendemain matin, lorsqu'on sonna avec insistance à la porte d'entrée. D'abord, ils ne virent qu'une silhouette, celle de l'homme à la peau de lion déjà rencontré sur le quai de la gare. Haletant, le visage ruisselant de sueur, il leur déclara sans tergiverser :

— Ç'a été difficile, mais j'ai réussi... Tenez!

Il se pencha de côté, tira vers lui une silhouette gémissante et la poussa dans les bras du maître du maison, disant :

— Revoilà la petite biche aux cornes d'or ! Elle est très éprouvée, mais en bonne santé. Elle se remettra vite de son aventure...

Sir Richard rattrapa de justesse sa fille qui s'effondrait dans ses bras, échevelée, luisante de pluie et en pleurs. Quand il releva la tête, l'inconnu avait disparu. Il retourna à Scotland Yard pour informer les policiers de la situation, croyant fermement avoir eu son compte d'émotions fortes, certain que les choses allaient en rester là, mais il n'était pas au bout de ses surprises. Le récit que lui fit la police dépassait l'entendement.

Aussi incroyable que cela puisse paraître, l'individu à la peau de lion était parvenu à rattraper l'express de Douvres ! Une demi-heure après le départ du train, un voyageur aperçut à maintes reprises une ombre qui courait à toute vitesse le long de la voie ferrée, comme pour rattraper le convoi. Vers minuit et demi, après la seule halte du parcours, alors que la locomotive soufflait pour prendre de la vitesse, plusieurs personnes, certaines sur le quai et d'autres dans le train, virent un homme curieusement vêtu en train de courir après le dernier wagon. Une demi-heure plus tard, alors que l'express avait ralenti l'allure après le passage d'un tunnel, l'individu fit une fracassante entrée dans le wagon où étaient installés Pierre Guibert et sa compagne, après avoir brisé la vitre d'une porte latérale dans le couloir. Devant les voyageurs stupéfaits, il s'adressa au Français en le menaçant d'un gourdin :

— Ton beau parcours s'arrête là, mon gaillard ! Et tu as fait trop de dégâts pour que je te laisse filer à si bon compte...

Alors, avec la vitesse de l'éclair, il se rua sur le Français en le frappant sauvagement à la tête avec son arme. Plusieurs personnes se mirent à hurler, mais aucun cri ne surpassa celui que poussa la jeune Alice Gull, quand le « sauvage », après avoir tiré la sonnette d'alarme, la prit par la taille et la plaça sur son épaule comme un vulgaire fardeau. Ainsi chargé, il regagna la porte brisée du couloir, puis sauta du train alors que celui-ci ralentissait en catastrophe dans un infernal grincement métallique. Dehors, il faisait alors nuit noire et il pleuvait. Personne ne se lança à leur poursuite, mais compte tenu de la soudaineté et de la brutalité de l'intervention, comment s'en étonner ?

Le Français fut rapidement transporté à l'hôpital, mais mourut en cours de chemin, sans avoir pu dire un mot. Pour retrouver la trace du meurtrier, la police comptait grandement sur miss Alice Gull, la seule personne d'ailleurs en mesure de clarifier les événements de cette singulière soirée. Durant plusieurs jours, elle ne fut pas en état de parler, choquée par le meurtre et très ébranlée nerveusement. Son témoignage fut ensuite bien décevant. Elle était avant tout soucieuse de se faire pardonner auprès de son fiancé pour son inqualifiable conduite, qu'elle attribuait à l'alcool et un instant de folie passagère qu'elle ne s'expliquait pas. Elle avait succombé d'emblée au charme du Français, comme bien d'autres femmes avant elle, puis avait senti sa volonté fondre comme neige au soleil quand elle avait lu son message. Ce n'était plus elle-même qui l'avait suivi à la gare, mais son double, la face cachée de sa personnalité, celle qui avait écouté, durant son trajet en train, la mélodie diabolique de ses paroles flatteuses. Elle se souvenait de l'attaque surprise du « sauvage », du meurtre brutal qui avait suivi, mais il y avait ensuite un grand trou dans sa mémoire, jusqu'au moment où elle s'était retrouvée sur le pas de la porte de sa maison, sanglotante dans les bras de son père.

Le jeune Lionel semblait tout autant touché par le drame, mais il finit par pardonner l'escapade à sa fiancée. Ils s'employèrent tous deux à chasser le souvenir de cette tragique soirée, imprévisible tornade dans leur vie de couple, qui s'était fort heureusement éloignée aussi rapidement qu'elle avait surgi. Le mystère qu'elle laissait dans son sillage suscitait des sentiments divers. Pour la police, l'intervention de l'inconnu n'était rien de moins qu'un assassinat, commis de sang-froid et donc passible de la peine capitale. Alice, évitant toujours d'évoquer ces pénibles instants, ne livra guère ses propres impressions. En revanche, sir Richard et Lionel se laissèrent aller à déclarer que son action n'était pas totalement négative, puisque ledit « sauvage » avait débarrassé le royaume d'un ignoble personnage, faisant preuve d'une efficacité certaine là où la loi se montrait impuissante. Quant aux questions que tous se posaient, à savoir le mobile et l'identité de la « brute », personne ne put y répondre, pas plus qu'à l'extraordinaire énigme de son exploit : comment un homme, fût-il le plus véloce des athlètes, avait-il pu rattraper un train en courant ?

Pour plus de clarté et afin d'éviter au lecteur les fastidieux recoupements d'indices et de témoignages que nous pûmes glaner çà et là tout au long de nos recherches, j'ai fait ici un récit complet de cette tragédie, qui remonte au mois de novembre de l'année précédente. Je l'ai enrichi de détails et de points de vue particuliers qui n'apparaissaient pas dans les articles de presse de l'époque, ni dans le compte rendu qu'Owen m'en fit ce soir-là. Il avait naturellement pris soin de souligner toute l'impossibilité du problème, après quoi il m'avait posé la sempiternelle question :

— Alors, Achille, n'y voyez-vous pas plus clair à présent ?

— Y voir clair, dans cet embrouillamini ? Avouez que vous vous payez ma tête ! C'est une histoire de fous que vous m'avez racontée là ! Un roman de science-fiction, un conte de fées...

— Mais qui s'est pourtant bel et bien produit, si l'on en croit la presse. Mais passons pour l'instant sur l'aspect purement énigmatique de cette affaire et comparons-la avec les deux autres.

Owen s'interrompit pour allumer un cigare que je venais de lui offrir, projeta quelques anneaux de fumée au-dessus de lui, puis attendit.

— Le lien est évident, répondis-je en haussant les épaules. Il s'agit de l'homme à la peau de lion...

— Cela, nous le savons déjà. Allons, Achille, reprenez-vous et ne me décevez pas, au nom de notre vieille amitié. Nous avons là un homme qui commet des exploits stupéfiants, comme votre célèbre homonyme le grand Achille, un héros d'essence divine, tel que Persée à qui je faisais allusion tout à l'heure. Un héros, donc, qui semble avoir entrepris une série d'exploits, en commençant par terrasser un « lion » pour revêtir sa peau, en capturant ensuite un dévastateur taureau crétois, puis une biche aux cornes d'or...

— Hercule ! m'écriai-je soudain. Les douze travaux d'Hercule !

— Enfin, soupira Owen. Je commençais vraiment à m'inquiéter.

— Mon Dieu, c'est incroyable...

— C'est ce que je pense aussi, figurez-vous. Et vous conviendrez avec moi qu'à ce stade de nos informations, il peut difficilement s'agir d'une suite de coïncidences. Souvenez-vous de son premier travail. Hercule avait été chargé de tuer ce redoutable lion qui semait la terreur autour de Némée. Il l'a étranglé, lui a ôté sa peau, l'a revêtue puis ne l'a plus quittée tout au long de ses autres exploits. La ressemblance avec l'affaire du major Macleod se passe de tout commentaire. Pour ce qui est du « taureau de Crète », Hercule devait non pas le tuer, mais le dompter, car il dévastait tout sur son passage et terrorisait les gens. C'est pour ainsi dire ce qui est arrivé au colosse crétois Elias Zakinthos. Pour « la biche aux cornes d'or de Cérynie », il devait également se contenter de la capturer, et sans la blesser... Il l'a suivie au pas de course, a mis un certain temps avant de la rattraper, l'a chargée sur ses épaules, puis l'a ramenée au bercail. Et c'est exactement ce qui est arrivé à la petite Alice Gull. Vous voyez bien, Achille, rien n'a été laissé au hasard, ces interventions sont l'exacte réplique des travaux d'Hercule.

Je ne pus réprimer un acquiescement contraint.

— Mais alors... qu'en concluez-vous ?

Un sourire narquois effleura le visage d'Owen.

— Que notre héros serait redescendu de l'Olympe pour faire le ménage sur notre bonne vieille terre ? Non, rassurez-vous. Il y a évidemment une main humaine derrière ces actes...

— L'histoire d'Alice Gull donne pourtant à penser le contraire ! Même si nous admettons que notre homme a réussi à trouver un moyen génial pour rattraper un train en marche, comment imaginer l'incroyable opportunité de son intervention ? Savait-il d'avance qu'un séducteur de passage parviendrait ce soir-là à émouvoir une jeune fille lors de ses fiançailles, puis le drame qui allait en découler ? On ne peut pas prévoir cela, vous comprenez ? Il est difficile d'envisager ainsi une trame soigneusement préparée, aussi ingénieuse soit-elle.

Owen hocha la tête d'un air grave.

— Je sais, mon ami. J'ai naturellement relevé comme

vous cette apparente impossibilité, sans pouvoir hélas y répondre.

— Mais alors, à quoi rimerait tout cela?

Owen émit de nouveaux ronds de fumée avec son cigare, ce qui préludait en général à quelque importante déclaration.

— Avant de nous pencher sur cette question, dit-il, j'aimerais attirer votre attention sur l'aspect chronologique de l'affaire. La mort du « lion de Némée » date de septembre dernier et correspond donc, comme nous l'avons vu, au premier travail de notre héros. L'affaire de « la biche aux cornes d'or » a eu lieu en novembre. C'est le troisième ou quatrième exploit d'Hercule. L'affaire du « taureau de Crète », qui vient de se produire ces jours-ci, est, si mes souvenirs sont bons, son septième travail. Autrement dit, durant tous les autres mois, notre mystérieux « héros » a très bien pu exécuter d'autres travaux...

6

En arrivant à Greenway, elle savait qu'elle jouait un jeu dangereux. Elle en était consciente, y avait pensé durant tout le trajet, mais ce sentiment se précisa encore lorsque le cocher immobilisa son fiacre devant la grille d'entrée, alors qu'ils venaient de traverser le village de Woodhall. Il faisait un temps plutôt maussade ce jour-là, ce qui ne contribua pas à rassurer la jeune femme. Il y avait indiscutablement quelque chose d'étrange dans ce qu'elle voyait pour l'instant de la propriété, sans qu'elle pût dire exactement quoi. Les nuages qui formaient un écrin grisâtre autour des bouquets de chênes n'expliquaient pas tout. Elle prit une profonde inspiration, puis sortit de la voiture.

Le cocher était descendu pour lui proposer de porter sa valise, mais elle répondit qu'elle s'en tirerait très bien toute seule. C'était son seul bagage. La malle qu'elle avait fait expédier deux jours plus tôt devait déjà être arrivée.

Après que le véhicule se fut ébranlé, elle s'engagea dans l'allée bordée d'ifs. Elle avait revêtu un ensemble de laine de cheviotte, à la fois rude et très chaud, qu'elle n'avait pas coutume de porter et qui l'avait gênée durant son voyage. Après avoir parcouru quelques mètres, elle sentait déjà une désagréable moiteur envahir son corps, et le col rêche de sa veste lui picotait le cou. Elle avait de plus en plus horreur de ces impressions de chaleur, d'étouffement, qui lui rappelait invariablement de mauvais souvenirs...

À l'endroit où l'allée formait un coude, elle découvrit, sur sa droite, la vieille demeure flanquée de sa terrasse coloniale, qui correspondait bien à la description qu'on lui avait faite. Elle sentit son cœur palpiter, à la fois heureuse de constater que la réalité était conforme à ce qu'elle s'était imaginé et inquiète de découvrir le lieu où elle allait devoir interpréter son rôle singulier. Un rôle qui allait bouleverser son existence, qui comportait des risques, mais qu'elle assumait pleinement. Elle s'était toujours dit que la vie ne valait la peine d'être vécue que si on en jouissait pleinement.

Soudain, elle s'immobilisa et regarda autour d'elle, surprise. De part et d'autre de l'allée, les haies étaient entièrement dégagées sur plusieurs yards. On avait bien replanté des ifs à ces endroits, mais leur taille, qui arrivait à hauteur de poitrine, semblait insignifiante par rapport à leurs grands frères. À présent, elle en était sûre, elle avait remarqué cette même anomalie sur une partie de la haie derrière la clôture. Mais que signifiait cela ? Une maladie très sélective et très localisée des plants ? Non, ce n'était pas possible, ces coupes claires paraissaient trop symétriques.

Intriguée, elle reprit sa marche. Elle essaya de juguler les pensées qui défilaient dans sa tête, de les accorder au crissement régulier de ses pas sur le gravier. Des pas de plus en plus lourds, qui la rapprochaient inéluctablement de sa nouvelle existence. Elle essaya de dominer son angoisse montante, de garder la tête froide, mais elle se sentait submergée par son instinct et des sentiments contradictoires. Elle était très attirée par cette maison qu'elle voyait pour la première fois, et en même temps, elle aurait voulu tourner les talons et s'enfuir à grandes enjambées.

C'était comme dans un cauchemar... Elle sentait ses pas la porter vers la direction la plus dangereuse qui s'offrait à elle, et elle avançait, impuissante, bien que parfaitement consciente du phénomène. Elle avait de plus en plus chaud, comme si elle se rapprochait d'une forge géante... Les lueurs rougeâtres du métal en fusion s'avivaient, puis s'allumaient un peu partout autour d'elle, tandis qu'un brouillard pourpre remplissait les zones d'ombre. Quand elle vit surgir le dragon bleu, elle le chassa d'un profond effort mental... Elle rajusta machinalement le col de sa veste qui lui grattait le cou, mais en sentant le contact de ses propres doigts sur la peau, elle fut parcourue d'un frisson glacial... Un visage se dessina dans ses pensées... Elle réalisa alors qu'elle se trouvait devant l'entrée de la demeure. Comme électrisée, elle s'empara du heurtoir de la lourde porte de chêne et l'actionna vigoureusement. Quelques instants plus tard, un domestique au regard hautain apparut sur le seuil et s'enquit d'un ton protocolaire :

— Qui dois-je annoncer, Madame?

« Le sort en est jeté », se dit-elle en ordonnant d'un geste nerveux sa chevelure. Puis, esquissant un petit sourire ingénu, elle répondit :

— Je suis la filleule de Neville Lloyd...

Seuls Vera et son mari étaient présents dans le salon. Michael Novello, un homme de taille moyenne au regard vif, caressait pensivement le collier de sa barbe. Il avait des cheveux noirs, coupés assez courts, et le teint plutôt mat, souvenir d'une grand-mère sicilienne qu'il n'avait jamais connue. En général, il se montrait mystérieux et peu bavard, mais lorsque la situation l'exigeait, il n'hésitait pas à développer son argumentation, avec force gestes de surcroît. Il travaillait comme agent de change dans une banque londonienne depuis plusieurs années et avait connu des fortunes diverses. Peu après son mariage, quelques placements judicieux lui avaient valu une certaine prospérité, ce qui les avait amenés, lui et sa femme, à acheter une confortable maison à Chelsea. Mais une série de revers boursiers les avaient contraints à la revendre et à vivre ensuite très chichement. Leur situation ne s'améliorant pas, après le décès du colonel Richardson, ils s'étaient installés à Greenway, d'où ils n'avaient pas bougé depuis lors. Leurs visages fermés reflétaient cette mauvaise passe qui se prolongeait, mais l'un comme l'autre n'étaient pas du genre à se laisser abattre. Chez Vera, cela se remarquait à son menton volontaire, hérité de son père. Chez son mari, c'était surtout la vivacité de ses yeux noirs qui indiquait que l'homme avait des ressources.

— Ce début de printemps n'est pas très prometteur, déclara Vera qui s'était placée derrière une fenêtre.

Peu habitué à l'entendre lui confier ses impressions d'ordre météorologique, Michael tourna un regard vaguement intrigué vers sa femme.

— J'aurais préféré qu'il fasse un peu plus beau aujourd'hui.

— Et pourquoi cela ?

— À cause de la petite Rita Draper. C'est aujourd'hui qu'elle devrait arriver.

Michael Novello hocha la tête.

— Oui, mais ton frère n'est pas là. Alors je ne vois pas ce que cela pourrait changer. À propos, où est-il ?

— Je l'ignore, mon chéri. Tu sais bien que depuis qu'il est veuf, il a pris l'habitude de disparaître parfois plusieurs jours d'affilée, comme ça, quand ça lui chante.

— Et un beau jour, il ne reviendra plus...

— Ne dis pas ça, Michael, s'il te plaît !

— Ce n'est pourtant pas impossible. Quand je pense à tout cet argent qu'il a hérité et qu'il hésite toujours à me confier pour le faire fructifier ! Quel sot ! Beaucoup de muscles, oui, mais pas de cervelle !

— Patience, mon chéri...

— Patience ? s'exclama-t-il en jetant sur le divan le journal déplié sur ses genoux. Je vais finir par la perdre, figure-toi ! Surtout depuis qu'il nous a parlé de faire ce stupide testament. La seule pensée du montant de cet héritage me rend malade ! Et d'ailleurs, je me demande toujours pourquoi cet homme le lui a légué, à lui...

— T'en plaindrais-tu ? Tu sais bien que sans cela, maman aurait déjà dû vendre cette propriété, et nous... Dieu seul sait où nous serions en ce moment !

— Cela n'explique toujours pas le pourquoi de la chose.

— Roy Russell était un ami de la famille. Il n'avait pas d'enfant. Il était donc naturel qu'il songe à quelqu'un qu'il affectionnait tout particulièrement.

— Et pourquoi pas à toi, alors ?

— Hercule a toujours été le chouchou de la famille.

Vera avait prononcé ses paroles d'un ton neutre, comme pour énoncer simplement un fait. Si elle avait éprouvé de la jalousie pour son jeune frère, elle ne l'avait que rarement montré. Depuis longtemps, elle s'était faite à la situation. Hercule était le petit dernier et choyé pour cette raison. Elle aussi, elle aimait bien Roy Russell, cet ami que son père avait connu à Shanghai. C'était un fort bel homme, grand et blond, très sympathique, dégageant un puissant charisme, au point que certains des soldats sous ses ordres, en Chine, le considéraient comme une sorte de dieu. C'était sans doute excessif, mais le fait est que tout le monde appréciait sa présence. Bien que fils unique d'un lord, il avait renoncé très tôt à la possibilité d'une vie paisible, en s'engageant dans l'armée en tant que simple soldat, sans doute par soif de voyage et d'aventures. Du temps de sa jeunesse, Mrs Richardson l'avait également connu, mais l'avait complètement oublié jusqu'au jour où son mari, feu le colonel John Richardson, était revenu de Shanghai, pour lui parler de celui qui, en Chine, était devenu son meilleur ami. Durant quelques années, Russell accompagna régulièrement le colonel Richardson lors de ses permissions, se montrant très affectionné à l'égard de la famille de son ami, de ses enfants, et particulièrement du petit Hercule qui venait de naître. Après que le colonel eut pris sa retraite, ses visites se firent de plus en plus espacées au fil des ans. Puis, un beau jour, on apprit son décès, à la suite d'une maladie contractée dans les colonies. C'était en 1906, un an avant la fin tragique du colonel Richardson. Mais la plus grosse surprise était évidemment sa décision de faire d'Hercule son unique héritier. Or, Roy Russell, qui venait lui-même d'hériter de la fortune de son père, était devenu un homme fort riche. Il avait bien de lointains cousins, mais c'est le fils de son ami qu'il choisit pour légataire universel.

Pour la famille Richardson, cet héritage venait fort à propos, car le colonel Richardson, lui, avait, lentement mais sûrement, dilapidé sa propre fortune de diverses manières. Les Richardson avaient à peine eu le temps de se remettre de l'étonnante nouvelle de cet héritage surprise, lorsque le colonel mit soudain fin à ses jours. Sa veuve ne manqua pas de trouver du réconfort auprès des siens. Neville Lloyd, son frère, quitta son emploi de steward pour venir s'installer à Greenway, puis ce fut au tour de Vera et de son mari.

— Le chouchou de la famille, maugréa Michael, qui est maintenant majeur. Il serait temps qu'il en prenne conscience et qu'il ait surtout le sens des responsabilités !

— Avoue que ce qui lui est arrivé n'est pas très drôle.

— Mais enfin, Vera, pourquoi toujours lui chercher des excuses ?

— J'essaye surtout de comprendre ce qui se passe dans sa tête.

— Il a perdu très tôt sa femme, soit ! Mais ce n'est ni le premier ni le dernier à qui ça arrive ! On finit toujours par s'en remettre au bout d'un certain temps...

— Heureuse de l'apprendre, mon chéri.

— Je t'en prie, Vera. Tu sais très bien ce que je veux dire.

— D'accord. Mais le cas d'Hercule est différent, car il a vraiment le sentiment d'être responsable de la mort de sa femme. Et cela, c'est un peu notre faute...

— Explique-toi.

— Tous, ici, nous avons désapprouvé d'emblée sa liaison avec cette Patricia Atkinson.

— Et pour cause, répliqua Michael qui s'était approché à son tour de la fenêtre.

— Tu la connaissais ?

— De réputation, oui, et je l'ai aperçue une ou deux fois à un cocktail. Pour être franc, elle m'a donné l'impression d'être une drôle de dévergondée ! Ses parents, des comédiens de seconde zone, n'avaient pas très bonne réputation eux non plus.

— Je sais. On disait qu'ils avaient des mœurs étranges, même dans le milieu artistique. Mais quoi qu'il en soit, cette jeune fille était celle qu'avait choisie Hercule, et il en était follement amoureux. Et dire que nous n'avons même pas assisté à leur mariage !

— Tu oublies de préciser qu'ils ne nous avaient pas invités.

— À leur place, j'aurais sans doute fait de même. Je le répète, tout le monde a plus ou moins boudé Hercule depuis qu'il la fréquentait.

Un sourire sardonique passa sur le visage de l'agent de change.

— Parfois, je me demande s'il ne l'a pas réellement tuée...

— Michael, voyons, tu sais bien qu'il serait incapable de faire une chose pareille !

— Même quand il se met en colère ?

— J'entends de manière calculée.

— D'ailleurs, tu le sais pertinemment : quand il se fâche, il vaut mieux ne pas se trouver sur son chemin. Ne t'a-t-il pas plusieurs fois giflée pour des vétilles ? Et souviens-toi, l'autre fois, quand il m'avait suspendu au portemanteau simplement parce que je l'avais traité de mufle ! Ton frère est une brute dangereuse et il convient de s'en méfier !

Vera se pinça les lèvres.

— C'est vrai. Il faut éviter de le contrarier. Mais autrement, il a toujours eu bon cœur. D'ailleurs, son état actuel prouve bien qu'il est un grand sentimental.

— Je crois surtout qu'il travaille un peu du chapeau, et c'est cela qui m'inquiète, répondit Michael en collant son front contre les carreaux. Pas étonnant qu'il se soit parfaitement entendu avec la fille Atkinson ! Mais tiens, je vois quelqu'un qui arrive...

Il demeura un moment silencieux, puis ajouta avec un sourire en coin :

— Quelque chose me dit qu'il s'agit de la filleule de l'oncle Neville, miss Rita Draper...

Vera vint se placer aux côtés de son mari, posa un regard songeur sur la visiteuse qui remontait l'allée, puis demanda :

— Comment la trouves-tu ?

— Pas vilaine à regarder...

— C'est ce que tu m'avais aussi déclaré un jour, fit remarquer Mrs Novello avec amertume. Mais il y a des années de cela...

IV

L'HYDRE DE LERNE

7

Récit d'Achille Stock (suite)

Depuis ses dernières conclusions relatives aux « travaux d'Hercule », Owen vivait dans la fièvre. Après sa longue période d'hibernation, il paraissait littéralement transfiguré, courait aux quatre coins de Londres, en se montrant actif et gai comme une abeille. Je possède un caractère plus pondéré et une nature moins expansive, mais intérieurement, je brûlais sans doute d'une curiosité aussi vive que la sienne. Je le suivis dans toutes ses démarches, et l'accompagnai notamment à Fleet Street, dans les archives des journaux, où nous passâmes de longues heures à compulser avidement les quotidiens des dix derniers mois, afin de dénicher le moindre renseignement sur ces autres « travaux ».

Nous fîmes également un saut à Scotland Yard, chez notre ami l'inspecteur Wedekind qui, très pris par son travail, n'eut hélas guère de temps à nous accorder. Cependant, il nous écouta attentivement. Certains de ses collègues lui avaient déjà signalé le cas de cet homme-lion, intervenu dans des faits divers sans liens apparents. Il nous promit de s'en occuper dès que possible et de nous tenir au courant. Nous ne doutions pas de son sérieux, sachant qu'une enquête minutieuse de la police porterait ses fruits, mais nous étions trop impatients pour nous contenter d'attendre, et nos efforts ne tardèrent pas à être récompensés, grâce au flair d'Owen.

En effet, mon ami avait jugé plus judicieux de ne pas restreindre nos recherches au seul signalement de l'homme-lion qui, dans certains cas, pouvait fort bien ne pas avoir été mentionné par les témoins. L'aspect symbolique des « travaux d'Hercule » devait tout autant retenir notre attention, ainsi que leur chronologie. Compte tenu des trois affaires déjà connues, et partant du principe que notre « Hercule » suivait l'ordre des exploits du héros de l'Antiquité, on pouvait délimiter nos recherches de manière plus précise, selon le modèle du calendrier suivant :

1 - Septembre - « Tuer le lion de Némée »;
2 - Octobre - « Tuer l'hydre de Lerne »;
3 - Novembre - « Capturer la biche aux cornes d'or de Cérynie »;
4 - Décembre - « Capturer le sanglier d'Érymanthe »;
5 - Janvier - « Nettoyer les écuries d'Augias »;
6 - Février - « Exterminer les oiseaux du lac Stymphale »;
7 - Mars - « Dompter le taureau de Crète ».

À la seule lecture de ces travaux, on se rend aisément compte de l'exaltation que nous procuraient ces recherches, exigeant de nous un travail méticuleux, mais aussi une bonne part d'imagination... Une imagination qui vaguait désormais au gré de ces images mythologiques, figures fantastiques à l'instar de cette terrifiante hydre de Lerne. Owen affirma que c'était sur elle que nous devions concentrer nos efforts en priorité, par souci de chronologie et de clarté, mais je le soupçonnais d'avoir un faible pour cette créature de cauchemar...

— L'hydre de Lerne, peut-être le plus terrifiant de tous les monstres qu'il eut jamais à combattre, énonça-t-il d'un air sinistre, mais semblant se complaire à cette seule évocation. Souvenez-vous, Achille, de cette bête immonde qui hantait les alentours de Lerne. Elle séjournait dans une mare à la sortie de la ville, et malheur à celui qui voyait émerger de l'eau fangeuse une de ses neuf têtes de serpent ! L'une d'entre elles était immortelle et les autres particulièrement redoutables, comme Hercule put s'en rendre compte lorsqu'il s'attaqua au monstre à coups de hache : chaque fois qu'il parvenait à en trancher une, deux autres poussaient à sa place. Il dut faire appel à un ami, qui cautérisa les cous à l'aide d'un tison enflammé, à mesure que lui-même coupait les têtes, les empêchant ainsi de repousser. Quant à celle qui était immortelle, il la mit hors d'état de nuire en l'enfouissant sous un grand rocher. Vous imaginez un peu la difficulté d'une telle entreprise ?

— Que trop bien !

— Et celle aussi, pour notre Hercule d'aujourd'hui, de transposer une telle scène ? Comment aurait-il bien pu s'y prendre ? Qui pourrait être cette hydre à neuf têtes ?

Les spéculations allaient bon train, des plus extravagantes aux plus sinistres, tandis que nous feuilletions fébrilement les quotidiens d'octobre dernier, à l'affût d'un détail, d'une image, d'une allusion pouvant évoquer l'animal fabuleux. C'est dans une gazette régionale qu'Owen finit par tomber sur un fait divers particulièrement macabre, qui nous amena à prendre le soir même l'express pour Glasgow.

La région nord-ouest de la ville était particulièrement humide. De ses terres gorgées d'eau montait une vapeur qui noyait l'horizon et vous pénétrait jusqu'aux os. L'endroit le plus détestable semblait bien être le grand marais qui séparait le village de Drymen du hameau de Stone. Il y avait là toute une partie boisée, partiellement inondée en période de fortes pluies, et traversée de sentes boueuses dont la plupart aboutissaient à quelque grande flaque infranchissable. L'enchevêtrement d'une végétation humide et maladive, dans ce décor glauque, achevait de dissuader l'éventuel promeneur de poursuivre son chemin. Mais les habitants de Stone voulant se rendre à Drymen, eux, n'avaient pas le choix, à moins de contourner la colline, ce qui leur faisait perdre une bonne heure. Le sentier principal traversant les bois était relativement praticable et ne bordait le marais qu'à un seul endroit, considéré comme le plus dangereux du parcours, mais ce n'était pas uniquement par crainte de s'enliser dans quelque bourbier mortel. S'ils veillaient à ne pas s'écarter du chemin à cet endroit-là, c'était surtout pour éviter la cabane toute proche de la vieille Hildegarde Leeson, baptisée « la sorcière des marais » qui, selon les rumeurs, se nourrissait uniquement de crapauds et de serpents, parce qu'elle était très pingre. On disait également qu'elle avait empoisonné son mari et un amant, mais ce n'étaient peut-être que purs racontars, et en vérité, on ignorait les raisons de sa vie de recluse.

En fait, le danger venait essentiellement de sa meute féroce, une demi-douzaine de grands chiens bâtards qui défendaient les environs avec une agressivité redoutable et entretenue par leur avare maîtresse, qui les nourrissait à peine. Malheur à celui qui s'aventurait par mégarde aux alentours de la vieille cabane ! On ne comptait plus les incidents, les accrochages avec ces molosses, qui, selon la rumeur, auraient arraché les fonds de pantalon de la moitié du village ! La disparition d'un enfant, qui rentrait de l'école de Drymen, fut la goutte d'eau qui fit déborder le vase. Pour tous, il semblait acquis que c'étaient les chiens de « la sorcière des marais » qui l'avaient dévoré. La vieille femme ne dut son salut qu'à la hargne de ses chiens, qui avaient réussi à entraver l'action vindicative de quelques brutes avinées de Drymen, venues pour la lyncher, avant l'intervention énergique des forces de l'ordre. Dès lors, le fossé fut définitivement creusé et les règles bien établies. Les chiens grognaient férocement à l'approche d'un passant, mais ne bougeaient pas tant que celui-ci ne s'écartait pas de sa route. Depuis Drymen on pouvait entendre leurs aboiements, mais on avait fini par s'y habituer, par ne voir là qu'une sorte de signal sonore, indiquant qu'un quidam traversait les bois à ce moment-là.

En cette fraîche nuit d'octobre, les derniers clients à quitter *Le Cygne blanc* furent étonnés d'entendre la meute de la « sorcière » manifester sa colère de manière continue. En général, c'était une salve de jappements qui s'estompait assez rapidement. Que diable se passait-il à la cabane des marais ? Quelqu'un aurait-il eu l'audace de défier les gardiens de la sorcière ? Ou était-ce un inconscient ? Mais dans ce cas, il y a longtemps que l'imprudent se fût enfui ou eût été mis en charpie par les bêtes. Il était près de minuit et l'étrange concert continuait, même après que chacun eut regagné son logis, intrigué, certes, mais pas assez téméraire pour satisfaire sa curiosité en se rendant sur place. Vers 1 heure du matin, la meute s'était tue. Un habitant de Drymen, qui avait du mal à trouver le sommeil, s'en était rendu compte. Il avait également pu préciser que leur vacarme avait duré une bonne demi-heure et faibli progressivement durant tout ce temps. Lui aussi se demandait alors ce qui pouvait bien mettre les chiens de la « sorcière » dans un état pareil...

La réponse à cette question ne tarda guère à tomber.

Dès le lendemain, un pêcheur matinal fut fort surpris de remarquer l'étrange silence des environs quand il passa devant la cabane des marais. Pas un jappement. Pas même un murmure. Rien. Comment cela était-il possible? se demanda-t-il en tournant un regard circonspect vers la vieille bâtisse édifiée en bordure du marais. Ses yeux inquiets s'immobilisèrent soudain sur deux masses noires inertes au sol, qui semblaient bien être des corps de chiens. Dans un silence presque irréel, tandis que les doigts livides de l'aurore blanchissaient le ciel et la surface de l'eau d'une clarté sépulcrale, il crut bien être victime d'une illusion en distinguant un peu plus loin une tête de chien... puis une autre bête inerte... et une autre tête...

Il se dirigea alors lentement vers la cabane, les yeux hagards. Arrivé près de l'entrée, il avait dénombré pas moins de sept cadavres de molosses décapités! Et autant de têtes, éparpillées de part et d'autre du chemin! Un véritable champ de bataille. À cet atroce spectacle et aux miasmes putrides montant des marais, s'ajoutait une répugnante odeur de chair brûlée, dont il détecta rapidement l'origine : le monstrueux bourreau avait brûlé le cou des bêtes décapitées, comme pour cautériser les affreuses plaies...

Au bord de la nausée, il frappa à la porte de la maisonnette pour prévenir la propriétaire, mais n'obtint pas de réponse. À partir de ce moment-là, notre pêcheur matinal ne poussa pas plus loin ses investigations, préférant sagement retourner à Drymen pour alerter ses concitoyens. Ceux-ci ne se risquèrent pas davantage à pénétrer dans l'antre de la sorcière. On attendit pour cela la venue du constable de Greenock. Le champ de cadavres décapités laissait présager le pire... Et l'on ne se trompait pas. On découvrit, dans sa cuisine crasseuse, le corps sans vie de « la sorcière des marais ». Allongée sur les carreaux, elle avait subi la même mutilation que ses gardiens. Il y avait une grande flaque de sang à la place de sa tête, qui avait disparu. Une vision atroce, insoutenable... Mais l'horreur fut à son comble lorsqu'on la retrouva en fin d'après-midi, masse grisonnante et poisseuse, à moitié écrasée sous un gros bloc de granit à l'arrière de la cabane...

Qui était le boucher dément responsable de ces actes monstrueux ? Ni le constable, ni les policiers venus en renfort ne purent répondre avec certitude à cette question. L'assassin n'avait laissé aucun indice derrière lui. Il pouvait être à la fois tout le monde et personne. On ne comptait pas ceux qui haïssaient « la sorcière des marais », mais on se refusait à croire que même les énergumènes les plus violents du secteur aient pu se livrer à un tel carnage par esprit de vengeance.

Cependant, le *modus operandi* du crime demeurait plus troublant encore. Il semblait acquis que le tisonnier utilisé pour la cautérisation des plaies était celui retrouvé dans la cheminée, au milieu d'un important dépôt de cendres. Il semblait aussi évident que le grand couteau de cuisine, maculé de sang et découvert près de Hildegarde Leeson, était l'arme du crime. Il avait fallu néanmoins le manier avec une certaine force pour procéder aux décapitations, tout comme pour réussir à soulever la pierre de granit — bien qu'avec l'aide d'un levier, cette dernière opération fût parfaitement réalisable même pour une personne moyennement vigoureuse. En revanche, la mise à mort des molosses ne semblait pouvoir s'expliquer d'aucune manière. Hormis leur décapitation, ils ne portaient aucune blessure et, d'après les analyses médicales, ne semblaient pas avoir été drogués, ce qui était confirmé par leur comportement. On les avait entendus lutter avec acharnement, durant près d'une heure. On avait perçu les aboiements déclinants, tandis qu'ils tombaient les uns après les autres pour protéger leur maîtresse de ce monstre terrifiant, qu'on n'arrivait pas à imaginer autrement que sous la forme d'un géant, les saisissant les uns après les autres comme de vulgaires poulets, avant de leur trancher la tête d'un coup de couteau... Sinon, comment expliquer qu'un être humain, aussi fort soit-il, puisse venir à bout de ces chiens furieux, de manière aussi nette, et surtout sans être lui-même déchiré par leurs crocs carnassiers ?

Outre les détails de cet horrible meurtre, nous ramenâmes de notre séjour écossais le souvenir tangible d'un rhume carabiné, qui nous cloua quelques jours dans nos appartements londoniens. Bien au chaud et au fond de nos fauteuils, nous suivîmes une cure de grogs corsés tout en tirant les conclusions de ce quatrième « travail ».

Ce soir-là, je m'étais rendu chez mon ami, qui semblait plus mal en point que moi. Emmitouflé dans sa robe de chambre, il se mouchait constamment, en piochant, chaque fois dans une pile à portée de main, un mouchoir qu'il jetait après usage dans le feu de la cheminée. J'étais d'autant plus intrigué qu'il s'agissait de belles pièces d'étoffe blanche, finement ouvragées. Au bout d'un moment, je ne pus m'empêcher de lui en faire la remarque.

— Dites-moi, Owen, êtes-vous si riche pour pouvoir gaspiller de si beaux mouchoirs brodés ?

— Précisément, je n'aime pas les broderies, rétorqua-t-il. Du moins pas lorsqu'elles sont superflues, ce qui est bien le cas pour ces mouchoirs, objets essentiellement fonctionnels, rappelons-le. Par ailleurs, il y a une noble simplicité dans la pureté de leur blancheur immaculée qui, à mon humble avis, se suffit à elle-même. Vous le savez bien, j'ai toujours professé que le Beau n'est pas forcément compliqué. Non, vraiment, j'ai horreur des mouchoirs brodés ! C'est pour moi une bonne occasion de m'en débarrasser.

Il en prit un neuf, se moucha bruyamment, puis le jeta au feu, comme pour souligner son propos, mais je revins à la charge :

— Je maintiens que c'est dommage ! Pensez aux doigts d'artiste qui les ont exécutés avec tant d'amour...

— Ce sont ceux de feu ma grand-mère paternelle.

— Eh bien, je ne pense pas qu'elle serait très heureuse de vous voir faire !

— Au contraire. Elle doit croire qu'il me coûte beaucoup de m'en séparer et que je me livre là à quelque sacrifice pour lui témoigner ma tendresse.

— Seigneur ! Puisse-t-elle ne pas vous entendre !

— Il n'y a pas de danger, Achille, rassurcz-vous, car elle était sourde comme un pot. Mais si vous le voulez bien, je vous propose d'oublier quelque temps mon aïeule et de revenir à notre affaire.

— Volontiers, répondis-je froidement.

— À bien des égards, elle me semble riche de renseignements. Le profil de notre criminel se dessine peu à peu...

— Et quel est-il ? demandai-je, surpris.

— L'affaire du « taureau de Crète » et celle du « lion de Némée » ont mis en lumière sa force exceptionnelle, celle de « la biche aux cornes d'or » sa maîtrise des événements, autrement dit son intelligence ou sens de la ruse, que l'on retrouve également dans le cas du « meurtre de l'hydre » ; mais on peut désormais y ajouter une autre qualité...

— Laquelle ?

— *La férocité*, répondit mon ami avec un regard

sinistre. Ce qui nous fait au total un criminel particulièrement redoutable.

— J'avoue que ce dernier crime m'a passablement inquiété. Quand j'y pense, j'ai eu la chair de poule rien qu'en entendant le témoignage du pêcheur !

— En tout cas, nous avons bien fait de l'interroger. Il s'est tout de suite souvenu de cet étranger vêtu d'une peau de lion, de passage à l'auberge la veille du drame. Au moins, à présent, nous sommes certains d'avoir suivi la bonne piste !

— Comment en douter après ce meurtre barbare ? soupirai-je en prenant le breuvage chaud préparé par mon ami.

— Oui, évidemment, approuva-t-il. Ce nouveau « travail » était signé par la griffe du maître. Et quel travail ! Il n'a pas hésité à sacrifier ces bêtes pour la symbolique du tableau ! Ces sept têtes de chiens tranchées, comme celles de l'hydre, et leurs cous cautérisés comme dans la légende... Sans parler du choix de l'« hydre » elle-même. Aurait-on pu faire meilleur choix que cette vieille femme détestable, vivant en recluse dans ce marais et semant la terreur alentour par l'intermédiaire de ses chiens ? Honnêtement, je ne le pense pas. On pourrait évidemment trouver à redire, dans la mesure où il n'y avait que sept chiens et non pas huit, comme les huit têtes mortelles de l'hydre, mais il serait malsonnant d'ergoter sur ce genre de détail, étant donné que tout le reste est si parfait.

— Le « reste »... Je suppose que vous songez à la tête principale de l'« hydre », placée sous la pierre ?

— Entre autres choses, oui. C'est un meurtre au premier degré, d'une parfaite limpidité, d'une grande pureté... (Il jeta un coup d'œil critique sur le mouchoir qu'il venait de déplier, le posa sur ses genoux, le lissa avec une sorte de volupté, puis ajouta :) Une pureté telle que celle de ces mouchoirs blancs... enfin si l'on fait abstraction de ces ornements superfétatoires. Notre Hercule suit exactement la légende, sans y ajouter la moindre fioriture. Et c'est cela qui est remarquable ! Vraiment, Achille, croyez-moi, ces crimes d'une noble simplicité sont les plus difficiles à réaliser !

— Je n'en doute pas un instant et j'avoue avoir consacré une bonne partie de mes dernières nuits à réfléchir sur son stratagème pour venir à bout des chiens...

— Et qu'en est-il ressorti ?

— Une hypothèse qui place notre héros sur la branche d'un arbre, juste hors de portée des crocs des molosses. Là, avec un lasso, il les attrape les uns après les autres...

Owen me jeta un regard réprobateur.

— Vous vous voyez faire cela avec des chiens aussi hargneux ? Allons donc ! Ils saisiraient au vol votre lasso et vous auriez intérêt à le lâcher rapidement ! Sinon, vous vous retrouveriez *illico* par terre, en train de servir de pâture à la meute !

— Ce n'était qu'une hypothèse, à défaut de mieux. Et vous, de votre côté, avez-vous une suggestion ?

Après avoir vidé son grog et poussé un soupir d'aise, il répondit :

— Pour l'heure, je me contente de ne considérer que l'aspect psychologique de la question. À mon avis, c'est cela qui prime pour le moment, si nous voulons retrouver rapidement la piste du criminel. Les subtilités techniques viendront ensuite.

— Auriez-vous déjà une idée ?

— Disons qu'une ébauche se forme. Je pense qu'il s'agit d'une sorte d'ange noir. Il tue en croyant faire le bien. Comme Hercule, il veut débarrasser le monde des monstres qui le menacent...

— Et pourquoi ferait-il ça ?

— Peut-être simplement pour imiter notre fameux héros, qu'il doit beaucoup admirer. À moins qu'il n'ait entrepris ces travaux pour racheter une faute grave ?

Je réfléchis un moment, puis fis remarquer :

— Hercule avait tué sa femme dans une crise de colère, n'est-ce pas ?

8

La chambre réservée à la « filleule de Neville Lloyd » comblait d'aise la jeune femme. Ses deux grandes fenêtres s'ouvraient sur la terrasse coloniale, vers l'est, et c'était un véritable plaisir de se réveiller dans la lumière du soleil levant. Les arbres verdissaient, les oiseaux pépiaient gaiement, les journées s'allongeaient ; Greenway se préparait à entamer la belle saison sous les meilleurs auspices.

La jeune femme aimait beaucoup la frise de bois très travaillée qui soulignait le bord du toit de la terrasse. De son lit, elle la voyait à peine, mais suffisamment pour qu'elle encadrât la nature d'un dessin oriental. D'ailleurs, elle appréciait la maison dans son ensemble. Aucune pièce n'était identique, aucune unité n'était respectée. Plusieurs styles se mêlaient, avec une étonnante harmonie, tout en lui donnant une atmosphère particulière. En fait, la jeune Londonienne voyait les choses de manière positive depuis son arrivée. Trois jours s'étaient écoulés, et l'« homme qu'elle était chargée de séduire » ne s'était pas encore montré. Mais son retour était imminent, et c'est alors que les choses sérieuses commenceraient. Disposant encore d'un court répit, elle entendait bien en profiter, essayer d'oublier sa mission, d'apprécier le charme suave et particulier de Greenway en toute tranquillité d'esprit.

Toujours allongée dans son lit, elle laissa ses yeux errer autour de sa chambre. Ses murs étaient tendus d'une tapisserie bleu ciel, décorée de colonnes doriques et de frises de lauriers d'or, dans le plus pur style néoclassique. Quelques discrètes feuilles de vignes suffisaient pour réchauffer cet ensemble un peu froid. Quant au mobilier, qui se composait d'une armoire, d'un fauteuil, d'une table murale et d'une psyché surmontée d'un couronnement à tympan brisé, c'était autant de prouesses d'ébénisterie. Son regard s'arrêta alors sur le dossier qui reposait sur la table. Elle décida de prendre son petit déjeuner avant de l'ouvrir.

Une demi-heure plus tard, elle le parcourait, à la fois amusée et songeuse. L'écriture était régulière et penchée, tracée par une main décidée.

Afin de réussir votre mission, il est impératif de tout mettre en œuvre pour ressembler à la défunte. Voici quelques renseignements difficilement obtenus...

L'enquête fut d'autant plus délicate que les parents de Patricia sont partis pour le continent depuis plusieurs années. La famille Atkinson a toujours vécu bien au-dessus de ses moyens. Des comédiens plus ou moins ratés qui menaient une vie de bâton de chaise... Mais l'éducation de la petite semble avoir été suivie, avec une orientation résolument artistique.

A pris des cours de dessin très jeune et faisait de magnifiques aquarelles à motifs floraux. Il serait bon que vous vous y initiiez. Vous trouverez quelques-uns de ses essais dans les affaires qu'Hercule a religieusement conservées dans deux grandes malles en osier. Ayant appris très tôt l'équitation, elle excellait dans cette discipline. Il serait très souhaitable que vous suiviez des cours sans tarder.

Patricia était une fille bizarre, folâtre, excentrique, livrée très tôt à elle-même. A quitté ses parents à l'âge de 17 ans et ne s'est apparemment jamais réconciliée avec eux. Aurait eu plusieurs relations avec des hommes plus âgés qu'elle, dont certaines firent scandale. Parfois en état d'ébriété avancé lors de soirées mondaines, et l'on parle d'autres vices encore. Aurait vécu seule et traîné une existence médiocre l'année précédant sa rencontre avec Hercule.

Il y a une photo d'elle dans la chambre d'Hercule, en évidence sur sa commode, et peut-être quelques autres dans ses affaires. La prise de vue est assez moyenne, mais vaut celle que j'ai jointe au dossier. Je n'ai pas réussi à trouver mieux.

Dans les malles mentionnées plus haut, vous trouverez ses anciens vêtements. Il serait peut-être judicieux de les porter, en obtenant néanmoins l'accord préalable d'Hercule.

... Et surtout, soyez très prudente. Ne jamais le contrarier. S'il montre les premiers symptômes d'irritation, il vaut mieux l'éviter. Très susceptible aussi. Il a horreur d'être berné ou même raillé. Enfin, à aucun prix, il ne doit apprendre la supercherie... car il faudrait alors redouter le pire!

Soyez affectueuse avec votre parrain, mais sans excès. Il est censé ne plus vous avoir revue depuis votre plus jeune âge.

... Ne profanez pas la « chambre chinoise »... Hercule pourrait voir d'un très mauvais œil qu'on ne respecte pas les souhaits de son défunt père.

... C'est moi qui prendrai contact avec vous pour faire le point. Ne prenez aucune initiative dans ce sens.

La moindre erreur pourrait être lourde de conséquences. Je ne doute pas de votre réussite. Bonne chance.

La « filleule de l'oncle Neville » referma le dossier, le rangea soigneusement dans sa valise et sortit. Dans l'intention de se rendre au jardin, elle longea le couloir principal, puis s'arrêta, hésitante, à l'intersection menant à l'aile ouest. Son regard se posa sur la porte de la chambre condamnée. Elle n'avait pas encore véritablement abordé la question, mais à plusieurs reprises, déjà, on avait évoqué devant elle le mystère que représentait cette pièce. Il lui semblait incompréhensible qu'un homme pût souhaiter l'inviolabilité d'un lieu après sa mort, fût-ce son endroit favori, son jardin secret... Du reste, elle s'étonnait que personne entre-temps n'eût enfreint cette singulière consigne. Avisant la silhouette d'un domestique, elle poursuivit son chemin en se disant que la curiosité était un vilain défaut. Elle se promit de respecter les souhaits du défunt, mais quelque chose au fond d'elle-même lui murmurait qu'elle ne résisterait peut-être pas à l'envie d'y jeter un petit coup d'œil si une bonne occasion se présentait. Les tablettes des douze travaux d'Hercule qui précédaient la galerie de portraits lui arrachèrent un sourire. Elle les avait déjà contemplées à plusieurs reprises, mais cela ne l'empêcha pas de les admirer une nouvelle fois.

« Hercule, ce héros au regard si doux », songea-t-elle en riant. Mais elle ne riait plus l'instant d'après. Les effluves de la véranda lui parvenaient de la porte ouverte, en même temps que le son de la flûte. Elle pensa aussitôt à Derek et à ses serpents. Quand on lui avait présenté le frère d'Hercule, dans le cadre particulier de la véranda, elle n'avait pu s'empêcher de le comparer à ses pensionnaires, avec sa peau moite et son regard fuyant. L'attitude de son « parrain » Neville Lloyd, à ce moment-là, lui avait semblé trop théâtrale, bien qu'elle le trouvât assez sympathique. Cependant, elle lui en avait voulu lorsque, la prenant par le bras, il avait déclaré devant le reste de la maisonnée :

— Et maintenant, ma chère Rita, veuillez suivre Derek qui va se faire un plaisir de vous présenter ses petits protégés... Ce zoo miniature est l'ornement de Greenway, et nous en sommes tous très fiers.

Les mines de Vera et de Michael démentaient cette dernière affirmation, mais elle n'avait pu se soustraire à cette invitation, bien qu'elle eût une sainte horreur des serpents. Avec un soin tout scientifique, Derek les lui avait décrits et avait souligné le danger qu'ils représentaient pour les personnes non initiées. Car lui — il en semblait persuadé —, il n'avait rien à craindre d'eux. L'heure qui suivit fut un véritable supplice pour la nouvelle pensionnaire de Greenway. Elle dut garder les yeux grands ouverts devant ces corps couverts d'écailles, qui se lovaient en une attitude résolument hostile ou demeuraient parfaitement immobiles, ce qui paraissait plus menaçant encore. Pendant ce temps, Derek se montrait intarissable, alors qu'il n'avait pratiquement pas bronché au préalable.

— Les deux dents du devant, communément appelées « crochets », sont creuses et agissent comme des aiguilles hypodermiques lorsqu'elles s'enfoncent dans votre peau...

Si elle avait fermé les yeux, elle aurait à coup sûr ressenti une vive morsure au bras et se serait soit évanouie, soit mise à crier. Et cette moiteur ambiante n'arrangeait rien.

— Là, le ruban noir que vous apercevez derrière les fougères, c'est un *Dendroaspis polylepis*, plus connu sous le nom de mamba noir. On le voit à peine, mais sachez que c'est une des espèces les plus redoutables.

Elle n'en doutait pas un seul instant !

— ... Globalement, on peut dire que les venins sont classés en deux catégories. Les uns agissent sur le système nerveux, provoquant un arrêt respiratoire ou cardiaque. Les autres altèrent le sang, détruisant les vaisseaux sanguins et les tissus. En somme, leur action est un peu plus lente que celle des précédents.

— Mais le résultat final est le même !

— Oui, si on n'a pas l'antivenin idoine sous la main... ce qui est assez rare dans la réalité, il faut bien le dire. Mais en ce qui me concerne, tout cela n'est pas nécessaire, surtout depuis que je communique avec eux.

Sur quoi, il lui avait exposé ses théories relatives à la sonorité de flûte, réceptive pour le serpent si elle était parfaitement naturelle et sa musique bien interprétée. Elle l'avait écouté patiemment tandis qu'il s'était mis à jouer de son instrument devant la cage à cobras, mais elle doutait de l'effet produit. La mélodie qu'il tirait de sa flûte lui avait semblé plutôt lassante, et c'était avec un vif soulagement qu'elle avait enfin pu quitter le musicien. Elle avait alors croisé Michael Novello dans la galerie de portraits. Son œil vif lui avait clairement fait comprendre qu'il aimait autant qu'elle la compagnie des reptiles... Plus tard, le soir, elle avait de nouveau entendu la flûte de Derek. Il avait sans doute oublié de fermer la porte de communication de la véranda, si bien qu'elle avait eu du mal à s'endormir avec cette mélodie geignante et éprouvante à la longue.

Elle traversa rapidement la véranda pour aboutir au jardin. Là, elle rencontra le vieux Peter, qui s'occupait de la propriété depuis l'installation de John Richardson. C'était un charmant septuagénaire, courbé, ridé comme une noix, dont le regard chaleureux était masqué par une mèche blanche. L'homme aimait son métier autant que le bavardage.

— Vous comprenez, ça fait presque dix ans que je me dis : Peter, mon gars, il faut bien songer à prendre ta retraite, sinon tu vas casser ta pipe la bêche entre les mains ! Oui, dix ans, mais je suis toujours là et je me demande bien si ce n'est pas tout ça qui me tient encore debout... Si j'ai connu le colonel ? Vous pensez bien ! J'ai même connu son père, qui était un type autrement plus sévère que lui ! Mais plus sain dans la tête, si j'peux me permettre... Car le colonel, lui, il m'a fait exécuter des travaux que j'ai jamais compris...

— Vous faites peut-être allusion à ces grands trous dans les haies ?

— Oui, c'est moi. Et ça m'a fait de la peine de les faire, à l'époque. Mais un ordre est un ordre. Et pourquoi ? Je n'en sais fichtrement rien. Une idée, comme ça, qui lui était subitement venue lors d'une permission.

— Pas par souci d'esthétique, en tout cas, car ce n'est pas très joli !

— À qui le dites-vous, ma p'tite demoiselle ! J'en aurais pleuré ! Cette superbe double haie d'ifs, qui avait même donné au départ son nom à la propriété, vous pensez ! Mais il a fait pire, si j'peux me permettre. Voyez là-bas, derrière l'aile de la demeure, qui est, elle aussi, le fruit d'une de ses lubies, puisque tout ce corps du bâtiment se trouvait d'abord à l'étage...

— Oui, eh bien, qu'y a-t-il ? Je ne vois rien à part des arbres.

— En effet, il n'y a plus rien. Jadis, pourtant, il y avait une butte, qui ne gênait personne et donnait même un peu de relief au paysage. Il y avait de la rocaille et de beaux massifs de fleurs annuelles, dans le genre décor sauvage, mais assez pittoresque. Eh bien, figurez-vous qu'il a fait raser tout ça ! Comme ça, du jour au lendemain, sans la moindre explication ! C'est des ouvriers qui s'en sont occupés, et il y en avait pour un moment, car ça faisait du volume ! Cette opération, j'peux vous le dire, ç'a dû lui coûter les yeux de la tête.

— Mais alors... il était fou ?

Le vieux jardinier hocha la tête d'un air entendu.

— Ça ne paraissait pas comme ça, de prime abord, mais il avait un grain quelque part, pour sûr ! Et ça ne s'était pas amélioré avec l'âge...

— Vous pensez donc qu'il se serait tué dans un moment de folie ?

— Honnêtement, j'peux pas vous dire. Il est vrai qu'il était aussi très abattu à ce moment-là. Plus encore que d'habitude. Car il n'était pas très gai, depuis son retour de l'armée. Il ne souriait que lorsqu'il voyait le petit Hercule. À l'époque, donc, je me suis dit que c'était à cause de sa situation financière qu'il avait fait ça... Mais franchement, j'en sais rien. C'est peut-être tout à la fois.

— Vous ne pensez donc pas à une raison bien précise ?

— En tout cas, je peux vous le dire, il n'avait plus toute sa tête, et cela, depuis bien des années.

— À cause des haies et de la butte ?

— Oh ! il n'y a pas que cela...

— Que voulez-vous dire ?

— Je sais bien que je ne devrais pas en parler, car je ne voudrais pas que la pauvre Mrs Richardson l'apprenne...

Le jardinier regarda autour de lui, puis s'approcha de la jeune fille et baissa le ton de sa voix :

— Un soir, je suis allé jeter un coup d'œil par la fenêtre de son bureau. Ça m'intriguait qu'il aille s'enfermer dans cette pièce, durant parfois quarante-huit heures d'affilée, si ce n'est davantage. Il lui arrivait aussi de partir deux ou trois jours sans dire à personne où il allait, mais s'enfermer comme ça dans une chambre... Et évidemment, la nuit, il fermait soigneusement les volets... Mais avec les interstices, vous savez, on peut y glisser un œil. Bref, un beau jour j'ai voulu en avoir le cœur net. Et ce que j'ai vu, j'peux vous le dire, ma petite demoiselle, ça m'a empêché de fermer l'œil durant toute la nuit !

9

Neville Lloyd termina son verre de porto, puis le posa délicatement sur le guéridon porte-théière à ses côtés, belle pièce d'acajou bordée d'une galerie ajourée. Neville Lloyd appréciait les beaux meubles. Il aimait également les belles demeures, les bons vins et la vie d'une manière générale. Il avait pris goût au luxe du temps où il était steward sur le *Lucania*. Il avait ainsi pu côtoyer non seulement la classe aisée, mais aussi d'illustres personnages. En outre, il avait vu du pays, d'autres gens, d'autres coutumes. Jamais, lorsqu'il avait quitté le toit familial pour se faire engager comme commis de cuisine dans un restaurant français, il n'avait imaginé pouvoir faire une aussi belle carrière. Il se disait ironiquement que c'était sa classe naturelle qui en était la cause. Durant ce temps-là, il avait appris que sa sœur s'était mariée avec un militaire, nanti d'un bel héritage. Les deux hommes ne s'étaient rencontrés qu'en de rares occasions et n'avaient jamais sympathisé. Trop de choses les séparaient. John Richardson était quelqu'un de sérieux et de capable, droit et efficace. Neville, lui, s'il était irréprochable dans ses fonctions, restait oisif dans l'âme, aimait par exemple s'attarder à table, ne fût-ce que pour le plaisir de discuter.

En apprenant le décès de son beau-frère, il s'était dit que c'était pour lui le moment de prendre sa retraite, que sa sœur aurait à présent besoin de lui, de sa présence rassurante et protectrice, celle d'un homme connaissant bien la vie et ses dangers, et que lui, n'ayant guère fait d'économies, serait fort aise de gérer ses biens, et surtout ceux dont venait d'hériter Hercule.

Neville Lloyd sourit et s'apprêtait à se resservir un verre de porto, lorsque la pendule sonna la demie de 10 heures. Il estima que c'était un peu tôt pour le porto, mais ne retint pas son geste. Ce gai soleil promettait une belle journée et il n'y avait aucune raison de l'entacher d'absurdes privations. Dieu seul savait de quoi était fait le lendemain ! Et avec ce diable d'Hercule, tout était possible !

Au début, Neville pensait avoir parfaitement cerné la personnalité de son neveu. Il était parvenu à développer chez Hercule la fibre familiale, de sorte qu'il considérait juste et légitime le fait que Greenway et ses occupants passent avant tout autre considération. Cela n'avait posé aucune difficulté, car le jeune homme était généreux de nature et aisément influençable, pour peu qu'on s'y prît adroitement. Puis, Hercule avait rencontré cette Patricia Atkinson... Et là, il avait commencé à lui échapper complètement. Il était obligé d'en convenir : il avait appris la nouvelle du tragique accident avec une sorte de soulagement, qui semblait par ailleurs partagé par d'autres. Mais hélas le jeune homme s'était alors engagé sur une pente imprévue pour échapper ensuite à tout contrôle. Fugues fréquentes, états d'ébriété, et le clou étant ce soudain élan de philanthropie, de ceux qu'on ne rencontre ordinairement que dans les romans. Puisqu'il avait moralement tué sa femme, disait-il, il devait se racheter, faire le bien autour de lui, donner son argent aux plus démunis. Il avait été alors question de cette idée de testament au profit de bonnes œuvres. D'ailleurs à ce jour, nul ne savait si oui ou non il avait pris de telles dispositions, et si oui dans quelles proportions. Durant plusieurs semaines, Neville Lloyd avait usé de toute sa rhétorique pour le faire changer d'avis, mais sans résultat.

L'ancien steward vida posément son verre, puis s'immobilisa en entendant un lointain bruit de pas au-dehors. Il se leva, gagna la fenêtre et aperçut Hercule qui remontait l'allée sans se presser. Neville Lloyd réfléchit un instant, puis quitta la pièce.

Le vieux Peter avait amené la jeune femme derrière l'aile de Greenway. Après le coin du bâtiment, un massif d'hortensias dissimulait la base du mur. À intervalles plus ou moins réguliers, une série de fenêtres s'alignaient sur les briques patinées, puis venait un large appentis abritant l'écurie. Les fenêtres s'ouvraient sur un chemin qui partait vers la façade principale, orientée vers l'est. Le jardinier désigna celle du milieu, la seule dont les volets étaient clos.

— C'est là, ma p'tite demoiselle, déclara-t-il de sa voix un peu bourrue.

Elle posa un regard un peu vague sur l'endroit désigné, tandis qu'un couple de moineaux semblait en grande conversation sur le bord de la gouttière, juste au-dessus de la fenêtre. Leur frais gazouillis jetait une note joyeuse, comme du reste toute la nature environnante, qui s'éveillait doucement au contact des rayons du soleil. La lumière dorée caressait les feuillages, faisait briller le toit d'ardoise, réchauffait les briques, mais butait sur les volets fermés, derrière lesquels régnaient les ténèbres. Par contraste, le paisible décor champêtre ne faisait que souligner son mystère.

— Il n'y a rien de plus énervant qu'une fenêtre ou une

porte fermée, n'est-ce pas ? reprit le vieil homme. À force d'y penser, de se demander ce qui pourrait bien se passer derrière, on finit par vouloir la défoncer à coups de hache ou trouver la clé...

— *Il n'y a rien de plus beau qu'une clé tant qu'on ne sait pas ce qu'elle ouvre*, cita-t-elle machinalement, tandis qu'elle sentait que l'énigme lui titillait de plus en plus l'esprit.

— Oui, on ne pourrait pas mieux dire, ma p'tite demoiselle. Car dans cette pièce, en fait, il n'y a rien de vraiment particulier, sauf que tout est de style chinois. Le colonel l'avait entièrement meublée à son goût, pour avoir ici, à Greenway, le souvenir de sa seconde patrie la Chine, comme il disait. Il y a une ou deux statues bizarres, mais à part ça, c'est une pièce comme une autre. En fait, ce qui m'intriguait surtout, à l'époque, c'était ce qu'il y faisait. Et pour vous dire la vérité, je suis venu plus d'une fois musarder par ici à la tombée de la nuit. Parfois, il tirait aussi les rideaux intérieurs, ce qui m'empêchait de voir... mais pas d'entendre ! Et je peux vous le dire, j'ai été fort surpris de percevoir ces sons...

— Des sons ?

— Oui, des sons, ou des bruits qui ressemblent à de la musique. Des tintements, comme une sorte de sonnette... Il y avait aussi un étrange chuchotis, comme du sable qu'on agite dans une caisse. Je ne m'y connais pas assez pour pouvoir en dire plus, mais enfin, on peut difficilement parler de musique. Et pour autant que je sache, le colonel n'était pas mélomane. Une autre fois, donc, j'ai réussi à y jeter un coup d'œil. Mais je le regrette un peu, car ça m'a fait un sacré choc de le voir comme ça... retombé en enfance...

Le jardinier laissa un instant sa phrase en suspens, hochant la tête d'un air grave, puis porta son index noueux à la tempe et poursuivit :

— Attendez, j'oubliais de vous dire qu'avant ça, je l'avais surpris en train de brûler des lettres.

— Toujours dans cette même pièce?

— Oui. Il brûlait des lettres dans une grande soucoupe... Enfin je n'étais pas sûr que c'étaient des lettres, mais comme il y avait quelqu'un avec lui, j'ai pensé à une correspondance secrète...

— *Quelqu'un*?

— Oui, quelqu'un à qui il parlait, mais j'étais trop mal placé pour distinguer autre chose qu'une ombre. Mais ça, miss Rita, j'vous demanderais de ne le répéter à personne, toujours à cause de la pauvre Mrs Richardson...

— Vous pensez donc qu'il s'agissait d'une femme, d'une liaison clandestine?

— Oui, à cause de ces papiers brûlés. J'me suis dit que c'étaient des lettres compromettantes. Enfin, j'ai surtout pensé que c'est ce que Mrs Richardson, elle, penserait à coup sûr.

— S'il avait eu une liaison secrète, c'eût été pure folie de faire entrer cette femme chez lui.

— C'est ce que je me suis dit aussi. Mais il a dû prendre ses précautions, car aucun des domestiques n'avait remarqué cette dame, ni une autre personne étrangère d'ailleurs, ce soir-là. Je les avais tous questionnés discrètement le lendemain. J'en viens enfin à ce fameux soir où je parvins à voir clairement ce qu'il mijotait. D'abord, je n'en crus pas mes yeux, et je m'y suis pris à plusieurs fois avant de réaliser. Il était installé à son bureau et tenait une paire de ciseaux. Il était très appliqué, comme un gamin à l'école. Il y avait de grandes feuilles de papier doré et d'autres toutes noires, dans lesquelles il découpait des bonshommes... Pas un ou deux, mais des dizaines et des dizaines! Il y en avait tout un tas à côté de lui! Vous comprenez maintenant pourquoi je pense qu'il n'avait parfois plus toute sa tête, qu'il était retombé en enfance ?

— Souriait-il ?

— Non, il était tout ce qu'il y a de plus sérieux. Même très grave, comme si ces découpages étaient de la plus haute importance...

— En effet, c'est très étrange.

Le vieux Peter secoua la tête d'un air désolé.

— Je doute qu'il y ait quelque chose à comprendre. Et encore, je passe sur certains détails, qui me reviennent maintenant que j'en parle. À un moment donné, j'ai vu un de ces bonshommes en papier traîner dans le salon. Je n'étais pas sûr que c'était un des siens, car il y avait alors les petits-enfants d'un ami lui rendant visite. Quoi qu'il en soit, un des gamins avait pris ce bonhomme et l'avait accroché à l'envers sur le mur avec une punaise. Quand le colonel l'a vu, il a changé de couleur et a violemment grondé le gosse, comme s'il avait commis une faute grave !

— En somme, il arrivait au colonel de perdre la tête ?

— Je ne vois pas d'autre explication, répondit le jardinier en regardant alentour. Mais j'y pense, un jour, je m'étais plus ou moins rebellé quand il m'avait demandé de couper un grand sapin qui était juste derrière vous. Je lui avais demandé tout de go pourquoi il me faisait faire ça. Et vous savez ce qu'il m'a répondu ? Eh bien, il m'a dit que c'était à cause du dragon ! Du dragon, je vous demande un peu...

À ce moment-là, Mrs Richardson apparut au coin de la maison. C'était une femme approchant la soixantaine, de taille moyenne et se tenant bien droite. Elle ressemblait un peu à son frère, mais l'expression du visage n'était pas la même. Son sévère chignon noir et ses paupières tombantes accentuaient son air de lasse résignation, qui tranchait avec la paisible assurance affichée par Neville Lloyd. Mais à présent, elle souriait légèrement.

— Rita, ma chère, pourriez-vous venir ? demanda-t-elle quand elle les eut rejoints. J'aimerais vous présenter Hercule. Il vient de rentrer...

La nouvelle pensionnaire de Greenway l'entendit bien, mais les derniers mots du jardinier résonnaient dans sa tête si violemment qu'elle avait eu du mal à la comprendre.

« À cause du dragon... du dragon... du dragon... »

Le colonel Richardson avait fait couper un grand sapin à cause du dragon... Pourquoi un dragon ? Cela n'avait aucun sens et ne pouvait pas avoir de rapport avec le dragon qui hantait ses rêves. C'était impossible ! Il n'y avait aucun lien, aucune signification entre les deux choses ! Alors qu'elle essayait de s'en convaincre, son obsessionnelle vision refit surface. Se sentant parcourue de légers tremblements, elle essaya aussitôt de la chasser, mais sans succès.

Elle luttait toujours avec ses pensées quelques instants plus tard, alors qu'elle se retrouvait au salon, en présence de toute la maisonnée. Neville Lloyd lui présenta le benjamin de la famille Richardson.

— Le grand, fort et bel Hercule, déclara-t-il avec une sorte d'emphase ironique. Hercule, voici ma filleule, miss Rita Draper, qui devrait rester avec nous à Greenway quelque temps.

Le jeune homme, qui paraissait profondément surpris et troublé depuis qu'il l'avait aperçue, se déclara enchanté et bredouilla maladroitement quelque formule d'usage. La jeune femme, elle, fut presque sur le point de s'évanouir. Elle ne pouvait contenir le tremblement de ses mains et son cœur s'emballait. Elle sentait tous les regards peser sur elle, la dévisager, et cela l'angoissait terriblement. Depuis longtemps, elle avait redouté cet instant, mais le détail du « dragon » l'avait déstabilisée, lui avait fait perdre tous ses moyens et l'avait empêchée de se préparer psychologiquement comme elle l'aurait souhaité. La vague pourpre de son cauchemar la submergea.

Le dragon bleu tournoyait au-dessus de sa tête, dans la chambre rouge et enfumée... Elle avait très chaud, elle suffoquait... Sa vue se brouillait, mais elle distinguait les traits de l'homme qui approchait ses mains puissantes de sa gorge... Ce visage souriant aux cheveux clairs, elle le voyait à présent bien en face d'elle : c'était celui d'Hercule.

V

LE SANGLIER D'ÉRYMANTHE

10

Récit d'Achille Stock (suite)

Ce matin-là, j'étais passé voir Owen qui avait gardé le lit. Tandis que je lui apportais une tasse de thé fumant, il grimaçait en se redressant et semblait vraiment mal en point, avec son bonnet de nuit ramené jusqu'aux yeux. Mais il se sentit bien mieux dès que l'employé des postes vint lui remettre un message de l'inspecteur Wedekind : « — *Déniché sanglier Érymanthe — Passez dès que possible à mon bureau.* » Son air fébrile disparut soudain et moins d'un quart d'heure plus tard, nous nous précipitions dans un fiacre en priant le cocher de nous amener à Scotland Yard sans lanterner.

L'inspecteur Wedekind, qui approchait de la cinquantaine, donnait dès l'abord une impression de calme et de maîtrise de soi. Il y avait quelque chose de fruste dans son visage, peut-être à cause de sa moustache de brigand et ses épais sourcils noirs, sous lesquels deux yeux noirs vous fixaient d'un air sombre et pensif. On devinait que de lourdes responsabilités pesaient sur ses épaules, mais il semblait en mesure de les assumer. Il était rare qu'il sortît de sa réserve, mais cela se produisait parfois, lorsque le sort lui était particulièrement défavorable et qu'il barbotait dans quelque inextricable affaire. Alors, il n'hésitait pas à faire appel aux facultés exceptionnelles d'Owen. Nous le connaissions bien, c'était presque un compagnon de route, quoique nos rapports n'eussent jamais vraiment dépassé le cadre de nos investigations.

Dès que nous eûmes pris place en face de lui à son bureau, il avança vers nous une page du *Times* qui datait de décembre dernier, en nous déclarant :

— Ou je me trompe fort, ou voilà votre sanglier d'Érymanthe...

— C'est lui ? demandai-je en désignant la photo d'un sexagénaire à barbe neigeuse.

— Non, lui c'est le Dr Cameron, le médecin qui le soignait. Voyez le portrait du bas, l'homme à demi chauve au visage gras, qui porte d'épaisses lunettes. Il s'appelle Charles Byrnes, mais lisez plutôt l'article...

Course fatale

Charles Byrnes, célibataire, boucher de son état, aurait dû fêter ses 53 ans le jour de la Nativité, mais il vient de rencontrer son destin de bien étrange manière à Moffat, un village situé près de la frontière écossaise. C'était un petit homme rond comme une barrique, qui pesait plus de cent kilos, et l'on pourrait concevoir, dans ces conditions, qu'il ait décidé de faire un peu d'exercice en plein air, durant le week-end, afin de perdre un peu de poids... La saison ne s'y prête guère, mais qu'importe ! Notre homme n'y est pas allé par quatre chemins. Il s'est rendu de bonne heure au pied du Broad Law et a commencé à remonter ses pentes enneigées au pas de course. Pour corser la difficulté, il n'a pas hésité à se dévêtir, comme pour mieux braver le froid. Mais après avoir parcouru moins de deux miles, il fut terrassé par une crise cardiaque. Un garde-chasse des environs découvrit son corps sans vie au milieu du sentier, vers midi. Étrange spectacle, que ce gros

homme allongé dans la neige, simplement vêtu d'un caleçon rose, l'œil vitreux et les lèvres retroussées, figé par le froid et la mort. Ce qui était également étrange, c'était qu'une autre série de pas s'ajoutait aux empreintes bien nettes laissées par la victime dans son sillage. Des pas qui partaient du village, comme si quelqu'un avait suivi Charles Byrnes également au pas de course, ainsi que l'ont conclu les spécialistes. Que le boucher fût accompagné durant son entraînement, cela n'avait rien d'étonnant. Mais voilà : pourquoi cette personne, qui devait forcément avoir vu son compagnon s'effondrer devant elle, s'était-elle soudain arrêtée, environ dix mètres derrière le malheureux ? Pourquoi n'était-elle pas allée le rejoindre, s'enquérir de sa santé, lui porter secours ? Pourquoi, aussi, avait-elle fait demi-tour, comme ses traces de pas dans la neige l'indiquaient clairement ? Pourquoi avait-elle regagné le village sans donner l'alerte ? Pourquoi s'était-elle ensuite éclipsée si subrepticement ?

Cette personne avait-elle eu l'intention de lui nuire ? Avait-elle pourchassé le malheureux Byrnes ? Une hypothèse envisagée dans un premier temps par les enquêteurs, mais infirmée par la tenue légère de Byrnes. S'il avait été traqué ainsi, pourquoi aurait-il défait ses vêtements, retrouvés soigneusement pliés dans un abri à la sortie du village ? Cela n'était pas concevable. Cependant, la thèse d'un exercice sportif reste tout aussi aburissante, quand on sait que Byrnes... était cardiaque *! Or il n'ignorait rien de sa maladie et consultait régulièrement son médecin, deux fois par mois ! Les explications du Dr Cameron sont, à cet égard, on ne peut plus claires : courir ainsi dévêtu dans le froid, en gravissant une forte pente, affirme-t-il, c'était aller au-devant d'une mort certaine. Son patient ne pouvait pas ne pas* *le savoir. Durant chacune de ses consultations avec Byrnes, il n'avait cessé de lui recommander la prudence et de lui demander de ne faire aucun effort violent, sous quelque forme que ce fût. Pour agir de la sorte, Byrnes devait avoir été frappé de folie subite, cela ne s'expliquait pas autrement à ses yeux.*

— Stupéfiant ! commenta Owen en se carrant dans son siège. L'analogie me semble claire, mais rien ne prouve qu'il s'agit de l'affaire qui nous occupe.

— Si ! trancha Wedekind qui venait d'allumer un cigare. Ce n'est pas indiqué dans l'article, mais un homme portant une peau de lion a été aperçu à Moffat le jour du drame, et tout donne à penser qu'il s'agit de cette mystérieuse personne qui a talonné la victime. J'ai télégraphié aux collègues de Glasgow pour un complément d'informations, et je viens d'avoir leur réponse ce matin. Ils ne peuvent rien nous apprendre sur l'homme-lion, mais ils ont trouvé quelques détails intéressants concernant la victime, laquelle n'était guère appréciée de ses concitoyens. Charles Byrnes était dans son genre un semeur de zizanie. Il prenait plaisir à aborder des sujets tabous, mettant ainsi les gens mal à l'aise, ce qui ne manquait pas de provoquer des conflits. De plus, avec ses grosses mains baladeuses et ses blagues de mauvais goût, il faisait presque fuir les clients de sa boucherie. Dans le village, il avait même eu plusieurs réclamations de jeunes femmes et de parents d'enfants, qui se plaignaient de ses gestes un peu lestes.

— En somme, un homme détestable, conclus-je. Comme les précédentes victimes de notre « Hercule »...

— Un gros porc, précisa Owen en souriant. Une créature immonde, qui faisait beaucoup de dégâts sur son passage, comme le fameux sanglier d'Érymanthe. Hercule fut chargé de le rattraper pour le mettre hors d'état de nuire. Ce qu'il fit, après avoir épuisé la bête en la pourchassant en haute montagne. (Se tournant vers le policier en affectant une mine désolée, il affirme :) Oui, Wedekind, vous avez eu le nez creux. Excusez-moi d'avoir douté un instant, mais je voulais être certain de suivre la bonne piste.

Après avoir projeté un nuage de fumée devant lui, l'inspecteur demanda :

— Alors, qu'en pensez-vous, Burns ? Quel est votre sentiment d'« artiste » devant ce nouvel exploit ? Le cinquième, d'après mes calculs, n'est-ce pas ?

Mon ami resta silencieux un instant. Un air de béatitude baignait son visage, tourné vers la lumière du jour, comme quelqu'un qui s'attendait à voir une manifestation divine. Il hocha doucement la tête, puis répondit :

— Oui, le cinquième, en effet. Il semble désormais acquis que notre homme suit son modèle à la lettre et exécute ses travaux dans le bon ordre. Mon sentiment ? Vraiment, je ne sais que dire devant ce nouveau prodige. Comment a-t-il fait pour pourchasser ainsi sa victime ? La forcer à courir à moitié nue dans la neige, jusqu'à provoquer cette crise cardiaque ? J'avoue que pour l'heure, je n'en ai pas la moindre idée... Il est bien trop tôt pour me prononcer, étant donné que je suis encore sous le charme de cet éblouissant chef-d'œuvre, qui me paraît encore plus extraordinaire que les précédents. Il est clair que nous avons affaire à un adversaire hors du commun, doué de facultés multiples, pour ne pas dire magiques. Il semble maîtriser les événements comme s'il était le Créateur lui-même ! Une sorte de démiurge qui crée son univers, ses personnages et ses crimes...

— Des crimes prémédités ?

Owen balaya la remarque du policier d'un geste dédaigneux.

— Naturellement. Des crimes agencés avec soin, finement ciselés. Rien que l'étendue de son secteur géographique, qui englobe pour ainsi dire toute l'île, donne une idée du temps consacré à ses recherches pour le choix de ses victimes.

— Ce qui ne réduit malheureusement pas le champ des suspects ! soupira Wedekind. En somme, cela peut être n'importe qui...

— Certainement pas, trancha Owen, comme offusqué. Hercule n'est pas n'importe qui !

Le policier fronça ses sourcils fournis.

— Ah ? Auriez-vous quelque idée sur son identité ?

— Oui.

Surpris, je me tournai vers mon ami, qui poursuivit le plus calmement du monde, d'un ton mi-professoral, mi-amusé :

— Voyons, messieurs, l'histoire d'Hercule est bien connue... Tout le monde sait que très jeune, il a donné la preuve de son exceptionnelle vigueur en étranglant deux serpents qui s'étaient glissés dans son berceau. Tout le monde connaît également son caractère difficile, qui s'affirma avec l'âge autant que sa force. Il fut rapidement la hantise de ses précepteurs, car c'était chose dangereuse de vouloir lui enseigner ce qu'il refusait d'apprendre. Si la musique et la philosophie ne le passionnèrent guère, il excellait en revanche dans les disciplines sportives : la lutte, l'escrime, l'équitation. Un jour, il se mit en colère contre son professeur de musique et lui fracassa le crâne avec son luth. Il regretta son acte, mais cela ne l'empêcha pas de récidiver, entre autres avec sa jeune épouse, qu'il frappa également à mort dans une crise de démence. Il fut sans doute l'homme le plus malheureux au monde lorsqu'il prit conscience de son acte, et c'est très humblement qu'il accepta la sentence de l'oracle, qu'il était allé consulter à Delphes. La prêtresse lui fit savoir qu'il ne pourrait se purifier qu'au terme d'une sévère pénitence et lui ordonna également d'aller retrouver son cousin Eurysthée, roi de Mycènes, afin de se soumettre à toutes ses exigences. Lorsque l'homme le plus fort du monde se présenta audit Eurysthée en lui proposant docilement d'être son esclave, le roi lui proposa très ingénieusement une série de pénitences, douze épreuves d'intérêt public apparemment impossibles à réaliser...

— Les fameux douze travaux d'Hercule, acheva Wedekind, le front brumeux. Mais dites, vous n'imaginez quand même pas qu'il existe sur le sol anglais un tel individu ?

Owen haussa les épaules, ironique.

— Non, bien sûr. J'essayais simplement de me mettre dans la peau du coupable, puisqu'il suit aussi fidèlement l'œuvre du maître. Que nous tombions sur un personnage aussi ressemblant ? Non, vraiment, ce serait trop beau !

11

Mai

Un hennissement précéda l'arrivée de la « belle amazone », qui paraissait à l'aise sur son cheval à robe pommelée. Avec fermeté, elle dirigea sa monture vers le chemin menant aux écuries et adressa au passage un sourire à Mrs Richardson, son frère et Hercule, tous trois installés sur la terrasse. Elle portait une jupe-culotte en satin et un adorable boléro, très ajusté, qui lui avait valu les compliments de son « parrain » ainsi que la dénomination de « belle amazone ».

— Elle se débrouille rudement bien, fit remarquer Mrs Richardson. Surtout pour quelqu'un qui a commencé à monter il y a à peine quinze jours...

— Et en plus, elle a beaucoup d'allure, ajouta Neville Lloyd qui venait d'allumer un cigare. N'est-ce pas, Hercule ?

Le jeune homme ne pouvait l'entendre. Il venait de quitter la terrasse pour se diriger vers les écuries. À ce moment, un lad sortit de l'appentis en menant par la bride un bel alezan, nerveux en diable, connu pour sa fougue et son caractère rétif. Il s'ébroua soudain à la vue de l'amazone. Le cheval à robe pommelée fit un écart, que la cavalière tenta de contrôler en tirant violemment sur les rênes. Mais la bête se cabra, désarçonnant la

« belle amazone », qui poussa un cri strident en tombant sur le bas-côté. Le cheval partit au galop, laissant derrière lui un corps inanimé. Hercule fut le plus prompt à réagir. En un clin d'œil, il se trouva à côté de la cavalière évanouie. Le lad arriva à son tour, mais le jeune homme le renvoya aussitôt en l'admonestant sèchement pour sa maladresse, puis se pencha au-dessus de celle pour qui, à l'évidence, il s'inquiétait tant. Sa toque était tombée et son chignon s'était défait, répandant sur l'herbe sa longue et soyeuse chevelure châtaine, déployée autour de son délicat visage au teint de neige. Elle demeura inanimée quelques instants, puis battit des paupières et ouvrit de grands yeux surpris sur un Hercule qui la couvrait de paroles réconfortantes. Alors, d'un mouvement souple, il la prit dans ses bras, la ramena vers la maison et, au passage, pria son oncle d'aller chercher au plus vite le médecin du village.

Le praticien fut rapidement sur les lieux. Moins d'une heure plus tard, il repartait, emportant avec lui le souffle d'inquiétude qui avait balayé un instant la maisonnée de Greenway. Son diagnostic avait rassuré tout le monde. « Un simple évanouissement, avec tout juste une petite bosse sur la tête en guise de souvenir... Laissez-la se reposer pour l'instant, mais elle pourra se lever dès qu'elle en aura envie », avait-il énoncé d'un air confiant en sortant de sa chambre.

Quelque temps après, Mrs Richardson et son frère se retrouvaient sur la terrasse, devisant paisiblement, comme ils faisaient en milieu de matinée avant l'incident. Une tranquille satisfaction se lisait sur leur visage.

— Hercule a été remarquable, fit observer Neville en se servant un verre de porto. Il n'a pas perdu son sang-froid et a exécuté sans hésiter les gestes qui convenaient.

— C'est vrai. Et as-tu remarqué comme il était inquiet ?

— Oui, même blanc comme un linge...

— Il lui a également parlé avec beaucoup de tendresse...

— Cela ne m'a pas échappé, ma chère sœur. D'ailleurs, en le voyant la porter, je n'ai pu m'empêcher de penser au prince charmant berçant Blanche-Neige dans ses bras après l'avoir retirée de son cercueil de verre.

Mrs Richardson ferma les yeux un long moment, puis poussa un profond soupir :

— Si seulement...

L'ancien steward posa sa main sur le bras de sa sœur.

— C'est en bonne voie, chère sœur, ne t'inquiète pas. Et crois-moi, je me trompe rarement sur ce genre de choses.

— Si bien que tu ne t'es jamais marié, glissa-t-elle avec une nuance d'ironie.

— Mon métier me l'a plus ou moins interdit, tu le sais bien. Si j'avais fondé un foyer, j'y aurais brillé par mon absence. Mais cela ne m'a pas empêché de connaître quelques bonnes fortunes.

— Je te crois sur parole et... Tiens ! Hercule...

Le visage de Mrs Richardson s'était éclairé à la vue de son fils et c'est d'un air enjoué qu'elle ajouta :

— Tu viens prendre un verre de porto avec nous ? Après toutes ces émotions... Comment va notre blessée ? Mais qu'as-tu, tu sembles bien agité ?

Le jeune homme passa la main dans sa chevelure rebelle, respira profondément, puis se laissa tomber sur une des chaises en osier.

— Rien, je suis juste allé dire ce que je pensais à cet imbécile de palefrenier, dont la maladresse aurait pu être lourde de conséquence pour Rita.

— Tu ne l'as pas renvoyé, j'espère ?

— Non, mais il s'en est fallu de peu ! fit Hercule en serrant son poing. Passons. Je suis venu pour vous annoncer quelque chose...

Mrs Richardson et son frère eurent du mal à dissimuler leur surprise.

— Une bonne nouvelle ? s'enquit ce dernier.

Hercule approuva de la tête.

— Oui, je crois. J'ai décidé que Rita ne s'appellerait plus Rita. Je n'aime pas ce nom-là. Désormais, elle sera *Déjanire*...

— Déjanire ? s'exclama l'oncle Neville. Quelle drôle d'idée ! Je veux dire que c'est un prénom un peu surprenant... Mais c'est vrai, il sonne bien à l'oreille.

— C'est un prénom merveilleux, affirma Hercule.

— Oui, sans doute. Mais d'abord, en as-tu seulement parlé à la principale intéressée ?

— Elle est d'accord. Tout à fait d'accord... (Hercule repassa une main agitée dans ses cheveux.) Je crois qu'elle se ressentait encore du choc lorsque je lui ai posé la question, car elle m'a regardé d'un air étrange en me disant que je pouvais lui demander tout ce que je voulais...

— Je vois, acquiesça son oncle. Tu as profité de la situation en soulignant ton rôle de sauveur !

— Je... je ne crois pas qu'elle changera d'avis, répondit sèchement Hercule. Et vraiment, je trouve que Déjanire, ça lui va comme un gant !

— Oui, c'est une très bonne idée, mon fils, s'empressa d'acquiescer Mrs Richardson.

Hercule hocha la tête avec satisfaction, puis croisa les bras derrière la nuque en se renversant contre le dossier de sa chaise. Un silence passa, seulement troublé par le bourdonnement d'une abeille, qui rôdait alentour depuis que Neville Lloyd avait rapporté la bouteille de porto. Le jeune homme la chassa d'un geste brusque, puis fit remarquer d'un air rêveur :

— C'est quand même étrange, oncle Neville...

— Quoi, mon enfant ?

— Le mystère de la vie...

— En effet... Mais je crains fort que nous n'en venions pas à bout avant le déjeuner !

— Parfois, j'ai l'impression que l'univers n'est qu'un simple théâtre de marionnettes. Nous, nous sommes au milieu de la fête, tantôt nous rions, tantôt nous pleurons, au gré de celui qui tire les ficelles, celui dont le visage et les intentions nous échappent complètement...

— « Les desseins du Seigneur sont impénétrables », comme se plaît à le répéter tous les dimanches notre cher révérend. Mais dis-moi maintenant où tu veux en venir précisément ?

Hercule baissa la tête.

— Eh bien... je veux parler de la ressemblance de Rita avec Patricia. Ça ne vous a pas échappé non plus, n'est-ce pas ? Bien sûr, elle ne lui ressemble pas tout à fait, mais quand même... c'est un drôle de hasard. Pourquoi ne me l'avais-tu jamais signalée avant, oncle Neville ?

L'ancien steward marqua une hésitation, tandis qu'il posait délicatement son verre.

— Eh bien, répondit-il, pour deux raisons simples, mon garçon. *Primo* : Rita n'était pas plus haute que trois pommes quand je l'ai vue pour la dernière fois, et *secundo* : je n'ai fait qu'entrevoir ta femme, comme nous tous ici, parce que... Enfin, nous nous sommes déjà expliqués là-dessus, et nous t'avions dit combien nous regrettions notre erreur.

Hercule se pencha davantage dans son siège et regarda rêveusement les arabesques sculptées du toit de la terrasse.

— Moi, je ne crois pas aux coïncidences. Je crois au contraire que tout a une raison d'être ici-bas, que la vie est une histoire écrite à l'avance et que la destinée est la chose la plus belle qui soit. Père disait d'ailleurs à ce sujet, souvenez-vous : « *Les cieux et la terre exercent une influence sur tous les êtres vivants, et il est au pouvoir de l'homme de tourner cette influence à son avantage...* »

— C'est un proverbe chinois, commenta gravement Mrs Richardson.

— En tout cas, reprit Hercule, il me semble très juste. Car je pense également que l'homme peut infléchir les courbes du destin, s'il est courageux et agit pour une bonne cause. Et à partir de maintenant, quoi qu'il arrive, Rita s'appellera « Déjanire »...

Un nouveau silence tomba, que Neville Lloyd rompit par une petite toux.

— À propos d'elle, Hercule, j'aimerais justement te dire deux mots. Tu le sais, elle se trouve dans une situation assez précaire, son pauvre père ne lui ayant laissé que des dettes. Elle risque donc de devoir rester ici quelque temps...

— Mais cela ne pose aucun problème ! L'hospitalité est un devoir sacré.

— Bien qu'elle ne soit là que depuis deux semaines, cela pose, justement, quelques petits problèmes d'ordre matériel, assez gênants pour elle. Remarque, elle ne m'a rien dit, mais j'avais déjà compris à la manière dont elle a demandé à ta mère des vêtements pour ses cours d'équitation... Ou l'autre fois, elle avait jeté incidemment un coup d'œil dans un de ces coffres où tu as conservé les habits de Patricia. Elle les a regardés avec envie. Tu pourrais les lui donner, qu'en penses-tu ? Enfin, si cela ne te dérange pas...

Hercule se redressa soudain, le regard illuminé, et murmura :

— Au contraire, je trouve que c'est une excellente idée !

Avant de pénétrer pour la première fois dans la pièce où Hercule avait conservé les souvenirs de sa femme, « Déjanire » avait longuement hésité, saisie d'une curieuse appréhension. D'avance, elle sentait que c'était un autre univers, l'univers intime de feue Patricia Atkinson, « la malheureuse qui mourut accidentellement par une belle journée de l'été dernier », comme aimait à le souligner Hercule. Entrer dans ces lieux ne fit qu'accentuer cette impression. Pour conserver ses pieux souvenirs, Hercule avait choisi une pièce tapissée de vert sombre, aux meubles dégageant une forte odeur d'encaustique. Les grandes malles d'osier étaient alignées le long du mur sous la fenêtre, témoins somnolents d'une tragique histoire. Et c'est en songeant à la boîte de Pandore qu'elle avait ouvert le couvercle de l'une d'entre elles. Elle n'aurait pu dire si tous les malheurs du monde s'en étaient échappés, mais les effluves de naphtaline qui s'en dégageaient évoquèrent en elle une odeur de mort. À ce moment-là, tandis que la pièce résonnait encore du grincement des charnières de la malle, « Déjanire » ne put contenir l'image sinistre d'une femme dégringolant l'à-pic en poussant un hurlement mortel...

Alors, fébrilement, sa main palpa l'étoffe des vêtements soigneusement pliés. Tantôt le contact rêche d'une veste de cheviotte, tantôt celui infiniment plus doux d'une blouse de batiste. En touchant ces habits, elle sentait sa main lui transmettre d'étranges petits frissons...

Elle s'empara ensuite d'une robe de soie blanche, se redressa d'un mouvement souple, vint se placer devant la glace d'une armoire et détailla son reflet. « Les vêtements d'une morte? songea-t-elle en riant. En tout cas, je suis sûre qu'ils m'iront parfaitement! » Sur quoi, elle retira sa blouse, fit glisser sa jupe le long de ses jambes fuselées, puis revêtit la robe de Patricia Atkinson. Là encore, elle ne put réprimer un frisson en sentant la soie envelopper son corps. Elle se rendait compte qu'elle prenait plaisir à porter ses vêtements, mais surtout, elle savait qu'Hercule serait absolument ravi de la voir ainsi vêtue... « Déjanire » se regarda dans la glace, puis eut un rire silencieux, se répétant :

— Oui, Hercule sera ravi... Il aura véritablement l'impression de revoir sa Patricia bien-aimée.

Après avoir retiré la robe, elle ouvrit une autre malle. À ce moment-là, elle semblait joyeuse, curieuse comme une enfant écumant les trésors d'un grenier interdit. Ses mains fines brassaient les objets, les boîtes diverses et des dossiers contenant des dessins à l'aquarelle, représentant essentiellement des motifs floraux. Elle prit le temps de contempler la reproduction d'une glycine, dont les tons mauves et fluorescents avaient été particulièrement bien rendus. Elle adressa mentalement ses compliments à l'artiste, qui avait signé « Patricia Atkinson » au bas de la feuille, et se dit que bientôt, elle se mettrait en devoir de commencer « officiellement » ses exercices de peinture.

Elle rangea alors le dessin dans le dossier, puis tomba sur une photo de l'artiste même. C'était un grand cliché, bien net et au jeu de lumière parfait, qui mettait en valeur la beauté presque insolente de Patricia. « Déjanire » sentit alors le sang lui monter au visage. Sans hésiter une seule seconde, elle déchira rageusement le portrait. Quelques instants plus tard, elle en brûlait discrètement les restes dans l'âtre d'une cheminée. Mais les lueurs des flammes indiquaient clairement que la colère peinte sur son visage ne s'était toujours pas calmée.

12

Ce soir-là, Neville Lloyd ne s'attarda guère dans le salon après le dîner. Il trouvait lassantes les discussions pratiques de Vera, les supputations économiques de son mari et surtout les essais musicaux de Derek. Les autres prétendaient ne pas entendre le son de sa flûte lorsque la porte de la véranda était bien fermée, mais Lloyd avait une ouïe parfaite. Même au travers des portes closes, il percevait l'insidieuse mélopée de Derek. Comment pouvait-on passer son temps à fréquenter des reptiles, alors qu'il existait tant d'autres distractions infiniment plus agréables ? Voilà qui dépassait son entendement. Mais un autre événement, apparemment anodin, l'avait décidé à sortir. Il n'avait pas manqué de remarquer qu'Hercule et Rita avaient tous deux pris congé à quelques minutes d'intervalle seulement. Son neveu avait simplement déclaré qu'il allait respirer un peu d'air frais pour se détendre les nerfs. Rita, elle, s'était retirée sans rien dire. Neville Lloyd n'était pas dupe. Il connaissait trop ce genre de manège pour l'avoir pratiqué assez souvent lui-même, lorsqu'une belle passagère lui avait offert son cœur.

En s'accoudant à la balustrade de la terrasse, il eut l'impression de se retrouver sur le pont d'un navire. La nuit venait de tomber, engloutissant les dernières lueurs du couchant. Les étoiles brillaient dans un ciel totalement dégagé. L'air était encore doux. Il alluma une cigarette, sans essayer d'endiguer la marée des souvenirs. De belles nuits comme celle-là, il en avait connu quelques-unes. Des nuits de pleine lune, au milieu du brasillement de la mer, dans les bras d'une belle inconnue...

Avec un sourire nostalgique, Neville Lloyd descendit tranquillement de la terrasse, mais s'arrêta presque aussitôt, surpris. En vérité, il ne l'était qu'à demi, s'attendant plus ou moins à trouver les jeunes gens dans les environs.

Hercule et Rita étaient installés sur le banc adossé à la haie d'ifs, à une dizaine de mètres. Il n'entendait pas ce qu'ils se disaient, bien qu'il l'imaginât aisément. Il décida de s'approcher, mais cela ne lui était guère possible, sous peine de se faire remarquer. Il était cependant suffisamment près d'eux pour distinguer leurs visages amoureux, ou à tout le moins leurs gestes qui le donnaient à penser. L'un et l'autre se plaisaient, il n'y avait pas de doute possible. En étaient-ils tous deux conscients et s'étaient-ils déjà confiés dans ce sens ? Rien ne permettait de l'affirmer pour l'heure, car les deux jeunes gens se tenaient certes l'un à côté de l'autre, semblaient très épris, mais ne le manifestaient pas encore. Neville Lloyd attendit, puis commença à perdre patience en traitant mentalement Hercule de triple idiot. Ils parlaient, parlaient et continuait de parler. À sa place, il y a belle lurette que l'affaire serait dans le sac ! Mais qu'avaient-ils à se dire, bon sang ? L'heure était à l'action et non au discours !

Il connut un moment d'angoisse quand il les vit se lever. C'est alors qu'Hercule décida de se jeter à l'eau. Il se pencha sur Rita, qui n'offrit aucune résistance quand il l'embrassa. Ils demeurèrent enlacés un long moment, si long que Neville Lloyd lui-même en fut surpris. En dépit de son expérience, il ne se souvenait pas d'avoir embrassé une femme aussi longtemps pour la première fois. Hercule embrassait la petite comme un soldat retrouvant sa femme après son retour du front ! L'ex-marin rebroussa alors chemin, hochant la tête, se disant qu'il commençait à se faire vieux...

Un peu plus tard, il revit son neveu et sa « filleule » refaire leur apparition dans le salon. Une rougeur inhabituelle marquait le visage d'Hercule, mais cela aurait pu être mis sur le compte d'une promenade à pas vifs. Rita, en revanche, avait le feu aux pommettes et les mains tremblantes. Neville Lloyd fit semblant de ne rien remarquer et se plongea dans la lecture du *Times*. Il veilla assez tard, ce soir-là. Il se trouvait seul dans la pièce depuis un bon moment, lorsqu'il décida d'aller se coucher. Une lampe à la main, il remonta le couloir, auscultant le silence de la grande demeure. Pas un bruit, pas un souffle de vent. Les portraits de la galerie semblèrent s'éveiller à son passage, tandis que la lueur de sa lampe jouait sur les cadres dorés. Il salua mentalement tous les vénérables ancêtres de la famille Richardson, les félicitant autant pour leurs nombreuses vertus et leur sens de l'honneur que pour la réserve de porto qu'ils lui avaient laissée. Puis il s'immobilisa soudain.

Il lui semblait avoir perçu un bruit. Des gémissements ? Un sifflement ? Il dressa l'oreille tout en se demandant si ce n'était pas un de ces maudits serpents. Une sueur froide lui recouvrit le dos. Ce ne serait pas la première fois que cet étourdi de Derek oublierait de refermer une cage. Il se souvint d'une nuit mémorable, qui avait vu toute la maisonnée, domestiques y compris, lancée à la recherche d'un cobra qui avait quitté son logis parce que le battant n'avait pas été correctement assujetti. L'estomac noué par la peur, ils avaient déambulé plusieurs heures, à chasser les zones d'ombre en allumant toutes les lampes de la maison, afin de mieux débusquer le dangereux reptile. Derek avait lui-même fini par retrouver le fugitif, mais on ne lui avait pas pardonné l'incident pour autant. D'ailleurs, nul non plus n'avait oublié ce qui était arrivé à Hercule enfant, lorsqu'on avait découvert ce serpent venimeux dans son lit, qu'il était parvenu à étrangler par on ne sait quel miracle...

Lloyd n'osa pas risquer un coup d'œil dans la véranda, mais s'assura que la porte en était bien fermée. Il revint sur ses pas quelque peu soulagé, lorsqu'il perçut de nouveau le bruit singulier. Cela ressemblait à des plaintes étouffées, des sanglots...

Cette fois-ci, il n'eut aucun mal à les localiser et finit par s'arrêter devant la chambre de sa « filleule ». Rapidement, il comprit qu'elle faisait un cauchemar, mais préféra en avoir le cœur net. Il baissa la poignée, ouvrit doucement la porte et leva la lampe, qui accrocha d'abord les dorures de la tapisserie, avant de révéler le corps allongé de la jeune fille, secoué de petits soubresauts. Ses cheveux complètement défaits zébraient son visage, emperlé de sueur et subissant les affres d'une vive angoisse. Ses doigts fébriles étaient crispés autour de sa gorge et ses lèvres entrouvertes bredouillaient :

« *Non, ne t'approche pas... Je ne veux pas, je t'en supplie... Mais fais attention... Juste derrière toi, il y a le dragon... le dragon bleu... Il bouge... Oui, je l'ai vu bouger... Il faut s'en méfier... Je le sais parce qu'on m'a prévenue...* »

« Déjanire » s'agita encore quelques instants, en lutte avec ses tourments secrets, puis s'apaisa et trouva enfin le sommeil. Lloyd, qui n'avait pas bougé, hocha pensivement la tête. Était-ce Hercule qui lui faisait cet effet ? Si oui, ce n'était pas un parti idéal pour elle. Mais il s'agissait à l'évidence d'autre chose... Un dragon bleu? Il en connaissait un, ici même, dans cette maison. Mais il ne voyait pas en quoi la petite pouvait être concernée par lui, et surtout pas au point d'en faire des cauchemars. Il regagna sa chambre, songeur, en se disant que la meilleure des choses serait d'interroger Rita elle-même prochainement.

VI

LES ÉCURIES D'AUGIAS

13

Dans un endroit reculé de l'Essex, au fond d'une légère dépression, non loin d'un canal, vivait un homme d'une saleté repoussante. Il s'appelait Louis Diemschutz, mais tous, au village, l'appelaient « Louis la Crasse » ou, pour les langues moins caustiques — assez rares, il faut bien le dire —, simplement le « Vieux Louis ». En fait, il n'était ni très vieux ni aussi malpropre qu'on voulait bien le croire, même s'il ne prisait pas particulièrement l'usage du savon. Son crime inexpiable était d'avoir édifié sa maison près d'une décharge publique, qu'il avait lui-même agrandie en récupérant tous les déchets des environs, sans la moindre discrimination. Tout ce qui traînait trouvait grâce à ses yeux, si bien que, dans le terrain vague qui entourait son logis, se dressaient çà et là des monticules de vieux meubles, de ferrailles, de fumier et autres végétaux en décomposition, et même des carcasses d'animaux. C'était une sorte de chantier hétéroclite et repoussant, dont les odeurs nauséabondes faisaient même fuir les chiens. Les villageois étaient si écœurés à l'approche de cet endroit qu'ils avaient fini par trouver un autre terrain pour déposer leurs ordures. Au conseil municipal, le cas de Louis Diemschutz était régulièrement à l'ordre du jour, mais aucune initiative, à ce jour, n'avait été arrêtée.

Ce n'était pas une affaire grave, mais un de ces problèmes gênants qui vous colle à la peau comme de la poisse et finit par vous gâcher l'existence. Il y eut bien quelques mâles réactions, notamment le soir à l'auberge, mais là aussi, les menaces d'expulsion et d'interventions musclées n'avaient pas dépassé le stade de la parole. « Quand viendra le jour où quelque esprit audacieux nous débarrassera de toute cette crasse, nettoiera cette puanteur qui est la honte du village ? », se demandait-on gravement, devant une tasse de thé ou un verre de bière.

Le « Vieux Louis », qui avait tout au plus 50 ans, lui, ne se posait pas de questions. Il goûtait sa liberté au milieu des ordures et des gravats, allait parfois pêcher au canal et était fier de sa maison, qu'il avait mis un point d'honneur à bâtir avec des matériaux de récupération. C'était une solide cabane en bois, qui, une fois les volets fermés, constituait une sorte de caisson inviolable, même pour un cambrioleur professionnel. Selon le « Vieux Louis », rien ne pouvait le déloger de là une fois qu'il s'y était barricadé, ni les malfaiteurs les plus audacieux, ni les tempêtes, ni quoi que ce fût d'autre.

Ce soir-là, alors qu'il dormait à poings fermés, une ombre s'approcha à pas furtifs de la construction. Elle portait un grand sac qu'elle ouvrit lorsqu'elle se fut arrêtée devant les volets fermés d'une fenêtre. Elle en retira deux solides planches, percées à différents endroits, qu'elle posa en travers des volets. Puis, à l'aide de vis, elle les assujettit solidement contre les battants et le cadre en bois. Elle renouvela l'opération pour les trois autres fenêtres et utilisa un système analogue pour la porte d'entrée. Enfin, elle grimpa sur le toit, enleva précautionneusement quelques tuiles, se glissa dans les combles, puis bloqua de la même manière la trappe qui donnait accès au grenier. Elle se retira ensuite aussi silencieusement qu'elle était venue, laissant derrière elle une maison doublement barricadée, à la fois de l'intérieur et de l'extérieur. Le « Vieux Louis » était on ne peut mieux protégé...

À ce moment-là, pourtant, il ne songeait guère à sa protection. Il rêvait de la belle saison, qui le verrait de nouveau au bord du canal, se livrer à l'une de ses passions favorites, la pêche. Il rêvait de la bonne friture qui s'ensuivrait, peut-être rehaussée d'un bon verre de vin, s'il parvenait à vendre la colle qu'il comptait fabriquer avec les carcasses d'animaux. Il se voyait assis au bord du canal, en train de contempler les petits poissons qui frétillaient au bout de ses lignes... Il voyait leurs reflets argentés sous le soleil de l'été, brillants comme des morceaux de métal poli au-dessus de l'eau verte du canal, moirée de lumière... Il sentait la caresse de l'astre du jour, délicieusement chaude, et le contact rafraîchissant de l'eau, dans laquelle il avait trempé ses pieds... Une eau très fraîche en vérité... Bien trop fraîche pour la bellc saison... Il avait même l'impression qu'elle le submergeait lentement, comme si le canal débordait... C'était idiot, car il voyait bien que l'eau n'arrivait pas plus haut qu'au niveau de scs pieds... Mais brrr... Qu'est-ce qu'elle était froide !

Chose curieuse, aussi, il l'entendait à présent glouglouter, alors qu'elle coulait très lentement devant lui, presque étale... Le bouchon de sa ligne qui flottait à sa surface bougeait à peine... Le chuchotis qu'il percevait était anormalement fort... Soudain, le ciel lumineux s'assombrit, comme si l'on avait posé un couvercle d'épais nuages sur la terre... En un rien de temps, ce fut l'obscurité totale. Alors, il se réveilla en sursaut. Il faisait toujours aussi noir, et il était glacé et trempé ! En se jetant hors de son lit, il eut l'impression de plonger dans une piscine. C'est alors qu'il prit conscience de la situation... L'eau avait envahi sa maison et lui arrivait jusqu'à la hauteur de la ceinture. Il se déplaça avec peine dans l'élément liquide, gagna le buffet et parvint enfin à allumer une bougie. La vision de sa cuisine inondée accrut son angoisse, d'autant que le niveau de l'eau montait à vue d'œil... Il se rua vers la porte d'entrée, la déverrouilla, mais ne parvint pas à l'ouvrir, malgré ses violentes secousses. Il se dit alors qu'elle était probablement bloquée à cause de la pression. Les fenêtres, plus hautes, ne devaient pas encore être soumises à ce phénomène. Après de vains essais avec celle de la cuisine, il sentit progressivement l'étau de la peur se refermer sur lui. Son cœur battait la chamade quand il s'escrima tout aussi vainement à ouvrir les volets de la pièce qui faisait office de salon. Barbotant dans l'eau glaciale, qui lui arrivait désormais jusqu'à la poitrine, il parvint à la dernière issue, et c'est avec une rage impuissante qu'il martela les panneaux de bois bloqués.

La dernière issue ? Non, il restait encore le toit... C'est à la nage qu'il se rendit vers l'escalier. Mais dans l'obscurité totale et dans ce nouvel environnement liquide, ce ne lui fut pas chose aisée. Il claquait des dents lorsqu'il parvint enfin à saisir la poignée... Ce fut comme une main de glace qui étreignit son cœur lorsqu'il constata que la trappe ne bougeait pas plus que la porte et les volets. Cependant, il s'obstina à secouer fébrilement la poignée, jusqu'à ce que les flots glacés le submergent entièrement...

14

Récit d'Achille Stock (suite)

— Les écuries d'Augias, énonça Wedekind en se lissant les moustaches d'un air songeur, tandis que nous nous promenions le long du canal, par un bel après-midi de mai. Ce n'est pas à vous, messieurs, que j'apprendrai en quoi a consisté ce cinquième travail pour notre héros de légende.

— Non, répondit Owen, perdu dans la contemplation du paysage. D'autant que c'est le plus connu d'entre tous. Ces fameuses écuries du roi d'Élide, qui possédait des bœufs par milliers. Elles n'avaient pas été nettoyées depuis des années, ce qui posait un problème insoluble pour leur propriétaire. Hercule, chargé par Eurysthée de relever ce nouveau défi, n'hésita pas à détourner le cours du fleuve pour nettoyer les étables, et le courant eut tôt fait d'emporter tout le fumier.

— C'est pour ainsi dire ce qui s'est passé ici, fit remarquer Wedekind en indiquant un endroit dans les bois en contrebas. À environ deux cents mètres, il y a une sorte de cuvette naturelle que l'on ne distingue pas à cause des arbres. De toute manière, on ne verrait plus grand-chose maintenant. Mais il y a quatre mois encore se dressaient là la cabane du « Vieux Louis » et ses dépôts d'ordures. Tout a été inondé en une nuit, et le malheureux a été noyé comme je vous l'ai expliqué. Ici, nous sommes à l'endroit où notre Hercule assassin a détourné le « fleuve ». Pour ce faire, il a dû utiliser la méthode du voleur chinois. C'est-à-dire en progressant très lentement dans son travail pour que son action ne se remarque pas. Voyez le remblai qui supporte le flanc du canal. Même sur un court tronçon, il y a plusieurs mètres cubes de terre... Difficile à dégager d'un coup. Il est donc très probable que le meurtrier s'y est pris en plusieurs reprises et a pris soin de cacher chaque fois son travail avec des planches recouvertes de terre. Il n'y a pas foule, ici, mais quand même des gens qui passent régulièrement. Or personne n'avait rien remarqué avant la catastrophe. *A priori*, la dépression de la rive est à peine prononcée, mais au niveau de la cabane elle est assez importante — il y a près de cinq mètres — et l'on peut même voir la piste qui y mène, qui a servi de lit aux eaux meurtrières...

— Il y a quelque chose de diaboliquement génial dans ce meurtre, murmura Owen, avec un hochement de tête admiratif.

— Mais aussi génial soit-il, poursuivit Wedekind, il a fallu une force herculéenne pour l'exécuter ! Car dégager la terre de la butte n'était pas tout ! Ce n'était en fait que la phase préparatoire. Il y a également un muret de protection, enduit de bitume. Un muret très épais, dont on ne vient pas à bout en quelques coups de pioche. D'ailleurs, les ouvriers chargés de réparer la digue l'ont bien remarqué. La portion manquante avait été arrachée et non démolie à l'aide d'outils. Ce n'était en somme qu'une petite partie, une sorte de triangle de briques de un ou deux mètres de côté, mais cela ne change rien au problème.

— On l'avait peut-être fait sauter ? suggérai-je.

— Non, pas de trace d'explosif non plus. D'après tous

les maçons consultés, une lourde machine telle qu'une grue aurait été nécessaire pour défoncer ainsi ce pan de mur. Or, personne à l'époque du drame n'avait vu un tel engin, qu'il serait du reste impossible de transporter ici en l'espace d'une nuit. Vous voyez à présent comment se présente le problème ?

Il y eut un silence, puis Owen, toujours abîmé dans la contemplation des environs, jeta :

— Bel endroit. J'aime beaucoup les couleurs du printemps qui se mirent dans l'eau... Voyez ces deux longues rangées d'arbres qui bordent gaiement le canal. Leur reflet me paraît plus beau encore. C'est indiscutablement un écrin digne de ce nouveau chef-d'œuvre, ce nouveau tour de force. Oui, on peut le dire sans hésiter, Hercule est l'homme le plus fort du monde !

Wedekind et moi échangeâmes un regard surpris, bien qu'habitués tous deux à ce genre de tirade.

— L'homme le plus fort du monde, reprit-il avec emphase, mais je le vaincrai !

— Pour l'heure, intervins-je, il faut reconnaître que nous n'en menons pas large ! Les mystères s'accumulent, et toujours pas le moindre indice pouvant nous mener à lui...

— Savez-vous pourquoi je le vaincrai, Wedekind ? reprit Owen en ignorant superbement ma remarque.

— Non... hésita l'inspecteur, dubitatif.

— Parce que je suis un artiste. Lui aussi, sans aucun doute en est un, et même assez doué. Mais moi, si je n'ai pas sa force, je suis le plus grand artiste du monde. C'est cela qui le perdra !

Je croisai le regard amusé de l'inspecteur, qui se tourna vers mon ami.

— Moi, Burns, j'aimerais bien partager votre optimisme. Car comme le dit si justement Mr Stock, nous n'avons toujours pas la moindre piste.

— Si, rétorqua Owen avec un curieux entêtement. Je vous l'ai déjà dit, un portrait se dessine dans mon esprit. Même s'il ne se prénomme pas Hercule, je dirais qu'il est jeune, fort et riche. Car tous ces travaux ont nécessité du temps et des moyens.

— D'accord, mais cela nous laisse quand même une belle petite liste de suspects ! D'autant qu'à présent, nous avons la quasi-certitude qu'il n'existe aucun lien entre les différentes victimes.

— Cela me semblait évident dès le début ! Notre homme travaille uniquement pour l'amour de l'art. Quant à votre liste de suspects, je gage qu'elle diminuera au fil des crimes...

— Justement ! gronda Wedekind. Le suivant ne devrait pas tarder ! Il a même deux ou trois semaines de retard sur son programme habituel.

— À moins que ce dernier « travail » ne nous ait échappé ?

— Non, trancha le policier d'un ton froidement professionnel. Depuis quelques jours, nous épluchons scrupuleusement les moindres faits divers, nous passons au crible tous les potins de campagne. Je peux vous garantir que s'il continue sur sa lignée habituelle, « les cavales mangeuses d'hommes de Diomède » ne nous échapperont pas. Et alors, nous pourrons enquêter à chaud.

— Vous voyez bien. Il suffit de faire preuve d'un peu de patience !

— Et de compter les cadavres...

Owen resta un moment silencieux, tourné vers une péniche qui se rapprochait lentement, puis fit remarquer, songeur :

— Il est étrange que la presse se soit montrée si discrète jusqu'ici...

— Non, grinça Wedekind. Car j'ai pris des mesures

dès que j'ai compris l'importance de cette affaire. Vous imaginez un peu ce qui se passerait si nous laissions faire les journalistes ? En moins de temps qu'il ne faut pour le dire, ce serait la panique dans tout le royaume et l'on verrait des hommes-lions à chaque coin de rue !

— Vous avez très sagement agi, approuva Owen, et d'une manière générale, vous avez fait du bon travail, en dénichant notamment coup sur coup deux « travaux » cachés.

Le policier eut un sourire malicieux.

— C'est un peu mon travail, non ? Et puis je dispose quand même de beaucoup de personnel ! Et maintenant que la machine est lancée...

Le policier se tut un instant, tandis que la péniche passait à ce moment-là devant eux avec une tranquille assurance, puis reprit :

— Nous sommes un peu pris de vitesse. Car je ne vous ai pas encore tout dit... Nous avons découvert, pratiquement en même temps que ces « écuries d'Augias », l'affaire des « oiseaux du lac Stymphale », qui remonte au mois de février, comme vous l'aviez prévu...

— Quoi ! s'offusqua Owen. Et c'est seulement maintenant que vous le dites !

Le policier eut un air embarrassé, tandis qu'il tournait son chapeau melon entre ses doigts.

— J'ai jugé préférable de traiter un cas après l'autre. Et surtout, je ne voulais pas vous décourager.

— Me décourager ? Et pourquoi diable ?

Wedekind observa un long silence, avant de répondre :

— Vous connaissez le travail d'Hercule correspondant, n'est-ce pas ? D'innombrables oiseaux infestaient le lac Stymphale...

— Oui, Hercule fut chargé de les exterminer. Il fit du bruit avec des castagnettes pour les effrayer, puis les tua tous de flèches tandis qu'ils s'envolaient !

Le policier regarda Owen droit dans les yeux en lui demandant :

— À votre avis, qu'a fait notre meurtrier pour reproduire cette scène ?

— Il a abattu des oiseaux avec un arc ? balbutia mon ami, soudain très intrigué.

Wedekind répondit par un sourire, tout en secouant la tête en signe de dénégation :

— Non, voyons, c'est beaucoup trop simple pour lui ! Il a fait bien mieux que ça... Je préfère vous prévenir Burns, l'énigme de ce mur arraché n'est rien comparée à celle des « oiseaux du lac Stymphale »...

15

« Déjanire » avait installé son chevalet devant la pergola qui menait au potager. L'élégant édifice de bois avait été colonisé par une vénérable glycine, plantée quelque trente ans plus tôt par le vieux Peter, selon ses propres confidences. Depuis plusieurs jours, elle offrait le merveilleux spectacle de sa première floraison, de belles grappes bleu-mauve qui s'épanouissaient sous le soleil matinal.

Après une rapide esquisse, la jeune femme avait commencé par préparer ses mélanges de couleur. Ensuite, elle avait peint un fond sommaire, puis la pergola et la masse du feuillage. Les taches pastel des fleurs vinrent ensuite. De fait, elle suivait à la lettre les consignes d'un peintre du village voisin, venu lui donner des cours de dessins les semaines précédentes. En vérité, Déjanire aurait procédé de la même manière sans ses conseils, tant cet ordonnancement lui paraissait naturel. C'était son premier essai « officiel » et, comme des mouches attirées par le miel, plusieurs promeneurs matinaux vinrent à passer par là.

Le premier fut Derek. Après l'avoir saluée, il resta un long moment à regarder son œuvre, sans dire un mot, se tenant le menton. Quand il finit par parler, ce fut juste pour dire : « C'est pas mal, pas mal du tout »... Ce qui, venant d'une personne aussi laconique et réservée que lui, semblait déjà un grand compliment. Déjanire, mal à l'aise, se sentit obligée de faire la conversation. S'éloignant de la toile pour mieux la considérer, elle dit d'un air critique :

— Tout cela manque un peu de volume, mais franchement, je m'attendais à pire.

— Non... non... bredouilla Derek. C'est très réel ! Je suis sûr que cela aurait beaucoup plu à mon père... Il aimait beaucoup ces fleurs-là.

— Ah ! Je crois comprendre. C'est sans doute parce qu'elles nous viennent de Chine !

— Oui, mon père adorait la Chine. Il ne s'est jamais vraiment remis de l'avoir quittée ! S'il vous avait connue, je suis sûr qu'il vous aurait commandé des tableaux.

Malgré elle, Déjanire fut sensible à ce qu'elle considérait alors comme un beau compliment. Il y eut un nouveau silence gênant. Derek prit l'initiative de le rompre, mais non sans hésitation.

— Miss Rita, permettez-moi...

— À présent, je m'appelle Déjanire, rectifia-t-elle en riant.

— Ah oui, c'est vrai ! C'est encore une des lubies de mon frère...

— Eh bien, j'avoue que ce prénom me plaît beaucoup.

— Pourquoi ?

La question prit de court la jeune femme.

— Je... je ne sais pas. Peut-être parce que ça me change... Ainsi, j'ai l'impression d'être quelqu'un d'autre, de changer de peau, si vous voyez ce que je veux dire...

— Je comprends très bien, miss Rita. Les serpents, eux aussi, changent régulièrement de peau.

Déjanire n'apprécia guère la comparaison, mais parvint à contrôler sa réponse.

— Eh bien... cela prouve qu'ils ont quelque chose d'humain, qu'ils souhaitent parfois, comme nous, changer de personnalité.

— C'est une analyse qui ne manque pas de pertinence, énonça doctement Derek. Mais c'est justement d'eux que je voulais vous parler. Si vous souhaitez les admirer ou me poser des questions à leur sujet, n'hésitez pas à venir me voir dans la véranda. Je me ferais un plaisir de vous renseigner. Il y a aussi de belles espèces de plantes exotiques, qui seraient pour vous d'excellents modèles...

— Oui, ce serait une bonne idée, mais très honnêtement, Derek, j'ai un peu peur de vos pensionnaires.

— En ma présence, vous n'avez strictement rien à craindre. Et puis, on s'y habitue très vite. D'ailleurs, il faut savoir que les serpents ne deviennent agressifs que s'ils sont effrayés ou si on les importune. Je l'ai démontré avec force exemples dans la monographie que je suis en train d'écrire.

Déjanire s'attendit à devoir subir une fastidieuse digression scientifique, mais Derek la surprit une nouvelle fois.

— C'est bizarre que vous peigniez aussi bien...

Soudainement inquiète, la jeune femme se demanda si elle n'aurait pas mieux fait de retenir sa main et d'opter pour un style plus naïf. Certes, Rita Draper pouvait être naturellement douée pour le dessin, mais puisque son « employeur » lui avait demandé d'apprendre cet art, afin d'égaler la maîtrise de Patricia Atkinson, il eût été plus avisé de paraître un peu gauche, du moins dans un premier temps.

— Et pourquoi cela ? demanda-t-elle d'un ton se voulant parfaitement naturel.

— Parce que votre main tremble énormément. Je me demande vraiment comment vous arrivez à être précise ainsi !

Peu de temps après, ce fut au tour de la sœur et du beau-frère d'Hercule de faire leur apparition. Déjanire avait presque achevé son dessin — assez réussi, malgré ses efforts pour refréner son talent. Quand on avait une âme d'artiste comme la sienne, c'était vraiment une tâche difficile, voire impossible. Michael Novello, sanglé dans un très strict costume trois pièces, ne s'y trompa pas.

— Oh! mais vous êtes très adroite, Rita... euh, Déjanire.

— Oui, c'est très bien, renchérit Vera d'une voix enjouée. Je suis sûr que cela plaira beaucoup à Hercule. À propos, est-il déjà venu jeter un coup d'œil?

— Non, je ne l'ai pas encore vu ce matin.

Elle venait à peine de prononcer ces mots que l'athlétique jeune homme faisait son apparition, souriant et détendu. Il portait une polo de jersey bleu marine, à manches courtes et largement échancré, qui mettait en valeur sa belle musculature. Il manifesta un vif étonnement devant la toile et félicita chaleureusement l'artiste, qui parut très flattée.

Michael, qui s'était approché de la toile en prenant des airs de connaisseurs, déclara :

— Vous peignez presque aussi bien que la malheureuse Patricia... Hercule, tu te souviens? Tu m'as un jour montré ses œuvres, et je dois dire que le tableau que nous voyons là est presque aussi parfait que...

Il ne put achever sa phrase : il venait de ressentir une vive douleur au tibia, touché par la pointe de la chaussure de Vera. Déjanire sourit intérieurement. Le geste de la sœur d'Hercule ne lui avait pas échappé.

— Michael veut simplement dire que vous très douée, Rita, déclara Vera sur un ton d'excuse. Moi-même, je ne puis que renouveler mes encouragements pour ce premier essai réussi, en espérant qu'il sera suivi de bien d'autres encore.

— Vera... intervint Hercule d'une voix étrangement calme. Je crois que tu oublies quelque chose.

L'interpellée, qui avait soudainement pâli, bredouilla :

— Oui... de quoi s'agit-il?

Hercule ne répondit pas immédiatement. Il extirpa de sa poche un jeu d'osselets en ivoire et fit sauter ses cinq éléments dans sa main, avant de les rattraper sur le dos de ses doigts serrés. Il ne parvint à en immobiliser que quatre d'entre eux. Il ramassa l'élément rebelle, renouvela deux fois l'opération avant de la réussir, puis déclara :

— Je vous l'ai clairement dit l'autre fois, me semble-t-il. À partir de maintenant, notre amie s'appelle Déjanire, et non Rita... *Dé-ja-ni-re*, répéta-t-il en détachant bien les syllabes. J'aimerais qu'à l'avenir il n'y ait plus d'erreur à ce sujet.

Ladite Déjanire n'ignorait pas qu'Hercule jouait avec ses osselets lorsqu'il était contrarié. Il agissait ainsi pour tenter de se calmer et concentrer ailleurs son attention, tandis que ses mâchoires se crispaient et qu'une veine gonflait à sa tempe. Pas plus tard que la veille, il avait eu un nouvel accrochage avec le lad à qui il imputait la chute de cheval. L'homme avait commis une seconde faute, bénigne, à propos d'un seau renversé. Hercule l'avait alors pris par le collet, plaqué violemment contre le mur, en lui signifiant qu'il s'agissait de sa dernière erreur avant son renvoi. Déjanire n'avait pas été témoin de la scène — une domestique lui avait discrètement rapporté les faits —, mais elle avait vu Hercule revenir dans tous ses états. Il n'avait cessé d'agiter ses osselets et de tenter maints essais infructueux. Elle avait alors senti une sourde angoisse lui nouer l'estomac...

Ce soir-là, pourtant, elle quitta la table peu après le dîner pour se rendre dans le jardin. Elle passa par la terrasse, regarda furtivement autour d'elle, puis contourna la maison. Elle avait peur qu'on la vît, se sentait coupable d'agir ainsi... ce qui était pourtant ridicule. Elle était tout à fait autorisée à retrouver Hercule, puisqu'une personne la payait pour cela. Mais au-delà de ces considérations, elle se sentait très attirée par lui.

Un étrange frisson l'avait parcourue lorsqu'il l'avait enlacée pour la première fois. Quelque chose d'électrique s'était produit au contact de leur épiderme, comme un curieux phénomène d'osmose. Elle n'avait jamais connu cette sensation avec un autre homme. Jamais. Et elle savait aussi d'instinct que jamais elle ne retrouverait cette fièvre voluptueuse chez qui que ce soit d'autre.

Oui, elle avait la sensation d'être coupable, de ne pas avoir le droit de le rejoindre. Hercule lui semblait comme un de ces fruits défendus, et par conséquent plus délicieux encore. En même temps, elle le redoutait. Elle avait peur de ses réactions, de ses bras musclés, de ses mains terriblement puissantes... Cet étrange paradoxe, également, avivait son désir.

Elle attendit peu de temps dans le jardin avant qu'il ne la rejoignît et éprouva un profond soulagement à son contact, comme une délivrance après le calvaire d'une longue attente. C'était la quatrième fois qu'il la prenait dans ses bras depuis son arrivée à Greenway. Les journées lui paraissaient de plus en plus longues. Les deux jeunes gens demeurèrent enlacés quelque temps pour échanger un long baiser. Aller plus loin n'aurait pas été raisonnable. Si quelqu'un les surprenait, cela aurait pu paraître anormal... Et à juste titre. Un coup de foudre à leur âge était bien compréhensible, mais il y avait des étapes à ne pas brûler. Ils se quittèrent avec regret, et Déjanire crut apercevoir une silhouette dans l'ombre des haies. Elle supposa que c'était l'oncle Neville, puisqu'elle l'avait déjà aperçu la veille à cet endroit.

Le lendemain, Déjanire fut un peu surprise lorsque Mrs Richardson lui proposa une promenade dans les sous-bois, mais elle comprit bien vite que la veuve souhaitait lui parler en tête à tête. Elles partirent toutes deux en début d'après-midi et apprécièrent la fraîcheur relative des bois après une marche de un mile sous un soleil ardent. Mrs Richardson s'appuyait sur une canne, mais c'était là pure fantaisie de sa part, car elle était encore assez souple. Déjanire l'admirait, pour son autorité discrète et sa tranquille amabilité. Le temps avait à peine marqué son beau visage. Son corps était également bien conservé et l'on devinait qu'elle avait été très belle du temps de sa jeunesse.

Leur conversation porta d'abord sur la clémence du temps, sur les beautés inattendues que recelaient les sous-bois, telle l'apparition surprise d'une famille d'écureuils sur leur chemin ; puis Mrs Richardson, changeant de ton, déclara :

— Vous savez, ma chère, je suis très heureuse que vous soyez là parmi nous.

— C'est un plaisir tout à fait partagé, Mrs Richardson, croyez-le bien. Ce séjour m'est très agréable.

— C'est une femme âgée qui vous parle, Rita, si vous me permettez de vous appeler ainsi en l'absence de mon fils. Ou disons... une femme qui a sa vie derrière elle. Car vous savez, la vie n'a pas toujours été très agréable à Greenway, malgré les apparences. Et en fait, nous avons tout juste l'impression de sortir d'un long et triste hiver, surtout après la cruelle épreuve subie par Hercule.

— Je comprends, madame.

Posant sa main sur le bras de la jeune fille, Mrs Richardson eut un aimable sourire.

— J'ai remarqué, mon enfant, que vous plaisez beaucoup à Hercule, et je crois, aussi, qu'il ne vous est pas indifférent, n'est-ce pas ?

Déjanire rougit et approuva timidement de la tête.

— J'aimerais vous parler de lui, Rita, enfin si vous n'y voyez pas d'inconvénient.

— Non, vraiment, aucun.

— Je ne voudrais pas que vous vous mépreniez sur certains aspects de son caractère. Tenez, par exemple, cette idée qu'il a eue de vous appeler Déjanire... Savez-vous pourquoi ? Non ? Eh bien, je vous donnerai un peu de lecture, ce soir, et vous comprendrez la raison de ce petit caprice. Hercule a toujours été un enfant capricieux, parce que son père lui a toujours tout permis. Il l'a gâté comme un prince. Il ne faut pas en vouloir à Hercule pour cela. Enfin, vous avez sans doute remarqué qu'il aime à se comparer au grand Hercule, et cela, c'est aussi un peu la faute de mon mari, qui tenait à tout prix à lui donner ce prénom. Ajoutez à cela quelques coïncidences et ces exploits du héros de la légende, que John n'avait cessé de lui rabâcher, parce que cela lui plaisait sans doute autant qu'au petit. Il n'est pas étonnant que, dans ces conditions, Hercule ne pensât qu'à combattre des monstres et, à défaut, à se battre avec ses petits camarades... Comprenez-vous ?

— Je comprends très bien, Mrs Richardson, fit Déjanire d'une voix émue.

— D'autre part, mon mari et moi-même étions assez inquiets pour Derek, à cause de sa frêle constitution. Le malheureux enfant... Comme il me faisait de la peine, alors que nous l'obligions à boire ces litres d'huile de foie de morue prescrits par le docteur. Mais Derek ne s'est jamais épanoui pour autant, ni physiquement ni mentalement, quoiqu'il soit aujourd'hui très érudit dans ses domaines de prédilection. Tout cela pour vous dire que John était heureux d'avoir un second fils, très solide, comme Hercule, et n'a pas hésité à lui faire pratiquer des sports violents, comme le souhaitait l'enfant. Si bien qu'aujourd'hui, Hercule est non seulement très fort, mais d'une adresse sans pareille pour le combat. Hélas ! Cela, ajouté à sa nature capricieuse, donne parfois des mélanges explosifs ! C'est surtout à propos de cela que je voulais vous parler. Hercule s'emporte parfois de manière très brutale, mais il a un cœur d'or. La femme qui le rendra heureux n'aura pas à le regretter. Il a fait une première expérience malheureuse, sur laquelle je préfère ne pas revenir. Le pauvre enfant, il n'avait alors aucune expérience des femmes... En outre, il a eu le malheur de tomber sur une sorte d'aventurière, dont je n'ai jamais autorisé la présence dans cette maison. L'affaire s'est terminée de manière tragique, comme vous le savez sans doute...

Déjanire hocha tristement la tête.

— Oui... et il paraît que je lui ressemble beaucoup. Mais vous savez, à force d'entendre parler de cette personne, je crois que je vais finir par en être jalouse !

Mrs Richardson aurait voulu répondre qu'elle ne courait désormais plus de risque, mais s'en abstint. Elle se reprochait d'ailleurs de s'être laissée aller à exprimer trop crûment ses sentiments. Elle décida de changer de sujet de conversation durant le trajet du retour, tout en observant avec regret que la jeune fille semblait quelque peu contrariée. Arrivée à Greenway, elle la remercia de l'avoir accompagnée et n'oublia pas de lui remettre le livre qu'elle lui avait promis.

Déjanire le déposa sur la table de chevet en haussant les épaules, puis s'allongea sur son lit et éclata d'un rire amer, nerveux, qui exprimait davantage la rancœur que la gaieté. En tâtonnant sur sa table de chevet à la recherche de son paquet de cigarettes, elle sentit quelque chose sous le napperon. Elle en retira une feuille pliée, sur laquelle était inscrit un court message. Bien qu'il ne fût pas signé, elle en devinait l'auteur.

Ma chère « Déjanire »... Vous devez vous rendre après-demain à Londres pour régler quelques affaires administratives, ne l'oubliez pas. Vous serez bien aimable de me retrouver à l'endroit convenu, en début d'après-midi, afin que nous puissions faire le point.

16

Déjanire se sentit très nerveuse ce soir-là. Après sa promenade avec Mrs Richardson et quelques instants de repos dans sa chambre, elle avait enfilé sa tenue de cavalière et était ressortie pour faire une balade à cheval. Elle avait quitté la propriété au trot, fait une bonne partie du parcours au galop, pensant ainsi se dépenser le plus possible, être exténuée au retour, mais sans résultat. Seul son rendez-vous après dîner avec Hercule, désormais coutumier, lui apporta un peu de réconfort et quelques instants de détente. Elle se coucha tôt, se croyant alors écrasée par la fatigue au terme d'une journée bien remplie. Elle s'endormit, mais se réveilla une heure plus tard. Mal à l'aise, elle mit un certain temps avant de réaliser ce qui l'a dérangeait et l'avait probablement tirée de son sommeil. Le son monotone de la flûte de Derek résonnait dans le couloir...

Une onde de colère la traversa, elle se leva et ouvrit en grand la fenêtre de sa chambre. Elle alluma une cigarette, puis une autre, et eut alors une idée. Elle prit une lampe, sortit et remonta le couloir jusqu'à la pièce où Hercule conservait les affaires de Patricia. Elle y entra et commença à fourrager dans les malles. Elle trouva enfin ce qu'elle cherchait : une chemise de nuit, très déshabillée, en lin très fin, et garnie de petits volants brodés. Elle sourit. Elle retira celle qu'elle portait, revêtit celle à l'étoffe diaphane, puis vint se placer devant la glace. Elle exécuta quelques mouvements gracieux, soulevant ses cheveux du bout des doigts pour répandre en cascades souples ses belles boucles châtain foncé sur les épaules. Elle adressa un sourire à son reflet, satisfaite, se disant qu'Hercule serait fort surpris de la voir apparaître ainsi. Alors, elle éteignit la lampe à pétrole et, dans l'obscurité totale, se glissa hors de la pièce. Le couloir était plongé dans la pénombre. Seul le côté menant au hall demeurait vaguement éclairé. Elle s'engagea dans cette direction sur la pointe des pieds, puis se ravisa. L'assommante musique de Derek n'avait pas cessé, et cela commençait sérieusement à lui porter sur les nerfs. Elle fit demi-tour et se dirigea résolument vers la véranda.

Pendant ce temps, Neville Lloyd prenait son dernier porto de la journée, qu'il avait l'habitude de déguster après avoir allumé un cigare. Comme de coutume, il était un des derniers à veiller. L'horloge marquait 11 heures et demie, mais il ne semblait pas se soucier de l'heure, absorbé qu'il était par son récit, un roman d'Alexandre Dumas en deux volumes qu'il avait commencé depuis deux jours. Venant de finir le premier, il se dit qu'il s'accorderait encore un chapitre du second avant d'aller au lit. Il retourna à la bibliothèque — une pièce aux dimensions très réduites, comparée aux autres — dont les rayonnages croulaient sous les livres. Il n'y avait aucun siège. Ce n'était qu'un lieu de stockage. Les volumes situés près du roman qu'il cherchait n'avaient, à l'évidence, plus été manipulés depuis fort longtemps. Leur tranche supérieure était couverte de poussière, comme il put s'en rendre compte en tâtonnant dans la pénombre. Neville se souffla sur le bout des doigts avec agacement, se promettant de dire deux mots à l'intendante dès le lendemain, puis s'empara du livre recherché. Mais dans son énervement, il fit tomber plusieurs volumes, dont un vieil atlas. Avant de le remettre dans les rayons, il le feuilleta machinalement, remarqua qu'il contenait de grandes cartes pliées plusieurs fois et que l'une d'entre elles était bien plus rigide que les autres. Elle contenait en effet une enveloppe, libellée au nom de sa sœur. Il reconnut aussitôt l'écriture, puisqu'il s'agissait de la sienne.

Cette brave Edna, pensa-t-il avec affection. Quelle incorrigible sentimentale ! Il faut toujours qu'elle garde tout ! Voyons, voyons... Je suis sûr que c'est une de ces recettes que je lui envoyais au début de ma carrière. Peut-être cette succulente soupe de tortues ?

Neville Lloyd se trompait. Ce n'était ni une recette, ni une lettre de lui, mais la photo d'un inconnu.

Un inconnu ? Non, ce visage lui disait quelque chose, songea-t-il après examen. Il lui semblait même un peu familier. C'était un fort bel homme, d'une trentaine d'années, en uniforme, au sourire posé et au regard direct. La mémoire lui revint alors. Il l'avait déjà vu en photo, aux côtés du colonel Richardson, mais sur un cliché de format réduit et assez flou. Il s'agissait de Roy Russell, cet ami de la famille qui avait fait ce si surprenant testament au profit d'Hercule. Mais que diable faisait donc cette photo ici, cachée dans le secret de cette bibliothèque ?

En approchant sa lampe, il distingua une écriture un peu délavée sur le recto, mais encore lisible. Signés Roy, ces quelques mots étaient assez édifiants quant aux sentiments de leur auteur... En outre, il y avait une date, elle aussi très parlante. Neville hocha la tête, à la fois surpris et amusé. Il comprenait mieux désormais pourquoi ce vieux cliché avait été relégué là. Il remit le tout soigneusement à sa place, puis retourna au salon.

Le front plissé, Derek posa sa flûte en se demandant quel était l'impudent personnage qui se permettait de frapper aussi brutalement à la porte de la véranda? N'avait-on aucun égard pour ses serpents, dont la plupart dormaient? À coup sûr, il s'agissait de ce béotien d'Hercule! Comment réagirait-il, lui, s'il prenait la liberté de lui rendre la pareille, en venant tambouriner contre la porte de sa chambre en pleine nuit?

C'est avec toute la fermeté dont il était capable qu'il ouvrit la porte. Sa bouche s'arrondit d'étonnement, mais il ne dit mot. Il s'attendait à tout... sauf à ce qu'il voyait. Une sirène à peine vêtue, qui se tenait devant lui, les poings sur les hanches... Elle avait beau froncer les sourcils, elle ne parvenait pas à être menaçante pour Derek, qui la regardait hébété, incapable de détacher ses yeux de ce corps si gracieux, de cette poitrine si émouvante, que sa chemise embellissait plus qu'elle ne les cachait.

— Déjanire... Vous? bredouilla-t-il. Mais que... faites-vous là? Vous venez pour... voir les serpents?

Devant le regard exorbité de Derek, elle réalisa soudain ce que sa tenue pouvait avoir de provocant. Elle croisa pudiquement les bras sur sa poitrine, mais garda son air courroucé. Derek, toujours troublé lorsqu'il se trouvait seul avec la jeune femme, eut de plus en plus de mal à trouver ses mots.

— C'est... c'est un peu tard pour les explications, mais si vous le souhaitez vraiment...

Le ton cinglant de Déjanire le ramena à la réalité.

— Ce que je souhaite, Derek, c'est que vous cessiez immédiatement de faire votre assommant tintamarre!

— Vous... voulez parler de ma flûte?

— C'est cela même. Elle est peut-être bénéfique pour les serpents, mais pas pour les humains, et surtout pas à une heure pareille !

— Mais les serpents... ils ont l'habitude...

— Je me fiche bien de vos serpents, sachez-le une bonne fois pour toutes !

— Comment ? hoqueta-t-il. Vous...

Elle lui répéta ses mots avec une sécheresse accrue, ce qui produit soudain un effet curieux sur le zoologiste. Ses yeux se plissèrent bizarrement et ses lèvres minces tremblantes eurent une expression de mépris. Il déclara d'une voix sifflante :

— Vous n'auriez pas dû dire ça, Déjanire, vous n'auriez pas dû... Vous...

Il ne put achever. Elle venait de lui claquer la porte au nez.

Dans le couloir, Déjanire ne décolérait pas. Elle retourna dans sa chambre, s'allongea sur son lit, puis se sentit prise de légers tremblements. Elle gémit en silence, se rongeant les sangs, pensant que quelqu'un allait venir s'enquérir de ce vacarme. Mais fort heureusement, la maisonnée était déjà profondément endormie. Au bout d'un moment, elle se releva et se posta devant sa psyché. Elle sécha ses larmes, passa de l'eau sur son visage et ordonna sa chevelure. Cette fois-ci, elle était bien décidée à retrouver Hercule. Elle avait besoin de lui... Un besoin impérieux, qu'elle ne contrôlait plus... Une partie de son esprit la mettait pourtant en garde : et si quelqu'un la surprenait ? Et si Hercule se mettait en colère ?

Comme cela arrive bien souvent, la passion l'emporta sur la raison. Elle sortit une nouvelle fois et remonta le couloir sur la pointe des pieds, en direction de la chambre d'Hercule, située dans la partie opposée de la demeure. Le hall de l'entrée était toujours éclairé, mais elle ne s'en soucia guère en le traversant. On y voyait à peine dans cette partie du couloir, et l'obscurité la rendit plus hésitante. Elle se cogna la cheville à un meuble et étouffa mal un petit cri. Elle émergea quelque peu de cette torpeur qui lui engourdissait le corps et l'esprit, en se disant que son initiative n'était que pure folie. Il était même probable qu'Hercule lui réserverait un accueil dépourvu d'aménité et lui flanquerait une paire de gifles pour la calmer. Mais elle ne parvint pas à contrôler le feu qui brûlait en elle et avança lentement sa main tremblante vers la poignée de la porte...

Comme parcourue par une décharge électrique, elle se figea soudain en entendant une voix dans son dos.

— C'est vous, Rita ? Mais que faites-vous ici ?

Elle se retourna lentement et vit la silhouette de Neville Lloyd, les traits accusés par la lumière de la petite lampe à pétrole qu'il tenait. Son visage trahissait autant la perplexité que l'inquiétude. S'approchant d'elle, il la dévisagea, tandis qu'elle balbutiait :

— Je ne sais pas... Je crois que j'ai fait un cauchemar... un affreux cauchemar...

Déjanire n'avait pas eu le temps de réfléchir à son excuse. Elle avait prononcé les premiers mots qui lui étaient venus à l'esprit, mais les circonstances firent que son mensonge trouva créance chez l'ancien steward. Il demeura un moment à la considérer de la tête aux pieds, avec la même expression que Derek en la découvrant sur le seuil de la véranda, puis répondit :

— Je crois qu'un doigt de porto vous ferait le plus grand bien, mon enfant... Venez, nous allons un peu discuter au salon. Mais avant cela, allez vite mettre quelque chose sur le dos, si vous ne voulez pas prendre froid.

Quelques instants plus tard, enveloppée dans une sage

robe de chambre de soie crêpée, les mains crispées sur son verre, elle répondait aux questions de Neville Lloyd.

— Oui, je fais souvent ce rêve, dit-elle, le regard fixe. J'ai dû instinctivement me diriger vers la chambre d'Hercule pour y chercher secours...

— Vous rêvez donc de quelqu'un qui cherche à vous étrangler, n'est-ce pas ? En me couchant tard le soir, je vous ai parfois entendue parler en passant devant votre chambre. Vous essayez de repousser de toutes vos forces ce mystérieux agresseur. Mais est-il si mystérieux que cela ?

— Oui, mentit Déjanire, qui avait alors bien à l'esprit le visage souriant d'Hercule. Ses traits restent dans l'ombre...

— Il m'avait pourtant bien semblé que vous connaissiez cette personne... Mais ce n'était qu'une impression. Cela pourrait aussi être un souvenir inconscient, qui refera peut-être surface un de ces jours. À moins que ce ne soit ce dragon ? Car vous parlez aussi souvent d'un dragon... Vous souvenez-vous de cela ?

— Oui, le dragon, répéta Déjanire avec un regard de plus en plus lointain, avant d'expliquer à son compagnon l'ancienne mise en garde de la voyante chinoise.

— C'est étrange, conclut Neville Lloyd en se renversant contre le dossier de son siège, l'air soucieux. Si je me complaisais dans le mélodramatique, j'accorderais foi aux menaces de cette diseuse de bonne aventure et vous conseillerais même de quitter cette demeure.

— Croyez-vous que c'est un mauvais signe ? demanda Déjanire, soudainement alarmée.

— Feu mon beau-frère, le colonel Richardson, aurait peut-être pu vous répondre, car il était très versé en matière de mysticisme chinois, selon ma sœur. Personnellement, je ne crois guère à cette science, mais il y a quelque chose d'étrange... Ce dragon bleu, que vous m'avez si minutieusement décrit...

— Oui ?

Neville Lloyd réfléchit un long moment, tout en fixant du regard le bureau-cabinet en acajou à côté de lui. Puis, comme s'il avait subitement changé d'idée, il laissa tomber avec détachement :

— Non, rien... Je dois me tromper. Ce ne peut être qu'une coïncidence... Vous savez, ces souvenirs d'enfance sont particulièrement tenaces et souvent le fruit de peurs irraisonnées, elles-mêmes engendrées par les lectures ou les histoires racontées par les parents. Il ne faut pas y attacher une importance démesurée.

La voix chaude et bien timbrée de son « parrain » rasséréna quelque peu Déjanire. Elle parvint à refouler ses craintes, à réprimer cette sourde angoisse qui sommeillait quelque part dans le tréfonds de son être, à contenir cette petite voix insidieuse... Cette voix qui lui susurrait qu'elle devait partir, loin, très loin, courir aussi vite qu'elle le pouvait, qu'un grave danger la menaçait, que cette demeure était maudite, comme une sorte de piège diabolique, et que tôt ou tard la mort refermerait autour de son cou ses mains d'acier ; que cette mort, également, avait un visage, aussi séduisant fût-il... le visage d'Hercule.

— Vous êtes jeune, belle, votre vie est devant vous, et vous n'avez aucune raison d'être inquiète, de redouter quoi que ce soit, et notamment ici. Vous êtes en parfaite sécurité sous notre toit. Par la seule présence d'Hercule, nous n'avons rien à craindre. Même le plus audacieux des bandits n'oserait pas s'introduire nuitamment dans cette maison... de peur d'avoir affaire à lui. Je peux vous garantir qu'avec un compagnon comme lui, vous n'auriez rien à craindre pour le restant de vos jours.

Sur ces paroles réconfortantes, Neville Lloyd décida d'aller se coucher. Il suggéra à sa « filleule » de ne pas tarder à l'imiter, puis, avisant ses mains tremblantes qui jouaient avec le revers de sa robe de chambre, ajouta avec un étrange regard, non exempt de reproche :

— Je trouve que vous êtes vraiment très nerveuse, Rita. Reposez-vous davantage, vous en avez besoin.

Après qu'il eut quitté le salon, Déjanire demeura un moment immobile et se demanda s'il y avait un sous-entendu dans ses dernières paroles. Elle considéra ses mains, les ferma vivement pour chasser ces tremblements qui ne reflétaient que trop sa tension nerveuse. Son agitation, ce feu interne qui la dévorait... Elle devait penser à autre chose. Elle posa un regard vide sur le bureau en acajou, dont la seule vue semblait avoir fait soudain changer Lloyd d'avis. Puis, saisie d'une intuition, elle se leva, gagna le meuble et inspecta son contenu. La raison lui disait que c'était là une idée stupide, mais non son cœur. Il n'y avait là que des choses ordinaires, de la paperasserie, du courrier... Cependant, un objet attira aussitôt son attention : *une clé en or...*

En vérité, elle était simplement dorée, mais les circonstances et son imagination la lui firent voir ainsi, comme ces clés des contes, aux pouvoirs magiques. Un proverbe espagnol lui revint alors à l'esprit : « *Toute serrure s'ouvre si la clé est en or...* »

Les yeux extasiés, Déjanire avança sa main tremblante et s'empara de la clé. Elle la contempla un instant, sentant son cœur s'emballer, puis referma sans bruit le tiroir du secrétaire. Après avoir quitté le salon, elle regagna sa chambre, s'allongea sur son lit en tenant pieusement la clé et en priant pour qu'il s'agît de la bonne. Le sort lui aurait paru très cruel s'il n'en avait pas été ainsi. Parviendrait-elle longtemps à contenir sa curiosité ? Jusqu'à un autre jour, une autre nuit ? Pourquoi remettre au lendemain ce qu'elle pouvait faire à présent ? Ne devait-elle pas au plus tôt libérer son esprit de cette pesante énigme, ce mystère qui l'avait assaillie depuis qu'elle avait appris l'existence de cette « chambre chinoise », où le colonel Richardson s'était livré à de si mystérieuses activités ?

Il devait être 2 heures du matin lorsque Déjanire se décida. Elle n'avait d'ailleurs que quelques pas à faire. Le couloir était plongé dans une obscurité complète. Elle emporta bien une lampe avec elle, mais décida de ne l'allumer qu'une fois sur les lieux. Alors, à tâtons, elle se dirigea dans les ténèbres, auscultant les murs et les chambranles, comme si la moindre maladresse pouvait lui coûter la vie. Elle savait pertinemment que si on la surprenait cette fois-ci, on ne le lui pardonnerait pas. Ni son « employeur », qui le lui avait clairement spécifié, ni les autres membres de la famille, soucieux de respecter les volontés du défunt, ni même et surtout Hercule, qui aurait vu là une grave violation. Mais Déjanire avait ce soir-là le démon au corps. Elle voulait voir, savoir, comprendre, persuadée qu'une partie du mystère se trouvait dans cette pièce. Elle ignorait précisément ce qu'elle cherchait, mais elle était sûre d'y trouver quelque chose d'important et d'édifiant.

Une sueur glacée inonda son dos lorsqu'elle rattrapa de justesse un grand vase posé sur une tablette, qu'elle venait de heurter. Elle était ruisselante d'angoisse quand elle parvint enfin devant la chambre chinoise. La « clé en or » cliqueta dans la serrure lorsqu'elle l'y introduisit, sa fine main tremblait. Son cœur battait à se rompre quand elle tourna le panneton, puis elle éprouva une joie indicible en sentant le mécanisme s'actionner...

La clé en or venait d'ouvrir la porte...

Aussitôt, une odeur de renfermé et de vieux effluves

capiteux lui parvinrent. L'opération qui suivit fut tout aussi éprouvante que sa lente progression dans le couloir. Après avoir refermé la porte derrière elle, elle s'avança très précautionneusement à quatre pattes, de peur de reverser quelques objets. Comme presque partout ailleurs dans la maison, le plancher était recouvert d'épais tapis, mais ceux qu'elle foulait dans cette pièce, selon toute évidence, n'avaient plus été nettoyés depuis fort longtemps. Elle sentait la poussière s'agglutiner autour de ses doigts comme des boules de coton. Elle fit environ quatre mètres, puis, après avoir contourné un fauteuil, décida d'allumer sa lampe. Elle frotta une allumette et l'approcha de la mèche. Une clarté blonde se répandit, accrochant des reflets dorés sur les nombreux bibelots de la pièce, révélant un monde étrange, peuplé de pagodes, de statuettes et de divers motifs chinois. Fascinée, Déjanire promena la lampe autour d'elle, puis l'immobilisa soudain devant la créature qui lui faisait face. Elle demeura un moment sans bouger, interdite, les yeux arrondis de stupeur...

Quelques secondes plus tard, un cri strident retentissait dans toute la maison.

VII

LES OISEAUX DU LAC STYMPHALE

17

Récit d'Achille Stock (suite)

Le sixième exploit d'Hercule avait eu pour cadre l'endroit le plus désertique du Wiltshire, entre Reading et Bath. Après avoir loué une voiture à la gare de Swindon, l'inspecteur Wedekind, Owen et moi-même arrivâmes sur les lieux en début d'après-midi. Mais la route en pente qui descendait jusqu'à l'étang était si mauvaise que le cocher préféra s'arrêter au sommet de la petite colline qui dominait les environs. Nous fîmes le reste du chemin à pied, sur un sentier très accidenté, véritable piège à chevilles, qui nous contraignit à faire une halte à une ferme abandonnée, devenue le refuge de nombreux oiseaux. L'un d'entre eux, fièrement juché sur la margelle d'un puits, nous fit un mélodieux accueil, sans doute pour quémander quelque nourriture en cet endroit plutôt ingrat. Seuls quelques bouquets de bruyère marquetaient la pente douce menant au lac, qui n'était plus qu'à un demi-mile. Non loin de ses rives se dressait une maison isolée, en pierres jaunes, dont les volets étaient fermés. Nous nous y rendîmes, puis Wedekind déclara :

— C'est là qu'habitaient les frères Sullivan. Trois célibataires, connus pour leur avarice, vivant de leurs rentes depuis qu'ils avaient vendu une florissante affaire d'importation d'étoffes. Leur impitoyable fermeté en négoce avait laissé sur le carreau tous ceux qui s'étaient aventurés à ne pas rembourser leurs dettes, dont un type de la région, qui a même fini par se tirer une balle dans la tête. Un drame qui a achevé de ternir la réputation des frères Sullivan, déjà peu reluisante auparavant. Personne ne semble avoir pleuré leur disparition. J'ai vu leurs photos dans le dossier qu'on m'a fait parvenir... Trois visages émaciés au regard cupide, trois têtes d'oiseaux de proie, tout droit sortis d'un roman de Dickens. D'ailleurs, la maison que vous voyez là et qui est à vendre aujourd'hui est sans doute la meilleure affaire que vous puissiez faire dans la région : bien qu'assez élégante et spacieuse, elle est si isolée que les frères Sullivan avaient pu l'acheter pour une bouchée de pain. Il y a, derrière, un autre chemin d'accès, relativement praticable, mais très long, car il faut parcourir près de quinze miles avant d'arriver au village le plus proche.

— C'est donc ici que nos trois frères se sont mis au vert, fit remarquer pensivement Owen en embrassant les environs du regard.

— Au vert... C'est vous qui le dites, répondit Wedekind en se tournant vers la nappe d'eau grise et étale. Car c'est plutôt austère, par ici. Regardez la rive de l'étang, qui forme une auréole assez particulière. C'est probablement dû au retrait des eaux, dont le niveau aurait baissé de deux mètres en moins de dix ans. Mais peu importe. Voyez plutôt ces pierres de calcaire jaune qui la parsèment. Elles sont typiques des environs. C'est là-dessus qu'ont été découvertes les dépouilles des trois frères, criblées de flèches...

Je vis une lueur d'intérêt briller dans le regard d'Owen, dirigé vers l'endroit désigné par le policier, tandis que ce dernier poursuivait :

— C'est par un appel téléphonique anonyme que la

police et un médecin des environs ont été informés du crime. Leur mystérieux correspondant prétendait se promener innocemment dans les environs, mais il y a fort à parier qu'il s'agissait du meurtrier lui-même. Hypothèse que les enquêteurs eux-mêmes avaient envisagée à l'époque des faits, qui remontent à la mi-février de cette année. Ils sont arrivés ici, assez rapidement, en début d'après-midi. En découvrant l'étonnant spectacle de ces trois cadavres criblés de flèches sur la grève de l'étang, ils ont aussitôt songé à une mise en scène. D'après les examens du médecin, leur mort remontait tout au plus au début de la matinée, ce qui rendait étrangement opportune la découverte de ce promeneur anonyme. Il avait donc vraisemblablement tué les trois frères Sullivan, avant de se rendre à un bureau de poste pour leur téléphoner. Je n'ai vu nulle part, dans le dossier, la mention d'une homme vêtu d'une peau de lion, mais à ce moment-là, évidemment, on ignorait l'existence d'un tel personnage.

— Je suppose que les frères Sullivan étaient assez jeunes et vigoureux, fit remarquer Owen.

— Non... Il est vrai qu'ils n'étaient pas très âgés pour des retraités, mais aucun d'entre eux n'avait moins de la soixantaine. Et je peux vous dire que d'après leur allure de vautour déplumé, ils n'avaient pas l'air très sportifs...

— Alors, où est l'exploit du criminel ? s'enquit vivement Owen, l'air déçu. Un tireur à l'arc digne de ce nom ne devrait avoir aucune peine à toucher ces trois « oiseaux » affolés, après les avoir attirés en dehors de leur maison sous un prétexte quelconque !

Le policier eut un sourire narquois.

— N'oubliez pas la légende, mon cher Burns. Hercule a abattu les oiseaux du lac Stymphale alors qu'ils s'envolaient...

À présent, mon ami cachait mal son irritation. Je le voyais martyriser les bords de son canotier entre ses doigts.

— Que voulez-vous dire par là ? grommela-t-il.

— Avant d'y venir, j'aimerais vous préciser que dans un rayon de dix miles, au moins, il n'y a pas de tour ou d'autre construction haute de ce genre. Ni de falaises ou de flancs escarpés. La petite colline que nous venons de descendre est pour ainsi dire la plus élevée du coin. Quant aux arbres, vous l'avez vu, ils ne sont pas légion, et rares sont ceux qui dépassent une taille de dix mètres.

— Où voulez-vous en venir ?

— À ceci, fit Wedekind en désignant d'un geste impérieux le bord de l'étang. Plusieurs médecins ont été amenés à examiner les dépouilles, afin de vérifier les incroyables conclusions des premières analyses. Tous s'accordent pour dire que le meurtre a eu lieu à cet endroit même. La nature particulière du sol, avec ces cailloux et cette poussière jaune, que l'on a retrouvé mêlés à leurs blessures, ne permet pas d'en douter. Et tous, également, reconnaissent que la mort des trois frères est davantage due à une haute chute qu'aux blessures des flèches, superficielles pour la plupart...

— Une haute chute ? répéta Owen, les yeux ronds.

— Oui, une très haute chute, d'au moins vingt mètres. Les trois frères avaient les membres ramollis, de multiples fractures et des contusions particulières, symptomatiques des défenestrations ou autres sauts mortels. Au départ, les premiers examens visuels, ainsi que le bon sens le plus élémentaire, donnaient à penser qu'ils avaient été simplement roués de coups, au moyen d'un gourdin ou de grosses pierres. Mais les analyses ultérieures, aussi incroyable qu'il puisse paraître, ont été sans appel : les trois frères Sullivan s'étaient brisé les os sur cette rive en tombant de très haut... Vous voyez à présent comment se présente notre problème ?

Comme transformé en zombie, Owen bredouilla :

— Je crois comprendre. Les « oiseaux du lac Stymphale » ont été abattus comme dans la légende... *en plein vol !*

Wedekind acquiesça, puis haussa les épaules.

— C'est à tout le moins ce que veut nous faire croire l'assassin... Mais là, je lui tire mon chapeau, car je ne vois vraiment pas comment il a pu réussir ce nouveau tour de force ! Qu'en pensez-vous, Burns ?

Les yeux bizarrement tournés vers le ciel, mon ami répondit :

— C'est tout simplement prodigieux...

18

Déjanire sortit prestement de la « chambre chinoise », titubante, comme ivre. Elle se mit à courir, heurtant les murs et les portes, ignorant où ses pas la portaient. Ses mains baissèrent une poignée... Elle poussa vivement le battant et s'engouffra dans une obscurité totale, où régnaient une étrange moiteur et une odeur vaguement repoussante. Elle heurta plusieurs obstacles sur son passage, fit tomber des objets assez compacts et d'autres plus volumineux, bien qu'assez légers. Elle ne sentait plus ses forces, avait l'impression d'évoluer dans une jungle tropicale, dont elle sentait le contact des lianes et des feuillages. Le tranchant des herbes hautes lui cinglait les bras et le visage.

Elle avait encore devant les yeux cette tête de cauchemar, cette face menaçante qu'elle connaissait bien. Elle avait l'air effrayante, avec ses yeux fous et révulsés, sa langue pendante jaillissant de sa gueule sarcastique, mais ce n'était pas son aspect hideux qui la terrorisait le plus... C'était surtout ce qu'il signifiait !

Déjanire avait déjà vu le « dragon bleu », plusieurs fois... Or, celui-là, c'était exactement le même ! Et pourtant, elle était prête à le jurer : de sa vie, elle n'était jamais entrée dans cette pièce !

Les cris déchirants continuaient d'ébranler les murs de Greenway... Et la folle qui hurlait ainsi, c'était elle... Les grands objets légers continuaient de se renverser sur son passage. Mais à présent, elle avait l'impression de tourner en rond, de buter dans les mêmes taillis, de se dépêtrer dans les mêmes lianes... Son cerveau luttait pour donner un semblant d'explication à la présence du « dragon bleu ». Obnubilée par cette pensée, elle avait fait abstraction de l'univers qui l'entourait. Elle enregistra bien quelques sifflements étranges, qui montaient çà et là autour d'elle, mais ne s'en soucia guère. Soudain, un formidable bruit de verre brisé résonna devant elle, tandis qu'elle venait de ressentir une vive douleur à l'épaule...

Par la suite, on devait parler de « miracle », et force est de reconnaître que le mot n'était pas trop fort. Au bout de quelques minutes, une clarté s'aviva et dessina les contours caractéristiques d'une jungle tropicale, avec ses feuillages variés.

Se trouvait-elle dans une jungle ? Non, ce n'était pas possible... Il n'y avait pas de panneaux de verre dans la jungle. Où était-elle, alors ? Devenait-elle réellement folle ?

Parmi le brouhaha de voix agitées qui lui parvinrent, l'une d'entre elles surpassa les autres.

— Ciel, que se passe-t-il ? On dirait qu'une tornade est passée par là ! Mes serpents, mes pauvres serpents... Non, ce n'est pas possible ! Dites-moi que je rêve... C'est une catastrophe.... Toutes les cages sont renversées...

— Attention, reculez ! Je viens d'en voir un derrière ce pot... Arrière, vite, ne restons pas ici !

— Attendez ! Il y a quelqu'un au fond...

— Mon dieu, c'est Déjanire ! Que personne ne bouge...

Alors, la réalité de sa situation lui apparut avec la fulgurance d'un éclair. En un clin d'œil, elle comprit la signification des sifflements hostiles qui fusaient autour d'elle : elle était entrée dans la véranda. Elle eut juste le temps d'apercevoir une silhouette traverser la forêt de pots renversés pour se précipiter vers elle, puis s'évanouit.

Le visage concentré, Hercule lança ses osselets et les rattrapa sur le dos de la main. Tous les cinq. Mais il ne réussit ce coup qu'au bout de plusieurs tentatives. Mettant un terme au long silence qui s'était instauré durant son exercice, le jeune athlète se tourna vers sa compagne et dit d'une voix difficilement maîtrisée :

— Pourquoi, Déjanire ? Pourquoi as-tu fait cela ? Ne t'avait-on pas dit et répété qu'il ne fallait profaner cette pièce à aucun prix ?

— C'était plus fort que moi... Cette nuit, je ne savais plus du tout ce que je faisais.

— Mais suffisamment pour trouver la clé dans le secrétaire !

— C'était par hasard... En la voyant, j'ai eu une intuition que je voulais vérifier, et...

— Seigneur, pourquoi as-tu fait cela ? s'énerva Hercule en empoignant ses propres cheveux à pleines mains.

À l'exception des domestiques, tous les habitants de Greenway étaient réunis dans le salon. Au début, on aurait dit une sorte de tribunal, tant les regards froidement réprobateurs pesaient sur la jeune femme. Mais après les remontrances et le vif réquisitoire d'Hercule se prolongeant, des lueurs d'inquiétude commençaient à poindre dans les prunelles.

Une douzaine d'heures s'étaient écoulées depuis les événements de la nuit, durant lesquelles l'attitude d'Hercule s'était progressivement modifiée. En voyant la jeune femme au fond de la véranda, avec tous ces serpents qui convergeaient vers elle, il n'avait pas hésité un seul instant à lui porter secours, à la prendre dans ses bras et à la ramener en lieu sûr à grandes enjambées. Tremblant d'inquiétude, il n'avait plus mesuré ses paroles devant les autres membres de sa famille : « Ma chérie, ma pauvre chérie... Que s'est-il passé ? Mais tu saignes à la main et au coude... Mon Dieu, j'espère que tu n'as pas été mordue par ces sales bêtes... Vite, il faut aller voir le docteur... »

Après examen, il s'avéra que les blessures avaient été causées par la baie vitrée, qu'elle avait accidentellement défoncée. Hercule insista cependant pour qu'on lui donnât tous les produits antivenimeux connus afin de ne pas courir le moindre risque, ne semblant pas se contenter du sérum multivalent que le praticien avait injecté d'emblée à la blessée. Puis, constatant qu'aucun symptôme particulier ne se manifestait, il se sentit progressivement rassuré, mais en même temps gagné par une colère qui, elle aussi, allait *crescendo*. Sa veine bleue jouait sur son front, gonflant anormalement, sans doute sous la pression de l'effort qu'il faisait pour se dominer, après avoir constaté l'ouverture de la « chambre chinoise ».

Pendant ce temps, Derek et quelques courageux domestiques conjuguaient leurs efforts pour tenter de remettre les serpents dans leurs cages, la plupart de ces légers édifices de bois ayant été brisés en tombant. Opération délicate s'il en fut, très éprouvante, même pour Derek qui avouait que l'état d'agitation extrême des reptiles les rendait particulièrement rétifs et dangereux. Mais en fin de matinée, grâce à son savoir-faire, la gent rampante avait regagné son logis, à une exception près : le mamba noir d'Afrique demeurait introuvable. Après une nouvelle fouille méthodique, il parut plus que probable que le reptile avait pris la poudre d'escampette. Personne ne l'aperçut autour de la maison, mais Derek ne perdait pas espoir, le mamba habitué à la captivité ne tarderait pas à retourner dans la véranda.

— Mais ensuite? gronda Hercule en tournant comme une bête fauve autour de Déjanire, recroquevillée sur sa chaise. Pourquoi avoir hurlé ainsi? Pourquoi avoir poussé ce cri à réveiller les morts? Sur le coup, j'ai cru qu'on égorgeait quelqu'un...

— J'ai été effrayée...

— Oui, mais pourquoi?

— À cause du dragon bleu, n'est-ce pas? intervint Neville Lloyd d'une voix lénifiante, bien que sans effet sur Hercule.

Sur le point d'éclater en sanglots, Déjanire baissa la tête en bredouillant :

— Oui... Le dragon bleu...

— Comment? C'est cette simple statue de plâtre qui t'a effrayée?

— Oui... elle... elle... Je ne peux pas te le dire... C'est... personnel... Comprends-tu?

Hercule la fixa d'un air étrange, puis reprit avec hargne :

— Non! Je ne comprends rien... Mais peu importe. Cela n'explique toujours pas ta réaction suivante : te précipiter dans la tanière de ces maudits serpents...

Derek, piqué au vif, se planta devant son frère.

— Hercule, je t'interdis de parler ainsi! Ils n'y sont pour rien et... et...

La main puissante de l'athlète s'abattit sur la frêle épaule de son frère. Sans le moindre effort apparent, il le remit à sa place d'un geste, ce qui eut aussi l'effet de le rendre muet.

— Oui, pourquoi avoir fait cela? répéta Hercule en dardant un regard furieux sur Déjanire.

— J'étais comme folle... Je ne savais plus où j'étais... où j'allais...

— Te rends-tu seulement compte de ce que tu as fait ? En te jetant dans ce nid de vipères, c'est comme si tu te jetais en enfer ! Il s'en est fallu d'un cheveu pour que tu... tu... Je ne sais pas ce qui me retient, mais...

Les yeux injectés de sang, Hercule serra violemment les poings, et l'on craignit qu'il ne frappât la jeune fille. Il s'empara alors d'un grand vase bleu sur une commode et le jeta violemment par terre, le brisant en mille morceaux. Personne ne bougea ni ne dit mot. Puis il sortit de la pièce en claquant la porte derrière lui. Les pièces de porcelaine sur le dressoir ainsi que le lustre du plafond frémirent un long moment, comme pour souligner l'inquiétude de la petite assemblée.

19

Déjanire s'enferma dans sa chambre et n'en sortit qu'en milieu d'après-midi, pour faire une promenade à cheval. À son retour, au dîner, les esprits s'étaient apaisés. Quand elle annonça qu'elle passerait la journée du lendemain à Londres pour régler des formalités, personne ne fit de commentaire particulier. Ensuite, elle alla retrouver Hercule dans le jardin et ils eurent une longue discussion. Une « discussion bénéfique », songea Neville Lloyd en les voyant réintégrer le salon deux heures plus tard, relativement détendus et souriants.

Lorsque Mrs Richardson se leva du canapé après avoir déclaré qu'elle allait se coucher, son frère la pria de se rasseoir. Ils étaient alors tous deux seuls dans la pièce.

— J'aimerais te parler, chère sœur, déclara-t-il sans détacher ses yeux du roman qu'il tenait en main.

— Moi aussi, en fait, soupira-t-elle. Mais je me sentais un peu fatiguée après tous ces événements...

— Il ne faut pourtant jamais remettre au lendemain, c'est bien connu, énonça-t-il d'un air philosophe.

— Je sais, Neville. Mais d'un autre côté, je me dis qu'il faut aussi comprendre ces jeunes gens. Nous connaissons notre Hercule... En vérité, je trouve sa manière d'agir plutôt positive vu les circonstances. Je ne pensais pas que

Rita aurait le toupet de faire ce qu'elle a fait, mais... (Elle fit une courte pause.) Mais celui qui m'inquiète le plus, c'est Derek. Ce chambardement l'a complètement perturbé.

— Sans doute. Cependant, ce n'est pas d'eux que je voulais parler, mais de toi, ma chère...

— Ah ? s'étonna Mrs Richardson en retirant les lunettes qu'elle portait pour la lecture.

— Oui, de toi, de la jeune fille que tu étais avant ton mariage.

— Mon Dieu, si le sujet t'intéresse vraiment, répondit-elle, amusée.

— Ne m'avais-tu pas dis avoir connu ce Roy Russell avant que ton époux fasse sa connaissance en Chine ?

Un sourcil de la maîtresse des lieux se fronça légèrement.

— Oui, en effet. C'est même à cause de cela que John et Roy se sont liés d'amitié, là-bas, en se trouvant une sorte de lien affectif commun, à des milliers de kilomètres.

— Un lien affectif commun, répéta son frère, ironique. J'aime assez cette expression. D'après ce que j'ai compris — mais n'hésite pas à me rectifier au besoin —, tu avais 14 ou 15 ans quand tu étais « amie » avec ce Roy.

— Je vois très bien ce que tu veux dire, Neville. Eh bien oui, j'avais eu un petit flirt avec lui, mais très platonique, rassure-toi. Tu sais très bien qu'avec l'éducation que nous avons eue à la maison...

— Oh ! dans ce domaine, tu sais, on ne peut jurer de rien ! Et à propos de ces éducations rigides, je ne connais en fait pas de meilleur moyen pour rapprocher et stimuler les jeunes gens.

— Tu sembles parler en connaissance de cause...

— Peut-être, ma chère sœur, mais ce soir c'est de toi

qu'il est question. Donc, pour ce qui est de ce flirt, je veux bien croire, jusque-là, à la pureté de ton cœur, que tu étais une jeune fille très sage, mais n'exagérons rien tout de même. Tu avais 20 ans, en 1874, lorsque tu as épousé John, qui avait une quinzaine de printemps de plus que toi...

— Et alors? c'était une union tout ce qu'il y a de plus convenable.

— Certes. Il n'y a rien à redire là-dessus. Mais maintenant, j'aimerais que tu me parles un peu de ce fameux Roy, cet ami de la famille qui venait régulièrement en permission avec ton mari. Le hasard a voulu que je ne le rencontre jamais. Quel genre d'homme était-ce? Il paraît qu'il avait un charisme extraordinaire...

Mrs Richardson demeura un moment immobile à regarder fixement son frère, puis répondit :

— Oui, on peut le dire. Charisme est bien le mot. D'après John, il exerçait un tel ascendant sur les soldats sous sa responsabilité, qu'il n'y avait jamais de problème de discipline. Roy Russell était écouté au doigt et à l'œil. Comment dire? Il fascinait les gens!

— Je vois. Et je comprends aussi qu'adolescente, tu te sois laissé séduire par lui.

Mrs Richardson eut un regard lointain.

— Je ne sais pas si beaucoup de jeunes filles auraient été en mesure de résister à son charme...

— Et pourquoi n'as-tu pas continué de le fréquenter?

— J'étais trop jeune, Neville, ne sois pas stupide. J'avais honte de moi, j'avais peur que cela s'apprenne.

— Je reconnais que dans le domaine de la discrétion, tu t'étais surpassée! Moi-même, j'avoue n'avoir rien remarqué. Mais au fait, physiquement, comment était-il? Il y a bien cette photo de lui, avec ton mari, mais elle n'est pas très nette.

— Où veux-tu en venir, Neville ? trancha soudain sèchement sa sœur.

L'ancien steward alluma tranquillement un cigare, avant de répondre :

— En vérité, chère sœur, j'ai toujours trouvé très singulier son héritage...

— Singulier, mais tu en profites bien !

Lloyd ignora la remarque.

— Cependant, je m'étais finalement dit que si cet homme avait choisi Hercule comme héritier, c'était parce qu'il n'avait pas d'enfant lui-même et qu'il agissait ainsi comme une sorte de protecteur. En tout cas, jamais je n'avais imaginé que tes beaux yeux puissent avoir un rapport avec ce choix.

Il rejeta la fumée de son cigare avec volupté, tandis que Mrs Richardson ne bougeait pas plus qu'une statue.

— Vois-tu, ma chère, j'ai trouvé hier soir par hasard une photo de lui. Elle t'est dédicacée... disons de manière très personnelle. Roy était bien plus jeune que John, n'est-ce pas ? Il avait plutôt ton âge. Quoi qu'il en soit, il y a une date sur cette photo, or elle ne correspond pas à la période de ton adolescence. Tant s'en faut. Elle est postérieure à ton mariage d'une bonne dizaine d'années...

Il y eut un pesant silence, puis Mrs Richardson déclara d'une voix sans timbre :

— Cela ne te regarde pas.

— Vous avez donc renoué, n'est-ce pas ? Probablement durant ces permissions, lors desquelles John revenait accompagné de ce vieil ami d'enfance !

— Je t'en prie, Neville...

— Vraiment, chère sœur, je ne te savais pas aussi cachottière ! Mais je n'ai pas encore fini. Je ne sais pas pourquoi, mais le visage de Roy m'a paru un peu familier. Le visage, mais aussi son aspect général, sa carrure, pour autant que le cliché permette de le dire. J'ai alors envisagé une hypothèse assez hardie, mais qui a le mérite de mieux expliquer le choix de son héritier. J'aimerais avoir ton sentiment sur la question, car je crois qu'elle est importante...

Une pluie fine et drue arrosait Londres, tandis que Déjanire s'engouffrait dans le salon de thé de Shoreditch. La personne qui lui avait donné rendez-vous était déjà là, installée à la même place que la dernière fois, dans l'angle de la banquette, juste derrière la verrière qui séparait les deux salles. Ce jour-là, il y avait un peu plus de monde. Des filets de fumée montaient des tables voisines.

— Vous avez un peu de retard, ma chère Rita, lui fit-elle remarquer, alors que la jeune femme venait tout juste de se débarrasser de son imperméable ruisselant de pluie.

— J'ai été surprise par l'averse.

— J'ai pu observer en effet que vous étiez assez distraite, ces temps-ci, ou plutôt très perturbée. C'est dommage, car vous m'aviez fait très bonne impression au départ.

— Dois-je comprendre que...

— Non, rassurez-vous, la situation n'est pas dramatique. Malgré tout, je pense pouvoir vous féliciter pour votre prestation dans son ensemble. Vous avez été même meilleure que je ne l'espérais. Bravo pour le cheval et pour la peinture !

— J'avoue que j'avais déjà des notions de dessin...

— Je me disais bien ! Enfin, quoi qu'il en soit, c'est le résultat qui compte. La manière dont vous portiez les robes de la défunte était également remarquable. Une sorte de classe naturelle avec beaucoup de simplicité, qui n'a pas tardé à émouvoir notre jeune veuf...

— Je n'ai fait que suivre vos instructions.

— Ne vous mésestimez pas, mademoiselle, vous avez un talent certain pour la comédie. Hélas ! il y a eu cette dernière soirée... Là, je dois avouer que votre prestation était vraiment pitoyable !

L'ombre, adossée dans l'encoignure de la salle, avait gardé son chapeau, si bien qu'il aurait fallu être tout près d'elle, comme Déjanire à cet instant, pour apercevoir les traits de son visage. En fait, personne dans la salle ne se souciait d'elle à ce moment-là. Les ouvrières de la firme voisine, qui prenaient une tasse de thé durant leur pause, avaient d'autres préoccupations.

— Mais pourquoi diable êtes-vous entrée dans cette pièce ?

— Vous avez déjà entendu mes explications, n'est-ce pas ?

— Ce n'était pas un modèle de clarté, mais passons. J'espère que vous ne commettrez plus ce genre de bévue à l'avenir. Sans parler du chambardement dans la véranda... Bref, tout ceci m'amène à reconsidérer la question de votre solde. J'ai décidé d'attendre encore un peu avant de vous payer.

— Rien ne presse, dit Déjanire avec détachement.

Une lueur s'alluma dans les yeux à demi cachés par le bord du chapeau de feutre noir.

— Ah ! Ça y est ! Je vois que vous avez réalisé tout ce que ce rôle pouvait offrir comme possibilités ! C'est une affaire en or, comme il ne s'en présentera plus jamais dans votre vie, n'est-ce pas ?

Déjanire prit une bouffée de cigarette et la rendit en un long et mince filet de fumée. Son visage était étrangement calme à ce moment-là.

— J'ai réfléchi, énonça-t-elle après un silence. Je crois que je vais vous redonner l'acompte que vous m'aviez versé.

— Comment ?

— Je ne pourrai, hélas, pas vous rendre tout, car j'y ai opéré quelques ponctions, bien que minimes.

Une perplexité absolue avait envahi le visage de l'ombre, qui bredouilla :

— Mais... cet argent... c'est le vôtre ! Vous l'avez gagné honnêtement, il vous appartient.

— Peu importe, ma décision est prise. Je vous le rendrai la prochaine fois. (Un sourire légèrement ironique se dessina sur ses lèvres.) Ou plus simplement, je le poserai dans une enveloppe sur votre table de chevet, comme vous m'avez fait parvenir votre lettre. Cela nous évitera des déplacements inutiles.

— Bien... bien... Comme vous voudrez. Mais soyez quand même très prudente. À aucun prix, on ne doit apprendre à Greenway que nous avons conclu ce marché, et surtout, n'en parlez jamais à Hercule, même si par la suite, les circonstances devaient être très favorables pour vous, ce qui semble, du reste, en bonne voie...

— Je ne suis pas folle, figurez-vous. J'imagine aisément ce que nous risquerions dans ce cas.

— Puis-je vous demander la raison de votre décision ?

— Eh bien, simplement, je trouve que ce n'est pas très honnête de ma part. Accepter ainsi de l'argent pour séduire un homme, alors que... que...

— Oui, je vous écoute ?

— Eh bien... un grain de sable s'est glissé dans notre mécanique bien huilée. J'ai fini par me prendre à mon propre jeu. Je suis très attirée par lui, et je crois même que je suis tombée amoureuse.

L'ombre hocha la tête.

— Hmm... Je me disais bien que vous jouiez si parfaitement la comédie... Mais alors, tout est pour le mieux, n'est-ce pas ?

— Oui et non. Car j'ai à présent l'impression d'être déchirée entre deux sentiments opposés. L'un me pousse dans ses bras, et l'autre me dit de me méfier. En fait, je continue d'avoir un peu peur de lui, de ses réactions...

— C'est un peu le cas de tout le monde, à Greenway! On adore Hercule, mais en même temps on le craint! Quoi qu'il en soit, je trouve que ce qui vous arrive est assez heureux, très heureux même, et met en somme un terme à notre arrangement. Si rien de particulier ne devait se produire, nous n'aurions plus aucune raison de faire allusion à tout cela.

— J'aimerais vous poser une question, cependant. À propos de mon « parrain »... Est-il au courant de la supercherie, ou avez-vous réussi à lui faire croire que j'étais cette filleule perdue de vue?

L'ombre eut un sourire narquois.

— Oublions tout, voulez-vous? Je crois que cela sera mieux pour tout le monde...

Déjanire souriait en sortant du salon de thé. Elle estimait que sa journée s'était bien passée, malgré cette espèce de marchandage, qui dans le fond lui paraissait vraiment odieux. Cet argent, elle n'en avait que faire! Elle l'eût volontiers jeté à la figure de la personne qu'elle venait de quitter.

Son pas résonnait sur les pavés mouillés, tandis qu'elle se dirigeait allègrement vers la station de métro. Pour elle, les choses étaient désormais claires : ou elle ferait sa vie avec Hercule, ou non. Et dans ce cas, peu importe ce qui pouvait lui arriver. « *Unis pour le meilleur et pour le pire, jusqu'à ce que la mort nous sépare...* » C'est ainsi qu'elle voyait son avenir. Et si Hercule devait un jour la tuer dans un moment de colère, elle considérait même que ce serait une mort plus honorable qu'une autre. Sa vie lui appartenait. Il avait le droit de la prendre quand bon lui semblait...

Naturellement, Déjanire ne voyait pas toujours l'avenir de manière aussi positivement tranchée. Ses obscures angoisses, au fond d'elle-même, n'attendaient qu'une occasion pour refaire surface. L'énigme du dragon bleu était loin d'avoir été résolue. Au contraire, le mystère s'était bien épaissi depuis qu'elle était tombée nez à nez avec sa face hideuse dans la « chambre chinoise ». La coïncidence de cette statue ressemblant au dragon de ses cauchemars était trop extraordinaire pour être acceptable à ses yeux. Elle devait s'être trompée... Elle avait dû mal voir.

Elle avait réussi à se persuader que c'était son esprit tourmenté qui avait modelé à son gré ces deux visions, mais elle voulait en avoir le cœur net. Le dragon de la « chambre chinoise » était à présent gravé dans sa mémoire. Profitant du chambardement qui avait suivi les dégâts dans la véranda, elle était retournée dans la pièce pour l'examiner. Il ne lui restait plus qu'à le comparer avec l'autre, le « dragon bleu de ses visions »... Or, elle savait où il se trouvait. Elle l'avait vu maintes fois, mais sans vraiment le détailler.

Un moment donné, elle avait envisagé d'en parler à Hercule, mais cela lui semblait maladroit et risqué. Elle ne pouvait pas lui confier ce mystère. Cette sombre prémonition qui la hantait était comme une remise en cause de leurs sentiments, un soupçon malsain propre à engendrer le drame qu'elle redoutait.

Au lieu de revenir vers la gare, elle prit la direction d'Aldgate et sortit trois stations plus loin. Sous un ciel gris et morne — comme il n'en existe qu'à Londres, et particulièrement dans ce quartier — elle longea la route principale, encombrée par les attelages qui perturbaient eux-mêmes la circulation des tramways électriques. Elle s'enfonça dans une étroite ruelle, se trouvant plongée dans un univers étrange, où la clarté du jour semblait presque incongrue. Le pavé était inégal, les gens marchaient le dos voûté et d'un pas furtif, comme s'ils n'avaient pas la conscience tranquille. Le linge pendait aux fenêtres, sur des fils tendus en travers des ruelles, comme autant de banderoles. Cela formait des taches étonnamment claires sur le fond sombre de ces briques crasseuses, suintant le vice et la misère. Une ou deux fois, elle buta sur les formes bossues de quelque clochard, qui tendait un haut-de-forme cabossé et rapetassé, véritable symbole de déchéance à l'image du propriétaire. Les chiens aboyaient dans les arrière-cours, où l'on apercevait des barriques et des caisses diverses au contenu douteux. Le fleuve n'était pas loin et, sans même le voir, on sentait sa présence.

Déjanire savait qu'elle ne risquait pas grand-chose à cette heure de la journée, mais n'était pas rassurée pour autant. Elle hâta le pas, puis s'arrêta devant une porte surmontée d'une enseigne aux couleurs vives. Elle actionna le heurtoir et attendit. Un homme aux yeux bridés parut peu de temps après. Il écouta sa requête, puis lui fit signe d'entrer en s'effaçant.

L'étroit couloir qu'elle longea était chichement éclairé, de loin en loin, par de petites lanternes, dont la clarté parcimonieuse semblait avalée par un air trouble, vicié, une sorte de brume sourde à l'odeur âcre et entêtante. Après avoir tourné dans un autre boyau, elle pénétra dans une pièce carrée, qui révéla ses murs tendus d'un papier rouge vif à mesure que l'homme allumait les quatre lampes à huile disposées dans les coins. Des frises et divers motifs floraux brisaient discrètement l'uniformité de la tapisserie, mais c'était surtout le dessin du grand dragon bleu peint au plafond qui attirait le regard. Déjanire, qui tremblait de la tête aux pieds, leva alors lentement les yeux et se mit à le détailler...

Quand elle quitta l'établissement interlope, son visage était sombre et pensif. Elle avait à présent la certitude qu'elle n'avait pas été victime d'une illusion ou le jouet de ses pensées : les têtes des deux « dragons bleus » étaient parfaitement identiques, et l'hypothèse d'une coïncidence pouvait être définitivement écartée. Sa vision était donc bel et bien une mise en garde, un avertissement formel... peut-être même une projection de l'avenir.

Sur le quai de la gare de Charing Cross, elle hésita avant de monter dans le wagon. Pouvait-on lutter contre le sort? Changer l'histoire déjà écrite? Cela semblait encore possible, maintenant... Elle pouvait tourner les talons, ne pas revenir à Greenway et essayer de tout oublier. Mais pour aller où? Elle n'en avait aucune idée. Elle était seule, n'avait plus de famille ni d'amis. Certes, elle n'en doutait pas, elle aurait pu aisément recommencer sa vie. Mais quel genre de vie? Une vie médiocre, aussi sinistrement monotone que celle qui lui avait souvent donné envie de se jeter d'un train roulant à grande vitesse? Non, il ne pouvait en être question. C'était au-dessus de ses forces.

Le coup de sifflet impérieux du chef de gare agit sur elle comme un aiguillon. Elle gravit la marche du compartiment avec résolution.

Elle retournerait à Greenway. Hercule était sa raison de vivre. Elle combattrait et vaincrait le sort, comme on chasse et dépiste le tigre!

VIII

LES CAVALES DE DIOMÈDE

20

Fin mai

Comme la plupart des habitants de Greenway, Vera Novello s'habituait fort mal à la nouvelle lubie de son frère, cette soudaine passion musicale qu'il persistait vainement à vouloir faire partager à ses serpents. Elle avait fini par comprendre que, dans ces conditions, une personne nerveuse comme la jeune Rita eut perdu le contrôle d'elle-même... L'incident dc la véranda n'avait hélas pas mis de terme aux affligeants élans musicaux de Derek. Désormais, il n'essayait plus d'établir un contact avec ses pensionnaires qui avaient retrouvé leur logis, mais « appelait » celui qui avait pris la clé des champs. Si bien qu'il ne se contentait plus de jouer dans la véranda — espace cloisonné, dont la végétation présentait l'avantage appréciable d'absorber sensiblement les sons —, mais à présent, voilà qu'il soufflait dans sa flûte un peu partout, et notamment aux abords directs de la maison, dont les fenêtres étaient souvent grandes ouvertes avec ces belles journées ensoleillées. Ainsi pouvait-on suivre Derek à l'oreille... Sa flûte enveloppait la vieille demeure d'une mélodie douceâtre, soulignant le danger latent que représentait cette disparition. Jusqu'ici, personne ne l'avait revu, mais les chats de la maison, généralement confiants et lymphatiques, semblaient sur le qui-vive...

Était-ce à cause de la flûte ou de la présence du serpent ? se demandait Vera, tandis qu'elle remontait le couloir du côté de la galerie des portraits. En chemin, elle aperçut son mari, qui avait décroché une des tablettes d'argiles représentant les travaux d'Hercule. Il parut surpris en l'entendant venir.

— Ah ! C'est toi, chérie ? Viens, regarde... Il y a là un petit mystère qui me tarabuste depuis plusieurs semaines. As-tu jamais remarqué quelque chose d'étrange à propos de ces tablettes ?

— Non, mais je crois que mère m'en a déjà touché un mot. Quelqu'un s'amuse à les retourner, n'est-ce pas ?

Michael opina vivement du chef.

— Oui. Cela se voit à peine, parce qu'elles sont presque pareilles à l'envers.

— Mais évidemment, pour quelqu'un qui aime l'ordre comme maman ou toi, c'est agaçant.

— Eh bien, oui ! soupira l'agent de change. Chaque fois que je le remarque, je les remets à l'endroit. Mais peu de temps après, elles sont de nouveau dans l'autre sens ! Et pas n'importe lesquelles ! Toujours les mêmes !

Un sourire naquit sur les lèvres minces de Vera.

— C'est peut-être parce que quelqu'un pense qu'elles doivent être ainsi à leur place ?

— Oui, mais pourquoi ? C'est stupide ! Et ce n'est pas tout ! J'ai aussi remarqué qu'on en retourne chaque fois une de plus, et d'ailleurs à l'instant même, je viens de me rendre compte que...

Vera posa une main ferme sur le bras de son mari.

— Je t'en prie, Michael, ne me fatigue pas avec de telles vétilles.

Les yeux noirs de Novello s'arrondirent soudain avec une expression de crainte.

— Les douze travaux d'Hercule, des vétilles ? Mon

Dieu, ma chérie, ne dis jamais une chose pareille devant ton frère ! Il pourrait t'en coûter !

— Si d'aventure il levait la main sur moi... tu serais là pour me protéger, mon chéri, n'est-ce pas ?

— Bien sûr, affirma-t-il sans grande conviction. Même si cela ne devait pas servir à grand-chose...

Une expression de lassitude chassa le sourire de Vera.

— Mes deux frères commencent à me fatiguer sérieusement, ces derniers temps. L'un est à moitié fou et en passe de le devenir complètement depuis qu'une de ses sales bestioles a disparu. Et l'autre, qui ne vaut guère mieux, nous donne les pires soucis...

Michael se tourna vers la galerie de portraits juste derrière lui et demanda, songeur :

— N'y a-t-il pas d'antécédents fâcheux dans votre famille ?

— Non, pas que je sache. Nos aïeux ont toujours eu la réputation d'être des hommes droits et équilibrés.

— La réputation, oui, mais on ne connaît jamais exactement leur nature profonde. Je ne voudrais pas te froisser, ma chérie, mais ton père n'avait vraiment pas bonne mine, durant ses dernières années. Et je ne parle pas de ses bizarreries, que personne n'a jamais pu expliquer...

Vera secoua la tête.

— Malgré les apparences, père était renfermé et très sentimental. Il devait avoir une vie intérieure très profonde et très personnelle. Je crois aussi qu'il était très triste, déçu...

— Au point de dire un beau jour adieu à tout le monde.

— Ce suicide m'a toujours beaucoup étonnée, car il n'était pas homme à choisir ce genre d'issue.

— Pourtant, les faits sont là.

Vera déglutit en acquiesçant.

— Tu as sans doute raison. Quelque part dans sa tête, ça ne devait pas tourner rond. Quant à maman, je la trouve beaucoup trop silencieuse à ce sujet. Elle doit forcément savoir quelque chose....

— Ton oncle, lui, en revanche, parle beaucoup, ricana Michael. Il se prend pour le maître de céans, mais il ne l'est pas encore ! Il a tendance à bâtir un peu vite des châteaux en Espagne. D'une certaine manière, je le trouve assez fragile lui aussi.

— Mon Dieu, quelle famille ! soupira-t-elle en enfouissant son visage entre ses mains. Parfois, il m'arrive de penser que je suis la seule personne normale dans cette maison, la seule en tout cas à avoir la tête bien sur les épaules.

— C'est vrai, ma chérie, heureusement que nous sommes là ! Car sans nous, il est probable que le patrimoine de Greenway aurait inéluctablement fait naufrage...

— La partie n'est pas encore gagnée !

— Certes, mais elle est en passe de l'être.

— Moi, je me méfie toujours des réactions d'Hercule.

Vera avait prononcé ces mots d'un ton grave et s'était approchée d'une tablette pour l'examiner.

— Hercule... murmura-t-elle. Toi, Michael, tu ne l'as pas connu enfant ?

— Non, mais je me le représente aisément.

— Le problème, précisément, c'est qu'il est resté un peu enfant dans sa tête. Il est relativement instruit, mon père a suffisamment dépensé d'argent pour cela, mais ses réactions restent imprévisibles et dangereuses. Derek et moi, nous avons pu nous en rendre compte très tôt. Quand il était petit, nous nous amusions à le faire tourner en bourrique. Il suffisait de le contrarier un peu pour qu'il se fâche tout rouge. Mais dès qu'il a eu une dizaine d'années, ce n'était plus possible. Il nous a fallu changer de méthode, agir plus finement. Alors, nous nous en sommes pris au grand Hercule, son illustre modèle ! Et tout en louant sa force prodigieuse, nous raillions sa lourdeur d'esprit.

— Ma parole, vous étiez vraiment jaloux de lui ?

— Comment ne pas l'être, vu la manière dont père le gâtait ! Mais là aussi, nous avons dû nous arrêter, car c'était pire encore. La moindre allusion à son intelligence, ou plutôt à ses points faibles, le rendait fou furieux. Cela l'a même tellement vexé que, par la suite, il s'est cru obligé de nous faire la démonstration du contraire, livres érudits à l'appui, c'est-à-dire que le héros mythologique n'était pas qu'une brute épaisse, mais quelqu'un de très sensé dans ses instants de lucidité, qui avait simplement élevé la force physique au niveau de l'art. Quoi qu'il en soit, tu as déjà pu le constater, il vaut mieux ne pas le chatouiller à ce sujet.

Michael opina du chef, puis s'approcha de Vera.

— Cette tablette que tu regardes si attentivement, dit-il, c'est celle qui n'était pas retournée la dernière fois et qui s'est ajoutée aux huit autres.

— C'est donc le neuvième travail d'Hercule. Comment s'appelle-t-il, déjà ?

— Oh ! je ne sais plus... Moi et la mythologie, c'est comme le grec et le latin, je n'en raffole pas.

— On voit notre héros en train de maîtriser un cheval, ou même deux.

— Alors, ce doit être ces fameuses cavales mangeuses d'hommes, qui appartenaient au roi.. au roi... Ça va me revenir...

— Diomède !

— Oui, Diomède, c'est cela !

Le visage du financier se rembrunit soudain.

— Diomède, bon sang, ça me dit quelque chose... J'ai lu ce nom il n'y a pas longtemps. Oui, dans le journal de ce matin, ou celui d'hier... Diomède, le Grand Diomède, un dompteur qui a été dévoré par ses propres panthères.

— Des panthères ? réfléchit Vera, le doigt sur les lèvres. C'est curieux... D'après la légende, si mes souvenirs sont bons, le roi Diomède a aussi fini dévoré par ses bêtes carnivores...

21

Récit d'Achille Stock (suite)

Panique à Elephant and Castle

Les habitants de Southwark ont sans doute connu la frayeur de leur vie la nuit dernière, lorsque deux monstres aux yeux verts ont semé la terreur dans les ruelles à l'est de la station de métro d'Elephant and Castle. Près de là, depuis deux semaines, le Royal Circus a ouvert ses portes et propose, entre autres spectacles, l'excellent numéro du « Grand Diomède ». Tous ceux qui ont eu la chance de voir le dompteur à l'œuvre avec ses deux panthères noires ne doutent ni de son talent ni de l'agressivité de ses bêtes, qui semblaient souffrir, ces temps-ci, de l'exiguïté de leur cage... Ont-elles été suffisamment adroites pour repousser elles-mêmes le solide verrou de la grille ? Ou était-ce le fait d'une main malveillante ? Ou celui d'une négligence ? Un moment d'inattention de la part de leur maître ? Nul ne le sait. Ce qui est certain, c'est que vers 10 heures du soir, un employé du cirque a trouvé la porte de la cage grande ouverte et aucune trace de ses occupantes. Quant au Grand Diomède, il était également introuvable.

Sans doute s'était-il lancé à la poursuite des félins

après avoir lui-même constaté leur disparition. En tout cas, nul ne l'a aperçu durant cette nuit de terreur. Ce furent les chiens du quartier qui donnèrent les premiers l'alarme. D'abord, quelques jappements inhabituels, puis des aboiements furieux, se terminant en un étrange concert qui ne connut guère de trêve. Çà et là, on vit des ombres silencieuses longer les toits, franchir un porche, apparaître aux balcons, ou encore des yeux verts à l'expression cruelle briller derrière une fenêtre. Parfois, on entendit des grognements féroces, trop sourds pour être ceux d'un chien. Une vieille dame tomba nez à nez avec les fauves au coin d'une impasse et ne dut sans doute son salut qu'à son évanouissement immédiat. Ce ballet d'ombres et d'yeux luisants, sur fond de grognements et de jappements, dura jusqu'à l'aube, et c'est miracle qu'il n'y eût pas de victime parmi les riverains, si l'on excepte deux chiens retrouvés taillés en pièces dans une arrière-cour, près de leur niche.

Vers 5 heures du matin, la police vint enfin, alertée tardivement par les gens du cirque, qui pensaient tout d'abord que le Grand Diomède parviendrait lui-même à rattraper ses fauves. Une heure plus tard, les policiers avaient bouclé le quartier, l'œil et l'oreille aux aguets, prêts à abattre les fauves. Mais curieusement, ceux-ci ne se manifestèrent plus... Pendant ce temps, au cirque, alors que pratiquement tout le monde avait déserté les lieux pour suivre la traque, un palefrenier fut tout surpris d'apercevoir un homme, vêtu d'une peau de lion, ramenant en laisse les deux panthères noires, qui le suivaient docilement. « Voilà vos deux cavaleuses, avait-il déclaré en les enfermant dans leur cage. Mais faites attention, quand même, la prochaine fois! Elles sont dangereuses... »

Sur ces mots, il est parti aussi soudainement qu'il était apparu, et à l'heure où nous imprimons ces lignes, personne ne l'aurait revu, mais quel qu'il soit, nous ne pouvons que le remercier pour son intervention. Ce fut un grand soulagement pour tous lorsqu'on apprit la nouvelle, mais hélas la cavale des fauves ne s'était pas aussi bien terminée qu'on ne le pensait. En milieu de matinée, on découvrit le cadavre de l'infortuné Diomède, dans un bien triste état. Il gisait au fond d'une impasse, derrière une grande boîte à ordures. Il avait été déchiqueté par ses fauves, et quelques chiens en maraude achevaient l'effroyable festin...

Quand nous eûmes terminé la lecture de l'article, nous rendîmes le journal à Wedekind, qui le plia d'un air furieux sur un coin de son bureau. Owen et moi-même avions répondu à son appel au moment même où les quotidiens de l'après-midi signalaient le tragique fait divers.

— C'est le seul journal qui a évoqué l'intervention de l'homme-lion, malgré mes consignes strictes, reprit-il d'un air menaçant, accentué par ses moustaches tombantes qui lui donnaient des allures de guerrier barbare, sur le point de partir pour quelque expédition punitive. Je peux vous garantir qu'ils auront de mes nouvelles !

Après ces vindicatives paroles, il poussa un profond soupir et reprit :

— Mais après tout, c'est là un des moindres aspects de notre affaire.

— Oui, je le crois aussi, intervint Owen, qui s'appliquait à émettre des ronds parfaits avec la fumée de son cigare. Notre homme-lion passe même pour une sorte de sauveur... comme Hercule lui-même l'était en son temps.

— Épargnez-moi, je vous prie, l'histoire d'Hercule, grogna Wedekind. Depuis le temps que nous l'attendions, nous le connaissions par cœur, cet épisode des cavales mangeuses d'hommes de Diomède !

— Certes, mais il faut quand même saluer ce nouvel exploit, qui suit fidèlement le huitième travail du héros thébain, chargé en son temps de ramener à Mycènes les chevaux anthropophages du roi Diomède. On raconte qu'il parvint à dompter ces bêtes dangereuses en leur donnant pour nourriture Diomède lui-même... Avouez que c'est un nouveau tour de force pour notre Hercule contemporain ! Il lui a fallu non seulement dompter les fauves, mais également retourner leur férocité contre leur maître ! Franchement, j'ai beau y réfléchir, je ne vois pas le plus petit commencement d'une idée pour expliquer ce tour-là !

Je vis aux yeux du policier que la tempête couvait, et c'est avec beaucoup de retenue qu'il frappa son bureau du poing.

— Son talent n'est plus à démontrer, Burns ! Ce qu'il faut à présent, c'est le mettre hors d'état de nuire !

— Je suppose que c'est le nom du dompteur qui a dû retenir l'attention du coupable, déclara calmement mon ami, comme s'il n'avait pas entendu la dernière remarque du policier. Une belle occasion pour lui, mais c'est davantage la manière dont il l'a exploitée qui est remarquable. Il y a cependant une chose qui me chagrine...

— Laquelle ?

— Le malheureux n'avait rien d'un ennemi public.

Le policier eut un sourire qui n'avait rien d'amical.

— C'est là que vous vous trompez, Burns. Je viens d'avoir un rapport complet sur notre lascar...

— Voudriez-vous dire que Diomède était un malfaiteur ?

— Oui.

— Mais alors, c'est encore plus remarquable !

— Si vous voulez. Mais ne vous réjouissez pas trop, car si je n'obtiens pas de résultats rapidement, on risque fort de ne pas me confier longtemps cette enquête.

— Bien. Alors, dites-moi déjà tout ce que vous savez sur ce Diomède.

L'inspecteur s'empara d'un dossier à portée de main, l'ouvrit, puis commença sa lecture. Quand il eut terminé, il avança vers nous un calepin maculé de sang en disant :

— Nous avons retrouvé ceci sur son cadavre. Encore une chance que les fauves ne l'aient pas avalé ! La liste de noms et d'adresses qui y figurent correspond presque point par point aux cas qui nous avaient été signalés.

— La liste de ses victimes ?

— Oui. Scotland Yard soupçonnait depuis longtemps Davis Mellett, qui est son vrai nom, d'avoir une double activité, mais nous n'avions jamais eu de preuves suffisantes pour l'arrêter.

— Je crois que ceci en est une, posthume hélas, pour lui et pour nous ! Mais dites, inspecteur, je vois là un nom qui n'a pas été barré comme les autres...

— Sans doute sa future victime.

— Nous pourrions aller l'interroger, non ?

— Éventuellement, répondit Wedekind d'un air morose. Repassez demain, si le cœur vous en dit. Mais enfin, ne nous attendons pas au miracle, car je doute que ces gens-là puissent nous apprendre grand-chose sur l'affaire qui nous occupe.

Me penchant par-dessus l'épaule d'Owen, je pus lire : *Richardson, Greenway House. Woodhall, Kent.*

22

« Depuis quelques jours, tout semble rentré dans l'ordre », songeait Mrs Richardson après avoir fait un bref tour dans le jardin, une fois le déjeuner fini. L'incident de la semaine passée n'était plus qu'un mauvais souvenir. Il y avait juste Derek qui poursuivait ses investigations, la flûte au bec, mais c'était tout. Hercule avait recouvré son calme et elle l'avait de nouveau aperçu en train de roucouler avec la petite « Déjanire ». Allait-elle devenir une Mrs Richardson elle aussi ? C'était encore tôt pour l'affirmer, mais cela semblait en bonne voie. Hercule paraissait profondément épris d'elle. Ce qui était quasi miraculeux, si l'on se référait à son état quelques mois auparavant. Après une année de désespoir, de repli sur soi, de culpabilisation, il s'était littéralement transfiguré au contact de la petite depuis son arrivée. La belle saison avait chassé l'hiver et ses tourments, et rien ne semblait pouvoir gâcher cette embellie.

Elle entra par la terrasse, saluée par le gazouillis joyeux des merles cachés dans les feuillages, dont les trilles et les frais arpèges résonnèrent un temps à ses oreilles, tant son moral était au beau fixe. Il est des jours où l'on se dit que le monde est merveilleux, que la vie est la plus formidable des aventures, que rien ne peut vous arriver, et que les tuiles tombent toujours sur la tête des autres... L'esprit de Mrs Richardson baignait dans cette douce euphorie, mais son expérience personnelle aurait dû l'inciter à plus de circonspection. Elle avait eu son lot de mauvaises surprises, comme ce fameux matin où elle avait été réveillée par le bruit d'une détonation, pour découvrir ensuite le corps inerte de son mari, affalé sur la table de son bureau, un flot de sang lui coulant de la bouche. Et sans parler d'autres souvenirs amers... Neville avait bien tenté l'autre soir de raviver une de ces plaies mal cicatrisées. Mais elle ne lui en voulait pas. Il avait agi ainsi par pure curiosité, ou par vieille habitude, comme lorsqu'il s'amusait à l'agacer du temps de leur jeunesse. Il ignorait le mal qu'il lui avait causé. En même temps, elle avait senti un souffle de félicité lui réchauffer le cœur, à la seule pensée de cette époque, de ces courts instants de bonheur, peut-être les plus vifs et les plus profonds de son existence...

Pendant ce temps, Déjanire passait en revue le bric-à-brac d'une des malles en osier d'Hercule. Après avoir déniché un album de photos, elle décida de s'installer dans un fauteuil pour le regarder en toute tranquillité. Toute la famille Richardson y était représentée, à différents âges, ce qui ne manqua pas de l'amuser. Il n'y avait pas de photo de John Richardson enfant, bien sûr, mais un de ses portraits qui mettait parfaitement en lumière les caractéristiques des visages de Derek et de Vera : joues creuses et menton proéminent. Curieusement, ces détails n'apparaissaient pas chez Hercule, qui avait un contour de visage beaucoup plus doux.

Déjanire le regarda avec tendresse quand il était enfant, adolescent, et jeune homme. Il était beau à tout âge. *Il était Hercule, né avec la bénédiction des dieux...* Dans les dernières pages, elle put admirer sa puissante musculature, mise en valeur par la tenue de lutteur qu'il portait lors d'une compétition. Par sa seule prestance, il surclassait ses adversaires, qui semblaient battus d'avance. Déjanire tourna alors la dernière page, d'un geste lent et posé, puis s'immobilisa soudain. D'abord blême, elle vira à l'écarlate, puis se leva et s'empara du coupe-papier posé sur le secrétaire. Alors, telle une tigresse féroce, elle s'acharna sur la belle et grande photo, où figuraient de jeunes mariés posant dans un parc.

Mrs Richardson entra à ce moment-là dans la pièce et s'arrêta, surprise par l'étrange spectacle. Elle reconnut aisément sur le cliché martyrisé le visage d'Hercule, curieusement épargné, mais celui de la mariée avait disparu sous les coups rageurs.

Se rendant compte de sa présence, Déjanire se retourna, rouge de confusion, mais encore tremblante de rage. Elle bredouilla en lâchant le coupe-papier :

— Excusez-moi, Mrs Richardson, je ne sais pas ce qui m'a pris...

— La jalousie est un vilain défaut, déclara la maîtresse des lieux, d'un air professoral et ironique. Mais ne vous en faites pas, vous pouvez avoir confiance en moi et en mon silence le plus absolu. Je ne dirai rien à Hercule, et je ne regretterai pas non plus cette photo, dont j'ignorais même l'existence.

À ce moment-là, on entendit tintinnabuler la sonnette d'entrée. Mrs Richardson pressa alors la jeune fille de faire disparaître sans tarder les restes de son « œuvre », tandis que Déjanire s'exécutait déjà, non sans maladresse, encore sous le coup de l'émotion. Quand elle eut terminé, un serviteur frappa à la porte.

— Ce sont deux messieurs de la police, Madame, déclara-t-il avec gravité. Ils aimeraient vous parler...

— La police? s'offusqua la veuve. Mais que diable me veut-elle?

— J'ai cru comprendre qu'il s'agissait de cette tragique affaire évoquée ces jours-ci dans le *Times,* à propos d'un dresseur dévoré par ses panthères.

— Mais grands dieux! Qu'avons nous à voir avec cela?

— Il paraît que l'infortuné dompteur vous aurait récemment rendu visite...

23

Récit d'Achille Stock (suite)

— Oui, nous avons certaines raisons de penser que Davis Mellett, *alias* le Grand Diomède, s'est récemment rendu chez vous, répéta Owen Burns sur un ton d'exquise politesse assez peu en accord avec le motif de notre visite.

Wedekind, plus habitué que lui à ce type d'entretien, ne semblait pas vouloir dissimuler sa profession de policier. L'expression perpétuellement dubitative de ses yeux noirs, ainsi que sa moustache de brigand, n'incitait guère à détendre l'atmosphère. J'essayai quant à moi de me montrer affable, mais sans excès. Mrs Richardson avait certes manifesté de la surprise en nous accueillant, mais c'est avec beaucoup de civilité qu'elle nous avait introduits dans un vaste salon, meublé avec une audacieuse variété de styles, qui n'échappa guère à l'œil avisé de mon ami.

— Mais je suppose que ce nom-là ne vous dit rien? reprit Owen en plongeant sa main dans son gilet.

— Le Grand Diomède? Si, depuis que mon gendre m'a fait lire l'article du *Times* consacré à cette tragédie. Malheureux homme! Quelle fin affreuse... Mais vraiment, je ne comprends pas en quoi nous pourrions être concernés ! Jusqu'à ce jour, je puis vous le garantir, nous n'avons jamais rencontré...

— Regardez, fit Owen en lui tendant une photo du dompteur récente et assez nette. Nous avons toutes les raisons de penser que s'il s'est présenté à vous, c'est sous un nom d'emprunt. Regardez attentivement ce visage, si vous le voulez bien.

Mrs Richardson s'absorba dans son examen, en tenant le cliché du bout des doigts, dans une attitude condescendante, et débita une réponse qu'elle avait sans doute déjà formulée dans sa tête avant de prendre la photo :

— Non, vraiment, le visage de cet homme ne me dit rien. (Puis un sourcil hautain et intrigué se leva.) Attendez, si... Où ai-je bien pu rencontrer cette personne ? Ce n'était pas dans un cirque ou autre spectacle du genre, assurément.

— Imaginez-le mieux vêtu, madame, sans ce gilet de cuir, sans son turban ni son fouet. Imaginez-vous quelqu'un de parfaitement respectable.

— Ça y est, j'y suis ! C'est ce Mr Robinson... Un antiquaire, venu un jour pour jeter un coup d'œil sur mes meubles, dont il était prêt, disait-il, à m'offrir une fortune.

Un sourire de vive satisfaction s'épanouit simultanément sur le visage de mes compagnons.

— Un homme charmant, reprit Mrs Richardson, qui avait beaucoup d'humour. Je lui avais précisé que ces meubles n'étaient pas à vendre, vu qu'ils avaient une grande valeur sentimentale, mais les prix qu'il me proposait m'avaient, je dois l'avouer, laissée songeuse... Hélas ! ce charmant Mr Robinson ne s'est plus montré depuis lors.

— Et cette visite remonte à combien de temps ?

— Une quinzaine de jours, peut-être...

— Alors, permettez-moi de vous dire, madame, intervint l'inspecteur Wedekind, que sa fin, aussi tragique soit-elle, fut une bénédiction pour vos meubles ! Car ce Davis Mellett, *alias* Mr Robinson, ou le « Grand Diomède », n'était rien d'autre qu'un voleur professionnel.

— Mr Robinson, un voleur ? s'exclama Mrs Richardson, stupéfaite, avant de porter machinalement les mains à son collier de perles. En êtes-vous bien sûr ?

— Pratiquement, mais ce diable d'homme s'était toujours montré suffisamment habile pour ne pas se faire prendre la main dans le sac. Nous l'avions à l'œil depuis un bon moment. Dompteur le jour, cambrioleur la nuit... Nous le suivions presque à la trace, au fil de ses tournées à travers le royaume, qui laissaient dans leur sillage une série de vols impunis. Sa méthode était simple mais efficace : il se présentait chez les gens sous un motif quelconque, généralement représentant de commerce ou assureur, et profitait de l'occasion pour bien étudier le théâtre de son prochain forfait.

— Mon Dieu, quand mon fils va apprendre cela ! C'est lui qui l'a amené ici. Je crois qu'il l'avait rencontré la veille, dans un pub.

Wedekind eut un sourire entendu.

— Ne vous inquiétez pas, Mrs Richardson. Cela aussi faisait partie de ses habitudes. Il s'arrangeait pour être introduit par une tierce personne, afin de paraître plus crédible ou moins suspect. L'homme, je vous le répète, était si adroit qu'on n'avait jamais réussi à le pincer. Non, vraiment, vous pourrez rassurer votre fils, il n'a aucun reproche à se faire. Mais en vérité, ce n'est pas ce voleur qui nous intéresse, puisque aujourd'hui, de toute manière, nous ne pourrons plus le confronter à la justice des hommes. En revanche, nous avons de sérieuses raisons de douter du caractère accidentel de sa mort.

— J'ai peur de ne plus vous suivre, inspecteur.

— Malgré les apparences, répondit le policier en baissant le ton, c'est certainement une main criminelle qui a mis fin à ses jours, en usant d'un stratagème diabolique, qui nous échappe pour l'heure.

— Un assassinat, alors? Mais c'est affreux! Vraiment, je comprends de moins en moins en quoi je puis vous être utile, messieurs.

— Le criminel que nous traquons est d'une espèce autrement plus dangereuse que Diomède. C'est une sorte d'ange noir, qui semble s'être donné pour mission de débarrasser le royaume des personnes qui lui paraissent nuisibles ou détestables. Malheureusement, il est si malin et si adroit que nous ignorons totalement son identité, si bien que nous sommes réduits à suivre toutes les pistes pouvant nous mener à lui, aussi ténues soient-elles. Et c'est pour cette raison, Mrs Richardson, que nous nous sommes permis de vous importuner. Comprenez-nous bien : chaque indice, même le plus insignifiant, pourra nous être précieux. Mais c'est peut-être votre fils, directement contacté par « Mr Robinson », qui serait le plus à même de nous renseigner.

— Oui, mais il va être furieux! J'entends de s'être ainsi laissé berner.

— Ne serait-ce pas cet homme qui joue de la flûte autour du bâtiment? s'enquit fort poliment Owen. Nous l'avons à peine aperçu en venant, mais nous avons surtout entendu sa musique... particulière, je dois dire, mais émouvante pour une oreille avertie.

— Le seul public qui l'apprécie, ici, monsieur, ce sont les serpents, répliqua Mrs Richardson d'un ton un peu froid. Et encore, je n'en suis pas certaine...

Surpris dans un premier temps, Owen sembla trouver plaisante l'étrange occupation de Derek Richardson, après que notre hôtesse nous eut parlé de son fils aîné.

— Ce n'est donc pas lui qui a rencontré Mr Robinson ? intervint Wedekind, qui ne nourrissait à l'évidence aucune passion pour les reptiles.

— Non. C'est Hercule, mon petit dernier, si je puis dire, car c'est en fait le plus grand en taille de toute la famille, et le plus fort aussi...

Un silence tomba, et j'imagine que la surprise manifestée soudain par mes compagnons n'avait d'égale que la mienne. Le seul nom d'Hercule nous avait engourdi l'esprit l'espace de quelques secondes. Nous nous attendions à tout, sauf à ce qu'un personnage ainsi prénommé s'offrît à nous dans notre enquête. Puis, passé un premier instant de stupeur, la raison reprit le dessus. Il ne pouvait s'agir que d'une coïncidence.

— *Hercule* ? bredouilla Owen en réajustant l'œillet rouge vif sur sa veste bleu ciel. C'est ma foi un prénom fort original.

— Je vous le concède, répondit Mrs Richardson, qui semblait amusée de notre étonnement. Et je puis vous dire qu'il le porte bien.

— Serait-il fort et beau comme le héros de l'Antiquité ? s'enquit Owen d'un ton badin, comme pour chercher à se rassurer.

— Vous ne vous trompez pas, ma modestie de mère dût-elle en souffrir. Mais je vous préviens tout de suite, messieurs les policiers, ajouta-t-elle en guise de plaisanterie, il serait vain pour vous de vouloir l'arrêter. Il est trop fort pour vos menottes et les barreaux de vos cellules ! Rien ne lui résiste !

Nous rîmes tous trois poliment, mais nous étions de plus en plus intrigués. En vérité, j'étais très impatient en attendant sa venue, après que Mrs Richardson se fut retirée afin de nous le présenter. Pendant ce temps, tandis que l'œil admiratif d'Owen courait sur une belle série d'assiettes chinoises dans le dressoir, j'essayai de spéculer sur l'aspect et la physionomie d'Hercule, mais mon esprit partial me renvoyait sans cesse l'image de ce colosse, vêtu d'un pagne en peau de bête, un gourdin à la main, tel qu'il figurait généralement sur les illustrations des livres.

Quand le jeune homme apparut enfin, j'eus aussitôt l'impression que quelque chose se modifia dans l'atmosphère de ce salon cossu. Il était de belle carrure, d'une taille légèrement au-dessus de la moyenne, mais c'est surtout son calme et son air avenant qui m'impressionnèrent. Ses cheveux châtain clair rejetés en arrière ne cachaient rien de son visage franc au regard direct, qui ne devait pas laisser insensible la gent féminine. Il émanait de lui une paisible assurance, peut-être trop parfaite pour être naturelle, et je crois bien que c'est ce détail, surtout, qui m'intrigua.

Après un très amical « Que puis-je pour vous, messieurs ? », il ne fit aucune difficulté pour nous raconter dans quelles circonstances il avait rencontré « Mr Robinson » dans un pub londonien. Hélas, ces précisions ne purent jeter aucune lumière nouvelle sur l'affaire, si ce n'est pour souligner l'habile boniment déployé par le cambrioleur afin d'approcher ses futures victimes. Mais la question ne semblait plus d'importance pour Owen qui, aussi intrigué que fasciné, concentrait désormais toute son attention sur le jeune homme lui-même.

Lorsque Mrs Richardson évoqua incidemment le caractère peu malléable et colérique de son fils, en envisageant le sort qu'il eût réservé au dompteur s'il l'avait revu vivant entre-temps, Owen esquissa un sourire bizarre, qui reflétait assez mon propre étonnement, sorte d'émerveillement rêveur devant cette coïncidence supplémentaire. À partir de ce moment-là, mon ami s'employa à diriger la conversation sur la personnalité de notre jeune hôte, et ce fut alors une cascade de surprises qui nous laissa sans voix.

Ce que nous apprîmes, en fait, correspondait point par point à la jeunesse du héros de la légende. C'était inouï, incroyable, invraisemblable, délirant, mais les témoignages que nous entendîmes par la suite ne firent que confirmer les confidences de Mrs Richardson, corroborées par Hercule lui-même, pour autant que le lui permettaient ses souvenirs.

L'un des incidents les plus notoires qui marquèrent l'enfance du vrai Hercule est bien entendu l'épisode des deux serpents qui s'étaient faufilés dans son berceau et qu'il était parvenu à étrangler par la seule force de ses petits poignets... comme l'avait fait, pour ainsi dire, le fils Richardson. Ensuite, ses colères, ses précepteurs qu'il avait systématiquement rossés quand il se lassait de leur enseignement... comme le jeune Richardson. Son goût pour l'action, sa force étonnante, et naturellement ses terribles colères, aussi soudaines que dangereuses, engendrant ces gestes malheureux, qu'il regrettait aussitôt. Devant cette suite de coïncidences, notre stupéfaction était telle que nous commencions à douter à la fois des déclarations de nos hôtes et de notre système auditif. Mais le clou restait encore à venir. Je vis Owen et Wedekind verdir lorsque Mrs Richardson mentionna le malheur qui avait frappé son fils après son mariage :

— Mon pauvre fils était si malheureux, si effondré par la perte de sa jeune femme, qu'il voulait à tout prix endosser la responsabilité de ce drame, comme si, en se faisant ainsi violence, il atténuait son chagrin... N'est-ce pas Hercule ? Je sais qu'à présent, tu es assez fort pour réfléchir à ces tristes événements avec calme et lucidité.

Comme je l'ai déjà signalé, le héros thébain avait été

condamné à exécuter ses douze travaux pour expier sa faute, après avoir tué sa propre femme dans une crise de colère. Ce n'était qu'une coïncidence supplémentaire, mais elle était de taille, et ce fut la goutte d'eau qui fit déborder le vase. Malgré l'incroyable inconscience dont il faisait preuve en nous fournissant autant d'éléments à charge contre lui, nous eûmes dès lors la certitude que le fils Richardson était le justicier féroce dont nous recherchions vainement la trace depuis des semaines.

Il était difficile d'exprimer ce que nous ressentions alors. L'aimable jeune homme avec qui nous nous entretenions avait le profil psychologique parfait du meurtrier, la force musculaire nécessaire pour l'exécution de certains crimes, et de surcroît, son physique correspondait lui aussi aux descriptions faites par les différents témoins des drames.

C'était beaucoup pour un enquêteur amateur tel que votre serviteur. Mais j'observais que les limiers aguerris comme Owen et l'inspecteur Wedekind n'en menaient pas large non plus. Je crois qu'à ce moment-là, ils ne souhaitaient plus qu'une chose : partir, se retrouver seuls, parler à tête reposée, afin de savoir ce qu'il convenait de faire. Nous n'étions cependant pas encore au bout de nos surprises, car visiblement, le sort avait décidé de malmener notre entendement ce jour-là.

Comme nous nous attardions dans le salon, les autres habitants de Greenway nous furent présentés au fil de leur apparition : le frère de Mrs Richardson, sa fille et son gendre, Michael Novello. Au bout d'un moment, ce dernier nous avait déclaré avec ostentation mais non sans humour :

— Messieurs les détectives, votre présence est opportune, car ma femme et moi avons un petit mystère à vous proposer : trouver la main sournoise qui s'obstine à retourner certaines tablettes d'argile.

C'est ainsi que nous fûmes amenés à jeter un coup d'œil dans le couloir où elles étaient accrochées. Je ne saurais traduire la surprise qui fut la nôtre lorsque nous vîmes qu'il s'agissait des douze travaux d'Hercule. Elle ne surpassa pas, cependant, celle qui nous terrassa, lorsque le couple Novello nous précisa que certaines semblaient se retourner d'elles-mêmes et indiqua la dernière à s'être ajoutée à la série : « Hercule aux prises avec les cavales mangeuses d'hommes de Diomède »...

J'entendis Owen émettre un murmure, le vis sortir un mouchoir pour tamponner son front et eus juste le temps de le rattraper dans mes bras alors qu'il tombait en pâmoison.

24

Récit d'Achille Stock (suite)

— Comment ne pas s'évanouir, Achille, en de telles circonstances ? m'expliqua Owen le soir même, alors que nous dînions dans un pub du Strand. Comment ne pas défaillir en un moment aussi sublime, peut-être le plus fort de toute ma carrière de détective ? Nous avions fourni tant de vains efforts durant plusieurs semaines, et voilà qu'en une petite heure, nous recueillions le fruit de notre labeur ! Une récompense princière, qui comble l'expert exigeant, le plus doué de sa génération... Vraiment, croyez-moi, en voyant cette série de tablettes, j'ai eu le sentiment de n'avoir jamais rien vu d'aussi beau de ma vie ! Elles sont la preuve concrète d'un plan merveilleux, d'une trame ourdie avec un soin religieux. C'est une série de crimes sans précédent, une œuvre d'art ciselée avec amour, un présent des dieux, l'aboutissement suprême pour un esthète de mon niveau. Je me suis dit : « C'est trop beau pour être vrai »... Et l'émotion m'a submergé.

Je ne fis aucun commentaire sur ce point précis, étant habitué à ce genre de manifestation de la part de mon ami. En revanche, l'aspect pratique de notre enquête, dont nous avions longuement parlé sur le chemin du retour avec Wedekind, méritait plusieurs remarques. Ce coupable parfait, tombé du ciel, apporté sur un plateau d'argent, nous semblait si facile à confondre que nous n'osions pas avancer la main pour le saisir. D'ailleurs, nous ne discutâmes guère de sa culpabilité, mais davantage de la manière à employer pour aborder la question avec lui. Cependant, Owen se montra d'une humeur si délirante, ce soir-là, que nous dûmes attendre le lendemain pour entrer dans le vif du sujet, en présence d'un Wedekind qui avait retrouvé sa froide sérénité de policier. Ce fut alors le début d'une série d'entretiens, d'interrogatoires, à Greenway puis à Scotland Yard même, dont je ne puis reproduire tous les détails.

L'attitude du suspect nous dérouta totalement, au point d'ébranler les bases mêmes de la logique d'Owen. Ses réponses et ses explications, placées sous le signe du paradoxe et de l'ambiguïté, furent un arrogant mélange d'aveux cachés, de défi et de tranquille bonne conscience. Une sorte de coupable innocent, en somme, qui ne concéda jamais rien, ni dans un sens ni dans l'autre. Hercule Richardson semblait content et fier de lui, de ce qu'il était et de ce dont nous l'accusions ! Quelques exemples de cette joute verbale suffiront amplement pour s'en faire une idée.

— Mr Richardson, répétait Wedekind comme une litanie, avez-vous, oui ou non, commis ces crimes abominables ?

— Si je les avais commis, j'en serais fier, monsieur l'inspecteur, croyez-moi. Le héros que vous recherchez a simplement réussi là où la police et la justice se sont montrées d'une affligeante impuissance !

— Répondez à la question que je vous ai posée.

— Vous savez bien que la loi me l'interdit. Des aveux de ma part me mettraient directement derrière

les barreaux. Or, je n'aime rien tant que la liberté, comme le grand Hercule lui-même...

— Est-ce un défi, Mr Richardson ?

— Oui, si vous voulez : je vous défie de trouver une seule preuve pouvant conduire à mon arrestation !

— Votre vie à elle seule est une preuve, Mr Richardson.

— Oui, la preuve que je ressemble au grand Hercule et que je suis comme lui épris de justice. Ça oui, je veux bien vous le concéder, mais pas autre chose. Je n'ai commis aucune action condamnable, préjudiciable pour qui que ce soit, et j'ai la conscience parfaitement tranquille... sauf peut-être pour ce qui est arrivé à ma défunte épouse.

— Vous avouez donc être l'auteur de cet assassinat ?

— J'ai essayé, inspecteur, croyez-moi... Mais les autorités étrangères n'ont hélas pas voulu l'admettre ! Selon elles, je n'avais pas la possibilité matérielle d'avoir tué ma femme.

— Je ferai réviser l'affaire, ne vous inquiétez pas.

— Faites, inspecteur, faites. Je suis prêt à assumer la responsabilité de cette mort-là, mais pas celle des autres ! Le criminel que vous recherchez à rendu service aux hommes et à la société. Il a peut-être commis des meurtres, mais pas de fautes.

— Alors, vous avouez donc ces meurtres ?

— Si vous faites la preuve de ma culpabilité, de mon implication dans ces assassinats, alors je suis prêt à avouer tout ce que vous voudrez, inspecteur !

Ce dialogue de sourds dura ainsi tout au long des interrogatoires, avant qu'Hercule ne fût mis en présence des différentes personnes ayant aperçu l'homme-lion. La plupart d'entre elles furent assez enclines à le reconnaître, mais aucune ne le fit avec certitude. Au surplus, il y eut des témoignages contradictoires. Certains le voyaient un peu plus trapu, d'autres plus svelte. Sir Richard Gull et Lionel Cream, impliqués dans le cas de la biche aux cornes d'or, furent même assez sceptiques, estimant que l'individu à peau de lion venu leur parler sur le quai semblait plus petit. Finalement, malgré des présomptions de plus en plus lourdes, ces confrontations n'apportèrent aucune preuve décisive.

En revanche, ce qui porta un coup sérieux à l'assurance d'Hercule, ce fut la question de ses alibis. Dans aucune des huit affaires citées, il ne put justifier son emploi du temps. Pour les crimes qui dataient de plusieurs mois, c'était concevable, mais pour le dernier en date — la mort de Diomède —, cela l'était moins. S'il avait pu se montrer plus précis dans ses souvenirs, et prouver qu'il était ailleurs que dans les environs d'Elephant and Castle au moment du drame, il aurait pu se tirer définitivement d'affaire. Mais il n'y parvint pas. De plus, ses longues absences répétées, depuis l'automne dernier, ne jouèrent pas en sa faveur. Il ne consentit même pas à dire précisément ce qu'il faisait pendant ce temps, avouant tout simplement de vagues errances.

À partir de là, Wedekind pensait pouvoir constituer un dossier suffisamment solide pour que notre Hercule criminel ne puisse passer au travers des mailles du filet de la justice. Il attendait simplement l'ultime preuve, l'indice décisif qui ferait pencher la balance de manière irréversible. Nous approchions alors de juillet, mais il me faut revenir sur l'autre aspect de l'enquête, qui nous avait souvent vus à Greenway pour interroger longuement l'entourage d'Hercule ; c'est seulement à ce moment-là que toute l'ampleur de notre tâche nous était apparue et, on peut le dire, que le véritable cauchemar avait commencé. Progressivement, nous avions découvert les nombreux mystères que recelait la vieille demeure, ces faits absurdes qui s'entremêlaient confusément avec ces crimes, mais de manière tout à fait illogique. La toile de cette énigme devenait si dense que — force m'est de le reconnaître — tout autre qu'Owen aurait fini pas perdre pied ou y laisser sa raison.

L'atmosphère étrange de Greenway semblait autant émaner de ses vieux murs que de ses habitants. Que ce fût Mrs Richardson, son frère, le couple Novello, Derek ou la jeune Rita Draper, tous semblaient avoir quelque chose à cacher ou à se reprocher. Aucun d'entre eux n'était parfaitement naturel... à l'exception d'Hercule, c'était un comble !

Mais ce n'était là qu'un des aspects paradoxaux de notre affaire. Toutefois, le talent d'Owen parvint à trouver un talon d'Achille — je reprends là un calembour de mon ami, qui m'était évidemment destiné — dans la carapace somme toute fragile de ce petit monde replié sur lui-même. Il jeta en priorité son dévolu sur Neville Lloyd, qui révéla sans trop de difficulté quelques secrets de famille. Mon ami excellait à desceller les lèvres de ce genre de personnage, mondain et relativement érudit, qui vous livrait tout sur un plateau, pour peu que vous le flattiez adroitement en faisant valoir une sorte de complicité intellectuelle. Nous apprîmes ainsi bien des choses, allant des bizarreries de feu le colonel Richardson aux terreurs viscérales de Rita pour les dragons, en passant par quelques allusions à la « fidélité modérée » de sa sœur.

Ces nouvelles informations, loin de nous éclairer, ne firent qu'embrouiller le tout, mais l'épicentre du mystère se précisait. Tout, d'une manière ou d'une autre, convergeait vers cette « chambre chinoise » dont le colonel Richardson avait fait interdire l'accès. Hélas pour lui, les besoins de l'enquête levèrent cette interdiction, et c'est avec beaucoup d'émotion, je dois l'avouer, que nous nous introduisîmes pour la première fois dans le sanctuaire.

La poussière possède, comme la neige, cette vertu particulière de gommer les imperfections d'un paysage modelé par l'homme, de créer une sorte de flou artistique qui le rehausse, en soulignant sa beauté intrinsèque, en le rajeunissant, en le figeant en un instant du passé comme pourraient le faire les cendres volcaniques dans une ville surprise par une éruption.

J'eus cette impression en découvrant l'univers mystérieux de feu John Richardson. C'était là un véritable musée d'élégance, avec de nombreux objets précieux provenant d'Extrême-Orient : coffre, cabinet, écritoire, paravent, boîtes pagodes et autres bibelots. Les meubles étaient décorés de paysages et de scènes de la vie chinoise, protégés par cette épaisse laque, si typique de ce pays, et l'on retrouvait ces mêmes décors sur des peintures ou des estampes. La poussière en atténuait les couleurs vives, mais il suffisait d'un peu d'imagination pour se représenter ce monde endormi, se transporter au pays du Soleil-Levant, sentir son cœur frémir au son des arpèges cristallins d'une musique orientale, et voir les ravissantes musiciennes chinoises ou japonaises qui l'interprétaient.

Dans un coin de la pièce, près de la fenêtre, se trouvait un ensemble un peu particulier qui nous intrigua dès l'abord. Sur une sorte d'estrade remplie d'objets se dressait la représentation en bois, assez grossière, d'une femme enveloppée d'un drap. Sur sa droite veillait un tigre blanc, statuette en plâtre de la taille d'un gros chat. Sur sa gauche, une autre statuette, plus grande, représentait un dragon peint en bleu, qui nous avait été signalé comme étant celui qui avait tant effrayé Rita Draper. Un brûle-parfum et une grande coupe en bronze complétaient l'ensemble.

Trouvant le silence des lieux un peu pesant, mais aussi pour tirer Owen de sa rêverie — car je le voyais parti pour une longue étude d'observation de l'art chinois —, je déclarai :

— C'est là qu'aimait à se reposer le colonel Richardson pour respirer le charme enivrant de la Chine, dans ce havre de paix où...

— Respirer le charme enivrant de la Chine ? reprit-il. Vous ne croyez pas si bien dire, mon ami. Mais regardez un peu par là, sur les lambris... Songez que feu le colonel n'avait pas réprimandé sans raison l'enfant qui avait accroché un bonhomme de papier sur les murs de son salon. Il y en a deux ici, découpés dans du carton noir et accrochés à l'envers.

— Je les ai remarqués, vous pensez bien ! Et cela confirme mon opinion.

— Qui est ? m'interrogea Owen en levant sur moi un regard inquisiteur.

— Que cet homme était fou, sans l'ombre d'un doute. Les haies mutilées, l'ablation du tertre, la suppression d'un étage entier, tout cela sous prétexte d'un dragon, et sur fond de découpages de bonshommes... Pour moi, il ne fait aucun doute que le colonel Richardson était fou. Je veux bien à la rigueur lui prêter un sursaut de lucidité, quand il a pris conscience de son déséquilibre mental, avant de se donner la mort.

— Eh bien, moi, voyez-vous, je pense très exactement le contraire ! Je dis que cet homme était normal comme la plupart de ses concitoyens, responsable, croyant, soucieux du bonheur des siens, quoique pourvu comme tout le monde de quelques petits défauts, et que c'est uniquement sur la fin de ses jours qu'il a sombré dans la folie. Mais vous êtes merveilleux, Achille, car vous n'avez pas votre pareil pour vous fourvoyer ! Votre aide m'est précieuse, et je me blâme de ne pas en profiter suffisamment ! Combien de fois me suis-je dit, au terme d'une de nos enquêtes, qu'il eût suffi de vous écouter, d'en retenir le contraire, pour parvenir invariablement à la vérité !

Le gai soleil qui entrait à flots dans la pièce reflétait assez bien mes bonnes dispositions de cette heureuse journée d'été. Je pris donc l'attaque en douceur.

— Raillez-moi autant que vous voudrez, Owen. Je sais pertinemment que vous n'en menez pas large dans cette affaire.

Il ne parut pas tenir compte de ma remarque, épousseta avec agacement la manche de sa veste saumon, puis s'agenouilla pour examiner la figure grimaçante du dragon, en le regardant droit dans les yeux.

— Puis-je savoir ce que vous faites, Owen ?

— J'observe, mon cher, avec mes yeux et surtout avec mon esprit.

— Et que voyez-vous ?

— La tête de cette effrayante créature qui hante les nuits de la petite... Déjanire... Déjanire... Déjanire, répéta-t-il, à la fois songeur et réjoui. Achille, ne trouvez-vous pas curieux que le jeune Richardson ait fait baptiser miss Draper ainsi ?

— Il y a tellement de choses curieuses, que je n'en suis plus à une près !

— Mais vous savez qui est Déjanire, naturellement ?

— Un personnage mythologique, je présume ?

— En effet, mais non des moindres dans l'entourage du héros Hercule, puisqu'elle fut sa seconde femme.

Je m'approchai à mon tour du dragon bleu, puis dit :

— À la place de « Déjanire », voyez-vous, je ne serais

pas très rassurée... et j'irais vite voir ailleurs ! Vous rappelez-vous les confidences de son parrain à son sujet ? À propos de ce dragon qui hante ses cauchemars ?

— Bien sûr, Achille ! C'est l'un des détails les plus troublants de l'affaire.

— Il paraît qu'elle rêve également d'un homme qui cherche à l'étrangler... Ce qui pourrait bien finir par lui arriver tant que nous n'aurons pas mis ce malade sous les verrous !

Il hocha la tête, songeur, puis se releva. Tournant le dos au dragon avec résolution, il déclara :

— Venez, allons lui parler.

Nous trouvâmes miss Draper sur la pelouse à l'arrière de la propriété. Installée devant un chevalet, vêtue d'une robe de mousseline blanche et d'un canotier, elle peignait avec adresse un rosier palissé sur une colonne de décoration. Elle offrait elle-même un tableau fort charmant, avec son frais minois d'une beauté troublante. J'admirais également ses mains fines, qui, bien qu'un peu tremblantes, reproduisaient avec sûreté les couleurs et les formes des roses. Comme à regret, je la vis poser son pinceau quand Owen évoqua la question du dragon.

— Je ne voudrais plus parler de ça, murmura-t-elle avec lassitude. Je voudrais l'oublier.

— Nous vous comprenons parfaitement, mademoiselle, déclara Owen de sa plus belle voix. Mais fuir une vérité ne signifie pas l'éviter pour autant. J'aimerais que vous nous disiez tout sur cette question et sur vos cauchemars.

— Non, c'est ridicule !

— Ce n'est pourtant pas ce que pense votre parrain.

Il fallut beaucoup de persuasion de la part d'Owen pour la contraindre à épancher ses tourments, mais elle finit par parler. Nous n'apprîmes cependant rien de plus que ce que nous savions déjà.

— C'est absurde, jeta Owen quand elle eut terminé. Cela ne rime à rien...

— Vous voyez bien, bredouilla-t-elle, les joues roses d'émotion.

— C'est tellement absurde que cela doit donc avoir une signification ! reprit-il en portant sa main au front. Êtes-vous certaine de n'avoir jamais vu ce dragon auparavant ?

Elle marqua une hésitation.

— Enfin, peut-être sur une image ou un dessin... Mais jamais ici, je peux vous le jurer. (Puis, avec un regain d'inquiétude dans ses yeux clairs.) Croyez-vous vraiment que cela... a une importance ?

— J'en suis persuadé, mademoiselle. Mais j'aimerais à présent vous poser d'autres questions, plus personnelles, relatives au jeune homme qui, m'a-t-on dit, vous est cher...

Son visage se ferma aussitôt.

— Que voulez-vous savoir de lui ?

— Simplement s'il vous fait peur.

— C'est une question idiote, répondit-elle en faisant tomber son pinceau. Les filles... ont toujours peur de tout, vous devriez le savoir.

— Je me fie beaucoup à l'intuition féminine, miss Draper. C'est pourquoi je me permets d'insister.

Ses grands yeux bleus se mirent soudain à lancer des éclairs.

— Vous me demandez cela à cause des horribles choses dont vous l'accusez, n'est-ce pas ?

— Pas uniquement. Comprenez simplement que votre rêve a des allures prémonitoires, qui justifient elles aussi ces soupçons.

Elle se raidit et, après une sorte de combat intérieur, lâcha :

— Eh bien, oui... Mais c'était surtout au début. J'ai cru dur comme fer tout ce qu'on racontait sur lui, ces colères d'adolescent montées en épingle et autres exagérations. Mais ensuite, peu à peu, j'ai réalisé l'homme qu'il était réellement.

— Ne fut-il pas récemment à deux doigts de vous frapper, lorsque vous vous êtes introduite dans la « chambre chinoise » ?

— Nous étions alors tous énervés... et moi la première, répondit-elle dans un soupir, avant d'ajouter d'un air soumis : Je crois honnêtement qu'à ce moment-là, une bonne gifle m'aurait fait le plus grand bien et remis les idées en place...

— Ne jamais contrarier une femme amoureuse, telle est la règle première qu'on devrait enseigner à tout bipède mâle en passe de devenir un homme ! énonça sentencieusement Owen, tandis que nous regagnions l'intérieur de la demeure. Non seulement cela ne sert à rien, mais en plus, elle s'entête !

— Et si nous disions tout simplement que l'amour rend aveugle ? suggérai-je.

Owen me jeta un coup d'œil sévère et grommela entre ses dents :

— Hmm... Vous avez peut-être raison. Néanmoins, quelque chose me dit que notre Dulcinée cache quelque chose...

— Elle n'est pas la seule dans ce cas ! Même le prolixe ex-steward m'a paru assez mal à l'aise quand nous avons abordé certains sujets, comme ce surprenant héritage...

Owen me sourit d'un air entendu.

— Ça ne m'a pas échappé, rassurez-vous, mais je crois avoir compris de quoi il retourne. Venez, nous allons faire un tour dans la galerie des portraits, puis nous aurons avec Mrs Richardson une petite conversation qui devrait se révéler fort instructive, car elle, c'est certain, doit pouvoir nous éclairer sur feu son mari.

Avant la galerie des portraits proprement dite, il y avait une petite place sur les lambris, réservée à des photos de famille, plus récentes et moins austères que celles des aïeux de la famille Richardson.

— Qui voyez-vous là ? me demanda Owen en posant son doigt sur deux officiers photographiés dans une ruelle chinoise.

— Le père Richardson, le plus âgé des deux, et l'autre, sans doute ce fameux ami de la famille...

— Bel homme, n'est-ce pas ? Grand, fort, de la prestance, blond... Rajeunissez-le de dix ou vingt ans, et dites-moi s'il ne vous fait pas penser à quelqu'un de la maison ? La photo n'est pas fameuse, certes, mais avec ce que nous savons, on pourrait aisément...

— Bon sang ! m'exclamai-je. Ne me dites pas que...

— Si, trancha Owen en pivotant sur les talons et en me faisant signe de le suivre. Venez, nous allons demander confirmation à la personne la mieux placée pour y répondre.

25

Récit d'Achille Stock (suite)

Mrs Richardson remercia la bonne qui venait de nous servir le thé, puis regarda autour d'elle avec une calme satisfaction, disant :

— John avait fait construire cette terrasse sur un coup de tête, mais il me faut admettre qu'elle nous rend de grands services par beau temps, comme aujourd'hui. Il est bien plus agréable de se reposer à l'ombre qu'au milieu de ce flamboiement. John avait pourtant l'habitude du soleil, mais il disait toujours qu'il faut savoir se ménager un coin de fraîcheur, plus propice à la réflexion...

— Ce qui explique mieux cette retraite personnelle qu'il s'était réservée dans la maison, fit remarquer Owen avec un feint détachement. Cette « chambre chinoise », bien mystérieuse pour nombre de personnes vivant sous votre toit...

Un sourcil de la veuve se plissa imperceptiblement, mais elle ne dit mot.

— Mais probablement pas pour vous, Mrs Richardson, reprit brièvement le détective. Ni pour moi, d'ailleurs, depuis que je l'ai visitée ce matin. Je crois avoir compris ce qu'il y faisait et ce qui a fait courir les plus étranges rumeurs à son sujet, telle une maîtresse venant le rejoindre en cachette, et en présence de qui il aurait brûlé des lettres compromettantes.

— John, une maîtresse? s'exclama Mrs Richardson. Mon Dieu, comme les gens sont médisants! Quelle idée, vraiment! C'est aussi stupide que si moi-même, je...

— Oui? s'enquit Owen, tandis que les mots de la veuve s'étaient arrêtés sur ses lèvres. Je suppose que vous vouliez dire aussi absurde que si vous-même aviez un amant, n'est-ce pas?

Elle acquiesça, rouge de confusion.

— Eh bien, croyez-le ou non, poursuivit Owen avec fermeté, cela aussi est une rumeur, quoique beaucoup plus ténue. Cependant, elle eût pu être bien plus répandue si les gens avaient été un peu plus observateurs. Mais ne dit-on pas que l'on est toujours aveugle vis-à-vis de soi-même ou de ses proches?

— Si ce sont des allusions, monsieur, sachez que...

— ... Que je ne me complais pas du tout dans mon rôle, madame, mais que je recherche simplement la vérité, afin de clarifier une situation gênante pour tous. Je suis obligé pour cela de faire au passage toute la lumière sur les zones demeurées obscures, de violer des jardins secrets, de faire resurgir des souvenirs enfouis, parfois pénibles à évoquer il est vrai. Aussi n'irai-je pas par quatre chemins pour vous dire les raisons qui ont poussé un certain Mr Roy Russell à choisir pour légataire universel votre dernier fils, Hercule, qui — soit dit entre parenthèses — lui ressemble fort, en tout cas bien plus qu'à votre mari...

Le veuve voulut parler, mais en vain. Les fines rides qui sillonnaient son beau visage parurent se creuser, tandis que son regard prenait une expression lointaine.

— C'est le père de l'enfant, n'est-ce pas? la pressa Owen.

Elle acquiesça en déglutissant :

— Pour la mémoire de John, j'ai toujours tenu à garder ce secret. Même Hercule lui-même n'en sait rien. Voyez-vous, Roy était un ami d'enfance... auquel on ne pouvait rien refuser. Il obtenait toujours tout de tout le monde. John était même très fier de l'avoir pour ami, de me le ramener un jour de permission comme une bonne surprise, ce vieux flirt d'enfance, avec qui il s'était lié plus ou moins grâce à moi. John avait confiance autant en son ami qu'en moi-même.... Mais il s'était trompé doublement. J'avais plus ou moins réussi à juguler mes sentiments, jusqu'au jour où Roy fut obligé de prolonger sa permission à cause d'une chute de cheval... John est reparti seul pour la Chine. Je m'en souviens bien, c'était en 1886, Hercule étant né l'année suivante...

Owen observa un silence, l'air grave, qui contrastait fort avec l'exubérant gazouillis des oiseaux postés sur le rebord du toit. Puis il demanda :

— Votre mari était-il au courant ?

Mrs Richardson prit son temps pour répondre :

— Je ne crois pas.

Owen prit un air étonné.

— Je ne crois pas, reprit-elle, car nous n'en avons jamais parlé.

— Vous aviez donc eu des soupçons à un moment donné ?

— Oui, bien sûr. Mettez-vous à ma place. À deux semaines près, ce pouvait très bien être son enfant, donc ce n'est pas cet aspect des choses qui m'inquiétait. J'avoue que John m'avait paru un peu étrange en apprenant la venue de cet enfant, que nous n'attendions évidemment pas. Il était là pour sa naissance, il l'avait revu l'année suivante, et depuis lors, il l'avait couvert d'affection et avait veillé sur lui davantage que sur Vera ou

Derek au même âge. Hercule n'avait que 3 ans quand John a pris sa retraite, et l'on peut dire qu'il s'en était occupé presque exclusivement. Donc je ne crois pas, vraiment, qu'il se soit douté de quelque chose.

— Votre mari s'est donné la mort il y a deux ans, n'est-ce pas ? Et c'était peu de temps après que Hercule eut hérité de la fortune de Roy ? Ne pensez-vous pas que ces deux événements puissent être liés ?

Après avoir versé le thé dans nos tasses d'une main peu assurée, Mrs Richardson répondit :

— Autrement dit : cet héritage lui aurait-il ouvert les yeux sur ce qu'il se refusait toujours de croire ?

— Avouez que c'est assez troublant ! De plus, on m'a également signalé que votre mari était plutôt taciturne, voire aigri, les semaines qui ont précédé sa mort, ce qui semble assez logique, en fait, pour quelqu'un qui a décidé de mettre un terme à ses jours. Mais comme cela fait suite à cet héritage surprise...

— On vous a bien renseigné, Mr Burns. Mais John souffrait en silence d'un autre mal. Une maladie presque incurable, qui le rongeait... mais que vous avez devinée, n'est-ce pas ?

Owen fit signe que oui, mais l'étincelle qui passa dans ses yeux m'en fit douter.

— Il avait évidemment rapporté cette maladie de Chine, bien qu'il eût toujours critiqué vivement la politique de notre gouvernement, qui avait introduit ce poison dans le pays. Il ne m'a jamais dit exactement quand il s'est mis à consommer de l'opium, mais à mon avis, c'était peu de temps avant qu'il ne revienne définitivement, car je n'avais rien remarqué auparavant. Évidemment, il faisait tout pour la cacher, car cette détestable habitude n'était pas du tout en accord avec les idées qu'il professait sur la dignité de l'homme. Au début, il se contentait de fumer dans sa chambre, et c'est pour cette raison qu'il exigeait, bien sûr, qu'on ne l'y dérange sous aucun prétexte. Ensuite, il s'est mis à fréquenter un de ces infâmes salons spécialisés dans les quartiers est de la capitale... Il partait et revenait en général au bout de deux jours, ou trois dans les cas extrêmes. Il a cependant toujours réussi à ne pas dépasser une certaine dose.

— Et personne d'autre que vous ne l'a su dans votre famille ?

— Non, mais il a lutté et s'est organisé pour cela. Puis, c'est vrai, il a commencé à sombrer à peu près au moment de cet héritage, mais je crois que ce n'était que la suite logique de son vice. Outre ses souffrances morales, il se plaignait de plus en plus de son estomac, de sa mauvaise digestion. Il avait atteint un point de non-retour et avait réalisé qu'il ne pouvait plus lutter, ni garder un semblant de décence ; aussi a-t-il préféré partir avant la déchéance complète...

— Vous l'a-t-il dit explicitement ?

— Non, mais je l'ai compris.

— Connaissez-vous l'établissement à Londres auquel vous faisiez allusion ?

— Oui, c'est *La Fleur des rêves.* Mais je n'y suis jamais allée personnellement.

— Je vois. C'est du côté de Limehouse ?

— C'est ce qui me semble, en effet.

Tout en contemplant la tasse qu'il tenait délicatement entre ses doigts, Owen demanda après un silence méditatif :

— Et hormis cela, il n'avait aucune autre activité particulière dans sa pièce de repos ?

— Pas à ma connaissance, mais j'aurais volontiers troqué n'importe quelle manie contre cette dépendance qui l'a brisé sur la fin de ses jours.

— Il y a encore un point sur lequel j'aimerais revenir, Mrs Richardson, relatif à la personnalité du vrai père d'Hercule. Vous êtes sans doute la personne la mieux placée pour y répondre, bien que votre jugement risque d'être quelque peu altéré par une légitime partialité. Ce qui m'a surpris, c'est que tout le monde, en me parlant de cet homme, soulignait son aura personnelle, comme si son charme avait quelque chose de magique, comme s'il s'agissait vraiment d'un être d'exception.

— Il l'était, Mr Burns. Outre son apparence, il émanait de lui quelque chose de profondément pur et honnête qui vous saisissait dès qu'il parlait. Notre liaison fut à ma connaissance sa seule faute, si l'on peut dire. C'était en plus un idéaliste, un homme qui ne calculait pas, généreux, au comportement à la fois noble et humble.

— En un mot, une sorte de dieu?

— Oui. C'est ce que je pensais à l'époque... et maintenant encore.

— C'est ce que tout le monde pensait, reprit Owen. Et c'est cela, en fait, qui me tracasse beaucoup.

— J'ai peur de ne pas vous comprendre...

Owen jouait avec ses doigts tout en secouant la tête. Je le devinais fort contrarié. Il dit enfin :

— Car, voyez-vous, si l'on part du principe que son père était un dieu, et vous madame, une simple mortelle, nous avons à la clé de cette union, en toute logique, un enfant demi-dieu... comme l'Hercule de la légende, né de l'union clandestine d'Alcmène et du grand Zeus lui-même. Ce qui nous fait une nouvelle coïncidence... Et cela fait beaucoup. Trop, même ! J'ai la réputation d'être un logicien hors pair, à même d'expliquer les choses les plus inexplicables... Mais le cas de votre fils devient vraiment extraordinaire !

26

Récit d'Achille Stock (suite)

En franchissant les grilles de Greenway dans le fiacre qui nous ramenait à la gare, nous aperçûmes Hercule et Déjanire rentrant tous deux d'une promenade à cheval.

— Il faut reconnaître que c'est un couple bien assorti, fis-je remarquer.

— Ils sont beaux, jeunes et riches, énuméra Owen avec un sourire amer. Mais il y a une ombre au tableau, et elle est de taille, puisque nos deux tourtereaux risquent fort de bientôt connaître les affres de la séparation, lorsque notre Hercule ira faire un séjour chez le seigneur des ténèbres.

— Vous vous plaisez aussi à suivre les détails de la légende, n'est-ce pas ?

— J'essaye simplement de me mettre dans la peau du personnage, afin de percer à jour ses monstrueux desseins.

Je restai un moment silencieux, secoué par les cahots de notre voiture, qui filait au trot à travers bois. La voûte de feuillages mouchetés de lumière s'ouvrit devant nous, révélant les maisons du village de Woodhall, blotties dans un pli de la vallée, autour de l'église, comme des moutons regroupés près du berger. Les rayons déclinants du soleil éclairaient cette aimable vue bucolique, si peu en accord avec la sinistre série de crimes qui nous occupait. Pourtant, en dépit de son étrange attitude, je commençais à douter de la culpabilité du jeune Hercule. Il paraissait invraisemblable qu'un si séduisant jeune homme eût pu vendre son âme au diable.

— Sommes-nous vraiment sûrs qu'il est notre meurtrier? demandai-je après un instant.

— On n'est jamais sûr de rien, répondit Owen. Je suis loin de partager l'optimisme de Wedekind, qui croit dur comme fer, d'une part, que notre suspect est coupable, et d'autre part, qu'il s'effondrera si nous continuons notre pression. Des aveux détaillés nous faciliteraient beaucoup la tâche, j'en conviens, mais je ne me berce d'aucune illusion. Le criminel que nous traquons a fait plusieurs fois la démonstration de son adresse et de son intelligence. Il doit savoir que pour le confondre, nous devrons faire la preuve de chacun de ses crimes et en expliquer notamment le *modus operandi,* avant même de pouvoir l'accuser. Car comment expliquer l'incroyable envol des frères Sullivan dans l'affaire des « oiseaux du lac Stymphale »? Le criminel aurait-il surgi des nuages? Ou encore le cas du « sanglier d'Érymanthe », où l'intervention criminelle n'est nullement démontrée, voire difficilement démontrable? Sans parler des autres prodiges...

— Et vous n'avez encore rien trouvé à ce sujet?

Owen eut un geste de modestie affectée.

— De petites choses, çà et là, mais rien de suffisamment précis pour y voir clair.

Il ferma les yeux, porta ses doigts au front, comme pour soutenir une tête très lourde, chargée de l'ensemble du mystère, puis dit soudain d'une voix changée :

— Mais ne nous plaignons pas. La journée a été riche d'enseignements. Je suis du reste très satisfait de moi, puisque j'ai réussi à arracher à Mrs Richardson des aveux inattendus.

— Je l'avais remarqué. Vous ignoriez que Richardson s'adonnait à l'opium, n'est-ce pas ?

— C'est vrai, mais je n'aurais pas tardé à l'apprendre. D'un autre côté, j'ai été aussi surpris de constater qu'elle n'était pas au courant de la seconde activité de son mari... celle qui l'a amené à entreprendre des travaux aussi étranges que la suppression d'un étage entier, par exemple.

Malgré le bouillonnement de mon intellect, je lui demandai très poliment :

— Je vous serais très reconnaissant, Owen, de bien vouloir m'éclairer sur la question.

— Pas tant que je n'aurai pas acquis de certitude ! Je vous connais trop bien, Achille, pour savoir que vous prendriez plaisir à me railler, si d'aventure ma théorie se révélait fausse ! Afin d'être sûr de mon affaire, il me faut encore vérifier quelques points de routine, ce que je vais probablement déléguer à Wedekind. Il dénichera, sans doute mieux que moi, quelque vieil ami du colonel Richardson et fera preuve de plus de patience pour tamiser ses vieux souvenirs de Chine.

Je savais que dans ces cas-là, il était inutile d'insister, mais en plus de dix ans d'enquêtes communes, je ne m'étais toujours pas habitué à ce malin plaisir qu'il prenait à me tenir dans l'ignorance, sous des prétextes qui du reste ne variaient guère. Un peu vexé, je gardai le silence jusqu'à notre installation dans le compartiment du train et lui demandai alors si les aveux de Mrs Richardson jetaient une lumière vraiment nouvelle sur l'ensemble du mystère.

— Sans aucun doute, même si cette lumière reste encore assez opaque. La naissance d'Hercule est l'élément clé de toute l'affaire, c'est évident. D'une manière ou d'une autre, il est le héros de l'histoire, volontairement ou non. C'est lui qui mène, ou qui est censé mener, tambour battant, ces douze travaux... Mais cela me fait songer à un autre détail curieux, Achille, à propos des tablettes. Vous souvenez-vous du témoignage de Michael Novello, le gendre de Mrs Richardson ? C'est lui qui nous avait rendus attentifs à leur changement de disposition, mais hélas, il était à peine plus précis que les autres, n'étant pas en mesure de nous dire exactement quelles tablettes avaient été retournées. Cependant, il semble sûr d'une chose : leur nombre, neuf. Or, à ce jour, nous n'avons comptabilisé que huit crimes, ou huit travaux.

— Serions-nous passés à côté d'un travail ?

— C'est possible... Mais d'un autre côté, le criminel semble avoir jusqu'ici scrupuleusement suivi l'ordre chronologique de ces exploits, si l'on se réfère à la légende.

— Et qu'en concluez-vous ?

— Rien, sinon que c'est étrange. Il ne nous reste donc plus qu'à attendre le suivant.

— Vous plaisantez ?

— Non, hélas !

— Et quel serait ce neuvième travail ?

— S'emparer de la ceinture d'Hippolyte, la reine des Amazones, énonça posément Owen. Or, pour ce faire, il faut le savoir, le grand Hercule n'avait pas hésité à tuer l'Amazone.

— Tuer l'Amazone, répétai-je pensivement. Cela pourrait s'appliquer à n'importe quel cavalier.

— Oui, mais avec une petite préférence pour le sexe faible tout de même, précisa Owen. Hélas ! Nous n'en sommes même pas sûrs, vu que l'ordre des travaux pourrait avoir été bouleversé, comme je l'ai dit. Ce pourrait donc être le dixième, la « capture des troupeaux de Géryon », ou les suivants : « cueillir les pommes d'or du jardin des Hespérides »... « capturer Cerbère, le gardien des Enfers »...

Je secouai la tête.

— Vraiment, je ne pense pas que notre Hercule, s'il est l'homme que nous cherchons, serait assez fou pour se risquer à poursuivre son programme !

— La comédie a assez duré ! On s'est moqué de nous ! Je viens d'avoir la preuve formelle de son imposture. Venez, nous allons tirer ça au clair !

C'est sur ces abruptes paroles que nous accueillit l'inspecteur Wedekind après nous avoir conviés à son bureau de Scotland Yard, en ce dernier jour de juin, vers la fin de l'après-midi.

La nuit tombait lorsque nous arrivâmes à Greenway. Toute la maisonnée fut réunie dans le salon, et la tension montante était presque palpable. L'atmosphère était à l'orage. La mine sombre et le ton glacial de Wedekind ne laissaient aucun doute à ce sujet. D'abord, durant une demi-heure, le policier s'employa à résumer l'ensemble des déclarations qui avaient été faites, concernant notamment les noms et les qualités de chacun. Il était clair qu'il avait une idée derrière la tête, que ses paroles prononcées très posément et ponctuées de longs silences recelaient quelque piège. Hercule, rendu nerveux par le stratagème de Wedekind, allait et venait devant la cheminée, jouant inlassablement avec ses osselets.

— Miss Rita Draper, déclara soudain l'inspecteur qui venait de s'arrêter devant la jeune fille, en la regardant des pieds à la tête d'une manière qui aurait pu être équivoque en toute autre circonstance. Miss Draper, pourriez-vous nous dire depuis combien de temps vous avez trouvé refuge sous ce toit?

L'interpellée jeta autour d'elle un regard inquiet, comme pour chercher du secours, puis répondit :

— Environ deux mois.

— Et à quel titre êtes-vous ici?

Sa pâleur naturelle s'accentua et elle tendit un index tremblant vers Neville Lloyd.

— Je suis la filleule de... J'ai... Mon père...

— Votre père? Parlons-en, justement. Je viens d'avoir aujourd'hui même des informations le concernant. Il est mort depuis près de vingt ans, après vous avoir confiée à un orphelinat, en prétendant ne plus pouvoir s'occuper de vous depuis la mort en couches de votre mère. Ce n'est pas sa déclaration que je mets en doute, mais le fait qu'il ait connu Mr Neville Lloyd, ici présent, et surtout qu'il l'ait choisi comme parrain. Ce n'est en tout cas pas son nom qui apparaît dans les registres de la paroisse concernée. Qu'avez-vous à répondre à ceci, Mr Lloyd?

L'ancien steward grimaça un sourire, démenti par le geste nerveux de sa main qui lissait ses cheveux.

— Eh bien... je suis fort surpris, en vérité.

— Êtes-vous toujours bien sûr d'être le parrain de miss Rita Draper?

Son sourire s'accentua, mais ne laissait transparaître aucune gaieté.

— Un peu moins, maintenant que vous le dites.

— Devons-nous admettre que c'est cette jeune fille qui est venue à vous pour vous le faire croire?

— Eh bien... pas exactement... Non...

— À la bonne heure, fit le policier avec un sourire félin. Nous progressons. C'est donc l'inverse.

— Pas exactement non plus...

Wedekind secoua la tête, affectant de la surprise, puis se retourna vers miss Draper :

— Pourriez-vous nous aider, mademoiselle ? Nous expliquer, mieux que ce monsieur, les raisons de votre présence ? Enfin, n'ayons pas peur des mots, de votre imposture ?

Les larmes qui embuaient les grands yeux clairs de la jeune fille se mirent à rouler le long des joues, puis elle bredouilla, baissant la tête :

— On m'a demandé de venir, monsieur... On voulait même me payer...

L'inspecteur voulut continuer, mais fut devancé par Hercule qui s'était approché de Rita et la regardait avec une stupéfaction grandissante.

— Te payer ? Et pour quoi faire, ma chérie ?

Rita fut incapable de le lui dire, venant d'éclater en sanglots, la tête entre les mains. Hercule la saisit par la taille, comme on s'empare d'une poupée de chiffon, et l'on voyait à ses muscles faciaux qu'il se faisait violence pour ne pas la secouer. Wedekind lui ordonna de la lâcher et parvint quelque peu à calmer la jeune fille, qui semblait uniquement soucieuse de convaincre son bien-aimé.

— Cela ne change rien entre nous, Hercule... Je te supplie de me croire... Si je ne t'en ai pas parlé, c'est parce que...

Ses yeux s'étaient arrêtés sur Vera Novello, qui resta figée comme une statue l'espace de quelques secondes, avant de hausser les épaules.

— C'est bon... Je vais tout vous expliquer, inspecteur. Inutile de prolonger cette stupide comédie, qui ne fait qu'aggraver une situation déjà assez pénible par elle-même. Mais il faut savoir qu'au départ, tout est la faute de mon imbécile de frère...

— Pardon ? fit Hercule en roulant des yeux stupéfaits.

— Oui, ta faute, Hercule ! C'est ton entêtement stupide qui nous a obligés à prendre des mesures extrêmes. (Le ton était à présent franchement accusateur.) Ce projet de nouveau testament en faveur d'œuvres diverses nous a fait craindre le pire... Nous t'avions mille fois expliqué que nous ne pouvions nous payer le luxe de telles fantaisies ! Que nous avions tous besoin de cet argent, ne serait-ce que pour entretenir cette maison ! Qu'il aurait été judicieux aussi de le confier à Michael ! Mais tu n'as rien voulu entendre ! Tu restais totalement sourd à nos conseils, à nos supplications. Tu ne pensais qu'à ta Patricia, qu'à essayer de trouver un moyen pour soulager ta conscience, te croyant — du reste à tort — responsable de sa mort. Cette idée de laisser partir ainsi tout cet argent, dont nous avions tant besoin, nous rendait malades... Et ton chagrin, ton désespoir, qui empiraient de semaine en semaine, tes fugues répétées, sans jamais nous prévenir... Non seulement nous ne savions pas si tu avais déjà pris des mesures juridiques, mais en plus, nous redoutions que tu suives la voie de papa, qu'un beau jour, on nous apprenne que ton corps venait d'être repêché dans la Tamise. Oui, tu étais tellement pitoyable que nous envisagions vraiment un tel drame ! Nous avons alors décidé en commun de prendre des mesures...

Vera se tourna vers son mari, qui prit le relais après s'être éclairci la voix :

— Un jour, en rentrant de Londres, j'ai remarqué une fille qui ressemblait fort à Patricia. Elle semblait elle-même assez désemparée. Je l'ai suivie, puis j'en ai parlé à ta sœur. Nous avons alors eu cette idée, et nous en avons discuté avec les autres. Tous, nous avons été d'accord pour agir, pour demander à cette jeune fille de nous prêter main-forte.

— C'est moi qui suis allée la trouver, reprit Vera avec

fermeté, en venant se placer devant Hercule dans une attitude de défi. Je lui ai demandé, moyennant finance, de tout faire pour ressembler à celle que tu ne cessais de pleurer ! Tu as bien compris ? Nous sommes tous coupables d'avoir essayé de te sauver ! Maintenant, tu peux faire de nous ce que tu veux, nous étrangler les uns après les autres de tes propres mains, ou jeter par la fenêtre tout ton argent, ce qui reviendrait à peu près au même ! Tu nous tiens, nos vies t'appartiennent, tu as sur nous droit de mort. Fais comme bon te semble.

Hercule clignait des yeux comme s'il n'avait pas saisi le sens de cette tirade. Il jeta un lent regard circulaire dans la pièce, mais ne rencontra que des visages baissés en signe d'assentiment, puis se tourna vers Déjanire, « sa Déjanire », comme pour chercher un ultime appui face à ce complot généralisé.

Il y avait quelque chose de pitoyable à voir cet athlète demander d'une voix aussi pathétique :

— Pas toi, Déjanire ? Pas toi, n'est-ce pas ? Dis-moi que je rêve... Que tout ceci est faux... Que tu n'as jamais pris part à la cabale de ces félons...

Entre deux sanglots, elle répondit d'une voix à peine audible :

— Cela ne change rien entre nous, Hercule... Vraiment rien... Ce ne sont que les circonstances de notre rencontre qui... qui...

— *Non, pas toi... Ce n'est pas possible !*

Hercule s'était presque mis à genoux, quand soudain il se redressa, comme pris d'un sursaut d'orgueil. De toute sa hauteur, alors, il la couvrit de son mépris en la toisant des pieds à la tête, tandis qu'il serrait ses poings à s'en faire blanchir les phalanges.

À ce moment-là, l'inspecteur Wedekind dut envisager une action immédiate, car il venait de nous adresser un regard éloquent. Owen n'était pas un lutteur-né, mais en ce qui me concernait, je savais me servir de mes poings et me disais que, forts du nombre, nous devrions avoir des chances de maîtriser le fougueux et redoutable Hercule.

La veine bleue sur son front se gonflait anormalement, comme prête à éclater, puis le jeune homme se détourna soudain, s'empara de la lourde table basse devant la cheminée, la souleva comme si elle était faite de carton et la jeta au sol, avec une violence dont je garde aujourd'hui encore le souvenir. L'assemblée entière sursauta en reculant. Après quoi, il nous gratifia tous d'un regard méprisant, puis se dirigea vers la porte d'un pas décidé.

— Restez là ! ordonna Wedekind avec hargne — et, je dois le dire, beaucoup de courage. Nous avons encore à parler !

— Et moi, j'ai à faire !

Il gagna la porte, l'ouvrit, puis se retournant, écarlate et les yeux étincelants, ajouta :

— Si on vous demande quoi, dites qu'Hercule à quelques travaux à terminer...

Sur ces mots, la porte claqua, puis quelques secondes plus tard, ce fut au tour du lourd battant de chêne de l'entrée. On eût dit un lointain coup de tonnerre, ébranlant la maison entière. Au bout d'une minute, qui nous avait laissés sans réaction, nous entendîmes des hennissements, puis le bruit d'un cheval partant au galop.

IX

LES TROUPEAUX DE GÉRYON

27

Une voiture de police vint rechercher les détectives vers 11 heures du soir. L'inspecteur de Scotland Yard ne quitta Greenway qu'après avoir maintes fois renouvelé ses mises en garde, craignant un éventuel retour d'Hercule et surtout quelque action vindicative de sa part. En outre, il ordonna à deux de ses hommes de veiller cette nuit sur la demeure. L'un monta la garde dans le hall et le second fut chargé d'effectuer des rondes à l'extérieur.

Vers minuit, la maisonnée alla se coucher. Le moral était au plus bas. Neville Lloyd eut beau répéter que cette mise au point était une épreuve incontournable, qu'elle soulagerait tout le monde, passé un premier moment de stupeur, et qu'il valait mieux que cet instant fût désormais derrière eux, aucun visage ne manifesta le moindre signe de réjouissance. « Déjanire », quant à elle, après plusieurs crises de larmes, paraissait effondrée. Elle ne refusa pas le somnifère que lui prépara Lloyd, mais en vidant son verre, elle affirma que toutes les drogues du monde ne lui permettraient pas de trouver le sommeil tant qu'Hercule ne serait pas revenu.

Après avoir réintégré sa chambre, elle se déshabilla, enfila sa chemise de nuit, retira les draps et se jeta sur le lit en se demandant par quel miracle elle pourrait fermer l'œil. Son état d'agitation était si extrême qu'elle éprouvait des fourmillements de la tête aux pieds. Une onde de chaleur l'inonda. Elle se releva, ouvrit en grand la fenêtre et jeta un coup d'œil au-dehors. Un croissant de lune éclairait la pelouse et elle eut juste le temps d'apercevoir l'ombre du vigile disparaître au coin de la maison. Elle haussa les épaules, puis se recoucha. Elle sentit alors comme une torpeur l'engourdir et se dit que Neville Lloyd n'avait pas ménagé la dose du sédatif. Elle glissa alors dans le sommeil, mais sans pour autant connaître la paix.

Ses obsessionnelles visions revinrent la tourmenter et cette nuit-là, le dragon bleu se montra plus menaçant que jamais. Il tournoyait au-dessus d'elle, déployait ses ailes et son long corps recouvert d'écailles luisantes. Sa tête lépreuse, moustachue et barbue, hérissée de grosses antennes, crachait sur elle une épaisse vapeur pourpre. Voulait-il la chasser ou la dévorer ? Elle n'aurait su le dire. Elle se vit alors en guenilles, recroquevillée, sur les rives d'un fleuve... Sans doute le Gange ou le Yang-tseu-kiang. Elle mendiait, implorait la clémence des passants, comme si chacun constituait une menace mortelle pour la pauvre créature qu'elle était devenue. Les maisons qui se dressaient autour d'elle étaient sommées de toits en pagodes, mais elle avait à peine le temps de les voir, que déjà le terrible dragon se chargeait de les faire disparaître dans un nuage de fumée incandescent. De nombreuses créatures rampantes sortaient du fleuve, des serpents et des crocodiles, qui semblaient se consulter quant à la direction à prendre... Puis, l'apercevant, leurs yeux jaunes brillèrent de gourmandise et lentement, en un accord tacite, ils convergèrent vers elle... Elle se mit à courir, traversa une jungle étouffante et humide, barrée de lianes, hantée d'oiseaux effrayants, où apparaissaient, çà et là, quelques ruines de vieux temples hindous. Parfois, elle rencontrait des enfants... De petits enfants aux joues creuses, avec de grands yeux noirs suppliants. Malgré les immondes créatures qui la talonnaient, elle s'accordait quelques secondes pour les prendre dans ses bras, les serrer fort contre elle en pleurant à chaudes larmes, comme pour profiter de ces ultimes instants de bonheur. Puis elle repartait de plus belle, s'enfonçant dans des marécages visqueux. Ses membres étaient horriblement freinés par une boue de plus en plus épaisse, qui semblait cependant faire le bonheur des sauriens et des serpents. Elle redoubla d'efforts, mais les reptiles gagnaient toujours du terrain sur elle. Quand elle sentit ses forces l'abandonner, elle se débattit avec la fureur du désespoir, puis quelque chose de lisse lui frôla les pieds. Elle poussa alors un cri et se réveilla en sursaut, moite de sueur et le cœur battant la chamade...

Tâtonnant à la recherche de la boîte d'allumettes sur sa table de chevet, elle s'adressa de vifs reproches, persuadée d'avoir une fois de plus tiré la famille Richardson de son sommeil. Seul le constable de faction à l'extérieur se manifesta en lui demandant par la fenêtre entrebâillée si tout allait bien. Elle lui répondit que oui tout en allumant sa lampe. Son cauchemar lui semblait si réel qu'elle voulait voir, ne fût-ce qu'un instant, le décor rassurant de sa chambre. Elle sentait encore un contact froid à ses pieds, tandis que ses yeux papillotaient pour s'habituer à la lumière...

Dehors, le policier de faction, rassuré, s'était retourné afin de poursuivre sa ronde. Il ne fit que quelques pas avant de s'immobiliser, terrassé par un cri strident...

28

Récit d'Achille Stock (suite)

Juillet

Ce jour-là, je pris mon *breakfast* bien après l'heure du déjeuner et allai juste faire une courte promenade au-dehors pour acheter l'édition du *Times* de l'après-midi. Après notre retour de Greenway, Owen et moi avions encore longuement discuté de l'affaire qui nous occupait, bien que de manière stérile, et j'avais tardé à trouver le sommeil, revivant sans cesse les dramatiques explications de la famille Richardson et la brutale prise de congé d'Hercule.

C'était une journée nuageuse, et moi-même je me sentais l'esprit assez brumeux après les événements de la veille. Je parcourus rapidement le quotidien. Un titre en première page retint tout particulièrement mon attention : « Corrida surprise à King's Cross. » Non sans amusement, je lus l'article relatant un incident peu banal et tout récent, puisqu'il datait de ce matin même. De très bonne heure, les abords de la gare avaient été pris d'assaut par une dizaine de taureaux, sans doute rendus furieux par les tramways, les passants, les panneaux, les enseignes ou tout autre chose de couleur vive s'offrant à leurs regards courroucés. Ce fut très rapidement la panique générale, une cohue indescriptible, qui eut pour effet d'attiser la fureur des ruminants. On se réfugiait à qui mieux mieux, et essentiellement en hauteur — les bras d'une statue, le haut d'un lampadaire, le toit d'un kiosque ou d'un véhicule —, car les autres endroits n'étaient pas très sûrs, les taureaux n'hésitant pas à enfoncer les devantures des établissements publics. Par miracle, il n'y eut pas de blessé grave, mais il fallut des moyens considérables aux forces de l'ordre pour parvenir à capturer ces écumants quadrupèdes, et la question venait tout juste d'être réglée au moment où étaient imprimées ces lignes.

Je souris en reposant le journal, lorsque résonna la sonnette de l'entrée. J'allais ouvrir à un Owen rouge d'excitation, qui me somma d'interrompre mon repas et de le suivre toutes affaires cessantes.

Notre fiacre cahotait sur les pavés de Tottenham Court Road, quand il daigna me donner des explications. Son ton sec et mordant me disait presque à lui seul qu'il s'était produit quelque chose de grave.

— J'ai pu remarquer que vous avez eu le temps de lire le journal, n'est-ce pas ? Vous devez donc savoir ce qui se passe...

— Vous parlez de cette corrida à King's Cross ?

— Bien sûr. Notre Hercule a tenu ses engagements avec une promptitude qui me laisse pantois... Et en plus, il semble avoir fait coup double !

De ma vie, je n'avais vu mon ami dans un tel état de rage impuissante. Avec son poing serré et son œil étincelant, il me faisait presque penser à l'Hercule bouillonnant de la veille.

— Tout va trop vite, Achille ! Je me sens pris de vitesse et je n'aime pas ça ! Mais commençons par le commencement. Cette nuit, miss Rita Draper a été à deux doigts de mourir empoisonnée, à cause de ce serpent qui avait disparu depuis plusieurs semaines.

— Mon Dieu ! Et comment cela est-il arrivé ?

— On n'en sait trop rien. Ou cette sale bestiole se trouvait déjà dans sa chambre depuis plusieurs jours, ou quelqu'un l'y a jetée, ce qui ne présentait aucune difficulté, vu que les fenêtres étaient restées entrebâillées. Ou cela aurait même pu se faire avant qu'elle n'aille au lit. Autrement dit, ce peut être l'œuvre de notre sinistre héros, qui serait discrètement revenu sur ses pas après son bruyant et très remarqué départ. Fort heureusement, là, tout s'est bien terminé. S'étant réveillée *in extremis*, Rita Draper a poussé un cri si strident qu'il a non seulement effrayé les habitants de Greenway, mais aussi, semblerait-il, le serpent lui-même, qu'on a retrouvé au fond du hall, près de la véranda. Derek, nanti de son matériel, a été tout heureux de pouvoir enfin le récupérer. Mais vous imaginez un peu l'agitation qui a régné dans la maison ? N'importe qui — à ce moment-là ou même avant, et je pense de nouveau à Hercule — a pu retourner les dix tablettes du couloir... Vous comprenez, c'est fait en un tournemain !

— Les dix ?

— Oui, les dix premiers travaux. Cette fois-ci, il y a certitude. Les huit que nous connaissons, plus « la ceinture de l'Amazone » et « les troupeaux de Géryon ».

— Au moins, maintenant, nous savons où nous en sommes ! m'exclamai-je.

— Puissiez-vous dire vrai ! En fait, j'aimerais avoir votre avis, Achille... Pensez-vous que cet incident du serpent puisse être ce neuvième travail ?

— La ceinture de l'Amazone ?

— Oui. Notre Amazone étant miss Draper. J'y ai pensé l'autre jour en la voyant à cheval. Elle avait beaucoup d'allure et se débrouillait fort bien. Quant à la ceinture, c'est naturellement ce morceau de cuir noir vivant, qu'Hercule aura voulu arracher à... à...

Il claqua des doigts en un geste d'insatisfaction, et j'objectai :

— Non, ça ne colle pas. Dans la légende, Hercule tue l'Amazone, puis s'empare de la ceinture.

— Je le sais bien, Achille, je le sais bien... Il faut donc croire que ce travail a déjà été exécuté.

— Moi, je pense surtout que notre Hercule n'aurait jamais fait une chose pareille !

— Hier soir, il semblait pourtant prêt à tout !

— Dans le feu de l'action, oui. Mais revenir sur ses pas et jeter un serpent venimeux dans la chambre de sa bien-aimée... non. Je ne le vois pas faire ça. Ce serait indigne de lui.

Owen hocha la tête d'un signe approbateur, puis s'absorba dans la contemplation du paysage qui défilait à ses côtés. Le cheval filait bon trot et les habitations commençaient à s'espacer. Il dit ensuite :

— L'affaire des « troupeaux de Géryon », elle, au moins, a le mérite d'être plus claire. Cependant, son issue fut loin d'être aussi heureuse. Elle a même été franchement sinistre.

— S'agit-il de cette corrida ? J'ai cru lire qu'elle n'avait pas provoqué de victimes ?

— En effet, mais il ne s'en est pas tenu à ça. Il nous faut une fois de plus nous référer à la légende, pour nous rendre compte avec quelle cruelle précision le meurtrier a parachevé son « travail ». Vous savez que le grand Hercule avait été chargé par le roi Eurysthée de ramener à Mycènes ces fameux troupeaux, n'est-ce pas ? Un travail difficile pour Hercule, une quête qui l'a amené très loin, jusqu'au pays du couchant, là où le géant Atlas portait la voûte du ciel sur ses épaules. Mais le chemin du retour fut plus rude encore, avec cet indocile et encombrant bétail sur le dos. Or, c'est cet exploit que notre Hercule contemporain vient en quelque sorte de renouveler ! Il a ramené dans la capitale — Londres, et non Mycènes certes, mais le symbole est respecté — un troupeau particulièrement récalcitrant, au terme d'un long voyage, à pied, qui a dû lui prendre trois ou quatre heures, car il y a près d'une dizaine de miles entre la ferme de Hawker et la gare de King's Cross.

Je hochai la tête en soupirant :

— Franchement, à ce stade de l'affaire, je vous avouerai que plus rien ne m'étonne...

— Alors, écoutez la suite, repartit Owen d'un ton grave. Je viens d'avoir le message de Wedekind, qui est déjà sur place. Savez-vous qui était Géryon, dans la légende ?

— Le gardien du troupeau ?

— Oui, mais c'était surtout un monstre à trois corps, qui a donné beaucoup de fil à retordre à Hercule, avant qu'il ne puisse s'emparer de son troupeau. Je vous laisse deviner ce qu'a fait l'assassin pour identifier symboliquement ce monstre...

Notre fiacre nous arrêta une demi-heure plus tard à la ferme de Hawker. L'exploitation se composait essentiellement de grands enclos, au bout desquels on apercevait la ligne grise des faubourgs de Londres. J'eus déjà un sentiment d'inquiétude dès que je vis la mine très pâle de Wedekind, venu pour nous accueillir.

— Pas beau à voir, déclara-t-il en guise de préambule avant de nous brosser un bref portrait de la victime.

Hawker était un éleveur de bétail, réputé pour ses taureaux, et on venait de loin pour s'approvisionner chez lui. Si le fermier était apprécié sur le plan régional, l'homme l'était beaucoup moins. Les agriculteurs voisins le détestaient, le soupçonnant d'être l'auteur de nombreux chapardages et même de sabotages, comme s'il cherchait à les affaiblir pour mieux pouvoir prospérer lui-même.

Nous arrivâmes bientôt sur le seuil d'une grange. Des policiers et le médecin légiste étaient déjà à l'œuvre, mais leur présence n'adoucit pas pour autant le spectacle macabre qui s'offrait à nos yeux. Ce qui restait du fermier gisait sur la paille, dans une mare de sang, partiellement absorbée par de petits tas de paille. L'assassin dément avait débité le malheureux Hawker en trois parties bien nettes : la tête, le tronc jusqu'à hauteur de la taille, et le bassin avec les jambes. Un policier examinait avec grand soin l'arme du crime, une grande hache maculée de sang. Toutes les mouches des étables voisines semblaient s'être donné rendez-vous dans cette grange, mais je crois superflu d'en dire davantage, car les détails n'apporteraient strictement rien à l'enquête proprement dite, si ce n'est la confirmation de l'extrême sauvagerie du criminel.

Je fus heureux de me retrouver dehors, et Owen visiblement aussi. De grosses vaches curieuses nous observaient, en poussant parfois un meuglement, comme si elles avaient quelque chose d'important à nous signaler. Je ne comprenais certes pas leur patois, mais ayant passé ma jeunesse en Afrique du Sud, dont une bonne partie en compagnie de bovins, j'avoue que leur vision me paraissait bien réconfortante après la vue de ce carnage. Je gagnai une grande auge taillée dans la pierre avec l'intention de me rafraîchir, mais la teinte rougeâtre de l'eau m'en dissuada. Des policiers avaient déjà eu la même idée avant moi.

— Je tenais à vous montrer à quel point notre lascar est dangereux, nous expliqua Wedekind, venu nous rejoindre.

Il marchait à petits pas nerveux autour de l'abreuvoir, sans cesser de martyriser ses moustaches de brigand.

— Dangereux, reprit-il, mais prodigieusement adroit et doué.

— Nous avons tout simplement affaire à Hercule, précisa Owen en caressant une vache qui, en quête d'affection, avait passé sa tête par-dessus l'enclos. Ce n'est pas n'importe qui, c'est le plus grand héros de l'Antiquité. Même les bêtes sauvages se radoucissent en sa présence. Elles sentent d'instinct qu'il les domine. Mais cela, nous le savions déjà depuis l'affaire des cavales de Diomède, n'est-ce pas ?

— Oui, répondit l'inspecteur en tournant un regard vide vers mon ami. Je me demande si cet exploit n'est pas plus considérable encore que le précédent... Ceux qui passaient par King's Cross ce matin ont pu se rendre compte de la fougue des taureaux qui ont dévasté les abords de la gare. Eh bien, ce sont ces taureaux qu'Hercule a ramenés d'ici. Une dizaine de taureaux, d'ici à King's Cross, en pleine nuit... Je ne sais pas si vous vous rendez compte.

— N'avez-vous pas envisagé une substitution de bétail ? suggérai-je. À savoir qu'un troupeau était déjà sur place et l'autre...

— Non. Plusieurs témoins l'ont aperçu en chemin, à différents endroits du parcours, entre 2 heures et 5 heures du matin, réveillés pour la plupart par les meuglements du troupeau. Et c'est là le plus extraordinaire. Il marchait triomphalement en tête, vêtu de sa peau de lion, tandis que les taureaux le suivaient docilement à la queue leu leu... Vous rendez-vous compte ? Une dizaine de taureaux, qui ont donné tant de fil à retordre aux forces de l'ordre et qui ont suivi Hercule sur près de dix miles sans rechigner ?

Je hochai la tête en soupirant.

— Franchement, à ce stade de l'affaire, je vous avouerai que plus rien ne m'étonne...

— On peut dire qu'il n'a pas chômé, hier soir. Et je ne

parle même pas de l'incident du serpent dans la chambre de miss Draper, ni des tablettes retournées, car il aurait pu l'avoir fait plus tôt, bien que cela me semble assez improbable. Il part donc au galop de Greenway et arrive ici, disons une petite heure plus tard. Le temps d'entrer en contact avec Hawker, de le surprendre, de le tuer, de le démembrer... Là, il devait être aux alentours de minuit, car c'est à cette heure que le médecin légiste situe la mort du fermier d'après ses premiers examens. Ensuite, il lui a fallu réunir les taureaux et surtout les mener jusqu'à Londres, dans les conditions incroyables que je vous ai exposées...

— Sur le plan purement matériel, tout cela est faisable, fit remarquer Owen en souriant affectueusement à la vache. L'exploit consiste essentiellement à dompter ces mâles fougueux, comme vous le soulignez si justement. C'eût été beaucoup plus simple avec l'espèce femelle de la race. Voyez comme elles sont douces et agréables. Vraiment, je me demande si je ne me suis pas trompé à leur sujet...

Qu'il me soit permis, ici, d'ouvrir une parenthèse sur les relations particulières de mon ami avec les ruminants, pour préciser, à ceux qui n'ont pas lu mes notes relatives à l'affaire des *Sept merveilles du crime*, qu'il considérait jusqu'alors les vaches comme la bêtise personnifiée sur terre.

— Mais bon sang, Burns ! s'écria Wedekind, sortant ainsi soudain de sa réserve. Vous rendez-vous compte de son incroyable audace ? Hier soir, avant de nous claquer la porte au nez, il nous a ouvertement défiés ! Je pensais alors que c'était une boutade, des paroles en l'air, juste pour ne pas perdre la face après ce qu'il avait appris ! Non ! Il a exécuté, comme il nous l'a annoncé, la suite de ses travaux ! Jamais, de ma vie, je n'ai connu de criminel aussi effronté... et aussi stupide en même temps ! Car ce faisant, il vient lui-même de se passer la corde au cou ! D'un côté, il paraît diaboliquement intelligent, et de l'autre, il fait preuve d'une stupidité effarante... Un peu comme cette bestiole que vous caressez.

— Dans le domaine de l'intelligence animale, voyez-vous, il faut être très prudent. Et il ne faut surtout pas confondre un regard stupide et l'aimable mélancolie qui émane de ces beaux et grands yeux bruns. Cela dit, pour répondre à votre remarque, je vous répéterai simplement que nous avons affaire à Hercule. Ses colères aveugles qui alternent avec ses exploits, ce sont exactement ses traits de caractère.

— Mais quel dessein poursuit-il donc ?

— Toujours le même, Wedekind. Se racheter pour le crime qu'il pense avoir commis. Trouver le pardon en commettant ces travaux d'intérêt public, en pourfendant ces monstres, ces ennemis de la société, dont Hawker pourrait bien être un exemple, d'après ce que vous nous avez dit sur son compte.

— Au départ, le jeune Richardson n'a pourtant aucun crime sur la conscience, argumenta Wedekind, malgré lui. J'entends la mort de cette Patricia Atkinson, qu'il avait épousée en juin dernier. Je viens de recevoir la copie des rapports concernant l'accident, qui sont tous formels à cet égard. Non seulement l'intervention criminelle n'a pas été démontrée, mais le jeune époux avait un alibi en or au moment du drame. Les enquêteurs avaient pourtant fait des recherches dans ce sens, ayant envisagé une action malveillante de sa part, mais ce ne fut que pour faire la preuve de sa plus parfaite innocence.

— Il peut simplement se sentir responsable moralement.

— Peut-être. Mais quoi qu'il en soit, il faut que cette sinistre série prenne fin ! J'avoue avoir commis une erreur en m'employant à museler la presse, à ne pas avoir fait de la réclame pour notre homme-lion, de peur de déclencher la panique ou une vague de dénonciation aussi vaine qu'effrénée ; mais à partir de maintenant, cela va changer ! Le nom et surtout la photo de notre Hercule vont fleurir dans les journaux, et en première page s'il vous plaît ! Je peux vous garantir qu'il ne pourra plus se montrer sur la voie publique sans être aussitôt reconnu ! Que s'il voudra trouver son salut dans la fuite, en quittant le royaume, ce sera à la nage, et pas autrement ! Depuis ce matin, d'ailleurs, j'ai donné des consignes précises pour qu'on surveille les ports, les gares et plusieurs lieux publics. Mais à partir de maintenant, c'est une véritable chasse à l'homme qui va commencer...

À ce moment-là, un employé des postes fit irruption dans la propriété, faisant savoir qu'il était porteur d'un télégramme destiné à l'inspecteur Wedekind. Le policier lui fit signe, s'en saisit sans dire un mot, parcourut brièvement le message, puis nous regarda d'un air songeur, en disant :

— Ce n'est plus nécessaire. Il vient de se rendre lui-même.

— À un poste de police ?

— Non. Il est retourné chez lui, à Greenway, et se déclare innocent.

29

Récit d'Achille Stock (suite)

— Non, vraiment, je ne puis croire mon frère coupable, déclara fermement Vera Novello, tandis qu'Owen et moi l'interrogions à l'heure du thé, sur la terrasse de Greenway.

Une semaine s'était écoulée depuis l'arrestation d'Hercule, qui avait été placé dans une des cellules de Scotland Yard, en subissant les interrogatoires quotidiens de Wedekind. Il n'avait toujours pas avoué ses crimes, nul ne l'avait formellement reconnu, mais l'étau de l'appareil judiciaire se refermait lentement sur lui. L'addition des coïncidences, sa perpétuelle attitude de défi à l'égard des autorités, c'était là un ensemble de preuves indirectes qui pesaient de plus en plus lourd sur la balance de la justice. À cela s'ajoutait son incapacité à produire un alibi pour le meurtre de Diomède, et surtout celui du fermier Hawker, pour lequel il fit preuve d'un désolant manque d'imagination, en déclarant simplement avoir passé la nuit à errer dans la forêt des environs de Greenway, en seule compagnie de son cheval. Malheureusement pour lui, le quadrupède ne pouvait témoigner, et personne de la région ne l'avait aperçu à ce moment-là. De plus, il déclara s'être blessé au bras et à la tête en tombant de cheval, pour expliquer les taches de sang sur sa chemise et sa veste. Cela semblait possible d'après les examens effectués, mais compte tenu des circonstances, les enquêteurs avaient été bien plus enclins à envisager une action feinte de sa part, une petite chute volontaire et postérieure à son crime, destinée à réfuter les preuves de son abominable forfait : les petites traces de sang ayant échappé à son nettoyage. Pour Wedekind, Hercule Richardson n'avait plus aucune chance d'éviter la potence avec un dossier aussi pesant, malgré l'absence d'indice formel.

— Quand j'entends la liste des horreurs qui lui sont reprochées, poursuivit Vera avec une mine de dégoût, j'aurais presque envie de rire si les circonstances le permettaient, tant cela me paraît absurde ! Il s'est toujours montré brutal dans ses colères, certes, mais jamais avec tant de sauvagerie. Il a toujours cherché à protéger les faibles, même enfant. Je me souviens d'une sauterelle, un jour, qu'il avait trouvée aux prises avec des fourmis et quasiment agonisante. Il a tout fait pour la sauver, lui faisant subir plusieurs bains pour la débarrasser de ces insectes agressifs. Après cela, il s'était lancé dans une croisade contre toutes les fourmilières du jardin...

Tandis que Vera Novello s'employait à défendre son frère dans un légitime élan familial, je l'observais discrètement. Elle avait les traits de son père et n'était pas une beauté, avec un visage un peu fade et des cheveux sans éclat. Mais une robe légère imprimée de fleurs et quelques bijoux discrets égayaient sa personnalité, qui elle, en revanche, était assez marquée. Elle avait l'aisance et la fermeté d'une maîtresse de maison et assumait vraisemblablement la plupart des difficultés de la famille Richardson.

— Ce que je crains, en revanche, dit-elle gravement, c'est qu'il ne se rende pas bien compte de la situation.

Car voyez-vous, Hercule n'a jamais véritablement connu d'obstacles dans sa vie. Tout lui est dû, tout lui est acquis. C'est pour cela que son premier chagrin fut un drame insurmontable. Je veux parler de la mort de sa femme. Il se sentait si impuissant devant l'irréparable... C'est seulement à ce moment-là, je crois, qu'il a commencé à comprendre qu'« Hercule » était un simple mortel avec son lot de faiblesses. Et la générosité, chez lui, en est une... Cet héritage qu'il venait miraculeusement de toucher et envisageait de remettre à des œuvres de bienfaisance en est la meilleure des preuves.

— Ce qui vous a amenée à faire appel au service de miss Draper, fit remarquer Owen, qui portait ce jour-là un éblouissant costume de toile blanche, piqué d'une très voyante rose rouge à la boutonnière.

— Oui, c'est à moi qu'échut cette mission. Je suis allée la trouver un soir d'avril dans un salon de thé où elle s'arrêtait parfois, et à vrai dire, je n'ai pas eu beaucoup de mal à la convaincre.

— Vous vous étiez renseignée sur elle au préalable, j'imagine ?

— Bien sûr, il fallait s'assurer qu'elle puisse faire l'affaire.

— Et sur la défunte également ?

— Oui, il était important de cerner tous les aspects de sa personnalité. Nous la connaissions de vue et de réputation, mais c'était tout. Là, j'ai surtout interrogé Hercule lui-même. Et ce me fut chose aisée. Pendant ses instants de spleen, et il n'était alors que trop heureux de pouvoir me parler d'elle...

Réfléchi par l'argenterie du service à thé, un rayon de soleil marbrait de taches claires le visage de notre hôtesse, qui s'agrémenta d'un léger sourire.

— Je me souviens bien de ma première entrevue avec

miss Draper dans ce salon de thé. Intérieurement, je ne cessai de me féliciter de notre choix, devant son étonnante ressemblance avec la femme d'Hercule et sa personnalité aussi neutre et malléable. Je ne doutais pas du succès de l'opération, mais vraiment, je ne m'attendais pas à ce que cela marche si bien. Ils sont vraiment tombés amoureux l'un de l'autre. Le destin vous joue parfois des tours inattendus...

— Cela vous contrarie ?

— Non, au contraire, je suis heureuse pour eux, pour Hercule. Qu'il retrouve le bonheur et l'équilibre d'une vie rangée, c'était — et c'est toujours — notre vœu le plus cher, et je l'avoue, également notre intérêt.

Owen, songeur, se renversa contre le dossier de sa chaise en osier.

— J'ai observé, en effet, qu'elle est très éprise de lui.

Il y eut un instant de silence, puis Mrs Novello répondit :

— Réflexion faite, je la comprends assez bien. Pour elle, c'est un véritable prince charmant tombé du ciel... et fortuné de surcroît. Malgré ses airs de sensitive perpétuellement rêveuse, je suis sûre qu'elle n'a pas perdu de vue cet aspect de la question. (Puis, avec une nuance de menace, elle ajouta :) Et j'espère que nous n'aurons pas à regretter notre action par la suite...

— Hélas, leur bonheur est très compromis, rappela très diplomatiquement Owen. Miss Draper est du reste minée par le chagrin, au point de voir en nous des ennemis.

— C'est normal, vous lui avez pris Hercule !

— Cette initiative de l'inspecteur a au moins eu le mérite de les réconcilier !

Vera secoua la tête.

— C'était déjà fait avant que l'inspecteur ne vienne

pour l'arrêter. Hercule était revenu dès l'après-midi pour nous présenter ses excuses à tous, nous dire combien il regrettait de s'être laissé emporter, de nous avoir traités aussi durement, alors que nous ne voulions manifestement que son bien. Il a aussi dit à Rita que les circonstances de leur rencontre ne changeaient rien à ses sentiments pour elle. Vous auriez dû les voir... Ils sont tombés dans les bras l'un de l'autre. (Elle eut une petite moue mi-attendrie, mi-amusée.) C'était touchant. J'ai toujours su qu'Hercule était un grand sentimental. Tout semblait donc rentré dans l'ordre, lorsque votre ami l'inspecteur est arrivé après le dîner.

Owen, qui s'appliquait à émettre des ronds parfaits avec la fumée de son cigare, fit observer :

— Si l'attitude de votre frère était moins arrogante, la situation se présenterait pour lui sous de meilleurs auspices.

— Je vous ai expliqué pourquoi il avait l'habitude de se comporter ainsi, n'est-ce pas ?

— Alors, admettons un instant qu'il soit innocent.

— Je suis bien aise de vous entendre parler ainsi, Mr Burns.

— Oh ! ne vous réjouissez pas trop tôt, car dans ce cas, il nous faudra chercher un coupable ailleurs, et sans doute ici même, puisque c'est bien quelqu'un de la maison qui a retourné les tablettes.

Vera eut un haussement d'épaules un peu condescendant.

— Ce peut être une simple farce de domestique !

— Depuis le début ? Il y a dix mois ? Alors que personne ne parlait encore de ces crimes ?

— Un hasard, alors...

— Admettez que c'est très peu vraisemblable. Et cela m'amène à une autre question, Mrs Novello, à propos de la fortune de votre frère. Savez-vous qui en hériterait en cas de malheur ?

Les yeux de Vera eurent une expression de prudence.

— Pour l'instant, je pense que ce serait nous, ses frère, sœur et parents... enfin s'il n'a pas fait de testament entre-temps.

— Il n'en a pas fait, nous nous sommes renseignés. Vous avez donc bien répondu à la question, et vous comprendrez ce qu'elle sous-tend... De toute façon, pour moi, il n'y a qu'une alternative possible : ou votre frère est coupable, ou il ne l'est pas. Et dans ce cas, c'est quelqu'un qui essaye de lui faire endosser ces crimes. Toute la mise en scène qui entoure ces meurtres est si parlante qu'elle ne désigne personne d'autre que votre frère Hercule, véritable caricature ou copie conforme du grand Hercule.

— Parfois, je le trouve si adorablement naïf.

— Justement, cela ne joue pas en sa faveur !

— Je vous répète que ce n'est pas sa faute.

— Je le sais, mais il n'empêche que c'est ainsi, et qu'une personne adroite et malintentionnée pourrait habilement exploiter cette situation particulière. J'ajoute que ce gros héritage donne à réfléchir. Cet héritage surprise, qui semble le point de départ de notre affaire. Peu de temps après, votre père se suicide, et moins d'une année plus tard, c'est le début de cette mystérieuse série de crimes. Des crimes parfaits, agencés dans le détail et donc soigneusement préparés. L'enchaînement de ces événements donne à penser qu'ils sont liés...

Michael Novello, qui venait de nous rejoindre à table, écouta avec intérêt l'hypothèse d'Owen et ses diverses remarques. Il avait emporté avec lui un dossier couvert de chiffres et d'annotations, qu'il avait finalement refermé avec agacement. Des rides soucieuses marquaient son visage au teint mat, mais on ne savait pas trop si elles tiraient leur origine de l'affaire ou de mauvais cours boursiers.

— Pour la question des tablettes, dit-il après un moment d'hésitation, je suis d'accord avec vous, Mr Burns. Un hasard n'est pas envisageable, d'autant que j'ai moi-même constaté le phénomène depuis plusieurs mois.

— Alors, convenez-en aussi, le reste coule de source...

Owen et moi nous levâmes de table sur cette remarque, laissant nos deux hôtes, muets et songeurs.

Nous trouvâmes Rita dans le jardin, toujours devant son chevalet, mais peignant autre chose que le paysage qui s'offrait à elle. Sa peinture représentait une fenêtre vue d'un intérieur, éclairée par l'orbe d'un soleil orangé et apparaissant au-dessus d'une haie. Owen lui demanda si cette toile avait une signification particulière, à quoi elle répondit d'un air absent et le visage fermé :

— Oui, c'est une matinée de printemps vue depuis ma chambre. Cela symbolise l'espoir, l'aube d'une vie heureuse.

— Votre chambre... celle de cette maison ?

— Oui, bien sûr. Elle est très belle avec ses fausses colonnes et sa tapisserie bleu ciel.

— Alors, vous entendez bien rester ici ?

— J'attendrai Hercule aussi longtemps qu'il le faudra.

— Bien que je ne vous le souhaite pas, miss Rita, déclara Owen avec bienveillance, cela risque d'être fort long.

Un éclair de colère parut dans ses yeux clairs.

— Ne m'appelez plus ainsi ! cingla-t-elle. Je suis Déjanire ! Vous devriez le savoir !

Surpris, Owen balbutia :

— Déjanire, oui, bien sûr... Déjanire... Je vous promets de faire mon possible pour ne pas l'oublier.

Quelques instants plus tard, alors que nous nous dirigions vers la véranda, Owen me confia :

— Je crois que je viens de comprendre une chose...

— Oui ? m'enquis-je avec méfiance, étant par trop habitué aux traîtrises de mon ami lorsqu'il se montrait enclin aux confidences.

— Les femmes nous sont parfois utiles, même quand elles ne souhaitent pas nous aider. Elles ont ce talent si particulier, un peu comme vous, Achille, de nous éclairer sur un point capital, dont elles ne soupçonnent même pas l'existence. Je savais que le colonel Richardson n'était pas fou — notez bien —, qu'il agissait toujours en fonction d'une certaine logique, mais grâce à « Déjanire », je viens de comprendre précisément pourquoi il a fait couper une partie des belles haies de son allée...

30

Récit d'Achille Stock (suite)

Derek Richardson reposa sa flûte après avoir exécuté, à la demande d'Owen, quelques mesures de ses mélodies « orphidiennes ». Il régnait une atmosphère tropicale dans la véranda, malgré l'ouverture de ses panneaux vitrés. Owen et moi étions en nage, mais Derek semblait habitué à ce climat ambiant, très à l'aise au milieu de ses « rubans colorés » enroulés et endormis dans leur cage.

— Celui qui parviendra à apprivoiser les animaux sauvages en leur jouant de la musique disposera d'un grand pouvoir, énonça Owen sentencieusement. C'est peut-être l'art le plus difficile qui soit, mais sans doute le plus beau et le plus merveilleux. Les anciens ne s'y sont d'ailleurs pas trompés, et en cela, vous êtes bien le frère d'Hercule... J'avoue, cher monsieur Orphée, que si j'étais un crocodile, je me laisserais volontiers séduire par le son subtil et envoûtant de votre flûte.

Je supposais que cette comparaison grotesque procédait d'une stratégie fine et précise dans le cadre de son enquête. Car c'est non sans amusement que je l'imaginai dans son costume blanc immaculé et orné de sa boutonnière rouge vif, avec la gueule interminable d'un crocodile à la place de la tête !

L'image ne sembla pas s'imposer au frêle Derek

Richardson, dont le visage venait de s'éclairer d'un sourire pâle.

— Si mon père m'avait donné ce prénom, je ne sais pas s'il eût agi aussi heureusement qu'avec Hercule. Car je commence à douter de mon talent, justement. Cela m'ennuie beaucoup, parce que j'avais prévu une place importante sur le sujet dans ma monographie. Mais les faits sont là, après trois mois de travail intensifs, mes chers compagnons ne m'écoutent guère. J'avais bon espoir au début, mais la disparition de Nero m'a incité à reconsidérer l'étendue de mon talent.

— Nero, le mamba noir qui s'est échappé lors de ce chambardement ?

Derek jeta un coup d'œil inquiet autour de lui.

— Oui. Mais Dieu merci, ce n'est plus qu'un mauvais souvenir. L'espace d'un instant, j'avais cru que Rita avait provoqué ce saccage de manière délibérée, mais elle se trouvait en trop mauvaise posture, lorsque nous l'avions retrouvée ici, pour que j'envisage une telle hypothèse.

— Miss Draper redoute fort les serpents, me semble-t-il ?

Le visage émacié du zoologiste se rembrunit.

— Non, elle ne les aime pas. Elle me l'a même dit expressément. J'avais nourri avec elle quelque espoir au début, mais elle m'a beaucoup déçu par la suite. Et les serpents sentent bien ces choses-là. Que Nero soit allé dans sa chambre me semble significatif à cet égard. Je crois qu'elle a eu beaucoup de chance ce soir-là... comme la fois précédente d'ailleurs.

— De la chance, ou de la malchance ! dit Owen. Mais dites-moi, quel est l'avis du spécialiste, au sujet de ce dernier incident ? Pensez-vous que le serpent se trouvait dans cette pièce, qu'il s'est introduit par la fenêtre ? Ou que quelqu'un l'a jeté par là ?

— Avant cela, il aurait fallu l'attraper, répondit Derek avec un rictus. Je ne sais pas si vous êtes au courant, mais le mamba est particulièrement redoutable. Il est très vif, et sa morsure mortelle.

— Vous excluez donc cette dernière possibilité ?

— Non, pas forcément. Il est possible d'employer la ruse pour attirer un serpent dans un sac, puis de le refermer sur lui.

— Oui, réfléchit Owen, c'est ainsi que je procéderais, moi, profane, si je voulais agir de la sorte. Mais dites-moi, c'est la deuxième fois que se produit ce genre d'incident dans la maison, n'est-ce pas ? Votre frère Hercule fut lui-même victime d'une attaque de reptile ?

Le regard de Derek se fit lointain, tandis qu'il dodelinait de la tête.

— Cela remonte à longtemps. Il était encore dans son berceau. Il ne devait donc pas avoir plus de 1 an.

— Et vous-même, vous aviez quel âge, alors ?

— Dix ans, puisque c'est le nombre d'années qui nous séparent. Je me souviens assez bien de l'événement, car c'était la première fois de ma vie que je voyais des serpents. Mon père, qui venait de rentrer après une longue absence, avait ramené deux spécimens, dont l'un avait été rendu inoffensif, et l'autre non... je ne pourrais plus vous dire de quelle espèce il s'agissait, mais j'avais été fasciné par les anneaux colorés et le regard furtif de leurs yeux noirs. Ils me paraissaient assez grands, à cette époque, plus grands que les couleuvres et les vipères de la campagne anglaise, mais enfin, ce ne devait pas être des boas non plus... Toujours est-il que mon frère en avait étranglé un par la seule force de son poignet. J'imagine qu'il avait dû l'agripper au cou par hasard, comme un jouet qu'on ne veut plus lâcher. Et c'était fort heureux pour lui, car il s'agissait du serpent venimeux.

— Et personne n'a jamais réussi à savoir comment ce reptile avait pu quitter son enclos — bien fermé, j'imagine — pour atterrir dans le lit de l'enfant ?

— En effet, non. Je me souviens que mon père était entré dans une colère épouvantable et m'avait même plusieurs fois interrogé, comme si j'avais pu, moi, ouvrir la cage par inadvertance ou par maladresse... J'étais certes un enfant, mais à 10 ans, j'étais quand même maître de mes gestes et je savais bien le danger que représentait un tel animal.

— Évidemment, opina Owen, un doigt pensivement posé sur la joue. En somme, cela se rapporte un peu à l'affaire qui nous préoccupe. Souvenez-vous, je disais à l'instant que celui qui parviendrait à dompter les bêtes sauvages disposerait d'un grand pouvoir. Or, c'est le cas du criminel que nous traquons. Il a su mener à la baguette les panthères du Grand Diomède, et également un troupeau de taureaux.

— Je comprends. Vous aimeriez savoir si mon frère dispose d'un tel don ?

— Votre avis nous serait très précieux, en effet.

Derek eut un geste d'acquiescement, puis passa et repassa devant les cages, comme en proie à une sorte de dilemme. Après un long silence, il soupira.

— En temps ordinaire, je vous aurais répondu par un non catégorique, car il ne semble pas avoir d'affinités profondes avec les animaux, à part quelques élans de sympathie aussi espacés que superficiels. Mais aujourd'hui, je ne sais plus. Depuis que miss Draper a saccagé mon univers, j'ai l'impression que le monde des animaux m'échappe...

Dans le grand salon, nous rencontrâmes Neville Lloyd en train de discuter avec une jeune bonne sur la préparation de la table. La jeune fille, assez embarrassée, s'éclipsa dès notre venue. Les événements ne semblaient pas avoir affecté le caractère aimable et courtois de l'ancien steward. Selon lui, Hercule n'allait pas tarder à se tirer de ce mauvais pas. Il avait confiance en son neveu, et en tout le monde de manière générale, même en la police londonienne, qui avait la réputation d'être l'une des meilleures du monde.

— Je ne leur reproche rien, ils font leur métier, déclara-t-il après nous avoir offert une liqueur. Il est tout à fait normal qu'ils contrôlent soigneusement les faits et passent au crible les divers témoignages. Pour ce qui est d'Hercule, je suis sûr qu'ils se rendront rapidement compte de leur erreur.

Lorsque Owen lui eut précisé les conclusions qu'impliquait l'innocence d'Hercule, à savoir l'existence d'un autre coupable, il parut bien moins rassuré. Posant son verre avec une petite moue de dégoût, il dit :

— J'ai l'impression que nous tombons en plein mélodrame.

— Oui, c'est également l'impression que me donne cette enquête, déclara Owen. Une sorte de farce grotesque, mais hélas monstrueusement réelle ! Cette série de crimes est l'œuvre d'un fou ou de quelqu'un qui veut nous le faire croire.

— Vous m'effrayez en parlant ainsi, Mr Burns, dit Lloyd qui s'était placé derrière la fenêtre en nous tournant le dos. En venant m'installer à Greenway, voyez-vous, je croyais avoir trouvé un havre de paix, l'ultime étape après mes longues pérégrinations dans l'Atlantique et le Pacifique. Je me disais que la vie est un long fleuve tranquille. Oui, c'est ce que je pensais quand j'étais sur l'eau. Mais à présent, depuis que j'ai reposé le pied sur ce bon vieux sol anglais, je commence à me poser des questions.

— Vous ne faites pas de cauchemars comme miss Draper, n'est-ce pas?

— Non, pas encore, mais cela pourrait bien arriver, si on continue de nous rebattre les oreilles avec ces monstres à trois corps, ces hydres maléfiques, ces dragons gardiens de trésors...

— Ah, je vois que vous songez déjà à la suite du programme! s'exclama Owen, l'œil brillant. Le fameux dragon du jardin des Hespérides?

Neville Lloyd se retourna pour nous jeter un bref coup d'œil.

— Oui, c'est possible. À force d'entendre ces histoires, on finit par en retenir quelque chose...

Puis, avec un trait d'ironie amère, assez inhabituel chez lui, il ajouta :

— Mais enfin, vous ne devriez plus rien avoir à craindre, depuis que vous avez mis Hercule à l'ombre.

— Non, en effet, nous n'avons plus rien à craindre, affirma Wedekind le soir même, alors qu'il nous avait fait convoquer d'urgence dans son bureau à Scotland Yard. Cette fois-ci, son compte est bon!

Le regard confiant, la moustache tombante, Wedekind tirait sur son cigare de voluptueuses bouffées de fumée, comme s'il savourait d'avance sa victoire.

— Hercule, le grand Hercule? triompha-t-il. Un Hercule de foire, tout au plus! L'erreur qu'il a commise n'est pas digne du grand héros qu'il croit être!

Il se pencha alors par-dessus la table, tandis que la clarté de la lampe à abat-jour déformait ses traits.

— Oui, il se prend vraiment pour l'Hercule de la légende! Tous les gars qui l'ont entendu ont eu cette impression. Nous avons affaire à un fou, un dément, certes très habile, mais faillible comme tous les mortels.

— Se serait-il trahi ?

— Non.

— Des aveux ?

— Non plus, bien qu'il continue de louer l'action du criminel, ou à tout le moins d'en souligner les aspects positifs : « Vous, les policiers, vous n'avez pas été capables de nous débarrasser de ces parasites, *lui*, si... » Vous connaissez la musique...

— C'est une forme de jeu, objecta Owen. Il ne veut pas perdre la face, il veut défendre le prestige de son nom.

— Une forme de jeu ? Oui, mais il joue sa vie ! Quoi qu'il en soit, il a commis une erreur fatale.

Sur ces mots, il ouvrit le premier tiroir de son bureau et en retira un chiffon froissé et sale, presque entièrement maculé d'une matière sombre, qui ressemblait fort à du sang séché.

— Tenez, regardez ça ! C'était coincé dans un pli de sa selle. Je dois avouer que nous l'aurions retrouvé bien plus tôt si le gars chargé d'examiner sa monture avait été un peu plus scrupuleux. Quoi qu'il en soit, les dés sont jetés pour notre Hercule de foire.

Owen prit délicatement le chiffon, y jeta un coup d'œil, puis demanda :

— Lui en avez-vous déjà parlé ?

— Bien sûr. Il s'en tient toujours à son histoire de chute de cheval. Mais il y a là trop de sang pour les égratignures qu'il se serait faites ainsi.

Mon ami reposa le chiffon, songeur.

— *A priori*, oui, mais cela reste dans le domaine du possible.

— Défendez-le si vous voulez, Burns ! ricana le policier. C'est un peu tard, à présent. Vous verrez, cette preuve-là achèvera de convaincre le plus incrédule des jurys !

Tandis que l'écho de ses paroles se perdait dans le long silence qui suivit, mon ami dodelinait la tête en signe d'insatisfaction, puis lâcha :

— Vous avez raison, Wedekind, sans aucun doute. Mais il y a quelque chose qui me chiffonne...

— Et quoi donc ?

— Tout ! fit mon ami en levant les bras au ciel. Tout me paraît évident, *trop évident* ! Je le disais pas plus tard que cet après-midi : il n'existe pas une personne dans tout le royaume dont le profil psychologique du meurtrier ne corresponde aussi parfaitement qu'à celui de ce garçon ! C'est un peu comme si le criminel avait jalonné son parcours d'une série de grands panneaux fléchés indiquant le logis d'Hercule Richardson !

— Nous avons quand même pris un sacré bout de temps pour le dénicher. Et je vous rappelle que c'est uniquement grâce à cette adresse notée dans le calepin du dompteur que nous avons pu remonter la piste.

— Peut-être, répliqua sèchement Owen. Mais moi, j'ai l'impression d'être manipulé, et je n'aime pas ça !

— Allons, Burns, ne nous énervons pas, fit le policier. D'ailleurs, sachez que je suis loin d'être aussi satisfait que j'en ai l'air. Oui, je suis soulagé d'en terminer avec cette sale histoire, mais il faut craindre qu'elle laisse derrière elle plusieurs mystères inexpliqués. Du major Macleod qui s'est laissé étranglé sans se défendre aux trois frères Sullivan, tombés mystérieusement du ciel... Et enfin, nous ne connaîtrons jamais l'interprétation machiavélique de ses derniers travaux. Je suis sûr qu'il avait déjà choisi ses victimes et soigneusement préparé leur exécution ! Pour ma curiosité, j'avoue le regretter un peu. Voyons, normalement, le théâtre du crime suivant aurait dû être ce fabuleux jardin des Hespérides...

À l'énoncé de ces seuls mots, je sentis un léger frisson me parcourir.

Les pommes d'or du jardin des Hespérides... Je voyais briller les fruits merveilleux dans les yeux de Wedekind, mais surtout dans ceux d'Owen, qui demanda :

— Savez-vous qui étaient les Hespérides, inspecteur ?

— Oui, des nymphes, je me suis renseigné.

— On les appelait aussi les « filles de la nuit ». Elles habitaient dans un jardin au bout du monde, un jardin extraordinaire, dont les arbres donnaient des pommes d'or. Imaginez-vous ces charmantes créatures, vêtues de gaze et de dentelles, folâtrant la nuit entre les arbres, partant à la cueillette des fruits magiques... Mais voyez aussi Ladon, le terrible dragon, envoyé par la déesse Héra pour monter la garde. Rapporter ces pommes au roi Eurysthée fut assurément un des travaux les plus difficiles d'Hercule. Il lui fallut d'abord atteindre ces terres lointaines, situées au bout du monde connu, quelque part au pied du mont Atlas, puis combattre et vaincre le monstre, et cueillir les merveilleuses pommes d'or, les tenir toutes brillantes dans ses mains, symbole éclatant de sa victoire... Oui, à cette seule évocation, Wedekind, je me sens comme vous, piqué de curiosité.

La voix proche de Big Ben s'éleva à ce moment-là et sonna les coups de 11 heures, comme pour faire écho aux dernières paroles de mon ami. Le policier attendit que le célèbre carillon se soit tu, pour dire avec une note de regret dans la voix, mais sans pouvoir dissimuler sa vive satisfaction pour autant :

— Mais nous ne le saurons jamais, Burns. Le grand Hercule a trébuché en fin de parcours... à cause d'un simple chiffon, qui a mis un terme définitif à ses exploits sanglants.

X

LE JARDIN DES HESPÉRIDES

31

Fin juillet

Sur le parvis, Elizabeth Rumbelow fut un peu aveuglée par le soleil, comme la plupart des paroissiens de Woodhall qui sortaient de l'église après l'office dominical. Les vitraux du vieil édifice ne laissaient plus guère filtrer de lumière, et l'éclairage était bien insuffisant. Cette pénombre, sans doute propice au recueillement, donnait au sermon du révérend une intonation plus profonde et aux fidèles quittant les lieux une impression de retrouver cette lumière biblique tant évoquée, surtout par beau temps, comme c'était le cas ce dimanche-là. Tous semblaient relativement joyeux, mais pas Mrs Elizabeth Rumbelow.

À vrai dire, elle était rarement de bonne humeur. Elle avait des raisons pour cela ; ni la nature ni la vie ne l'avaient gâtée. Elle aurait assurément rendu de grands services dans une ferme, car elle était grande, solidement charpentée, presque comme un homme, mais cet aspect masculin se retrouvait aussi dans son visage, à l'expression naturellement sévère. Peut-être était-ce là cette propension naturelle à imposer le respect qui l'orienta vers l'enseignement ? Elle était institutrice à Woodhall depuis fort longtemps et venait tout juste de prendre sa retraite. Sa vie conjugale fut des plus brèves. Avant que le temps ne stigmatisât la gravité sculptée sur son visage, elle avait épousé un militaire qui comptait exploiter une ferme au village après son retour de la guerre du Turkestan, au milieu des années 1880. Mais il n'en était jamais revenu. Il avait laissé seule et sans enfant la triste Elizabeth Rumbelow, qui, depuis ce jour-là, devint encore plus sévère avec les petites têtes blondes de Woodhall. Pour celles-ci, l'institutrice apparaissait comme une sorte de dragon, et du reste ils avaient fini par la surnommer ainsi. Les tout-petits avaient très peur d'elle, les plus âgés se risquaient à lui faire des farces, car ils adoraient faire enrager le « Dragon »...

Mrs Elizabeth Rumbelow marchait seule et prenait la direction de son cottage, lorsqu'une personne la rejoignit discrètement, engagea la conversation, puis lui fit remarquer qu'elle semblait bien soucieuse ces temps-ci.

— Oui, répondit l'ancienne institutrice sans détour. Et croyez-moi, j'ai parfois du mal à admettre certains principes de bonté, comme ceux que vient encore de répéter notre révérend. Facile à dire, quand tout va bien...

— Et qu'est-ce donc qui vous tourmente, Mrs Rumbelow ?

— Je préfère ne rien dire, car les meilleures familles du village sont impliquées. Enfin plutôt leurs filles... Sans citer de nom, je pense notamment à trois petites effrontées de 12 ans qui ne trouvent rien de mieux à faire que gambader la nuit dans mon verger et me voler mes plus belles pommes. Je sais que ce n'est pas grave, mais... on ne vole pas, c'est un principe. Même une pomme.

— Je suis tout à fait d'accord avec vous. Mais n'avez-vous jamais essayé de les prendre sur le fait ?

— Si, bien sûr. J'ai même tenté de les rattraper ! Mais vous pensez, à cet âge-là, elles sont lestes comme des écureuils et profitent de l'obscurité pour disparaître dès que je m'approche !

— N'en avez-vous jamais parlé à leurs parents?

— Si, fit Mrs Rumbelow sur un ton de dignité offensée. Vous ne devinerez jamais ce qu'on m'a répondu : « Il ne faut jamais accuser sans preuve, même les enfants... » Vous rendez-vous compte, me dire ça, à moi? C'est comme si on doutait de ma bonne foi et mettait en cause tous mes efforts déployés pour instruire, voire éduquer dans bien des cas, leur progéniture.

— Vous avez raison. C'est presque les parents qui, dans ce cas, mériteraient une leçon. Savez-vous ce qu'il faudrait faire? Les prendre au mot.

— C'est-à-dire?

— Leur montrer une preuve formelle, puisqu'ils l'exigent tant!

Mrs Rumbelow se tut un instant, puis demanda :

— Quel genre de preuve? Auriez-vous une idée?

— Oui, car en fait je me souviens d'une amie qui avait eu le même genre d'ennuis. C'était avec son poirier, mais je ne crois pas que cela change grand-chose au problème. Elle eut pour confondre les coupables une idée ingénieuse, qu'elle avait en fait lue dans une histoire très ancienne et qui avait porté ses fruits, on peut le dire! Voici ce qu'elle avait fait...

Le lendemain après-midi, le vieux Timothy traversait le grand verger qui s'étendait à l'arrière du cottage de Mrs Rumbelow. Une bêche et un râteau sur le dos, il maugréait entre ses dents, se demandant si la virago avait encore toute sa tête. Il avait l'habitude de lui donner un petit coup de main pour son potager, la taille de ses haies et de ses arbres. Elle se montrait toujours très pointilleuse, lui demandant de respecter scrupuleusement ses instructions — parfois extravagantes, et toujours avec ce ton professoral, comme si elle lui apprenait son métier, ce qui l'agaçait au plus haut degré —, mais jamais elle ne lui avait demandé une chose aussi bizarre, en lui faisant plusieurs fois répéter ses instructions.

Malgré son chapeau de paille, le vieux Timothy souffrait de la chaleur. Il avait le dos en nage quand il parvint devant le pommier qu'elle lui avait désigné. Il se dressait au centre du terrain, dans un endroit assez dégagé. Ce n'était pas le plus grand arbre, mais celui qui portait sans doute les plus beaux fruits, d'une variété précoce et acide, dont Mrs Rumbelow était très fière. Les pommes faisaient ployer ses branches. Il prit le temps d'en croquer une, puis se mit au travail selon les instructions très précises de sa patronne. D'abord, il bêcha l'herbe autour du tronc, dans un rayon d'environ trois mètres, ce qui lui prit une bonne heure, car l'herbe sauvage se montra particulièrement réfractaire à son action. Cela fait, il travailla la terre fraîche, puis la ratissa soigneusement. Ensuite, il l'aplatit avec le dos de la bêche, de manière à laisser une surface parfaitement plane et lisse. L'opération suivante lui demanda plusieurs allers et retours jusqu'au cottage, puisqu'il devait arroser l'ensemble de manière à bien humidifier la terre, mais sans excès non plus et en veillant à effacer progressivement les traces de son passage. Il était près de 4 heures quand il eut terminé.

Il s'en retourna chez Mrs Rumbelow, but le verre de cidre qu'elle lui offrit, puis retourna avec elle près du pommier afin de lui montrer le résultat de son travail. La vieille dame sembla satisfaite de ses services ; ils discutèrent encore tous deux d'autres travaux qu'elle envisageait de faire, telle une grande clôture autour du verger. Il était alors près de 6 heures, et Timothy jeta machinalement un coup d'œil sur la terre retournée, dont la surface, qui avait presque entièrement séché au soleil, commençait à se fendiller légèrement par endroits.

À ce moment-là, compte tenu de sa discussion avec elle, relative à la protection du verger et aux effrontées qui venaient régulièrement le piller, il crut comprendre le sens de ses travaux. Mais quand il fut rentré chez lui, il avait oublié les problèmes de Mrs Rumbelow. Il se coucha assez tôt, car un travail bien plus pénible l'attendait chez le révérend, qui lui avait demandé de rafraîchir les allées de son cimetière, lesquelles disparaissaient littéralement sous les herbes folles. Sachant qu'il en avait pour plusieurs heures, il comptait commencer de très bonne heure, pour éviter la lourde chaleur de l'après-midi.

À 7 heures du matin, il se rendit compte qu'il avait oublié ses outils chez Mrs Rumbelow. Il frappa plusieurs fois à sa porte, mais sans obtenir de réponse. Il décida de jeter un coup d'œil dans le jardin, bien qu'il lui parût étonnant de la trouver là à cette heure-ci, puis fit également un tour au verger. Il avait cru apercevoir quelque chose de bizarre au pied du pommier et décida machinalement d'aller voir...

Une heure plus tard, l'inspecteur Wedekind prenait connaissance du message qu'un constable venait de lui remettre. Quand il l'eut terminé, il était blanc comme un linge. Il donna des ordres pour qu'on prévînt immédiatement Burns et son ami, puis quitta son bureau en trombe. Il arriva à Woodhall vers 10 heures et demie.

32

Récit d'Achille Stock (suite)

Mes nombreuses aventures en compagnie d'Owen m'avaient quelque peu endurci et habitué à de fort tristes spectacles. Pourtant, malgré cela, l'enquête que nous menions ne laissait pas de me déconcerter. Soit par ses aspects macabres, soit par le caractère insolite de ses crimes, soit par les deux à la fois. Ce nouveau meurtre relevait indiscutablement de cette dernière catégorie. La scène qui s'offrait à nos regards me paraissait indescriptible. On ne pouvait manquer d'être saisi par le violent contraste entre la nature souriante de cette matinée d'été, la vue bucolique de ce beau verger, animé de mélodieux gazouillis et d'où montait encore une fragrance de rosée, et celle du cadavre de cette vieille femme, gisant dans une posture un peu bizarre au pied de l'arbre, les yeux révulsés, la langue pendante, la figure violacée. L'écharpe avec laquelle on l'avait étranglée était encore nouée autour de son cou. Ses mains noueuses et ses pieds, assez grands pour une femme, dépassaient de sa chemise de nuit, dont le blanc pur tranchait sur le terre brune. Elle était couchée en chien de fusil et on l'avait vraisemblablement traînée jusque-là, puis retournée de manière que son regard effrayant fût bien visible. Il y avait dans les plis de sa chemise de nuit trois pommes d'or, ou plus exactement peintes dans cette couleur. Les branches du pommier, elles, n'en portaient aucune... Cela semblait curieux, vu que les arbres alentours en étaient pourvus, mais c'était là une anomalie que l'esprit n'enregistre d'abord qu'inconsciemment.

Owen et moi venions d'arriver. Le télégramme que Wedekind nous avait fait parvenir était des plus succincts, mais parfaitement clair : ce que nous redoutions chacun au fond de nous-mêmes s'était produit.

L'inspecteur ne prononça aucun mot pour nous accueillir, estimant à juste titre que les faits parlaient d'eux-mêmes. Deux policiers en uniforme examinaient le sol, l'arbre, les alentours, tandis que leur supérieur tenait compagnie à un homme d'une soixantaine d'années, revêtu d'un tablier et l'air profondément désolé. Le médecin légiste était penché sur le cadavre. Au bout d'un moment, il se releva, en nous déclarant, comme nous nous y attendions, que la victime avait été étranglée.

— Je crois savoir comment l'assassin s'y est pris, ajouta-t-il d'un air pensif. Il a dû la surprendre dans son sommeil, en lui passant cette écharpe autour du cou, au travers des barreaux de son lit, du côté de l'oreiller. Il lui a alors suffi de tirer et d'attendre que la mort fasse son œuvre. J'ai jeté un coup d'œil dans sa chambre tout à l'heure et cela me paraît réalisable. J'ai relevé sur sa tête deux ecchymoses significatives, séparées d'un espace qui correspond à celui des barreaux. Ensuite, il a dû la traîner jusqu'ici, la jeter sur cette bande de terre, puis déposer sur elle ces trois pommes peintes.

— Il ne s'est pas contenté de ça, intervint Wedekind sur un ton d'irritation contenue.

— Je sais, fit le médecin en levant la tête vers l'arbre dépouillé de ses pommes. Mais ce problème, c'est le vôtre, inspecteur, non le mien !

Wedekind fit alors témoigner l'homme au tablier, jardinier de son état, qui avait découvert le cadavre. Nous restâmes sans voix quand il eut terminé son surprenant récit.

— J'ai fini par comprendre pourquoi elle m'avait demandé de faire ça, bredouilla-t-il. C'était sans doute à cause de ces trois gamines qui venaient lui voler ses pommes. Elle voulait probablement ainsi les piéger lorsqu'elles reviendraient faire une cueillette nocturne, en relevant sur ce sol net les empreintes de leurs pas... comprenez-vous ?

— Que trop bien ! gronda Wedekind. Et vous maintenez que personne n'a marché sur cette surface plane et ronde, d'environ cinq ou six mètres de diamètre, depuis hier soir, au moment de votre départ ?

Le jardinier s'approcha de la terre qu'il avait retournée et la désigna d'un mouvement du menton.

— Vous voyez bien, à part la traînée devant le cadavre, il n'y a aucune trace.

— Et personne n'aurait pu marcher là et refaire ce travail après vous ?

— Non, et je suis absolument formel. Regardez bien sa surface... Il y a une légère croûte fendillée qui s'est formée sous l'action du soleil durant la fin de l'après-midi. Elle était déjà ainsi lorsque je suis parti d'ici hier soir, après 6 heures. Si on avait refait la même opération durant la nuit, ce ne serait pas pareil. Reconnaissez quand même que c'est du bon boulot, car on y verrait même les traces d'un chat.

— Et comment, alors, a-t-on pu cueillir ces pommes ? gronda Wedekind en levant un regard courroucé vers les branches vides de l'arbre.

Le vieil homme secoua la tête, désolé et désorienté à la fois.

— Je n'en sais fichtrement rien. J'vous dirais bien qu'avec une grande échelle, enjambant ma plate-bande, on aurait pu monter sur l'arbre sans laisser de trace, ou même en sautant sur le cadavre, puis en se hissant sur une branche pour quelqu'un d'agile... Mais après ? Vous vous imaginez cueillir toutes ces pommes ? Surtout avec la tombée de la nuit ? Et même avec des lampes disposées alentour... Ce serait non seulement un travail de dingue, mais on oublierait forcément des pommes. Même en plein jour, c'est pas facile ! Essayez pour voir ! C'est pas Dieu possible, franchement, dans ces conditions-là...

— Alors expliquez-nous ! le pressa Wedekind.

— Le seul moyen, pour moi, c'est d'attacher une corde à une bonne branche et de le secouer violemment. Là, c'est radical ! Mais vous voyez bien que ça a pas été possible non plus, même en posant un drap ou un filet par terre, comme on fait pour la cueillette d'olives. Avec les pommes, vous auriez plein de nids-de-poule là-dessus... Voyez la terre, elle est toute molle, avec juste cette fine croûte au-dessus. Vous mettriez même une large planche là-dessus que ça se verrait aussi !

Quand Wedekind eut congédié le jardinier, non sans lui avoir précisé qu'il serait bientôt amené à donner son témoignage sous la foi du serment, il vint vers nous et nous demanda quelles étaient nos premières impressions.

Mon ami, qui considérait le spectacle macabre avec un ravissement presque indécent, répondit très sentencieusement :

— *Ex ungue leonem*, on reconnaît le lion à sa griffe. Car ce crime, vous en conviendrez, mon cher Wedekind, est signé. C'est un nouveau tour de force de notre homme-lion, l'extraordinaire Hercule... Peut-être un des plus réussis, et à bien des égards. Esthétiquement, c'est proche de la perfection. En outre, il respecte la légende à la lettre. Vous avez entendu le jardinier parler de la victime, n'est-ce pas ? Les gosses du coin l'appelaient le « Dragon » et quelques jeunes filles s'amusaient à cueillir les pommes durant la nuit... comme les Hespérides. Et comme toujours, Hercule est venu, a vu et a vaincu. Il a tué le dragon, cueilli toutes les pommes — sauf ces trois-là pour nous faire comprendre qu'elles étaient bien en or —, puis est reparti aussi discrètement qu'il était venu. Une merveille telle que celle-là, je peux vous le dire, ça ne s'improvise pas !

— Mais comment a-t-il fait pour cueillir toutes ces pommes ? s'obstina Wedekind, les traits déformés par la colère.

— J'avoue n'en avoir aucune idée, répondit mon ami en portant un doigt songeur à ses lèvres. J'avais un moment imaginé qu'un de ces longs bâtons, pourvu à son extrémité d'une sorte de filet à papillon, aurait fait l'affaire. Mais comme l'a souligné le jardinier, faire une telle cueillette la nuit, c'est quasiment impossible...

— Et si c'était le jardinier lui-même ? suggéra l'inspecteur, pris d'une soudaine inspiration.

— Alors, cela expliquerait tout, en effet. Il pourrait avoir inventé toute l'histoire et cueilli les pommes auparavant. Mais franchement, je trouve qu'il n'a pas l'envergure du coupable que nous recherchons, n'est-ce pas ?

Wedekind en convint d'assez mauvaise grâce. Il gagna un pommier voisin, arracha un fruit à portée de main, puis se mit à le croquer avec hargne.

— Ce nouveau crime nous aura tout de même enseigné quelque chose d'important, reprit Owen. Grâce à lui, nous pouvons éliminer un suspect de choix. Car il est bien certain que notre Hercule, pour réaliser cet exploit, ne pouvait pas à la fois se trouver dans les cellules du Yard et en même temps ici...

Wedekind jeta son trognon par terre d'un geste furieux, pivota sur les talons, puis s'en fut.

33

Récit d'Achille Stock (suite)

Wedekind avait été tellement obnubilé par l'énigme des « pommes d'or du jardin des Hespérides » qu'il en oublia les vérifications les plus élémentaires de son enquête. Et à Greenway, ce fut un peu la même chose. La nouvelle de ce meurtre, commis au village même, avait tellement bouleversé les Richardson qu'ils n'avaient plus songé à vérifier l'état des tablettes d'argile. Ce ne fut qu'en fin de journée que Michael Novello constata qu'une seule tablette était accrochée dans le bon sens. Les onze autres avaient été retournées. Quand ? Et par qui ? C'est évidemment cette seconde question qui hanta dès lors les réflexions de l'inspecteur. Car si le criminel n'avait pas pour nom Hercule Richardson, qui était-il dans ce cas ? Un des habitants de Greenway, cela ne faisait plus l'ombre d'un doute. Mais lequel ?

Aucun d'entre eux ne put produire d'alibi pour l'assassinat du « Dragon ». N'importe qui aurait pu s'esquiver discrètement de la maison durant la nuit du drame. En revanche, le meurtre de « Géryon », lui, réduisait singulièrement le champ des suspects. Le rapport définitif du médecin légiste situait l'heure du crime entre minuit et 3 heures du matin. Or, Mrs Richardson avait tenu compagnie à Rita Draper dans sa chambre, après l'incident du serpent, jusqu'à 2 heures et demie du matin ; ce qui les disculpait toutes les deux de manière quasi certaine, car il y avait au moins une demi-heure de cheval entre Greenway et le ferme Hawker. Derek, Lloyd et les Novello s'étaient couchés avant 2 heures du matin, ce qui faisait d'eux les suspects privilégiés de Wedekind. Néanmoins, l'inspecteur se rallia à l'opinion d'Owen, qui envisageait de plus en plus l'existence d'une sorte de tueur à gages, un « Hercule » exécuteur des hautes œuvres, suivant à la lettre les instructions de son commanditaire, avec entre autres celle de porter une peau de lion lors de ses interventions.

— Alors, ce peut être n'importe qui ! énonça Wedekind, quelques jours après avoir fait libérer le jeune Richardson. Même le plus insignifiant des domestiques ! Et nous pouvons même laisser tomber ces questions d'alibi, qui ne signifient plus grand-chose...

— J'en ai peur. Nous avons affaire à un criminel trop rusé pour se laisser prendre par des questions d'ordre pratique. Il serait plus judicieux de tenter de percer à jour ses intentions.

— Mais justement, quelles sont-elles ? La captation de l'héritage de Roy Russell ? Il est certain que le jeu en vaut la chandelle ! Là aussi, tout le monde est plus ou moins concerné : Mrs Richardson, Derek, Vera, en tant que parenté directe, mais aussi le mari de Vera et même Neville Lloyd, à cause de leurs liens avec les premiers, sans oublier miss Draper, qui peut désormais envisager d'épouser Hercule Richardson.

— Vu qu'elle a été « recrutée » par la famille au début du printemps, j'ai du mal à concevoir que c'est elle qui a entamé cette série de crimes depuis septembre dernier.

— C'est vrai, mais le raisonnement s'applique également aux autres, puisqu'à cette époque ils étaient désespérés de voir Hercule broyer du noir. En bonne logique, l'assassin lui aurait réglé son compte sans tarder, avant qu'il n'aille voir son notaire pour faire rédiger un nouveau testament. Voilà tout ! Il ne se serait jamais lancé dans la longue et hasardeuse suite de crimes, uniquement pour en rejeter la responsabilité sur le jeune Richardson...

— Que reste-t-il alors ?

— L'hypothèse d'un fou qui suit une idée fixe.

— Ça, c'est sans doute ce qu'il veut nous faire croire.

Comme on s'en rend compte, les spéculations allaient bon train. J'émis quant à moi très peu d'hypothèses personnelles, aucune d'entre elles ne me semblant fondée. Dès que je parvenais à trouver un début de fil conducteur, j'entrevoyais aussitôt un élément contradictoire. Finalement, je me ralliai à l'opinion de Wedekind, qui pensait avoir affaire à un esprit dérangé.

Il faut dire que la terrible efficacité du meurtrier, qui avait frappé deux fois en l'espace de un mois, nous avait quelque peu ébranlés. Owen lui-même paraissait sonné. Pendant quelque temps, il semblait se contenter d'être le spectateur de ces drames, dont il ne cessait de louer la beauté artistique, affirmant que c'était une grande chance pour lui d'être confronté à un adversaire de cet ordre. Un beau jour, je lui fis remarquer que s'il continuait d'admirer cet adversaire au lieu de le combattre, il finirait par se trouver lui-même au tapis. Il prit ma remarque au sérieux, comme si elle constituait une étonnante révélation. Ce même jour, nous entendîmes le témoignage du major Stroud, et à partir de ce moment-là, j'eus l'impression qu'une lueur venait de poindre à l'horizon de cet épais mystère.

C'est dans l'atmosphère enfumée du *Dark Sheep* que nous rencontrâmes un des anciens compagnons de route du colonel Richardson, dont Wedekind venait de retrouver la trace. Il avait une face large, burinée et un teint couperosé qui avait fait dire par la suite à Owen qu'une allumette placée devant sa bouche l'aurait, à coup sûr, fait cracher des flammes de dragon avec son haleine éthylique. Je fis comprendre à Owen que je n'appréciais que modérément son humour, étant donné que tout dragon qu'il était, nous avions été bien heureux de pouvoir profiter de sa mémoire d'éléphant. À quoi il rétorqua qu'il n'avait eu que la confirmation de ce qu'il savait déjà, ce qui était la vérité, je devais en convenir.

— Bien sûr, Richardson était une chic type, tonitruait le major Stroud, une chope de bière mousseuse à la main. J'ai été assez longtemps sous ses ordres pour pouvoir l'affirmer.

— En quelle année était-ce ?

— De 1882 jusqu'à ce qu'il nous quitte, donc en 1890.

— On nous a parlé de lui comme d'un militaire modèle, fit remarquer Owen.

— C'est vrai, il était à cheval sur le règlement. Mais tout à fait entre nous, il était loin d'approuver ce qu'on lui demandait de faire.

— C'est-à-dire ?

Le major Stroud poussa un profond soupir.

— En fait, c'était un type assez spécial. Il avait ses principes à lui, et j'dois dire que je ne le suivais pas toujours dans ses raisonnements.

— Nous nous sommes laissé dire qu'il s'adonnait à l'opium, intervins-je.

— Oui, mais il était pas le seul à avoir essayé cette saloperie et à ne plus pouvoir s'en défaire par la suite ! Car vous savez, ce machin-là, ajouta-t-il avec le plus grand sérieux, on n'peut pas s'en défaire comme ça, du jour au lendemain, comme avec la bière ou le whisky !

— Bien sûr, approuva Owen, c'est évident. Mais je suppose que vous faisiez allusion à autre chose, en parlant de ses principes ? Quels étaient-ils, justement ?

— Eh bien... Par exemple, il défendait toujours les Chinois. Il avait fini par se persuader qu'on n'aurait jamais dû mettre les pieds là-bas, et surtout respecter leurs idées et leurs croyances, au lieu de leur imposer les nôtres. Parfois même, il disait que c'étaient nous les barbares, nous les sauvages qui commettions des sacrilèges... comme tout notre réseau de chemin de fer, là-bas, qui aurait été construit en dépit du bon sens et aurait causé des dégâts irréparables... Entendez pour les Chinois. Mais savez-vous pourquoi ? Je vous le donne en mille ! Simplement parce que nos rails passaient parfois sur de vieux cimetières ! Vous voyez maintenant ce que je veux dire à propos de « ses raisonnements » ? Et parfois, il allait même plus loin, en parlant de démons invisibles qu'il fallait éviter à tout prix ou contourner avec les rails... Un chic type, ouais, mais qui avait fini par devenir aussi maboul que les Chinois !

— Il était devenu un adepte du *Feng Shoui*, n'est-ce pas ?

— Ouais... ou un truc comme ça, fit le major Stroud avant de vider sa bière d'un trait.

Lorsque nous eûmes quitté le *Dark Sheep*, Owen me demanda avec un sourire triomphant :

— Est-ce que les choses vous paraissent plus claires, à présent, Achille ?

— Je commence à comprendre, oui.

— Richardson avait tout simplement été amené à pratiquer le *Feng Shoui*. Avouez qu'on ne peut parler de folie pour quelqu'un qui renie plus ou moins sa foi, n'est-ce pas ?

— Vous êtes rudement bien renseigné sur la question.

— Mon Dieu, Achille, vous me parlez comme si vous m'accusiez de paganisme ! Si j'ai quelques modestes notions dans cette science particulière, c'est tout simplement à cause de mon amour pour l'Art. Vous connaissez ma passion pour la porcelaine chinoise ? C'est en étudiant ses décorations que j'ai été amené à me renseigner. Sans entrer dans les détails, sachez qu'il s'agit d'une sorte de fétichisme évolué, qui tient compte de l'influence générale des morts, des forces de la nature, qu'il convient de maîtriser pour son propre bien-être. Mais il faut aussi tenir compte d'autres entités, telles que le « tigre blanc » et le « dragon bleu »... Ainsi, qu'il s'agisse de construire une maison, de creuser une tombe, de créer un jardin ou de tracer une route, il faut s'assurer de la bonne position dans l'espace du « dragon bleu » et du « tigre blanc », afin d'éviter les influences néfastes.

— Et c'est pour cela qu'il aurait fait raser le tertre et déplacer l'étage ?

— Bien entendu. Il l'avait d'ailleurs dit expressément, lorsque le jardinier lui avait posé la question. Pour ce qui est des haies de l'allée, je pense qu'il voulait que Greenway puisse profiter du soleil levant, bénéfique augure quotidien dont il serait stupide de se priver. Rappelez-vous que la façade principale est orientée vers l'est, telle la chambre de miss Rita Draper. C'est d'ailleurs le dessin de sa fenêtre, avec son soleil levant, qui m'a éclairé sur ce point, c'est le cas de dire... Elle a instinctivement ressenti ce que deux cerveaux bornés comme les nôtres ont pris un temps fou à saisir !

— Mais il n'y avait pas que cela ! objectai-je. Vous oubliez les lettres brûlées, la mystérieuse présence féminine, et surtout les petits bonshommes en papier noir ou doré...

— Je vous ai parlé de fétichisme, n'est-ce pas ? Pour

combattre les souffles et les êtres malfaisants, les adeptes du *Feng Shoui* n'hésitent pas à faire des sacrifices. Rassurez-vous, aucun sang n'est versé. Pour ce faire, on immole des populations entières de bonshommes en papier doré, qu'on fait brûler dans une chaudière en bronze et devant l'« Esprit de la terre », la déesse, cette grossière statue de bois que vous avez pu observer dans sa chambre et qui à n'en pas douter est également cette inconnue dont seule la silhouette fut entr'aperçue par notre jardinier à l'imagination fertile...

— Il nous avait dit les avoir entendus parler !

— Non, seulement le colonel Richardson. Mais a-t-on l'habitude de faire une prière en silence ? Naturellement, le tigre blanc et le dragon bleu se doivent d'assister à la cérémonie, durant laquelle on agite généralement un sistre à anneaux et un tambour à graine, dont le bruit doit attirer l'attention de l'« Esprit », peut-être occupé ailleurs, bruit qui correspond bien aux sons étranges perçus par le vieux Peter. Un dernier mot pour vous dire que ces sacrifices se font aussi bien en faveur d'un être cher — tel qu'un enfant mort ou en mauvaise santé — ou de toute autre cause. Quant aux personnages hostiles ou pouvant nuire au bénéfice de la cérémonie, ils sont représentés sous formes de bonshommes en papier noir, accrochés au mur à l'envers... Ce pourrait être là ces ingénieurs européens qui construisent à tort et à travers.

J'aurais aimé pouvoir élever quelque objection, mais ne trouvai plus rien à redire. Les pièces du puzzle s'emboîtaient à la perfection. Lorsque nous retournâmes à Greenway le lendemain et tandis que nous remontions la belle double haie d'ifs, je ne pus m'empêcher de porter rétrospectivement un jugement moqueur sur ma propre ignorance.

Hercule Richardson, que nous trouvâmes installé à la

terrasse en train de lire le journal, écouta avec beaucoup d'intérêt ces éclaircissements sur l'étrange comportement de son père.

— Je me doutais bien que c'était quelque chose dans ce genre-là, déclara-t-il simplement. Tel que je le connaissais, cela ne m'étonne guère qu'il ait gardé cela pour lui, car je ne pense pas non plus que ma mère ou quelqu'un d'autre fût au courant. Cela explique aussi le caractère cultuel et sacré de cette pièce. C'était son univers, et il ne souhaitait pas qu'on le profane. Et en ce qui me concerne, je m'en suis toujours tenu à ses exigences.

— Vous avez résisté à la tentation, fit Owen en plaisantant.

— Oui... Si j'ai réussi à dominer ma curiosité, c'est surtout, aussi, par superstition. Je me suis dit que nous devions laisser cette pièce intacte, respecter sa volonté, faute de quoi il nous arriverait malheur... C'est ce que j'ai essayé d'expliquer à Déjanire après m'être brouillé avec elle à la suite de son intrusion dans cette pièce. D'ailleurs, d'une certaine manière, n'a-t-elle pas déclenché une catastrophe, si l'on songe à ce qui lui est arrivé juste après? Ce nid de vipères dans lequel elle est tombée?

Hercule Richardson se passa la main sur le front, comme angoissé à cette seule idée.

— Je n'ose plus penser à cet incident. Car il me prend l'envie de nettoyer une bonne fois pour toute la faune qui infeste la véranda.

— Saviez-vous également que votre père était un fumeur d'opium?

La question d'Owen prit Richardson au dépourvu. Son visage se rembrunit, puis il eut un signe de tête approbateur. Après un moment de silence, il déclara :

— Récemment, ma mère m'a fait des révélations à son sujet, en me disant que de toute manière, je finirais bien par l'apprendre. Tout seul, ou par l'intermédiaire d'une personne bien intentionnée...

— À propos de sa maladie ?

— Non, cela concerne nos véritables liens de parenté. Elle m'a aussi dit que vous, Mr Burns, vous aviez déjà compris...

— Vous savez donc qui est votre vrai père ?

Hercule haussa les épaules avec une sorte de lassitude indifférente.

— Évidemment, cela paraît clair si l'on s'en tient aux faits. D'aussi loin que je m'en souvienne, j'avais toujours apprécié les visites de Mr Roy. Il était très chaleureux avec moi, mais comment vouliez-vous qu'un gosse comprenne cela ? Pour moi, mon père restera toujours John Richardson, ce père qui me berçait et me racontait ces si merveilleuses histoires... Il m'a tout montré, tout appris, et je lui dois tout.

Ses yeux bleus, qui s'étaient embués à la suite de cet aveu, se levèrent soudain vers Owen.

— Ma mère, ajouta-t-il, m'a aussi appris que vous attachiez beaucoup d'importance à cette filiation, comme si elle avait un rapport avec l'enquête. Est-ce exact ?

Owen parut un peu déconcerté par le regard direct de son vis-à-vis et ne répondit pas avec son aisance habituelle :

— Oui, du moins naguère. Aujourd'hui, je ne sais plus... À propos de votre ressemblance avec l'Hercule de la légende, il y a tant de coïncidences dans votre vie que j'ai fini par abdiquer, par me dire simplement que les choses sont ainsi...

— Parce que cela a été voulu par des instances suprêmes ?

— Pourquoi pas ?

— Vous savez, Mr Burns, mon père aimait à me répéter une citation chinoise. Je ne l'ai jamais oubliée. *Les cieux et la terre exercent une influence sur tous les êtres vivants, et il est au pouvoir de l'homme de tourner cette influence à son avantage*... Peut-être la connaissez-vous ? Sinon, qu'en pensez-vous ?

Owen hocha pensivement la tête, puis se tourna vers moi pour me laisser l'initiative de la réponse.

— Oui, fis-je après m'être éclairci la voix. Il est certain que l'homme est maître de son destin, ou du moins partiellement. Car sans cela, nous pourrions tout pardonner, même les actes les plus répréhensibles.

— Je suppose que vous faites allusion au criminel que vous traquez ?

— Bien entendu. Même s'il est fou, il est responsable de ses actes.

— C'est amusant ! Vous parlez exactement comme l'inspecteur Wedekind.

Vu les circonstances, la remarque n'avait rien de flatteur. Hercule Richardson avait retrouvé son sourire et sa calme assurance. Je lui trouvais quelque chose d'arrogant, d'agaçant, dans cette attitude d'enfant gâté, à qui la vie continuait de sourire de manière insolente — je pensais notamment aux récentes circonstances, heureuses pour lui, qui l'avaient tiré d'une très vilaine posture —, ce dont il ne semblait nullement conscient. Je lui demandai assez sèchement :

— Auriez-vous une idée différente ?

— Disons plus nuancée. Je suis tout à fait d'accord avec vous sur la question de la responsabilité, mais je persiste à penser que le rôle de ce criminel n'est pas aussi néfaste qu'on le prétend. J'en ai encore eu la confirmation tout récemment, en lisant un article qui faisait le recensement de ses exploits et de ses victimes. Toutes, sans exception, étaient nuisibles pour la société.

— Et Mrs Rumbelow aussi ? ripostai-je.

— On ne l'appelait pas le « Dragon » pour rien ! Je peux vous en parler, car elle a été ma maîtresse d'école quelque temps, avant que père ne change d'avis. Moi, elle ne m'a jamais rien fait. Elle avait bien trop peur pour cela. Mais quelques-uns de mes camarades ont eu les doigts cassés, tant elle maniait sa règle de bois avec fureur quand les leçons n'étaient pas apprises ! Et du reste, vous avez pu observer que peu de monde l'a pleurée à son enterrement...

— Moi, ce que j'admire surtout, fit Owen, c'est l'esthétique de ces crimes.

Là, j'aurais pu gifler mon ami, qui donnait ainsi la nette impression de me désavouer devant Richardson. Mais j'aurais dû m'en douter. Il n'aimait rien tant que ces dissertations sur le crime. Et quand il était lancé...

— ... Ce sont des œuvres d'art, polies avec amour, qui ne peuvent laisser indifférent l'homme de bon goût. Il y a tant d'émotion dans ces tableaux qu'on pourrait presque parler de poésie. Ensuite, bien sûr, il y a cette harmonie de la série entière, qui impose à elle seule le respect. Chaque meurtre propose un nouvel exploit, à la fois si différent du précédent et en même temps si caractéristique de son auteur. La mise en scène est à chaque fois somptueuse, comme si l'artiste essayait de se surpasser à chaque sortie...

La moutarde me montait nez. J'intervins assez sèchement pour recentrer le débat, en rappelant que l'instigateur de ces crimes courait toujours et dormait vraisemblablement sous ce toit.

— J'ai du mal à le croire, énonça Hercule en fronçant le sourcil.

— À votre avis, demanda gravement Owen, qui cela pourrait-il être ?

— Très honnêtement, je ne vois personne. En tout cas, personne, ici, qui soit en mesure de commettre des actions de cette envergure.

— Vous voulez dire physiquement ?

— Pour commencer, oui.

— Nous pensons que l'individu que nous traquons a fait pour cela appel à un complice. Il ne serait donc que l'instigateur de ces crimes, si l'on peut dire.

Hercule, qui venait d'allumer une cigarette, ne répondit qu'après un temps :

— Dans ce cas, il y aurait éventuellement une possibilité...

— Qui ? questionnai-je.

Notre hôte parut soudain prendre de la distance, et je regrettai aussitôt mon ton véhément.

— Ce n'est qu'une impression. Vous comprendrez, dans ces conditions, messieurs, que je ne puis citer de nom.

34

Récit d'Achille Stock (suite)

Mi-août

La Fleur des rêves était bel et bien une fumerie d'opium, même si cela n'était pas clairement indiqué sur l'enseigne de la boutique. À moins que la suite verticale de caractères chinois, qui ornaient la lanterne suspendue au-dessus de la porte d'entrée, ne le signalât expressément. Il y avait d'autres boutiques orientales dans la ruelle, dont le mérite était de réchauffer un peu, par les couleurs vives de leur devanture, la grisaille sinistre des venelles écartées de Limehouse. Nous approchions de l'heure du thé, mais déjà la lèpre des ténèbres se répandait au fond des impasses douteuses et des arrière-cours sordides. Ce n'était pas mon quartier de prédilection, et j'avais fait remarquer à mon ami que cette visite de l'endroit où feu le colonel Richardson s'adonnait à son vice ne s'imposait pas. Il m'avait répliqué qu'en période de vaches maigres, il ne fallait négliger aucune piste. Ce en quoi il n'avait pas tort.

Trois semaines s'étaient écoulées depuis le « meurtre du jardin des Hespérides », et nous piétinions lamentablement dans notre enquête. Nous étions parvenus à certaines conclusions, à circonscrire l'endroit où se terrait le coupable, mais non à lui arracher son masque. Il montrait le bon côté de sa double personnalité, laissant sa mauvaise face dans l'ombre. Tandis que nous interrogions les suspects au fil des jours, il nous semblait de plus en plus improbable que la verte et souriante propriété de Greenway recelât en son sein un aussi dangereux assassin. Depuis quelques jours, Owen avait décidé de s'attaquer aux mystères des exploits d'Hercule. Il partit interroger quelques témoins des divers drames, demeura de longues heures installé dans son fauteuil, profitant de la présence bienfaitrice de ses muses sur le rebord de la cheminée, mais garda naturellement pour lui le fruit de ses cogitations. Il m'avoua néanmoins être parvenu à certains résultats, tout en me précisant que la résolution de ces énigmes ne jetait hélas aucune clarté sur l'identité de l'assassin. Celui-ci semblait avoir cloisonné chacun de ses exploits, comme les compartiments d'un navire, de manière à ne pas être pris de court en cas de naufrage. La vague de ses déductions parviendrait-elle à rattraper et à submerger le funeste « héros » ? Owen ne perdait pas espoir, mais savait que le temps jouait en faveur de l'assassin. La visite de cet établissement interlope constituait donc à mon avis davantage une sorte de réflexe nerveux de sa part, ce qu'il m'avait du reste plus ou moins avoué.

Je baptisai mentalement « Tchang » l'Asiatique qui vint nous ouvrir, car je serais incapable de transcrire le nom qu'il déclina. Il portait un bonnet et une veste sombre passablement élimée, mais ses chaussures était parfaitement astiquées et brillaient comme les dents que nous dévoilait son sourire mercantile. Il accepta sans difficulté les pièces que lui remit Owen, puis nous fit entrer. J'épargnerai au lecteur la triste description de ces êtres, allongés sur des canapés, issus de tous milieux et sans distinction d'âge. La clarté ténue des lampions, accrochés de loin en loin devant les divers compartiments, et l'air rendu opaque par la fumée ne me permettaient pas d'en dire davantage, sinon qu'ils goûtaient avec une volupté étrange l'arôme de leur vice.

Dans cette atmosphère ouatée, qui absorbait non seulement l'esprit de ces âmes malades mais aussi les sons, je ne comprenais guère ce qu'Owen chuchotait à l'oreille de Tchang et encore moins les réponses du Chinois, qui avait un accent fort prononcé. Je quittai sans regret la salle principale et suivis mes compagnons dans un étroit couloir, à l'air également vicié, mais qui me parut comme une bouffée d'oxygène après les effluves capiteux des fumeurs d'opium. Tchang nous fit ensuite entrer dans une pièce carrée, aux murs aveugles, et se chargea aussitôt d'allumer les quatre lanternes disposées dans les coins. Leur clarté naissante répandit une lumière tremblotante sur les murs pourpres, sorte d'incendie semblable à un coucher de soleil.

— Voilà la pièce particulière de Mr Richardson, déclara Tchang avec son accent épouvantable.

— Eh bien, notre colonel était visiblement un habitué et un client privilégié ! persiflai-je à l'intention d'Owen. Les confidences de sa femme me semblent avoir été un peu en dessous de la vérité.

Mon ami secoua lentement la tête.

— Non, elle n'a pas minimisé le cas de son mari. Simplement, elle n'a jamais mis les pieds ici, et on la comprend aisément. J'avoue cependant que le cadre est assez impressionnant et se prête, on ne peut mieux, aux rêveries orientales comme les prisait tant le colonel. Admirez ce superbe dragon peint sur le plafond et qui... Bon sang !

Owen se tut soudain, surpris. Je levai la tête et ne tardai pas à en comprendre la raison.

— Ce dragon, murmurai-je, c'est le même que la statue de plâtre dans son bureau. Les antennes, la barbe et les moustaches, le regard fou et le même bleu... Quelle coïncidence !

— Peut-être pas, répondit-il, soudain rasséréné. Tchang, mon brave, dites-moi... Le colonel Richardson venait régulièrement dans votre établissement ?

— Oui, monsieur, et j'ai perdu un de mes meilleurs clients quand le Ciel l'a rappelé...

— Cette pièce, dites-vous, lui était réservée ?

— Pas à lui seul, bien sûr, mais il avait priorité sur les autres.

— Peut-être vous avait-il donné quelques idées pour sa décoration ?

— Oui. Et il avait même été très exigeant, mais il avait su être reconnaissant avec votre serviteur, monsieur.

— Ce dragon sur le plafond, c'était une de ses suggestions ?

— Parfaitement. Il avait même rapporté une statue pour que les peintres s'en servent comme modèle.

Owen tourna vers moi un regard malicieux, tandis que le Chinois poursuivait :

— Il devait avoir une grande importance pour lui. C'était un homme très honorable. J'étais vraiment très navré d'apprendre sa mort. Son fils aussi était très peiné, et nous avons souvent évoqué son souvenir...

— Son fils ? s'enquit soudain Owen. Lequel ?

L'Asiatique eut un air désolé, mais sans se départir de son sourire.

— Vous savez, je ne connais pas sa famille.

— Comment est-il ? Grand ou petit ?

— Grand et beau garçon, monsieur, avec des cheveux blonds.

— Hercule ?

— Oui, c'est son prénom, ça me revient maintenant. Il

ne vient plus aussi régulièrement qu'au début, c'est pourquoi j'ai un peu oublié...

— Voulez-vous dire qu'il fréquentait votre établissement ?

— Oui, bien sûr. Cette pièce aussi lui était réservée quand il venait.

— Depuis combien de temps ? Depuis la mort de son père ?

— Non, c'était juste un peu avant. Je m'en souviens bien, car c'était Mr Richardson qui me l'avait présenté...

La stupéfaction peinte à ce moment-là sur le visage d'Owen ne devait pas le quitter, même bien après que nous eûmes quitté *La Fleur des rêves*. Il était même si bouleversé qu'il ne pouvait s'empêcher de réfléchir à haute voix, espérant peut-être trouver du secours dans mon esprit, aussi désemparé que le sien, je dois l'avouer.

— Cela ne répond à aucune logique, Achille ! ne cessait-il de me répéter du fond de son fauteuil, entre deux regards implorants vers les statuettes sur sa cheminée.

— Souvenez-vous pourtant de l'attitude d'Hercule, ce matin même, répliquai-je. Il m'avait paru embarrassé quand nous avions évoqué la maladie de son père.

— Bien sûr, ça ne m'a pas échappé, Achille ! Pour qui me prenez-vous ? Mais cela s'explique parfaitement ! Il n'avait pas envie d'approfondir la question, fréquentant lui-même cet établissement ! Et il est aussi compréhensible qu'après la mort de son père, et surtout après celle de sa femme, il ait cherché à noyer son chagrin dans les vapeurs de l'opium ! Tous les témoignages relatifs à sa détresse le confirment bien et expliquent aussi ses absences répétées et le fait qu'il refusait de s'expliquer... Oui, tout cela se tient. En revanche, l'attitude de son père, elle, n'est pas compréhensible ! Il était pourtant bien placé pour savoir les ravages que peut provoquer l'absorption d'une telle drogue. Je ne comprends pas ce qui a pu le pousser à introduire son fils dans cet établissement...

— Le tenancier de l'établissement s'est peut-être trompé ?

— Allons ! Vous savez qu'il n'a pas pu inventer cela de toutes pièces. Vous l'avez entendu comme moi !

— Alors, il faut admettre que feu le colonel avait vraiment fini par perdre la tête. Vous-même l'aviez envisagé plusieurs fois, et moi aussi.

Les cheveux d'Owen, ordinairement peignés en une raie médiane, tombaient à ce moment-là sur son visage défait, qu'il tournait pathétiquement vers ses Muses.

— Thalie, Clio, Terpsichore, ne m'abandonnez pas en un tel instant... Si je ne trouve pas ce soir même un semblant de raison à cet acte insensé, je veux bien devenir fou comme le colonel !

— Ce que vous dites n'est pas très cohérent, lui fis-je remarquer.

— Au diable la logique et la cohérence ! s'emporta-t-il. Nous vivons dans un monde de fous, un monde si fou qu'il doit bien y avoir une explication à cette folie ! Par Dionysos, Achille, servez-nous vite un verre de mon meilleur whisky, que vous trouverez caché derrière les confessions d'Oscar Wilde, pour qu'il libère le génie secret de notre instinct, étouffé depuis la nuit des temps par l'odieuse cabale de la Raison, aidé en cela par mes Muses, qui ont manifestement décidé de me bouder dans cette affaire...

Lorsque le carillon de Big Ben se mit à égrener les douze coups de minuit, Owen voyait ses Muses à une échelle humaine et repoussait avec une mâle fierté leurs lascives avances, et ladite bouteille confiée jusque-là à la garde de l'ami Oscar, était vide.

— Trop tard, maintenant, ô nymphes ennemies... Je ne suis pas près d'oublier votre trahison. Vous êtes toutes les filles d'Ève ! Laissez le roi de la Beauté en compagnie de son génie, son seul ami fidèle, qui ne soit pas un mirage...

Je confesse m'être promené, à ce moment-là, dans les vignes de Dionysos, en compagnie d'Owen, mais j'avais l'alcool un peu plus modeste que lui. Eu égard à notre amitié, je n'ose transcrire ici toutes les curieuses contorsions de sa pensée pour aboutir à l'illumination qui le frappa soudain. Comme si les foudres de Zeus s'étaient abattues sur lui, il se redressa en s'écriant d'une voix de stentor, au mépris de ses voisins :

— Par les cornes d'Hadès ! Je crois avoir compris !

— Compris quoi ? bredouillai-je lamentablement.

— Beaucoup de choses !

— Mais encore ?

— Le collier avec lequel elle fut attachée est peut-être la cause...

— Le collier ? Quel collier ? Vous dites n'importe quoi !

— Pas du tout. Le collier a une importance particulière dans cette affaire, parce que c'est la ceinture de l'Amazone... Mais bon. Ce n'est pas par hasard que le colonel est allé dans cet endroit de perdition avec son fils. Il avait une bonne raison pour cela...

— Laquelle ?

Owen parvint difficilement à s'extraire des profondeurs de son fauteuil, gagna la cheminée, fit un pied de nez à ses statuettes, puis me regarda en secouant la tête.

— Je ne puis vous le dire.

— Pourquoi ?

— C'est encore pire que tout ce qu'on peut imaginer.

XI

CAPTURER LE GARDIEN DES ENFERS

35

Récit d'Achille Stock (suite)

Fin septembre

Je crois que jamais je n'en voulus autant à Owen pour son mutisme opiniâtre. Sous le prétexte désormais classique de ne pas encore être sûr de son affaire, il continuait de me cacher ses conclusions. Son silence ne dura pas quelques heures ni quelques jours, mais plusieurs semaines. Et à vrai dire, je commençais presque à oublier l'affaire, lorsque tomba la nouvelle.

L'assassin, en stratège habile, avait attendu que la surveillance exercée sur Greenway et ses habitants cessât, pour porter l'estocade finale. Bien sûr, les policiers, autant qu'Owen et moi-même, avaient longuement spéculé sur l'agencement de cet ultime exploit, mais devant l'imagination sans limite de l'assassin, comment prévoir un tel crime alors que le théâtre de ses exploits couvrait le pays entier?

La mythologie nous dit que ce travail fut le pire de tous. Toujours sous les ordres du roi Eurysthée, Hercule dut se rendre dans le royaume des morts, le fameux Tartare gouverné par Hadès. Il avait pour mission de capturer Cerbère, « le gardien des Enfers », l'horrible chien à trois têtes qui défendait son accès dans les profondeurs de la terre. Au terme d'un long parcours semé d'embûches, telles que la traversée de ces cloaques immondes qu'étaient les trois fleuves des Enfers, Hercule parvint jusqu'au monstre. Il réussit à éviter ses crocs meurtriers en le soulevant par le ventre et le porta ainsi durant tout le trajet du retour, jusqu'à Mycènes. Mais en voyant la bête terrifiante, Eurysthée donna aussitôt à Hercule l'ordre de la ramener là où il l'avait trouvée.

Il existe, quelque part sur la côte nord de la Cornouailles, un endroit appelé « Les Enfers » et un gardien de phare baptisé en bonne logique le « gardien des Enfers » par la population locale. De telles dénominations sont assez fréquentes dans les coins reculés du pays, mais force est de reconnaître que celle-ci s'adapte fort bien. Au bas d'une haute falaise battue par les vents et la marée s'ouvre une large caverne qui s'enfonce assez profondément dans la terre, en une sorte de galerie irrégulière, dont certaines parties demeurent immergées. Au vrai, personne n'a encore pu l'explorer entièrement, tant l'endroit est dangereux, voire inaccessible. L'ouverture de cette caverne, qui bée au ras des flots pendant la marée basse, se trouve immergée par la mer montante. Son accès n'est donc autorisé que durant un temps limité, quand la mer est au plus bas, mais à ce moment-là, notamment, l'endroit se révèle un véritable piège à bateaux. La mer est semée d'une multitude d'écueils, qui tantôt montent au-dessus des flots, tantôt plongent au-dessous, perpétuellement agités en ce lieu de perdition. Plusieurs marins téméraires ont tenté d'atteindre l'entrée des « Enfers », mais on peut compter sur les doigts d'une main ceux qui y sont parvenus ou en sont revenus sains et saufs.

Un peu plus au large, sur un gros rocher qui émerge de l'eau, se dresse un phare relié à la terre par une digue artificielle. Sa vigie, Thomas Cross, un solide gaillard d'une trentaine d'années, n'était pas un mauvais bougre, mais avec son caractère renfermé et sa mine de croque-mort, il fallait reconnaître que son sobriquet de « gardien des Enfers » lui allait comme un gant. Il était si peu liant que certains avaient fini par le trouver franchement antipathique et d'autres, même, allaient jusqu'à dire qu'il n'était qu'un porte-poisse, responsable par sa seule présence des nombreux naufrages survenus alentour. Comme pour les précédentes victimes d'Hercule, sa disparition ne fut pleurée que par un petit nombre de gens.

Ce matin-là, vers 10 heures, on pensait qu'il dormait chez lui, après avoir passé la nuit au phare. À ce moment-là, un petit bateau chargé de touristes longeait la côte, selon un parcours régulier, qui évitait les zones dangereuses, tout en s'en approchant suffisamment pour permettre aux visiteurs d'admirer les beautés naturelles de cette côte sauvage. Un jeune Allemand avait sorti ses jumelles et fut fort surpris d'apercevoir à l'entrée de la caverne un homme, semblant avoir plusieurs têtes, qui faisait de grands signes. La houle gênait considérablement sa vision, mais il lui parut évident que l'homme était en mauvaise posture. Une autre touriste de même nationalité, disposant d'une lorgnette marine, parvint à distinguer le malheureux, qui semblait attaché comme un prisonnier. Alerté, le capitaine prit rapidement la direction du port, sachant que si l'on voulait avoir la moindre chance de sauver le naufragé, il ne fallait pas perdre une seule seconde à cause de la marée montante. Il savait d'expérience qu'une approche par voie maritime équivalait à un suicide, d'autant que la mer était assez agitée ce jour-là.

Mais ce n'est que deux heures plus tard que des hommes, munis d'échelles de corde, parvinrent au sommet de la falaise. Celle-ci surplombe la mer d'une bonne centaine de yards en un à-pic vertigineux, si bien qu'il n'est guère possible d'apercevoir l'« entrée des Enfers ». Précisons tout de suite qu'une telle opération nécessite du monde et du matériel. Les quelques rochers au bord du gouffre sont trop instables pour y attacher les cordes en toute sécurité. Deux hommes sur place ou une minutieuse préparation des points d'ancrage sont indispensables pour permettre au sauveteur d'entamer sa périlleuse descente, dans des conditions de sécurité minimales. Il était près de 2 heures de l'après-midi lorsque le premier escaladeur parvint au bas de la falaise, à quelques mètres des flots, qui avaient pratiquement immergé l'entrée de la caverne. Il parvint à distinguer, dans le creux des vagues, la silhouette mouvante d'un corps sans vie, vraisemblablement attaché par les pieds. Il fallut cependant attendre le retour de la marée basse pour pouvoir approcher le malheureux, noyé depuis plusieurs heures bien évidemment, qui n'était autre que Thomas Cross. L'assassin l'avait attaché à une grosse pierre, au moyen d'une solide chaîne entravant son pied droit, sans doute après l'avoir assommé, comme en témoignait une belle bosse au sommet du crâne. En outre, il lui avait posé autour du cou un large carcan de fer forgé, avec à chaque extrémité une plaque de métal, découpée en forme de tête de chien, symbolisation évidente, pour les initiés, du fameux Cerbère.

Thomas Cross ayant été aperçu vers 7 heures du matin, alors qu'il rentrait chez lui, puis aux alentours de 10 heures par les touristes du bateau, l'assassin n'avait disposé que de trois petites heures pour commettre son incroyable forfait. C'était peu, mais envisageable. En vérité, les enquêteurs se demandèrent surtout comment le meurtrier était parvenu à amener sa victime à cet endroit ? Par voie maritime ? Ce n'était pas impossible, mais extrêmement dangereux comme nous l'avons vu, même pour les marins les plus expérimentés. De même, rejoindre l'endroit à la nage — à partir d'une embarcation ancrée au large, par exemple — était un exercice tout aussi périlleux. Par la falaise? C'était à peine imaginable, surtout avec un solide gaillard comme Thomas Cross dans les bras. De plus, si l'assassin avait choisi cette voie, en ayant donc déployé les mêmes moyens que les sauveteurs, il aurait vraisemblablement été remarqué par les clients d'un hôtel érigé non loin de là. Or ceux-ci affirmèrent n'avoir rien vu de tel. Seuls quelques paisibles promeneurs avaient longé le bord de la falaise durant la matinée, avant l'arrivée des secours.

Cette nouvelle énigme, apparemment insoluble, ne fit que confirmer, s'il en était encore besoin, les pouvoirs étonnants de l'assassin. Aucun obstacle n'était en mesure d'entraver sa marche victorieuse. Il venait à bout de tout, hommes, animaux et éléments naturels. Ni l'air ni l'eau ne l'arrêtaient; il semblait pouvoir voler comme un oiseau et nager comme un poisson.

Pour Wedekind, cette ultime intervention fut le coup de grâce. Anéanti, il mena une enquête de pure routine, se contenta de constater le nouveau prodige et ne se formalisa guère de l'absence ou de la faiblesse des alibis des protagonistes le jour du meurtre. Vera était allée faire des emplettes à Londres, son mari également, et de leur côté, Hercule et Déjanire étaient partis en week-end dans un cottage; Neville était allé voir un ami et Derek était resté cloîtré dans la véranda durant toute la journée. Seule Mrs Richardson avait été en mesure de prouver sa présence à Greenway, grâce aux témoignages de plusieurs domestiques. L'hypothèse très probable de la participation d'un complice avait relégué cette question au rang des détails secondaires. Il ne s'émut pas davantage de l'étrange initiative de Michael Novello qui, aussitôt après la nouvelle du meurtre et sans même vérifier leur état, avait brisé en mille morceaux les douze tablettes de terre cuite, comme pour mettre lui-même un terme à la sinistre série. Owen n'avait pas fait de remarque particulière à ce sujet. Il était alors plongé dans de profondes méditations, ne parlait guère, mais je devinais que le dénouement du drame approchait. Il poursuivait toujours ses recherches à propos des crimes anciens, non sans résultat, pour autant que je pus en juger par la lueur de confiance qui s'était allumée dans son regard et semblait s'aviver chaque jour davantage. Un seul point semblait véritablement le tourmenter : la ceinture de l'Amazone. Tout en arpentant fiévreusement son salon et s'adressant davantage à ses Muses qu'à moi-même, il ne cessait de répéter : « Ce neuvième travail fait partie intégrante de la série... Hercule n'a pas pu l'oublier, ce n'est pas possible ! »

36

Récit d'Achille Stock (suite)

Octobre

Installé sur la terrasse, Neville Lloyd reposa son journal lorsqu'il aperçut sa sœur revenant du jardin. Il était 5 heures de l'après-midi et on venait de lui servir le thé.

— Tu permets ? demanda-t-elle en s'installant à côté de lui.

— Bien sûr, ma chère sœur. Tu es chez toi, et dc plus, ta compagnie m'est toujours très agréable.

Mrs Richardson, tout en se frottant les mains sur son tablier, lui adressa un sourire.

— Que de politesses, Neville ! Que nous cache cette bonne humeur ? Une heureuse nouvelle que tu aurais lue dans le journal ?

— Oui et non. D'abord, je suis toujours de bonne humeur, comme tu le sais ; mais je l'avoue en effet, je viens de lire quelque chose d'assez rassurant...

— Oui ?

— À propos de ces douze crimes...

Mrs Richardson s'immobilisa, tandis qu'elle s'apprêtait à se verser une tasse de thé, puis répéta :

— De *rassurant* à propos de ces crimes ?

— Oui, il y avait une sorte d'article récapitulatif, du premier au dernier crime en date, qui remonte quand même à une quinzaine de jours.

— Aurait-on enfin arrêté le coupable ?

— Non, mais la série des « travaux » est terminée, ce qui signifie qu'il n'y aura normalement plus de suite et que c'est surtout, pour nous, la fin d'une longue période trouble. Enfin, nous commençons à souffler, et je me dis qu'il est grand temps. Voilà la bonne nouvelle...

Neville Lloyd guetta sur les lèvres de sa sœur un sourire qui ne vint pas. Elle avança vers lui l'assiette garnie de gâteaux en disant d'une voix étrangement neutre :

— Ces petits-fours sont exquis, j'ai vu la cuisinière les préparer. Tu devrais les goûter avant d'entendre ce que j'ai à te dire...

Lloyd repoussa l'assiette d'un geste et s'enquit :

— Une mauvaise nouvelle ?

— Pas précisément, mais je ne suis pas rassurée non plus. Nous allons recevoir ce soir la visite de ces deux détectives...

— Ah oui ! Le rentier sud-africain et le dandy sur le retour ? Eh bien, je trouve qu'ils n'ont pas été à la hauteur de leur réputation. Surtout en ce qui concerne Owen Burns. Il y avait l'autre jour un article dans le journal, où l'on énumérait ses nombreux succès de détective. C'était impressionnant, mais dans notre affaire, le moins que l'on puisse dire, c'est que ce Mr Burns n'aura pas été très brillant.

— Tu te trompes, Neville. J'ai pu observer que pour certaines choses il était diablement perspicace.

— Pour les problèmes de cœur ou les histoires de midinettes, oui ! Là, j'imagine qu'il excelle. Mais quand ça se corse, comme le drame oppressant de cet été... Au fait, que veut-il ?

— Justement, il vient pour nous expliquer les mystères qui ont entouré ces meurtres.

Le soleil déclinant, qui dardait ses rayons obliques sur

la terrasse, conférait à l'ancien steward un teint cuivré. Mais à présent qu'il se tenait immobile, la bouche ouverte, on eût dit une véritable statue de bronze.

— Tous les mystères ? bredouilla-t-il finalement. Tous ces crimes invraisemblables ?

— Oui, c'est ce que j'ai cru comprendre...

— Mais alors... le coupable a été arrêté ?

— Non, je ne crois pas, dit gravement Mrs Richardson. C'est justement pour cela que je suis inquiète. J'ai peur qu'ils viennent arrêter quelqu'un !

Lloyd fronça le sourcil, réfléchit un instant, puis dit d'une voix qui se voulait rassurante :

— Mais voyons, Edna, c'est ridicule ! S'ils étaient sûrs de leur affaire, ils ne se risqueraient pas à nous prévenir et à retarder ainsi leur arrestation. Surtout pour un individu qui a autant de crimes sur la conscience !

Mrs Richardson avait sorti de sa robe un mouchoir de batiste, qu'elle porta à ses yeux larmoyants.

— Je sais... Tu as raison, Neville. Mais j'ai trop peur qu'ils emmènent un des nôtres avec eux en repartant. Je ne le supporterais pas... J'ai trop souffert quand ils ont pris Hercule ce soir-là.

Mrs Richardson s'était alors approchée de son frère et, réprimant difficilement ses sanglots, avait posé sa tête contre son épaule. Neville Lloyd s'employa à la rassurer tant bien que mal, tandis que son regard fixait un objet imaginaire sur la pelouse en face de la terrasse. Que les détectives soient parvenus à démêler l'écheveau complexe de tous les exploits du criminel, il avait du mal à le croire... Il était bien curieux d'entendre leurs explications. Il piocha dans l'assiette un petit-four qu'il se mit à grignoter lentement, puis un autre, le regard toujours perdu dans le vague.

Michael Novello remonta le couloir, puis se tourna machinalement vers le mur où étaient naguère accrochés « les douze travaux d'Hercule ». Durant une fraction de seconde, il parut surpris, puis se rappela le sort qu'il leur avait personnellement réservé. Ah ! il y était allé de bon cœur ! Il n'avait du reste aucune raison de se retenir ! Et tant pis pour ces tablettes, le colonel n'était plus là pour s'apitoyer sur leur sort ! Une fois qu'il avait commencé, il n'avait plus pu s'arrêter. Une, deux, trois, quatre... jusqu'à la douzième ! Les débris avaient volé partout et il y avait eu beaucoup de poussière. Vera l'avait regardé faire, impuissante et trop surprise pour réagir. Puis Derek était arrivé, suivi de Rita et d'Hercule, puis sa belle-mère et son frère sur leurs talons ; la famille au grand complet, présente pour assister à la mise à mort des derniers vestiges de la belle série... À les voir figés comme des statues de cire, on eût dit qu'il commettait un sacrilège. Après quoi, il était parti d'un grand éclat de rire et s'était écrié :

— Et voilà, c'est terminé ! Plus qu'un tas de débris et de poussière ! Notre main malveillante ne tournera pas ce dernier tableau... puisqu'il n'y a plus de tablette ! Qu'en pensez-vous ? N'est-ce pas mieux ? Comme ça, au moins, la police cessera de nous chercher des poux sur la tête !

Il avait connu un instant de frayeur lorsque Hercule s'était avancé vers lui, d'un air sombre et hésitant. Mais c'était finalement pour lui dire :

— Oui, Michael, je crois que vous avez bien agi. Il fallait y penser.

Jamais Michael ne s'était permis un tel écart de conduite dans la maison de sa femme depuis qu'il la connaissait, ni même quelque chose d'approchant. Depuis, il avait l'impression d'avoir affirmé sa personnalité. Le soir même, il était allé retrouver Hercule pour lui proposer d'importants placements boursiers, à quoi son beau-frère avait répondu positivement sans hésiter. En brisant ces tablettes, avait-il levé la sombre malédiction qui s'était abattue depuis des mois sur la famille Richardson en général, et sur Hercule en particulier ? Était-il en passe de relever le difficile défi qu'il s'était lancé à lui-même : réussir dans la vie, pouvoir enfin donner à Vera un cadre digne d'elle, une aisance financière plus conforme à leurs ambitions ?

Michael était enclin à le croire, lorsqu'il aperçut la silhouette de sa femme à l'autre bout du couloir. Sa mine un peu terne le surprit et modéra aussitôt son euphorie. Quand elle lui apprit l'imminente visite des détectives en soirée et la raison de leur déplacement, il déclara simplement en regardant fixement le mur vide :

— Ils peuvent toujours venir ! Ils ne peuvent plus rien contre nous... depuis que j'ai exorcisé les démons.

— Tu m'as toujours fait peur, Hercule... Et je crois que c'est pour ça que je t'aime.

Ainsi parlait Déjanire à son compagnon, alors que tous deux s'étaient arrêtés durant leur promenade à cheval dans les bois. Ils remontaient le sentier au trot, lorsque Hercule avait soudain sauté de sa monture, arrêté celle de sa compagne, attrapé l'« Amazone » par la taille avant de la tirer vers lui et de la faire tourner comme une toupie, en s'écriant :

— Je t'aime, je t'aime, je t'aime !

Après quoi il l'avait plaquée contre un arbre et l'avait longuement embrassée, sans se soucier de la cravache qu'elle tenait ni de sa toque qui avait roulé au sol. Déjanire n'avait opposé aucune résistance. Du reste, elle n'aurait guère été en mesure de se défendre face à un grand gaillard de la trempe d'Hercule. Des observateurs étrangers auraient trouvé leur baiser singulièrement long, mais pas Neville Lloyd s'il avait été présent à ce moment-là. Depuis quelque temps, l'ancien steward n'avait cessé de se poser des questions à ce sujet. Déjanire et Hercule semblaient très épris l'un de l'autre et manifestaient leur amour d'une manière différente de celle de sa jeunesse. Simple question d'époque ! aurait-il songé en passant son chemin, la gorge un peu nouée par la nostalgie.

Au bout d'un moment, tandis qu'Hercule avait encore resserré son étreinte, dans l'élan de sa passion, qu'il contrôlait aussi difficilement que ses colères, Déjanire s'était raidie. Le jeune homme l'avait alors relâchée en poussant un profond soupir.

— Ne me dis pas que tu penses encore à ça...

— Si.

— Tu as toujours peur de moi ?

La jeune fille, qui avait enfoui son visage dans ses mains, s'était mise à sangloter, puis lui avait répondu par l'affirmative, tout en précisant qu'elle l'aimait sans doute pour cette raison.

Une vague de rage impuissante submergea Hercule, qui ramassa un bout de bois et le brisa en deux.

— C'est idiot, tu n'as vraiment rien à craindre de moi... Je t'aime !

— Je le sais bien, mon chéri, mais c'est plus fort que moi. Je ne cesse de revoir cette image dans mes rêves. Au début, je ne voulais même pas t'en parler...

— Ça, c'est encore plus stupide ! Tu ne dois rien me cacher... Nous ne faisons qu'un !

— J'avais peur que tu l'interprètes mal, comme une sorte de mauvais présage pour nous.

— Tu connais maintenant l'explication de l'existence de ce dragon. Tu n'as donc rien à craindre !

— Je pense aussi à ce que m'avait dit cette voyante...

Hercule rejeta la tête en arrière et partit d'un grand éclat de rire.

— Les boniments d'une voyante de foire qui datent de plus de dix ans !

Puis il se rapprocha de la jeune femme, avançant vers elle ses mains puissantes et dit d'une voix bouleversée :

— Mais enfin, je ne veux ni t'étrangler, ni te tuer. Au contraire, je veux t'épouser, ma chérie ! Hercule doit épouser Déjanire, c'est écrit... Il est même dit que tu me survivras.

— Je ne veux pas te survivre, sanglota la jeune femme en se blottissant soudain dans les bras de son compagnon.

— Nous n'en sommes pas encore là, la rassura Hercule. Nous avons encore toute une vie devant nous. Mais je viens d'avoir une idée...

— Une bonne idée ?

— Une idée merveilleuse. Si nous voulons nous marier, il faudrait déjà commencer par nous fiancer, non ? Nous pourrions même l'annoncer officiellement ce soir...

— Mon chéri... bredouilla Déjanire, toute frémissante contre la puissante poitrine de l'athlète.

Derek frotta ses mains pleines de terre sur son tablier, puis recula pour mieux considérer son travail. Il avait exécuté quelques transplantations dans sa véranda afin de changer un décor qui lui semblait désormais trop familier, se disant que ses pensionnaires devaient éprouver ce même sentiment de lassitude. Naturellement, comme pour tous les travaux relatifs à la véranda, il s'en était chargé personnellement, alors qu'il aurait très bien pu en confier la tâche au vieux Peter. En fait, l'écrin végétal ne différait guère du précédent, mais il suffisait parfois de peu de choses pour modifier l'ensemble. Après avoir réussi à se convaincre du succès de son opération, il s'agenouilla devant ses cages pour demander l'avis des principaux intéressés. La porte de la véranda s'ouvrit à ce moment-là. Des rides de contrariété sillonnèrent son front, puis il se releva et reconnut sa mère. Après qu'elle lui eut annoncé la venue des détectives, il dit d'un ton qui laissait transparaître son mécontentement :

— Je croyais que cette affaire était terminée ?

— Pour nous, peut-être, mais pas pour la police, répondit Mrs Richardson d'un air navré. Il leur faut encore arrêter le coupable...

— Et c'est pour cela qu'ils viennent ici ?

— Non, je crois que c'est uniquement pour nous expliquer le déroulement de ces crimes.

Derek offrit un visage perplexe. Il réfléchit un instant, puis déclara :

— Voilà une démarche qui semble éminemment louable, mais je me méfie un peu de ces élans de sollicitude quand ils viennent de la part de la police !

— Ce ne sont que les deux détectives.

— C'est la même chose !

— En tout cas, il serait souhaitable que tu sois présent.

— Très franchement, mère, je préférerais rester ici.

— Ne sois pas ridicule, ton absence serait très mal vue ! Enfin, n'es-tu pas curieux de savoir ce qu'ils ont à nous dire ? Moi, je me fais un sang d'encre depuis que j'ai reçu leur message !

Derek eut un regard lointain et méprisant.

— Qu'ils passent leur temps à essayer de comprendre la logique d'un fou est leur problème. Moi, je préfère consacrer le mien à d'autres tâches bien plus intéressantes. Mais enfin, si tu insistes, je veux bien faire un effort.

Le soir, après le dîner, Derek se leva de table pour

retourner dans son antre. Peu de temps après, Neville Lloyd vint le trouver pour lui annoncer l'arrivée des détectives. Avant d'éteindre les lampes de la véranda, Derek jeta un dernier coup d'œil sur son univers, comme il le faisait du reste chaque fois qu'il quittait les lieux. Ce soir-là, il fut saisi d'une sorte de prémonition, ayant l'impression de voir son merveilleux univers pour la dernière fois. Il attribua cet étrange sentiment aux travaux qu'il avait effectués durant l'après-midi, puis sortit.

37

Récit d'Achille Stock (suite)

Owen Burns prit la parole après avoir goûté au porto servi par Neville Lloyd. Il était souriant, mondain et du reste toujours très à l'aise lorsqu'une assemblée était suspendue à ses lèvres, comme c'était le cas ce soir-là dans le salon des Richardson. Avec l'éclairage des lampes à pétrole qui avaient été allumées, on eût dit que les statuettes exotiques nichées sur les étagères de la bibliothèque le regardaient avec une attention égale. À moins qu'elles ne le jalousent, pensais-je avec un humour qu'il aurait apprécié s'il m'avait entendu, pour son costume trois pièces couleur saumon, très voyant, qu'il portait en général pour les grandes occasions. Après s'être éclairci la voix, il commença son exposé :

— J'aimerais tout d'abord vous dire que ces quelques modestes réflexions sont purement personnelles et qu'elles ne présentent aucun caractère officiel, du moins pour le moment. Je tenais à vous en faire part en priorité, étant donné que vous avez été les plus touchés par cette grave affaire, connue désormais sous le nom des « douze crimes d'Hercule ». Je tiens aussi à préciser que, pour l'heure, le coupable n'a toujours pas été arrêté, et que mes éclaircissements, hélas, ne semblent pas suffisants pour arracher le masque derrière lequel il se cache ; mais pour cela, il faut le dire, il s'est entouré de multiples précautions et n'a pas hésité à faire appel à un complice... J'ignore également son identité et tout porte à croire qu'il s'agit d'un vulgaire tueur à gages, un de ces athlètes de foire, aussi fort que souple, un peu comme le Grand Diomède, assez facile à acheter pour peu qu'on y mette le prix.

» L'idée d'un comparse s'est imposée à moi lors du deuxième travail, connu sous le nom de « la biche aux cornes d'or ». Il me semblait évident que l'individu portant une peau de lion, vu sur le quai de la gare et qui s'était lancé à la poursuite du train, n'était pas le même que celui aperçu par la suite à l'arrêt du convoi, puis dans le wagon lui-même. Car on ne saurait admettre qu'un homme, en courant, puisse être aussi rapide qu'une locomotive, n'est-ce pas? De plus, son signalement diffère quelque peu de l'athlète habituellement décrit, comme étant grand et fort. D'après le père et le fiancé d'Alice Gull, notre « biche aux cornes d'or », l'individu semblait de taille et de carrure très moyennes. Mais intéressons-nous d'abord à l'autre, l'athlète, probablement déguisé en simple voyageur au départ. C'est évidemment lui qui, dans le train, prétendra apercevoir au-dehors un homme-lion foncer aussi vite que le convoi et s'emploiera à répandre la rumeur. Lors de l'arrêt, après avoir enfilé sa tenue favorite, il s'exhibera aux yeux de tous, voyageurs sur le quai y compris, et rattrapera le wagon après que celui-ci se sera ébranlé. En vérité, cet exercice-là n'est pas très difficile pour un sportif accompli. Ensuite, il fait sa fracassante entrée, exécute le félon Pierre Guibert, s'empare de la « biche aux cornes d'or », tire la sonnette d'alarme, saute du train et regagne un véhicule garé non loin de la voie ferrée. J'imagine qu'il endort la jeune fille avec un tampon de chloroforme, ou qu'il l'assomme simplement, avant de filer vers Londres à bride abattue pour la ramener chez elle. Cette opération, pour peu qu'elle soit minutieusement préparée, vous en conviendrez, est tout à fait réalisable pour un homme physiquement bien entraîné. En fait, l'exploit de ce « travail », le numéro deux de la série, réside surtout dans la réaction de la jeune Alice Gull...

» Le coupable pouvait avoir eu vent du séjour du séducteur français à l'hôtel, du repas de fiançailles au même endroit — renseignement qui a sans doute été le point de départ de son idée. Mais deviner la réaction de la jeune fille ? Non. Nous ne pouvons pas l'admettre. Trop de facteurs psychologiques entraient en compte. Il s'est donc servi d'elle, assuré de son involontaire complicité, mais de telle sorte qu'elle ne puisse parler par la suite. Toute l'astuce est là, et je dois avouer qu'elle est assez géniale. Alors, comment s'y est-il pris ?

— Il l'a simplement menacée ? suggéra Neville Lloyd.

— Non.

— Il l'a fait chanter ? proposa Rita.

— Non plus. Reconsidérons le contexte général, si vous le voulez bien. Nous savons que les deux fiancés s'entendaient fort bien et que les mauvaises langues disaient à tort que miss Gull avait choisi le jeune Lionel Cream uniquement pour son argent. Transportons-nous à cette soirée, tandis que les pires rumeurs circulaient après que le Français l'eut invitée à danser, et que plus ou moins tout le monde commençait à se ressentir des nombreuses flûtes de champagne servies. Imaginons alors que miss Gull reçoive un mot signé de son cher complice, c'est-à-dire de son fiancé, lui suggérant une farce pour rabattre définitivement le caquet à ces esprits médisants. La farce en question consistant, dans un premier temps, à faire semblant de succomber au charme du

Français, à l'accompagner dans le train — le temps de laisser le fiel se répandre, les sarcasmes fuser —, puis à revenir le lendemain, triomphante, pour annoncer qu'elle s'était simplement jouée d'eux, qu'elle avait agi ainsi en parfaite connivence avec son fiancé, afin de voir jusqu'où iraient leurs cancans ! L'opération semblait ne présenter aucune difficulté du côté de Pierre Guibert, qui n'attendait sans doute qu'une occasion favorable. J'imagine qu'un simple sourire a suffi...

» Évidemment, ce petit mot provenait de l'ingénieux assassin, et non pas du fiancé, qui n'était au courant de rien. Si bien que les choses, malheureusement pour elle, ne se sont pas déroulées comme prévu. Tout d'abord, l'assassinat du Français, sous ses yeux, a dû l'épouvanter. Et le lendemain, alors qu'elle reprenait lentement ses esprits, quelle ne fut pas sa surprise en entendant son fiancé déclarer n'être au courant de rien ? Du coup, l'histoire de son message secret paraissait totalement invraisemblable, à la fois aux yeux de la police et surtout vis-à-vis de ses sarcastiques détracteurs, qui n'auraient vu là qu'une piètre manœuvre de femme infidèle ! Et l'on comprend que dans ces conditions elle ait préféré se taire et limiter les dégâts, en arguant d'un moment de faiblesse passager de sa part...

Owen se tut. Après un silence, le voix de Neville Lloyd s'éleva :

— Remarquable ! Mais comment avez-vous fait pour deviner tout cela ?

— D'abord, je n'ai jamais douté du fait que « la biche aux cornes d'or » était la clé de voûte de l'affaire. Et disons que j'ai un certain flair pour le mensonge. Quand je l'ai interrogée à propos de ce message, j'ai compris qu'il y avait anguille sous roche. Ce fut ensuite un jeu d'enfant, pour un homme de métier comme moi, de lui faire avouer la vérité. Mais permettez-moi quand même de vous dire que je n'ai pas eu besoin d'avoir recours à de tels procédés pour dénouer les autres affaires.

» La première qui nous fut proposée, fut celle du « taureau de Crète ». Elle ne présentait aucun mystère particulier, si ce n'est une sorte de « force magique » dont disposait l'homme-lion pour venir à bout d'un marin grec, réputé imbattable. Il était sans doute un peu éméché quand notre Hercule décida d'entrer en action. Outre sa souplesse, bien supérieure à celle de son adversaire aviné, l'homme-lion usa tout simplement, j'imagine, d'un gadget connu sous le nom de « poing américain ». Les témoins prétendent qu'ils se battaient à mains nues, mais j'ai déjà vu dans la panoplie de certains lascars des modèles munis simplement de petites pointes, se voyant à peine entre les doigts, surtout si le métal est peint couleur chair.

» Je n'ai aucune preuve à l'appui de ce que j'avance, mais je gage que notre Hercule, outre les précautions déjà citées, a usé d'une telle arme pour venir à bout du « taureau crétois ». Ce fut peut-être l'un de ses travaux les plus risqués, pour lui, mais l'un des plus faibles sur le plan esthétique, à mon avis.

» Le cas du « lion de Némée » était autrement plus ingénieux et plus difficile à résoudre, bien que ne résistant guère à l'analyse, pour peu que l'on tienne compte des deux indices déterminants retrouvés sur le théâtre du crime : un morceau de toile dans la bouche de la victime et des livres de prestidigitation en évidence sur la table. La victime, le major Macleod, nous le savions aussi, adorait les tours d'évasion. Mais comment l'assassin s'y est-il pris pour étrangler cette force de la nature sans que celle-ci puisse se défendre, alors qu'elle n'avait été ni assommée ni droguée ? Ainsi posé, le problème révèle presque de lui-même la solution. Surtout pour l'amateur de prestidigitation que je suis, et qui n'ignore pas que l'épreuve de la camisole de force est sans doute l'un des tours d'évasion les plus originaux. Une fois bien ficelé là-dedans, on peut juste arracher un morceau de tissu avec ses dents, et c'est sans doute ce que fit le major, en gonflant vainement ses muscles pour tenter de s'en extraire.

» Mais pourquoi aurait-il enfilé ce vêtement ? L'aubergiste du coin nous fournit presque la réponse, puisque le major lui avait confié le soir même : « J'ai rendez-vous avec un jeune blanc-bec qui prétend être plus fort que moi ! » Or, il ne s'agissait pas de quelque combat ou démonstration de prises secrètes, mais du tour de la camisole de force, c'est-à-dire réussir à s'en défaire une fois qu'on la porte, un défi classique dans son genre, que le mystérieux visiteur était venu soumettre à l'adresse et la force du major. Macleod était peut-être même en passe de le réussir... si l'assassin n'était pas intervenu à ce moment-là pour l'étrangler. Ce lui fut presque aussi aisé que de poignarder un homme en train de dormir, le major étant alors dans l'incapacité d'offrir la moindre résistance, sanglé dans sa camisole de force qui l'empêchait de se blesser ou de laisser des traces significatives, comme celles de cordes s'il avait été ficelé.

» Et voilà notre lion de Némée au tapis. Ce fut bien évidemment le premier travail de notre assassin, qui n'a pas oublié de lui voler sa belle peau de lion ! Et le voilà prêt à continuer son « œuvre », qui va l'amener dans le nord de l'Angleterre, un mois plus tard, pour affronter celui qui fut sans doute le plus redoutable de ses adversaires, j'ai nommé « l'hydre de Lerne »...

» Là, son exploit est un peu identique au précédent, dans la mesure où il est parvenu à vaincre son ennemi, en tranchant les têtes de la bête, symbolisées par ces chiens hargneux, sans se blesser lui-même et sans blesser les chiens — si l'on excepte leur décapitation —, ce qui semble inconcevable pour quelqu'un devant affronter une telle meute. Au reste, plusieurs voisins avaient entendu les bêtes aboyer longuement durant la nuit tragique. Je pense que là encore, notre Hercule a dû faire appel à l'une de ses méthodes favorites, la complicité involontaire de sa future victime, en l'occurrence une vieille mégère aussi hargneuse que ses chiens et très près de ses sous, sorte de dragon des environs, « hydre de Lerne » parfaite aux yeux du criminel. Forte de ses féroces gardiens, elle ne laissait personne s'approcher de chez elle, mais si on venait la voir pour lui proposer une bonne affaire, en faisant tinter les pièces de monnaie dans sa main, le contact était assurément plus aisé et plus chaleureux.

» Que lui propose notre mystérieux visiteur ? Disons, de lui acheter ses chiens, à prix d'or, mais à condition de pouvoir d'abord les examiner. Malgré la présence de leur maîtresse, il préfère que celle-ci leur passe une des muselières qu'il a emportées avec lui. Ainsi, les uns après les autres, les chiens seront muselés et attachés à l'intérieur, tandis que le reste de la meute continue son vacarme au-dehors, jusqu'à ce que ce soit au tour du dernier. Une fois tous ces hargneux quadrupèdes maîtrisés, il peut venir à bout de l'hydre sans la moindre difficulté, en l'assommant par exemple d'un simple coup de poing. Il tire ensuite les chiens par leur laisse, puis les suspend à une branche comme des pendus. Il ne lui reste plus qu'à trouver un grand couteau dans la cuisine, puis à revenir pour terminer sa sinistre besogne... Après cette décapitation en série, il retourne dans la cuisine pour le dernier acte : couper la tête de l'hydre, prétendument immortelle, et l'enfouir sous une grosse pierre comme dans la légende...

— Quelle horreur ! frissonna Mrs Richardson en s'emparant de son verre de brandy. J'espère qu'on ne tardera pas à mettre ce dément hors d'état de nuire !

— Je comprends votre sentiment de dégoût, madame, reprit Owen, mais il faut voir, dans cet acte barbare, plus un scrupuleux souci d'exactitude qu'une insatiable propension à la cruauté.

— Il n'empêche... Le geste est là !

Owen hocha la tête avec un sourire compatissant.

— Je n'ai hélas pas encore terminé. Fort heureusement, le travail suivant est moins macabre. C'est à mon humble avis l'un de ses plus remarquables, car il est parvenu à manipuler sa victime, à lui faire exécuter les gestes les plus invraisemblables, sans beaucoup d'effort. L'astuce du « sanglier d'Érymanthe » est si subtile qu'elle force le respect. Mais voyons comment il s'y est pris pour contraindre un homme cardiaque et obèse à courir dans la neige, le long d'une pente et vêtu d'un simple caleçon...

» Pour cela, mettons-nous à la place du boucher Charles Byrnes, qui porte d'épaisses lunettes — notez bien — et va trouver son médecin pour sa consultation habituelle. Imaginons que ce dernier, d'un air très grave et très érudit, lui parle de nouvelles méthodes révolutionnaires, très efficaces, proposant de combattre le mal par le mal, un peu comme le principe du vaccin, injecter une dose de poison pour mieux lutter contre lui. Et en la circonstance, guérir un cœur malade en le faisant travailler sainement, contrairement à toutes ces idées reçues qui ont fait tant de victimes jusqu'ici... « Il faut aller de l'avant, mon cher Byrnes ! Prendre des mesures draconiennes pour guérir et renforcer ces organes affaiblis ! », etc. Ces conseils prodigués par n'importe qui d'autre n'auraient sans doute pas trouvé créance chez la victime. Mais par son médecin traitant, en qui il a toute confiance ?

— J'ai compris, intervint Hercule. Quelqu'un a pris le rôle du médecin l'espace d'un jour...

— Ou même d'une petite heure. Ce n'était pas très difficile. Il suffisait de venir consulter le Dr Cameron en tant que patient, de jeter discrètement un coup d'œil sur son carnet de rendez-vous et de s'arranger pour l'éloigner quelque temps sous prétexte d'un cas urgent, puis de se déguiser ensuite, seule opération véritablement délicate, bien qu'il fût aidé en cela par le strabisme de Charles Byrnes. À moins qu'il ne se soit simplement fait passer pour un confrère le remplaçant...

— Ingénieux, approuva Hercule, qui se tourna vers Déjanire pour lui demander son avis.

— Oui, sans aucun doute, répondit-elle, songeuse. Mais je suis très curieuse de savoir comment vous allez expliquer l'énigme de ces trois frères, abattus à coups de flèches alors qu'ils semblaient voler...

— Je vais y venir, répondit Owen en souriant. Je comprends votre impatience, car je tiens l'affaire des « oiseaux du lac Stymphale » pour le chef-d'œuvre de la série. Mais avant cela, il y a le mystère des « écuries d'Augias », qui se résume une fois de plus à une question de force pure : comment notre héros a-t-il fait pour réussir à défoncer tout un pan de mur du canal ?

» Dans un premier temps, nous avions réussi à établir que le coupable avait discrètement préparé le terrain, en évacuant progressivement la terre de cette butte qui longe et constitue le flanc du canal, à un endroit précis, et en prenant la précaution de camoufler chaque fois son travail. Mais il restait l'abattement du renfort en brique, qui était une autre paire de manches et nécessitait une action apparemment impossible à exécuter à mains nues ou avec ce qui se trouvait à disposition sur place, c'est-à-dire presque rien. Selon les experts, il avait fallu apporter sur place une grue ou un autre engin volumineux. Mais rien de tel n'avait été signalé. Pourtant, c'est bien ce que notre héros a fait : il a réussi à conduire sur place une machine imposante, à même d'abattre un tel mur, sans que cela attire l'attention !

» Je vais vous mettre sur la voie, tout en brodant un peu, car je n'étais pas sur place à ce moment-là. J'imagine qu'il a dû placer, entre la terre du remblai et le mur, deux ou trois piquets en fer, reliés entre eux par des solides cordes d'amarrage, elles-mêmes terminées par des boucles ou quelque savant nœud marin. Il suffisait alors de patienter, jusqu'à ce que passe... disons la machine complice, de lancer les cordes sur un point d'ancrage et d'attendre que la « machine » arrache le mur avec sa formidable force d'inertie.

— Une péniche ! s'exclama Michael Novello.

— Exactement. Quoi de plus naturel qu'une péniche sur un canal ? Évidemment, ce n'est pas très rapide, mais la force qu'il faut opposer pour ralentir une telle masse lancée doit être considérable. Le pan de mur du canal arrimé par les cordages n'y a pas résisté. Je ne pourrai pas vous dire qui a piloté la péniche à ce moment-là, mais il suffisait de quelques livres remises à un capitaine pas trop regardant, qui ignorait probablement la monstrueuse machination du coupable, et le tour était joué. Et nous voilà arrivés à la merveille des merveilles : « Les oiseaux du lac Stymphale »...

» Si l'on fait abstraction de toute la mise en scène remarquable de ce crime, on se rend compte que nous nous heurtons seulement à un problème de physique élémentaire : à savoir la chute de trois corps, d'une grande hauteur, alors que les environs ne le permettaient pas.

Pas d'immeuble, pas d'arbre suffisamment haut, rien. En outre, il faut rappeler que le drame semblait avoir eu lieu sur le terrain même, mais je dis bien « semblait », car il eût été loisible à l'assassin de préparer son terrain ailleurs, en disposant un lit de pierres récupérées sur les lieux mêmes du drame, de manière à nous tromper. Il reste toujours le problème de la chute, véritable défi à l'intellect, qui n'offre à mon avis qu'une unique solution. Je suis retourné plusieurs fois sur place et j'ai fini par découvrir les preuves formelles de la supercherie, mais j'insiste sur le fait que l'assassin *ne pouvait pas faire autrement* pour réussir ce tour de force. Ainsi : comment faire tomber un corps de très haut sur un terrain plat ? La réponse coule de source si l'on y réfléchit posément : creuser un trou, un trou très profond, d'une vingtaine de mètres. Il suffit alors de jeter quelques pierres du « bon terrain » au fond, d'attacher une corde autour de la victime, de la lancer pour qu'elle s'écrase sur les pierres du fond, de tirer sur la corde pour remonter le cadavre, puis de le déposer à l'endroit où on veut qu'il soit trouvé. Question : existe-t-il dans notre environnement de tels trous ? Réponse : oui. On les creuse pour pouvoir y puiser de l'eau, et parfois, ils sont asséchés...

— Un puits ! s'exclama Vera, les yeux ronds.

— Exactement. Il y avait un puits asséché un peu au nord, sur le versant de la colline, près d'une ferme abandonnée. Un puits très profond, peut-être jadis alimenté par les eaux de l'étang, dont le niveau, nous a-t-on dit, avait baissé ces dernières années. Or, les pierres du fond étaient non seulement les mêmes, mais également tachées de sang...

Durant un moment, la lumière blonde des lampes éclaira un tableau figé, celui d'une assemblée aussi immobile que muette, en proie à un étrange sentiment, qui oscillait entre la crainte et l'admiration.

Owen en profita pour faire un pause. Bien qu'assez doux, l'air qui entrait par les fenêtres entrouvertes n'était pas oppressant. Cependant, Owen sortit un mouchoir pour éponger son front moite. Je doutais que ce fussent ses explications qui aient coûté tant d'efforts et pensais plutôt qu'il était, comme moi, sensible à l'étrange tension qui s'était instaurée dans la pièce depuis un moment. On eût dit qu'une ou plusieurs personnes recelaient une force intérieure, une sorte de puissant sentiment de peur ou d'angoisse. Il me fut impossible de déterminer qui, car tous les visages étaient tendus. Je bus à mon tour le rafraîchissement qui nous fut proposé, puis Owen reprit son exposé :

— Les deux travaux suivants se ressemblent. « Les cavales mangeuses d'hommes » autant que « les troupeaux de Géryon » mettent en lumière une des autres étonnantes facultés de notre Hercule : celle de pouvoir dompter les bêtes sauvages. Pourtant, les méthodes utilisées ne seront pas les mêmes. Pour « les cavales mangeuses d'hommes », il s'est simplement assuré les services du dompteur, lui demandant de jouer l'homme-lion à sa place, de semer la terreur avec ses fauves, puis de les ramener dans leur cage au petit matin, en prenant soin de se faire remarquer par un employé du cirque. Après quoi, l'assassin l'a rejoint en lui disant : « Les bons comptes font les bons amis », mais en lui donnant en même temps un coup de couteau à la place des livres sterling promises.

» Mais ensuite, comment a-t-il fait pour retourner les fauves contre leur maître, puisque celui-ci fut retrouvé déchiqueté ? En lardant la victime de quelques coups supplémentaires, par exemple, l'odeur du sang aurait-elle suffi pour déchaîner les fauves ? Il fallait de plus réussir à amener les panthères à l'endroit où il avait attiré Diomède... Je n'ai pas retrouvé les « bouchers » de service, mais je crois que là, Hercule a dû faire appel à des chiens, de grands chiens assez agressifs certes, mais bien moins dangereux que les panthères... Le sang des blessures de la victime a dû réveiller leur instinct de carnassiers, mais plus encore l'odeur des fauves qu'ils ont flairée sur le cadavre du dompteur. À n'en pas douter, c'est surtout cela qui les a rendus fous furieux.

» Pour « les troupeaux de Géryon », je peux vous le dire, nous avons été littéralement menés par le bout du nez ! Le logicien que je suis confesse avoir été battu par un fermier voisin de la victime, qui n'avait guère tardé à trouver le procédé employé par l'assassin. Et pour cause, il avait eu le loisir d'apercevoir Hawker en train d'entraîner préalablement les dix taureaux, évidemment à la demande du meurtrier. Celui-ci est donc allé le retrouver le soir du crime, lui a sans doute demandé de préparer les bêtes, puis, celles-ci étant prêtes, l'a exécuté d'une horrible manière, sur laquelle je ne reviendrai pas. Le temps de faire un brin de toilette pour ôter toute trace de son carnage, il revient vers le troupeau pour le mener à Londres. Pour vous mettre sur la voie, je vous signale que le truc employé par l'assassin a lui-même donné naissance à l'expression qui souligne si justement notre impuissance... Oui, nous avons été menés par le bout du nez... comme les taureaux eux-mêmes.

» C'est bien simple, et c'est assez connu dans le milieu : on passe un anneau dans le nez de la bête, puis on la mène ensuite à sa fantaisie ! Chaque anneau était relié au taureau précédant par une corde, et voilà comment notre Hercule a pu mener son troupeau docile à la capitale, avant de le lâcher. Il n'y a pas le moindre doute là-dessus, puisque nous avons même fini par dénicher un témoin qui, réveillé par le meuglement des taureaux en chemin, avait remarqué que les bêtes étaient ainsi attachées.

» « Les pommes d'or du jardin des Hespérides », poursuivit Owen en détachant les syllabes et avec une sorte de délectation. Enfin une énigme amusante, enfin un peu d'humour chez notre « héros », qui jusque-là avait été plutôt macabre, il faut bien le dire. Comment a-t-on fait pour cueillir toutes les pommes de l'arbre, nuitamment et sans laisser d'empreinte au sol ? Énigme particulièrement ardue, à laquelle se sont essayés certains policiers chez eux, dans leur jardin et durant la nuit. Le résultat fut un échec complet : même en se servant d'échelles sans se soucier du problème des empreintes, aucun n'a réussi à cueillir toutes les pommes, et même loin de là !

» Pour ce faire, une seule méthode possible : il faut secouer l'arbre vigoureusement... comme un prunier ! La méthode de la cueillette des olives, évoquée par le jardinier qui a découvert le cadavre, nous met sur la voie, puisqu'elle propose d'étendre un grand filet sur le sol pour ramasser ensuite aisément les fruits. Hélas, dans notre cas, il reste le problème de la terre meuble et vierge, qui, aux dires du jardinier, n'aurait pu être « retravaillée » après son propre nivelage effectué la veille. Alors, comment ? En posant des planches sur la terre ? Cela aussi aurait immanquablement laissé des traces ! Pour cette énigme-là, je n'ai retrouvé aucun indice tangible, mais mon hypothèse me semble tout à fait réalisable avec un matériel adéquat.

Owen fit de grands gestes pour mieux illustrer son propos.

— Imaginez une tente ronde, de forme conique, comme les fameux tipis des Indiens, une tente élevée sur le cercle de terre retournée et dont l'arbre constituerait le mât central. Imaginez ensuite une corde attachée à une des branches maîtresses, sur laquelle on tire vigoureusement, aussi longtemps qu'il le faut, jusqu'à ce que toutes les pommes aient dévalé la pente de la toile inclinée de la tente...

— D'accord, intervint brusquement Hercule. Mais comment élever une telle tente sans marcher sur la terre meuble ?

— Rien de plus facile. Il suffit tout d'abord de poser une grande échelle contre l'arbre, de manière à enjamber la terre meuble. Ensuite, il faut imaginer le tipi, préalablement cousu et enroulé autour d'un long bâton, à la manière d'un drapeau. On pose le « drapeau » sur l'échelle, on l'attache éventuellement à ses extrémités, puis on le déroule progressivement autour de l'arbre, en tirant le tissu et en posant, au fur et à mesure de son avancée, les autres mâts, avant de les recouvrir avec la toile. Pour parachever le tout, on grimpe sur l'échelle et l'on ficelle soigneusement le sommet de la tente au tronc d'arbre, et l'on peut même planter des piquets à la base du tipi... C'est tout. Cela demande juste un peu de préparation. L'opération suivante, le ramassage des pommes, qui ont roulé tout autour, sera bien plus long, mais faisable si l'on si prend méthodiquement.

Neville Lloyd hocha la tête, souriant.

— S'il n'y avait pas l'assassinat du « Dragon », on croirait simplement à un bon tour de gosse !

— Je crois en effet, approuva Owen, que l'esprit ludique de l'assassin n'est plus à démontrer, et le travail suivant en est une preuve supplémentaire, puisqu'il n'a pas hésité à confectionner une sorte de carcan, pourvu de masques de chiens grossiers, afin de donner des allures de Cerbère à la victime. Cet ultime travail semblait une fois de plus mettre en valeur les qualités athlétiques de notre « héros », mais il n'en était rien. Car ce meurtre, peut-être l'un des plus spectaculaires, fut aussi l'un des plus simples à exécuter. Une fois encore, c'est un habile subterfuge qui a mystifié les enquêteurs. Je gage que le touriste allemand pourvu de jumelles — caricature facile s'il en est — n'était autre que l'assassin lui-même ou son complice, et sa compatriote avec la lorgnette, une autre comparse, peut-être simplement recrutée pour la circonstance.

Hercule eut un rire moqueur.

— Décidément, vous voyez des complicités partout !

— Avec raison, déclara calmement Owen. Dans ce cas-là, notamment, je ne crois pas me tromper, car nos deux Allemands ont disparu de la circulation après leur premier témoignage, et c'est d'ailleurs cela qui m'a mis la puce à l'oreille. Notez bien qu'ils furent les seuls à avoir aperçu le naufragé sur la grève à l'entrée de la grotte, du moins vivant. Car Thomas Cross se trouvait sans doute déjà à cet endroit-là, mais mort. Ce qui change passablement les données du problème.

» Deux ou trois heures plus tôt, donc avant que le bateau de plaisance ne quitte le port, notre assassin pouvait fort bien se trouver au bord de la falaise en tant que simple promeneur, ayant préalablement caché là son matériel, limité à cette entrave particulière et une chaîne attachée à l'une des grosses pierres au bord du gouffre. Il lui suffisait d'attirer là le gardien du phare sous un prétexte quelconque et de l'assommer soudainement après s'être assuré que personne ne les observait à ce moment précis. Le reste fut exécuté en un tournemain : attacher la chaîne à un pied de Thomas Cross, passer le joug de métal autour de son cou, puis le pousser dans le vide. Il devait être environ 7 heures du matin ou juste un peu plus tard, puisque nous savons que la victime avait quitté son poste de travail à cette heure. En bas, au pied de la falaise, la mer se retirait lentement, mais baignait encore l'entrée de la caverne d'un bon mètre cinquante, ce qui est suffisant pour amortir le chute de la victime, d'une part, mais aussi pour la noyer. Vous voyez, c'est aussi simple que cela...

Jusque-là, l'atmosphère avait été relativement tendue, l'assistance silencieuse et attentive. En narrateur habile, Owen avait réussi à maintenir son auditoire en haleine. Ce fut comme une vague de soulagement qui envahit le salon lorsqu'il en eut terminé. Malgré l'horreur des faits, les esprits semblaient rassérénés par les explications rationnelles de mon ami, qui fut félicité par presque tout le monde pour sa clairvoyance et son étonnant sens de la logique. Je dis presque, car Derek s'était levé dès la fin de la séance pour dire qu'il avait à faire. On remarqua à peine son départ, aussi discret qu'il l'avait été lui-même durant les éclaircissements d'Owen.

D'habitude, une personne félicitée pour son talent adopte une attitude de modestie, en essayant de refréner — ou du moins de faire semblant — l'admiration qu'elle suscite. Ce n'était pas le cas avec Owen, qui — à l'instar du grand César évoquant ses souvenirs de la guerre des Gaules — magnifiait les prouesses de son adversaire, afin de mieux se mettre lui-même en valeur. Plusieurs foyers de discussions se formèrent. Les analyses de mon ami furent commentées dans une sorte de bourdonnement constant, comme si le salon avait été transformé en ruche. Puis Hercule réclama le silence pour prendre la parole, s'adressant d'abord à Owen :

— Cher ami, vous avez brillamment résolu ces énigmes, mais à présent, je vais vous disputer la vedette, ou plutôt Déjanire et moi-même, puisque nous avons une importante nouvelle à vous annoncer. Nous avons décidé aujourd'hui même de nous fiancer !

Cette heureuse annonce contrastait joyeusement avec les funestes évocations d'Owen, et dès cet instant, je ne ressentis plus la curieuse tension éprouvée en milieu de soirée. Neville revint au bout d'un moment avec deux bouteilles de vin pour fêter cette excellente nouvelle. Mrs Richardson, les larmes aux yeux, embrassa chaleureusement la fiancée, sans oublier son fils, et partit lui chercher une broche de valeur, précieux souvenir de famille qu'elle tenait à lui offrir dès à présent. Durant la demi-heure qui suivit, il y eut beaucoup de va-et-vient, dans une ambiance d'allégresse, et je crois bien que tout le monde s'absenta à un moment donné. J'indique ces précisions relativement aux événements qui suivirent et auxquels, en toute franchise, je ne m'attendais pas. Au bout d'un moment, Mrs Richardson, constatant l'absence de son fils aîné, chargea Vera d'aller le chercher pour lui annoncer la bonne nouvelle.

— Je suis sûre que ce rabat-joie de Derek nous a entendus, dit Mrs Novello en déposant son verre. Mais bon, puisqu'il exige une invitation spéciale...

Elle quitta le salon sur ces mots. Quelques minutes s'écoulèrent et nul ne fit attention à elle quand elle revint, jusqu'à ce qu'elle s'agrippât au bras de son mari et nous regardât tous avec des yeux agrandis par la terreur.

— Derek, bredouilla-t-elle... Il est mort... Ses serpents...

Le zoologiste fut découvert dans la véranda, allongé sur le dos, la face tétanisée en une indicible expression de souffrance, au milieu de ses « compagnons ». Mort par asphyxie, à la suite de plusieurs morsures de serpents, ce que le médecin légiste devait confirmer ultérieurement. Hercule et moi-même, qui avions été les plus prompts à nous rendre sur les lieux, eûmes juste le temps constater le drame, avant de rebrousser prestement chemin et de refermer la porte au nez des reptiles. Un message fut envoyé aussitôt à Wedekind, qui arriva à Greenway vers 2 heures du matin. Mais ce fut seulement à l'aube qu'on put examiner son cadavre. Les pompiers n'avaient réussi à venir à bout des reptiles qu'au moyen de gaz asphyxiants, le maître des serpents n'étant plus en mesurer de les aider.

Les circonstances de sa mort étaient on ne peut plus claires. Ses serpents l'avaient mortellement mordu. Pour cela, ils étaient simplement sortis de leur cage, dont toutes les portes avaient été retrouvées ouvertes. Durant un certain temps, on se demanda si c'était là un geste volontaire de sa part ou le fait d'une autre personne. Ce fut Wedekind qui trouva la réponse à cette question. On venait de nous servir une tasse de café au salon, quand il vint nous rejoindre pour poser devant nous un carnet d'adresses ouvert.

— Nous l'avons retrouvé sur lui, et c'est bien son écriture, déclara-t-il en mettant son doigt sur une inscription. Cela vous dit-il quelque chose ?

En même temps qu'Owen, je me penchai et lus :

Davis Mellett 6 Swan Street. SE1.

— Oui, ce sont le nom et l'adresse du Grand Diomède, fit Owen en se redressant. Mais alors... vous pensez que...

— ... Que c'est lui l'assassin, oui, acheva gravement Wedekind. La présence de cette adresse dans son calepin personnel ne peut s'expliquer autrement. Il n'est pas très difficile de retracer les faits. Après vos explications, il a compris qu'il était démasqué. Il a choisi la seule issue possible. Et pour cela, il n'a pas hésité à faire appel à ses fidèles amis...

XII

LA CEINTURE DE L'AMAZONE

38

Récit d'Achille Stock (suite)

La terrasse coloniale jadis édifiée par le colonel Richardson n'était jamais aussi belle qu'en fin d'après-midi, au moment où le soleil s'inclinait à l'Occident. Ses rayons obliques jouaient sur les croisillons et la frise sculptée du bord de la toiture, soulignant son relief par un savant jeu d'ombre et de lumière. Entièrement peinte en blanc, elle se détachait sur le fond sombre de briques patinées et le vert tendre des pelouses. Chaque fois que je l'apercevais après avoir remonté l'allée de gravier, je ne pouvais m'empêcher de l'admirer, et ce jour-là d'autant mieux que j'avais l'esprit bien plus libre depuis la fin de cette sinistre affaire. Hercule et Déjanire, qui y prenaient le thé, s'accordaient parfaitement à ce décor enchanteur. Le jeune homme, calme et souriant, avait l'aisance et la classe d'un prince. Déjanire, avec sa belle chevelure châtain foncé et son regard un peu mystérieux, me faisait penser à une princesse slave. Ils semblaient réellement faits l'un pour l'autre, promis à une vie heureuse, trop beaux pour pouvoir être frappés par la mauvaise fortune.

Hercule nous fit un signe de la main dès qu'il nous aperçut et Déjanire nous adressa un charmant sourire, un de ces sourires qui vous réchauffent l'âme et dont on aurait vainement pu chercher l'expression sur son visage, à l'époque où de sombres nuages menaçaient l'avenir de son bien-aimé.

Ils nous proposèrent aimablement de prendre le thé avec eux, offre que nous acceptâmes avec plaisir. Owen, très à l'aise, loua le climat heureux qui semblait à présent baigner la propriété de Greenway.

— Ne vous fiez quand même pas trop aux apparences messieurs, déclara Hercule après un léger soupir. Si Déjanire et moi sommes sortis indemnes de ce drame, il n'en est pas de même pour tout le monde. Et je ne parle pas seulement de mon frère. Mère a passé de très mauvais moments ces temps-ci. Elle a du mal à accepter la vérité. Oncle Neville a eu la bonne idée de la faire changer d'air. Ils sont partis prendre quelques jours de repos à Brighton, avec Vera et Michael.

Il tourna un regard complice vers sa compagne et ajouta :

— Si bien que nous sommes seuls ici, dans cette grande maison vide...

— Mais heureusement, il y a les domestiques ! persifla Déjanire. Sans quoi, j'aurais été depuis longtemps mise en charpie par une brute comme toi !

Les jeunes gens rirent de bon cœur, se tenant la main. Puis, prenant sans doute conscience que leur bonheur pouvait paraître quelque peu malséant en la circonstance, Hercule s'éclaircit la voix et dit :

— Mais je suppose que vous avez de nouvelles informations ?

— Pas exactement, répondit Owen. En fait, nous sommes venus faire le point, à titre personnel je dois le dire, car aux yeux de la justice, la culpabilité de votre frère ne fait plus de doute.

— Vous-même en douteriez ? s'inquiéta Hercule.

Owen prit le temps d'allumer une cigarette, puis répondit :

— Pour tout le monde, son suicide a été un aveu, et je serais très mal placé pour en douter, étant donné que c'est moi, justement, qui avais organisé la petite réunion de l'autre soir, dans le seul dessein d'amener le coupable à se trahir. Comme nous n'avions pas de preuve, je pensais qu'en démontant ainsi publiquement le mécanisme exact de ses crimes, notre homme finirait par craquer, pensant être tombé dans un piège...

— Mais, intervint Déjanire, c'est en quelque sorte ce qui s'est passé ?

— Oui, bien que j'eusse envisagé un autre type de réaction. En fait, je songeais aussi à une autre personne...

— Laquelle ?

Owen, qui suivait avec attention les volutes de fumée qu'il projetait devant lui, haussa légèrement les épaules.

— Cela n'a aucune importance, puisque je me suis trompé. Ce que j'aimerais surtout, à présent, c'est examiner avec vous, Mr Richardson, les raisons profondes qui ont poussé votre frère à monter une telle machination. Une machination dirigée contre vous, sans l'ombre d'un doute, même si çà et là on peut relever quelques incohérences dans ses actes... (Il regarda son vis-à-vis droit dans les yeux.) Votre frère vous haïssait, n'est-ce pas ?

Hercule parut embarrassé.

— Il est vrai que ça n'a jamais été l'entente parfaite entre nous deux ! Moi, je prenais ça pour de simples chamailleries entre frères. Jamais je n'aurais imaginé qu'il puisse aller jusque-là. Mais êtes-vous bien certain que c'est uniquement pour chercher à me nuire qu'il a monté cette extraordinaire machination ?

— Disons que j'ai une idée sur la question. J'aimerais vous la soumettre...

Hercule eut un geste approbateur de la tête, puis Owen poursuivit :

— Autant vous prévenir tout de suite, et mon ami ici présent pourra vous le confirmer, j'ai la manie de voir le mal partout. Prenez cela comme de la déformation professionnelle, et non comme une attaque particulière contre les vôtres. Car dans mon hypothèse, deux personnes proches vous ont souhaité du mal. Deux personnes très proches, et je suis bien aise que votre mère ne soit pas là, car cela ne m'aurait vraiment pas facilité la tâche. Il s'agit donc de votre frère Derek, mais aussi de votre père...

— Mon père ? bredouilla Hercule en roulant des yeux étonnés. Mon père, me détester ?

— Les choses ne sont pas si simples... Il vous adorait et vous détestait à la fois. Mais avant de porter un jugement, laissez-moi d'abord vous exposer calmement les faits.

Avec douceur et d'un geste lénifiant, Déjanire posa sa main sur le bras de son compagnon.

— John Richardson, reprit Owen, vous le savez bien, n'est que votre père adoptif, mais on peut le dire, c'est lui qui forgea entièrement votre personnalité.

— C'est exact !

— Mais plus encore que vous ne le pensez. Il a agi envers vous comme une sorte de démiurge, du début à la fin, en vous modelant à son image, en vous façonnant comme on le ferait d'une statuette d'argile. J'avais fini par abandonner le mystère de votre personnalité, cette suite de coïncidences qui faisaient de vous le double exact du héros légendaire, tant elles étaient nombreuses, mais j'ai réussi à y voir clair, à dénouer l'imbroglio complexe d'un enchaînement de circonstances, incroyable mais parfaitement logique, qui commence avec votre naissance. Là, c'est le point de départ, le seul hasard qui fait que votre arrivée sur terre ressemble quelque peu à celle d'Hercule, fils d'une mortelle et du grand Zeus. Votre mère pourrait être cette mortelle, et Roy, cet homme au charisme si étonnant, le fameux « dieu », comme il fut surnommé par certains. Votre père adoptif n'était vraisemblablement pas aussi naïf qu'on a voulu le croire, et ce n'est pas par hasard qu'il vous a prénommé Hercule. Selon votre mère, il avait même insisté. Lui qui était très versé en mythologie savait bien ce qu'il faisait. Le dieu Zeus trompa Amphitryon avec la femme de celui-ci, Alcmène, pour engendrer Hercule, comme le fit le « dieu » Roy avec votre mère. C'est la réplique amère, sorte de petite vengeance intellectuelle, d'un homme blessé dans son amour-propre. Je trouve que cela cadre parfaitement avec les faits, et j'ai du mal à expliquer autrement son insistance pour le choix d'un tel prénom...

» Vous voilà donc sur scène, projeté dans le théâtre de la vie, en train de pousser des cris dans votre landau. Vous êtes un beau bébé en pleine santé, d'environ 1 an, lorsque votre père revient de Chine. Votre frère Derek, lui, a 10 ans. C'est alors que se produit une autre « coïncidence » qui, elle, ne doit rien au hasard : ce fameux incident qui a failli vous coûter la vie. Je veux bien croire que c'est la providence qui a guidé votre vigoureux petit poignet pour qu'il ne lâche pas la tête du serpent jusqu'à ce qu'il étouffe, mais la part de hasard s'arrête ici, car c'est bel et bien une main criminelle qui a jeté le reptile venimeux dans votre landau. Et je gage aussi que c'est votre prénom à lui seul qui a incité cette personne à choisir ce procédé particulier pour se débarrasser de vous.

— Mais qui aurait fait ça ?

— Je ne vois que deux suspects possibles. En premier

lieu, votre père adoptif, qui devait vous détester à ce moment-là, car vous étiez le souvenir vivant de la trahison de sa femme et de son ami. Ensuite, il y a également votre frère, déjà jaloux de vous, du beau bébé que vous étiez, dont la force et la santé contrastaient tant avec sa faible constitution. Il n'avait qu'une dizaine d'années, mais sa passion précoce pour les serpents rend ce geste criminel plausible. Nous ne pourrons évidemment jamais avoir de certitude absolue sur cet événement, mais c'est à votre père que va ma préférence, car c'est lui qui a ramené les serpents et lui, surtout, qui se complaisait dans les allusions mythologiques.

» Quoi qu'il en soit, les années passent, le colonel Richardson finit par fondre devant le charmant bambin plein de vie que vous êtes. S'il est coupable, il doit cruellement regretter son acte et avoir décidé de se racheter à tout prix. Vous êtes le fils que tout père aurait rêvé d'avoir, beau, vigoureux et fort. Je suis sûr qu'alors, il parvient même à se persuader que vous êtes son propre fils et se consacre entièrement à votre éducation, cultivant le mythe d'Hercule, puisque à l'évidence les dieux ont présidé à votre naissance. Il vous imprègne l'esprit de ses exploits fabuleux — j'ajoute qu'il n'a pas dû vous forcer beaucoup pour cela —, magnifie sa force, vous incite à l'imiter, encourage vos dispositions naturelles pour les sports de combat, vous répète, par le biais de phrases choisies, telle que cette citation chinoise, que l'homme détient lui-même la clé de son avenir, qu'il doit personnellement prendre son destin en main, pour mieux l'orienter, surtout si celui-ci est conforme aux volontés de la nature et du ciel, c'est-à-dire ce petit Hercule qui semblait tant ressembler au « grand » dès sa naissance. En un mot, il a tout fait pour que vous deveniez l'image parfaite du grand héros.

— Je ne vois pas pourquoi je lui en voudrais pour cela ! déclara Hercule avec hauteur.

— Pour ce qui est de sa psychologie profonde, reprit rapidement Owen, j'en suis réduit à la pure spéculation, mais il ne me semble pas improbable que la souffrance éprouvée, à la suite de la trahison de sa femme et de son ami, l'ait dirigé vers le refuge illusoire de l'opium. Un divorce, tache infamante pour la famille Richardson, n'était pas envisageable pour lui. L'homme d'honneur qu'il était voulait éviter tout scandale. Il a donc choisi de se taire et a trouvé du réconfort dans cette drogue. Peut-être a-t-il aussi pratiqué le fétichisme pour cette raison, multipliant les sacrifices, autant pour nuire à son rival que pour vous aider vous, Hercule, à devenir vraiment son fils, ce fils magnifique dont il rêvait...

» Néanmoins, tandis que vous grandissiez, deveniez grand et fort, restant toujours aussi blond, vous deviez inévitablement lui rappeler parfois son rival et souligner par contraste sa propre faiblesse, son physique ingrat comme celui de son fils Derek. Cette constatation a dû nourrir secrètement sa haine, raviver cette vieille blessure, le maintenir dans un état de dangereuse ambivalence. Sans doute a-t-il dû éprouver un sentiment de revanche, une sorte de joie amère, quand son « ami » Roy mourut de maladie ; mais le testament qu'il avait fait en votre faveur fut pour lui un coup mortel, même si cet argent était le bienvenu. Car il pensait que ce geste dévoilerait la vérité aux yeux de tous : vous étiez le fils de Roy, et non le sien !

» La haine le submerge, sa raison chavire, et il finit par donner libre cours à la mauvaise nature qui sommeille en lui. Non seulement il s'adonne de plus en plus à son vice, se montre de plus en plus renfermé, mais il va commettre un acte qui, vraiment, n'est pas digne d'un père. Je suppose aussi que c'est le remords de cet acte qui l'a amené à se tirer une balle dans la tête. De toute manière, je crois qu'il avait perdu le goût de la vie à ce moment-là.

— De quel acte parlez-vous, Mr Burns ? demanda sèchement Hercule.

— De la même manière qu'il vous avait créé, il comptait vous détruire. Vous étiez le fils de Roy ? devait-il se dire, eh bien vous alliez vraiment le devenir ! Quel acte ? Mais celui de vous initier aux voluptés des stupéfiants. Car c'est bien lui qui vous a emmené à *La Fleur des rêves*, n'est-ce pas ?

Hercule Richardson blêmit.

— Comment... comment le savez-vous ?

— Nous sommes allés là-bas.

Il se fit un silence. Hercule se pinça les lèvres, jeta un bref coup d'œil à Déjanire, puis répondit d'une voix un peu sourde :

— Je crois que vous présentez mal les choses, Mr Burns. C'est vrai, mon père m'avait amené là-bas, mais... comment dire ? Il ne me voulait pas de mal. C'était une approche philosophique. Une manière différente de considérer la vie... de prendre conscience de son être... de relativiser certains problèmes et...

— Cela coïncidait bien avec la nouvelle de l'héritage de Roy Russell, n'est-ce pas ?

— Oui, mais...

— Je crois que vous êtes assez grand pour vous faire une idée par vous-même, trancha Owen. Quant à moi, je me permettrais simplement de vous rappeler ceci : un homme qui, comme lui, souffrant terriblement de la dépendance de cette drogue, mène son fils dans un tel endroit de perdition, cela ne me paraît explicable que dans un moment de folie passagère. Une folie, en l'occurrence, nourrie par cette haine latente que je viens de vous expliquer. Mais nous nous sommes écartés du cas de votre frère... Je tenais simplement à vous signaler de quelle manière je suis parvenu par ce biais, par cette information recueillie tout à fait incidemment, à remonter le chemin sinueux de la personnalité cachée et maladive du colonel Richardson ; il vous a peut-être haï, comme je l'ai dit, mais sûrement dorloté et choyé, de telle sorte que cela ne pouvait qu'éveiller la jalousie de votre frère... Voilà où je voulais en venir.

Tandis qu'Hercule semblait plongé dans ses pensées et ses doutes, Déjanire lui dit d'une voix douce :

— Moi, je comprends parfaitement qu'il ait été jaloux de toi, mon chéri... Et j'ai toujours trouvé malsaine sa passion pour les serpents !

Hercule sortit alors son jeu d'osselets de sa poche, mais la jeune file s'en empara et les posa sèchement à l'écart sur la table. L'athlète se laissa tomber contre le dossier de son siège, comme vaincu par une force supérieure, puis soupira.

— Vous comprendrez, Mr Burns, que tout cela est très difficile à accepter pour moi... Il me faut réfléchir. En ce qui concerne Derek, je commençais à réaliser. Mais mon père...

Écrasant sa cigarette dans le cendrier d'un air vaguement agacé, Owen répondit :

— Je vous le répète, vous n'êtes pas obligé de me croire. La culpabilité de votre frère semble établie, et il n'est pas nécessaire d'en vouloir connaître tous les détails pour s'en convaincre. S'il a commis cette série de crimes si particuliers, c'était uniquement pour que vous en sembliez l'auteur, donc pour vous nuire. Globalement, on peut le dire, son « œuvre » fut presque parfaite d'un point de vue criminologiste.

— Presque ? s'étonna Hercule. Qu'aurait donc à redire un spécialiste comme vous ?

— Il y a ce fameux neuvième travail, « la ceinture de l'Amazone », qui ne fut jamais exécuté, du moins à ma connaissance. Serait-ce un oubli de sa part ? Ou un coup raté, un crime trop médiocre pour retenir l'attention ?

Une guêpe bourdonna au-dessus de la table, comme pour meubler le silence qui suivit, mais personne ne fit un geste pour la chasser. Hercule dit alors :

— Je crois avoir une idée... qui pourrait expliquer cette lacune. Et si Derek avait tué Patricia ? L'enquête avait retenu la thèse d'un accident, mais sans écarter de manière formelle celle d'un assassinat !

— C'était l'été dernier, n'est-ce pas ? Avait-il quitté Greenway à cette époque ?

— Non, mais il aurait pu faire appel à son complice.

Owen se pinça les lèvres, jouant des sourcils, puis décréta :

— Non. Ce n'est pas possible. Cela ne respecte pas du tout l'histoire d'Hercule, qui est censé avoir tué sa femme dans un accès de colère. Elle ne peut pas en même temps faire l'objet d'un « travail », ce n'est pas logique... Ah ! j'oubliais un dernier détail, à propos de votre rêve, ajouta Owen en se tournant vers Déjanire. En visitant la fumerie d'opium, j'avais trouvé un semblant d'explication. Souvenez-vous, vous étiez perturbée par le fait que le dragon dans la chambre de feu Mr Richardson ressemblait trait pour trait à celui de vos rêves... Eh bien, apprenez que John Richardson avait fait faire la reproduction de ce dragon sur le plafond d'une pièce de la fumerie, et je m'étais dit que si Hercule vous avait incidemment amenée là-bas, vous pourriez avoir inconsciemment enregistré cette image ?

Un éclair d'égarement passa dans les yeux clairs de la jeune fille qui, hésitante, se tourna vers son compagnon.

— Eh bien...

— Non, fit Hercule d'une voix tranchante. Et je vais vous faire une confidence, messieurs : je n'ai plus l'intention de retourner là-bas !

— C'est une très sage résolution, approuva Owen.

— De toute manière, déclara Déjanire en haussant les épaules, cela n'expliquerait rien, car je faisais déjà ce cauchemar avant de venir à Greenway, et donc avant d'avoir fait la connaissance d'Hercule... Il me semble vous l'avoir dit, non ?

— Bien sûr, fit Owen en se frappant le front du plat de la main. Où avais-je la tête ? Vraiment, cet inextricable casse-tête aura fini par user jusqu'à la dernière parcelle de ma matière grise ! À présent, je crois que nous avons assez abusé de votre temps et de votre patience...

— Mais pas du tout chers messieurs, répondit Hercule avec un aimable sourire et en nous tendant la main. Même si cette vérité me semble difficile à admettre à certains égards, je vous suis très redevable de vos éclaircissements, de vos déductions qui ont confondu le coupable et ainsi contribué indirectement à notre bonheur. Déjanire et moi ne vous en serons jamais assez reconnaissants.

— J'espère que cela n'a pas modifié vos projets ?

— Non, simplement retardé, dit-il en haussant les épaules. (Puis, comme si une idée venait subitement de germer dans son esprit, il ajouta :) Mais j'y pense, messieurs, êtes-vous libres ce week-end ? Déjanire et moi avons prévu de passer quelques jours dans notre bungalow du côté d'Exmoor. Le coin est superbe, montagneux et boisé, tout près d'une rivière très poissonneuse. Pêche, tir à l'arc, veillées devant un bon feu de cheminée, voilà tout notre programme. Vous nous feriez grandement plaisir si vous étiez des nôtres. N'est-ce pas, ma chérie ?

Le sourire que Déjanire nous adressa, peut-être à cause de sa rareté, me parut presque enchanteur.

— Oui, approuva-t-elle. Nous serions vraiment très heureux de vous accueillir.

Owen, après quelques secondes d'étonnement, manifesta un vif enthousiasme et se tourna vers moi.

— C'est une excellente idée, Achille, n'est-ce pas?

39

Récit d'Achille Stock (suite)

— Qu'est-ce que c'est que ça ? m'enquis-je vivement en désignant le contenu du sac qu'Owen venait de me confier, alors que nous préparions nos affaires, la veille de notre départ pour le Devon.

Me regardant droit dans les yeux, mon ami me confia d'un air grave :

— Disons que c'est une simple précaution.

— Owen, franchement, dites-moi ce que vous mijotez !

— Vous connaissez mieux que quiconque les seules choses qui animent ma vie : mon obsessionnelle recherche de la beauté et de la vérité. Au nom de cela, Achille, je compte sur vous, au cas où vous auriez à vous servir de cet objet. Vous excellez dans cette discipline, si je ne m'abuse, n'est-ce pas ?

Le lendemain nous vit de très bonne heure à la gare de Paddington. Un ciel encore sombre pesait sur les verrières du quai. Je n'étais pas très rassuré, mais le soleil se leva, dissipa rapidement les brumes matinales et me redonna confiance, tandis que l'express nous précipitait vers le Devon. Vers midi, un cabriolet nous déposa devant le refuge des Richardson, un bungalow perdu dans les bois. Durant notre trajet depuis Barnstaple, nous avions vu un cerf, des moutons à cornes et des poneys à demi sauvages. À l'évidence, un week-end très rustique nous attendait, ce qui n'était pas pour me déplaire. Hercule et Déjanire vinrent nous accueillir, en hôtes affables et sereins. Avant de nous proposer un déjeuner substantiel, ils nous firent visiter l'intérieur du bungalow et nous montrèrent nos chambres. C'était une construction en bois, à la fois rurale, chaleureuse et bien équipée. Une belle résidence campagnarde, idéale pour se ressourcer, surtout pour le citadin invétéré que j'étais devenu depuis que je connaissais Owen. Mon ami, pourtant, ne cessait de prôner les vertus bienfaisantes de la nature, mais se limitait en général à la théorie.

En milieu d'après-midi, alors que le temps était au beau fixe, nous nous sentions en pleine forme et d'attaque pour la partie de tir à l'arc proposée par Hercule.

— Il y a, non loin d'ici, une belle petite clairière, idéale pour nous entraîner, déclara-t-il en préparant le matériel. Mais c'est de l'autre côté de la rivière. Ce qui nous fera faire un peu d'exercice pour y parvenir... Personne n'y voit d'inconvénient ?

— Au contraire, nous ne demandons que cela ! répondit gaillardement Owen, qui avait revêtu une tenue d'explorateur, avec un chapeau à bord si large qu'il lui dévorait la moitié du visage.

J'étais personnellement habitué aux tenues recherchées de mon ami, à qui Hercule fit remarquer non sans ironie :

— Vous êtes parfait, Mr Burns, il ne vous manque plus que la peau de lion !

Peu de temps après, nous parvînmes à la rivière, une sorte de torrent assez large, qui tombait un peu plus loin en une haute cascade, dont nous percevions la rumeur grondante et les vapeurs d'écume, qui montaient en s'irisant au soleil. Après un instant de réflexion, Hercule organisa la traversée. Désignant un point en amont, il déclara :

— Là-bas, le cours est franchissable à gué, mais il faut quand même être prudent à cause du courant. Je passerai le premier, avec le maximum de matériel, aidé par Mr Stock. Vous, Burns, vous nous suivrez jusqu'à l'espèce de plate-forme rocheuse qui émerge au milieu du cours, pour nous aider à faire passer nos fardeaux. Vous resterez là jusqu'au passage de Déjanire.

— Vous serez notre passeur ! minauda la jeune femme.

— Ma foi, ce rôle me conviendra fort bien, fit Owen en répondant au sourire engageant de la jeune femme et en soulevant le bord de son chapeau.

La vue de l'impétueux cours d'eau avait quelque chose d'excitant en soi, faisait naître en vous un frisson d'aventure qui paralysait quelque peu l'intellect tout en vous poussant à l'audace. C'est sans doute pour cette raison que je ne me posai pas trop de questions à ce moment-là, devant l'attitude un peu singulière de notre hôtesse et d'Owen.

Après avoir retroussé nos shorts, avec sacs, carquois et les arcs sous les bras, Hercule et moi franchîmes la rivière, dont la vivifiante fraîcheur tranchait singulièrement avec la douceur de l'air. Ballottés par les flots tourbillonnants, nous avançâmes très prudemment sur le lit de pierres glissantes, jusqu'au tertre. Nous déposâmes nos affaires, attendîmes qu'Owen nous eût rejoints, puis franchîmes le reste de la rivière comme prévu. Nous étions trempés jusqu'à la taille, l'eau étant un peu plus profonde que prévu, ce qu'Hercule signala à Déjanire, de l'autre côté de la rive. Je la vis acquiescer, puis se défaire de son short et de son léger gilet de chasse, le plus naturellement du monde. Elle les roula en boule, les tint au-dessus de sa tête, avant de s'engager dans le cours d'eau très légèrement vêtue. Elle paraissait fort amusée par l'opération, insensible à la fraîcheur de l'eau et semblant totalement inconsciente de la forte sensualité qui se dégageait de sa personne. Owen, placé aux premières loges, devait, encore plus que moi, être ébloui par les proportions parfaites de cette ravissante naïade venant à sa rencontre.

Aidant Hercule à rassembler notre matériel, je détournai pudiquement mon regard, mais pour fort peu de temps. Un cri, suivi d'un plongeon, s'éleva du torrent. Juste avant d'arriver à la hauteur de mon ami, Déjanire était tombée dans l'eau. Mais l'intervention prompte d'Owen l'avait aussitôt tirée de ce mauvais pas.

— Ce n'est rien, lança la jeune femme en riant, accrochée au bras d'Owen, et dont la chemise trempée épousait à présent parfaitement les formes gracieuses. Plus de peur que de mal !

Bien que n'apercevant mon ami que de dos, j'étais certain qu'il n'en menait pas large. Pour agréable qu'elle fût, sa position devait être malgré tout fort gênante. Une fois de plus, je me détournai d'eux, puis un nouveau cri retentit l'instant suivant. Mais cette fois-ci, il était d'une tout autre nature...

— Arrêtez ! Mais qu'est-ce qui vous prend ? s'offusquait Déjanire, dont la chemise déchirée laissait paraître un sein nu. Vous êtes devenu fou ou...

La scène était si confuse qu'il me fut impossible de bien l'interpréter. La jeune femme, les traits défaits, semblant glisser dans la rivière, s'accrochait à Owen tout en le repoussant, tandis que lui la retenait par sa chemise qui se déchirait encore davantage.

— Hercule ! Vite ! hurla-t-elle. Au secours ! Il a essayé de... de me prendre...

Je restai un instant sans réaction, ainsi que Richardson, qui semblait tout aussi abasourdi que moi. Owen et Déjanire à moitié nue se débattaient dans le cours d'eau, semblant autant aux prises avec le courant qu'avec eux-mêmes. Mais l'hésitation de l'athlète ne fut que de courte durée. Il s'empara d'un arc, l'arma d'une flèche et le brandit en direction d'Owen. Le visage congestionné par la colère, il hurla :

— Lâchez-la immédiatement, espèce de satyre ! Ou je vous abats sur-le-champ !

Malgré le risque de toucher sa fiancée, je compris qu'il n'hésiterait pas à exécuter sa menace. J'étais suffisamment proche pour me ruer sur lui, mais je me souvins alors de l'« objet » que m'avait confié Owen avant de partir. Il se trouvait fort opportunément dans la sacoche à mes pieds. Je l'ouvris, me saisis du revolver et le pointai vers Hercule, en le menaçant à mon tour :

— Lâchez immédiatement cet arc !

Le voyant respirer profondément et continuer de viser mon ami comme s'il n'avait pas entendu mon injonction, je tirai en l'air un coup de semonce. Effrayé par la déflagration brutale, Hercule sursauta et lâcha la corde. La flèche siffla et Owen se tint aussitôt l'épaule en poussant un cri. Une tache sombre macula sa chemise, mais le projectile devait juste l'avoir frôlé car je ne le voyais pas sur lui. Pendant ce temps, Déjanire, effrayée, était tombée à l'eau et se débattait rageusement dans le courant, emportée vers la cascade.

Hercule sembla comprendre une fraction de seconde avant moi le danger qui la menaçait, mais commit l'erreur de se jeter trop hâtivement dans l'eau pour tenter de la rejoindre. Il fut lui aussi entraîné par le courant, sans pouvoir parvenir jusqu'à sa hauteur. J'avisai une série de rochers en aval, qui aboutissaient jusqu'au milieu du lit de la rivière, et n'hésitai pas une seconde à emprunter ce chemin. À partir de ce moment-là, mes gestes ne furent plus qu'une suite de réflexes, car le temps m'était trop chichement compté pour analyser la situation. Je parvins à la dernière pierre juste après le passage de Déjanire, puis effectuai un long plongeon qui me permit de l'attraper par les jambes. Le courant était trop fort à cet endroit pour envisager de regagner la rive. La chute dans la cascade était inévitable. Tandis qu'elle se débattait, en proie à une vive panique, je la serrai contre moi au moment même où l'eau nous propulsa dans le vide.

Nous tombâmes d'une hauteur de deux ou trois mètres, dans un furieux bouillonnement d'écume. Bien que mon dos eût été sérieusement malmené par la dureté des rochers, je me sentais encore entier. Mais nous n'avions évité ce premier danger que pour tomber dans un second. L'eau tourbillonnante au pied de la cascade nous empêchait de refaire surface. Tenant toujours la jeune fille par la taille et m'aidant de ma seule main disponible, je longeai par le bas le lit de la rivière, m'agrippant de rocher en rocher, jusqu'à un endroit plus calme. J'émergeai, ma naïade inerte dans les bras et aperçus Hercule qui barbotait au bord de la rive. Il s'élança vers moi, le regard fou, m'arracha sa fiancée des bras, puis, constatant qu'elle n'était qu'évanouie, poussa un profond soupir et m'adressa alors un regard reconnaissant.

Un peu plus tard, nous réchauffions nos membres transis, enveloppés dans une couverture, devant une tasse de thé fumante et un bon feu de cheminée. Une subite averse avait achevé de nous tremper jusqu'aux os durant le chemin du retour. La situation avait été clarifiée, et chacun se confondait en excuses. Déjanire avait mal interprété le geste d'Owen, qui voulait simplement la rattraper alors qu'elle venait de glisser. Et c'est tout aussi malencontreusement qu'il avait déchiré sa chemise, alors qu'elle cédait à la panique. Mais leurs regrets mutuels semblaient insignifiants, comparés à ceux d'Hercule, qui se désolait de ne pouvoir contrôler ses irrépressibles mouvements de colère.

— Vous avez des circonstances atténuantes, soutenait Owen. Je me mets à votre place...

— Nous sommes doublement redevables à votre ami, répondit Hercule en tournant vers moi un sourire amical. Sans son intervention, j'aurais commis un acte irréparable et serais sans doute en ce moment l'homme le plus malheureux du monde. Déjanire vous doit une fière chandelle ! Vous avez fait preuve d'un sang-froid remarquable.

— Bah ! Ce n'est pas grand-chose, répondis-je en m'efforçant à la modestie. Vous savez, dans le pays d'où je viens, c'est presque habituel. Le danger est omniprésent. Surtout à l'époque de mes aïeux, alors qu'ils s'enfonçaient dans les zones inconnues d'Afrique du Sud avec leurs roulottes. Tous les jours, leur vie ne tenait qu'à un fil, avec ces hordes de Zoulous qui semaient la terreur alentour...

— Et qui mettaient un point d'honneur à couper leurs victimes en petits morceaux, n'est-ce pas ? répliqua Hercule, rieur. Mais dites-nous, Owen, comment va votre blessure ?

Mon ami posa un regard désabusé sur son épaule, soigneusement pansée par Déjanire, puis déclara :

— Après vos sinistres évocations, je pourrais difficilement me plaindre...

Le soir venu, nous dînâmes copieusement. Notre aventure de l'après-midi nous avait grandement ouvert l'appétit, tout en instaurant, peut-être par contrecoup, une chaleureuse ambiance, qui ne cessa de se développer au cours de la soirée. Les bouteilles de bière se vidaient au fil de nos libations, devant la vive flambée qui pétillait dans l'âtre. Nous riions à propos de tout et, finalement, la conversation roula sur les « travaux d'Hercule ». Sans rappeler la culpabilité de Derek, Owen magnifia les exploits de l'assassin, en soulignant à la fois son adresse et son action bienfaitrice. Déjanire, nichée dans le creux de l'épaule de son fiancé, approuva les commentaires de mon ami, auxquels Hercule fit largement chorus.

Nous nous levâmes fort tard le lendemain, et après un après-midi de pêche, passâmes une soirée quasi identique à la précédente. À ce moment-là, d'après les commentaires de mes compagnons, l'individu qui avait commis ces douze crimes passait pour une sorte de héros, digne d'admiration. Owen ne tarissait pas d'éloge sur son incroyable habileté et son extraordinaire intelligence. Nous étions alors passablement éméchés, mais j'étais encore assez lucide pour me rendre compte du caractère étrange de cette soirée. Il y avait quelque chose d'excessif dans le comportement d'Owen et d'Hercule, mais aussi dans celui de Déjanire, qui multipliait les sourires et caresses pour son compagnon, qu'elle embrassait régulièrement et sans la moindre retenue. L'alcool pouvait expliquer certaines choses, mais pas tout. Le plus curieux était qu'Owen semblait lui aussi trouver parfaitement naturelles ses manières lascives.

Au bout d'un moment, je la vis chuchoter à l'oreille d'Hercule, qui acquiesça avec un sourire, avant de quitter la pièce. Il revint avec d'étranges pipes et un sachet, que j'identifiai aussitôt comme le classique matériel du fumeur d'opium. Mais je n'étais pas encore au bout de mes surprises, car à la question muette du maître des lieux, Owen répondit d'un air entendu, puis se tourna vers moi :

— Vous ferez bien un petit essai avec nous, Achille? Vous verrez... les grands espaces de votre Afrique du Sud natale vous paraîtront encore plus beaux et plus vastes...

Je serais parti sur-le-champ s'il n'avait pas accompagné ces paroles d'un geste discret d'appel à la modération et d'un clin d'œil complice. J'avais reçu le message cinq sur cinq — je devais jouer le jeu —, mais n'en étais pas moins intrigué pour autant. Je prenais des bouffées de fumée sans l'avaler, mais après un certain temps, je finis par ressentir l'influence trouble de la drogue. Je perdis également la notion du temps, tandis que notre hôte et Owen continuaient de parler d'Hercule. Au bout d'un moment — peut-être approchions-nous déjà de l'aube —, Déjanire partit se coucher, et le mot de « Hercule » revenait sans cesse aux lèvres de mes compagnons. Il apparaissait désormais comme un bienfaiteur de l'humanité, puis le ton d'Owen se fit plus critique : « Tout était parfait, sauf le meurtre de l'Amazone. » Hercule éleva des objections mais, au bout d'une interminable discussion, parut se rallier à l'opinion de mon ami.

Ensuite, les choses me parurent plus confuses, je ne saisissais que quelques bribes étranges, puis sombrai lentement dans les bras de Morphée, pour me réveiller le lendemain aux alentours de midi, dans un état épouvantable. Quand nous prîmes le chemin du retour en milieu d'après-midi, j'avais la tête encore nébuleuse. Je m'endormis de nouveau dans le train jusqu'à notre arrivée, vers 11 heures du soir, à la gare de Paddington. Un fiacre nous ramena à l'appartement d'Owen. Nous venions à peine de déposer nos bagages, lorsque mon ami me proposa une petite promenade le long des quais de la Tamise, affirmant que le bon vieil air de Londres nous ferait le plus grand bien. Ce fut seulement à ce moment-là que je commençai réellement à retrouver mes esprits. Les lueurs orangées des réverbères se miraient dans les eaux noires du fleuve, tandis que le carillon de Big Ben, emmitouflé dans un linceul de brume, sonnait la demie de 11 heures.

— Owen, demandai-je soudain. Que s'est-il passé durant ce week-end ? J'ai l'impression d'avoir traversé le miroir l'espace de quelques heures ! J'ai vu un autre moi-même, et vous-même, vous me paraissiez méconnaissable... Avons-nous rêvé ?

— Qui vous dit que nous ne rêvons pas durant l'instant présent ? me répondit-il en levant les yeux vers la voûte céleste. Mais rassurez-vous, c'est une question que les plus grands philosophes n'ont jamais vraiment réussi à trancher. Alors oui, si vous voulez, nous pouvons considérer que nous avons rêvé. Rêvé avec Déjanire et son compagnon, rêvé au plus illustre des héros de tous les temps, le grand Hercule.

— Mais duquel parlez-vous ? De Richardson, de l'assassin ou de ce celui de la légende ? Vraiment, Owen, je commence à ne plus rien comprendre, à tout confondre...

— Le dernier nommé n'existe plus, voyons. Quant aux deux autres, il s'agit du même personnage...

Il me fallut un certain temps pour comprendre le sens de sa remarque, tandis qu'il reprenait :

— Allons, mon ami, ne faites pas cette tête-là ! On dirait que je vous révèle la surprise du siècle ! Je pensais que vous l'aviez compris depuis longtemps : nul autre qu'Hercule Richardson ne pouvait être l'assassin que nous recherchions.

40

Récit d'Achille Stock (suite)

Après ce week-end passé en compagnie du jeune Richardson et surtout compte tenu des liens d'amitié que mon ami semblait avoir tissés avec lui, je me demandais en effet si je ne rêvais pas durant l'instant présent. Les explications d'Owen ne contribuèrent pas à chasser cette impression.

— Hercule a commis cette série dc crimes comme je l'avais expliqué l'autre fois, à cette différence près : l'exécuteur des hautes œuvres, c'était lui, et non son complice. Celui-ci, à ma connaissance, même s'il a pu le seconder occasionnellement, n'est intervenu que trois fois. La première, pour jouer le rôle de l'homme-lion aperçu sur le quai de gare par le père et le fiancé de « la biche aux cornes d'or ». Je vous avais déjà signalé que cet individu paraissait moins grand que l'Hercule décrit par les autres témoins. La deuxième fois, bien sûr, pour exécuter le crime du « jardin des Hespérides », puisque Hercule se trouvait alors en garde à vue à Scotland Yard. La troisième, ce fut pour interpréter le rôle de cette Allemande pourvue d'une lorgnette, lors du meurtre du « gardien des Enfers », alors qu'Hercule se faisait passer pour l'un de ses compatriotes.

— Donc une femme ?

— *A priori*, oui, mais nous verrons cela par la suite. Étudions d'abord le cas d'Hercule, qui me semble l'un des plus singuliers de l'histoire du crime, et je pèse mes mots. Nous connaissons bien désormais le parcours de sa vie, les incroyables circonstances qui l'ont amené à se comparer au grand Hercule, à vouloir lui ressembler à tout prix, à cultiver son extraordinaire mégalomanie, fondée, comme c'est souvent le cas, sur un fort complexe d'infériorité. Son entourage, son frère notamment, jaloux de ses dons, ne ratait pas une occasion de le railler, de souligner sa lourdeur d'esprit, comme celle de son illustre homonyme, ce qui le mettait dans des rages épouvantables. Il n'est donc pas étonnant qu'il ait voulu faire la preuve de sa force autant que celle de son intelligence, réhabilitant par la même occasion la mémoire du héros, que l'on présente souvent comme un être agissant avec ses bras et non avec sa tête. Tous ses crimes le prouvent : des exploits sans précédent, mettant en valeur ces deux qualités de manière égale, auxquelles il faut ajouter la générosité et la bravoure. Hercule est un altruiste : il se dévoue pour ses semblables en éliminant, au risque de sa vie, les monstres qui empoisonnent leur existence.

» Persuadé d'être d'une nature exceptionnelle, d'essence divine, il se doit de surpasser tout ce qui a été fait jusqu'ici dans ce domaine. Ses crimes doivent non seulement être à la hauteur de la réputation du héros thébain, mais en outre être connus de tous, tout comme leur auteur. On doit savoir qu'il est Hercule, que c'est lui qui a exécuté ces travaux d'utilité publique, mais on ne peut l'arrêter parce qu'il est intouchable, au-dessus des lois humaines... Souvenez-vous de son attitude arrogante avant et pendant son arrestation. Jamais il n'a réellement nié être l'auteur de ces crimes, jouant continuellement sur les mots, tout en soulignant l'action bénéfique du criminel. Une arrestation qui, évidemment, était prévue par lui, pour mieux le blanchir après l'intervention de son complice dans « le jardin des Hespérides ». Vous souvenez-vous des mouchoirs blancs de mon aïeule, bien plus beaux sans leurs broderies ? Je les avais comparés à ces crimes épurés, lisses et sans fioritures, suivant de très près la réalité : rien n'est caché, ni le mobile, ni le visage de l'assassin — ou du bienfaiteur —, mais celui-ci est trop adroit pour être pris. Je vous avais également dit que ce sont les plus difficiles à exécuter. C'était cela son projet : créer un chef-d'œuvre qui frapperait de nullité toutes les autres entreprises de ce genre !

Un silence tomba, troublé par nos pas qui résonnaient sur les quais de la Tamise, puis je demandai :

— Owen... Comment savez-vous cela ?

— Il me l'a dit.

— Quand ?

— La nuit dernière, répondit-il avec un demi-sourire. Pas expressément, mais à mots voilés. Vous savez que la frontière séparant le génie de la folie est très fragile, n'est-ce pas ? Surtout dans le domaine de l'art... Or, malgré la cruauté de ses actes, je persiste à penser que cet homme est un artiste. Vous comprendrez donc que je n'ai guère eu à forcer mon talent pour établir le contact. Il m'a suffi de magnifier ses crimes, de chanter l'aspect louable de son action, pour gagner dès lors sa confiance. Cela étant, je savais à peu près tout depuis un certain temps. Je comptais d'abord le prendre au piège, lors de cette soirée où j'avais révélé par le menu le mécanisme de ses crimes. Mais il m'a battu sur le fil, en me livrant un coupable, plus ou moins présentable, ce qu'il avait sans doute déjà prévu au cas où les choses tourneraient mal. J'imagine que c'est juste avant mon arrivée qu'il a demandé à son frère de recopier, sous un prétexte quelconque, l'adresse du dompteur Diomède dans son carnet.

» Entre parenthèses, il avait usé d'un stratagème identique en laissant un tel carnet dans la poche du cadavre de Diomède, pour amener les policiers à venir enquêter du côté de Greenway... Je vous l'ai dit, tout était prévu dans le détail, comme ce chiffon taché de sang caché sous sa selle, qui semblait être une bonne preuve au départ, mais pas totalement probante. À propos de Diomède, il faut savoir que c'est Hercule qui a abordé le dompteur dans un bar, et non le contraire comme il l'avait prétendu. C'est lui aussi qui lui a proposé de visiter sa propre maison, en guise de repérage des lieux, afin qu'il puisse la cambrioler par la suite. Et cela, en échange de sa « complicité » lors de la soirée fatale avec les fauves.

— Comment savait-il que Diomède était un voleur professionnel ?

— Je l'ignore, tout comme la manière dont il lui a présenté cet étrange marché. Cependant, il est certain que l'argenterie de la famille Richardson ne risquait rien, puisqu'il avait décidé d'éliminer le brigand. Mais ne nous perdons pas en de telles arguties. Hercule venait de gagner une manche en nous livrant un coupable fait sur mesure, avec, en guise d'aveux, un suicide du plus bel effet. Lorsque nous sommes allés le trouver chez lui ces jours-ci, alors qu'il se trouvait seul avec Déjanire à Greenway, je lui ai tendu un piège... Et il a mordu à l'hameçon.

— Merci de m'avoir prévenu !

— Je pensais que la vue du revolver dans mon sac était suffisamment parlante... J'avoue cependant que la partie était risquée, et surtout, je ne pensais pas qu'il agirait aussi rapidement. Car vous avez deviné, j'imagine, le symbole de cet incident survenu lors de la traversée de la rivière ? Non ? C'est l'exacte réplique d'une scène entre

Hercule et sa femme Déjanire, qui furent un jour arrêtés dans leur voyage par un fleuve dont les eaux avaient grossi. Le centaure Nessus était là pour faire le passeur. Il prit Déjanire sur son dos, l'amena jusqu'au milieu du courant, où il tenta alors de la violer. Hercule, déjà parvenu de l'autre côté de la rive, banda son arc et lui décocha une flèche mortelle.

— Bon sang ! m'exclamai-je. Mais alors... c'est Déjanire sa complice ?

Owen ne sembla pas tenir compte de ma remarque. Son visage reflétait un soudain mécontentement et il maugréa entre ses dents :

— Je n'ai guère apprécié mon rôle de centaure, voyez-vous ? Cependant, je comprends qu'un perfectionniste tel que lui ait tenu à suivre scrupuleusement la légende. Mais heureusement pour nous, il y a eu un incident de parcours... Grâce à vous, Achille, et à votre réflexe salvateur !

— Je ne suis pas très fier de moi, Owen. Je n'aurais pas dû me contenter d'une simple sommation, qui faillit vous être fatale elle aussi !

— Quoi qu'il en soit, vous m'avez sauvé la vie, à moi, mais aussi à Déjanire, ce dont Hercule vous fut reconnaissant. De plus, cela a également permis de resserrer nos liens et finalement, la situation s'est présentée encore mieux que je ne l'avais espéré au départ.

Owen se tut un instant, puis reprit d'une voix plus grave :

— J'ai utilisé le terme de piège, tout l'heure, mais à tort. En fait, si j'ai agi ainsi, si j'ai si complaisamment accepté son invitation, c'était pour lui éviter l'humiliation d'une arrestation.

— Mais pourquoi, grand Dieu !

— Je vous l'ai dit, par respect pour son travail

d'artiste. De ma vie, je n'ai été mis en présence d'un criminel aussi prodigieux, à qui je dois mes meilleurs moments de détective. La place d'Hercule n'est pas dans une prison, ni au bout d'une corde comme un vulgaire gibier de potence...

— Ni ailleurs sur terre !

— Oui, bien sûr. Je lui ai fait comprendre que, maintenant que son œuvre était accomplie, il lui fallait trouver une sortie honorable. Je dois dire que cette prise d'opium a idéalement servi mes desseins...

— Vous semblez plus habitué que moi à cette drogue !

— Je sais faire le sacrifice de ma santé quand c'est nécessaire. Mais dites-moi, Achille, vous souvenez-vous de m'avoir entendu parler du crime de l'Amazone ?

— Oui, mais sans vraiment comprendre...

Tout en marchant, Owen garda un moment le silence, puis hocha la tête.

— C'est peut-être mieux ainsi. Laissez-moi aussi vous dire qu'Hercule n'est pas vraiment responsable de ses actes.

— Vous connaissez mon sentiment sur cette question, n'est-ce pas ? répliquai-je très sèchement.

— Malgré les apparences, ce garçon n'a pas eu de chance, avec un père qui, après l'avoir gâté au-delà de l'admissible, l'a littéralement conduit en enfer en l'introduisant dans *La Fleur des rêves*. Telles étaient sans doute ses intentions, puisqu'il comptait sacrifier ce fils né de l'adultère de sa femme et de son ami sur l'autel de sa vengeance, mais il ne croyait pas agir aussi sûrement...

— Là, permettez-moi de vous dire que votre jugement sur l'opium est quelque peu excessif !

— ... Hercule a rencontré là-bas une drogue pire que l'opium. Un poison extrêmement nocif pour un esprit aussi fragile que le sien...

— Lequel ?

— Le même qu'Adam rencontra dans le jardin de l'Éden. Mais je crois qu'Ève n'était qu'une inoffensive créature comparée à celle qui a pris le cœur d'Hercule. Une dépravée, une âme perdue depuis longtemps, malgré son jeune âge, dont on disait, non sans raison, qu'elle avait déjà goûté à tous les vices, comme les stupéfiants de *La Fleur des rêves*, qu'elle fréquentait régulièrement. Déjanire...

— Déjanire ? m'exclamai-je. Mais...

— Laissez-moi terminer, Achille, laissez-moi vous dire combien leur influence réciproque fut néfaste. D'ailleurs, même dans la mythologie, on parle d'une alliance scellée dans les ténèbres, puisque c'est dans les profondeurs du Tartare qu'Hercule convint de cette union avec le frère même de Déjanire. Sous d'aussi funestes auspices, nul doute que leur destin fut gravé dès l'instant de leur rencontre, qui fut un coup de foudre pour l'un et pour l'autre. Elle, la fille du ruisseau, déjà usée par la vie et des expériences détestables, crut voir en ce jeune homme un prince charmant, presque aussi beau qu'un dieu.

» Comprenez-vous ? Elle l'aime, elle l'admire, elle le vénère, il est la réincarnation d'Hercule... Lui est tout autant entiché d'elle. D'abord parce qu'elle est diaboliquement séduisante, mais aussi parce qu'elle est la première personne qui l'écoute et le comprenne aussi bien. Elle le flatte jusqu'à plus soif, exalte sa folie, ouvre une brèche mortelle dans son esprit malade... C'est une complicité parfaite qui s'établit entre eux. Et tous deux, l'esprit sublimé par l'opium, se mettent à délirer et à faire les rêves les plus fous... Ces fameux rêves qu'Hercule devait faire depuis longtemps déjà, depuis qu'il se nourrissait des exploits fabuleux du héros qu'il admire tant. J'imagine qu'il envisageait déjà cette série de douze actions grandioses, mais leur projet prendra réellement corps à la suite d'une sorte d'orgie perverse, que je situe peu de temps avant leur mariage.

— Mais ils ne sont pas encore mariés, que je sache !

— Si, depuis le mois de juin de l'an passé. La personne que nous connaissons sous le nom de « Déjanire » ou de Rita Draper n'est autre que Patricia Atkinson, la fille de ces comédiens douteux et en fait la première et seule femme d'Hercule. En vérité, nous n'avons jamais rencontré la vraie Rita Draper, puisqu'elle fut assassinée par le couple durant leur voyage de noces.

41

Récit d'Achille Stock (suite)

— Évidemment, je n'y étais pas pour vous dire exactement comment cela s'est passé, déclara Owen en contemplant l'ombre imposante du clocher de Big Ben, qui se dressait juste derrière le pont de Westminster que nous venions d'atteindre. Savez-vous ce qui m'a mis sur la voie ? C'est son cauchemar, ou plus exactement sa hantise...

— Le « dragon bleu » ?

— Oui, cela et son étrange angoisse d'un homme voulant l'étrangler et ressemblant même à Hercule. Quand j'ai évoqué le dragon bleu peint au plafond du salon particulier de feu John Richardson, dans la fumerie d'opium, Déjanire et même Hercule ont eu une hésitation qui les a trahis. Ils ont essayé de rattraper la situation, mais assez maladroitement. Souvenez-vous, j'avais même dit que cette coïncidence du dragon avec celui en plâtre de la « chambre chinoise » pouvait expliquer le trouble ressenti par Déjanire, en supposant qu'Hercule l'ait, d'aventure, amenée à la fumerie. Ce qui était effectivement le cas, mais en tant que Patricia Atkinson et non en Rita Draper ! Je n'ai eu aucune difficulté à me renseigner une nouvelle fois à la fumerie, et j'y ai également appris l'existence d'un incident, que le patron avait mal interprété.

Un soir, alerté par des cris, il avait trouvé la jeune fille au sol, les yeux révulsés et se tenant le cou, et Hercule Richardson penché au-dessus d'elle, hagard et tout tremblant... Comme la jeune fille avait fini par reprendre ses esprits, sans se plaindre d'aucune sorte, il n'avait pas cherché à en savoir davantage. Si Hercule a tenté d'étrangler Patricia Atkinson à ce moment-là, comme les faits le laissent supposer, le cauchemar de Patricia prend désormais toute sa signification, surtout avec ce dragon bleu au plafond, qui a alors dû danser devant ses yeux...

— Mais c'est absurde ! S'il l'aime, pourquoi aurait-il voulu la tuer ?

Owen secoua la tête avec un léger sourire.

— Comprendre la logique des fous est un art difficile, mais perceptible, j'en suis sûr, pour un esprit ouvert comme le vôtre, Achille. Je suis désormais certain de mon affaire, parce que j'ai pu sonder Hercule hier soir. Mais réfléchissons...

» Notre couple maléfique croit à l'existence d'Hercule, à la mission qu'il doit exécuter, mais pour cela, il faut d'abord que sa femme meure comme dans la légende, puisque c'est ce drame qui est à l'origine des douze travaux. Vous avez eu l'occasion, ces temps-ci, de voir Déjanire à l'œuvre, n'est-ce pas, alors qu'elle taquinait Hercule, avec un art de la provocation non contestable ? Imaginez-la en train de le pousser à bout et de lui dire que s'il veut être véritablement Hercule, il doit commencer par la tuer. Elle joue avec lui, et lui se pique au jeu. Il pose ses mains sur son cou, elle rit narquoisement et le provoque davantage... Et puis un beau jour, dans une sorte d'extase, il passe à l'acte. Il serre ce cou délicat jusqu'à ce qu'il prenne conscience de son geste... Il doit être aussi horrifié qu'elle, mais étrangement, cet incident, qui fut à deux doigts d'être fatal, va encore les stimuler dans leur folie. Ils vont même interpréter ce geste malheureux comme une sorte d'ultime message, leur prouvant qu'Hercule est véritablement la réincarnation du héros. Dès lors, la machine infernale va se mettre en route, même si la jeune fille gardera des séquelles psychologiques de la scène tragique.

» Dans un premier temps, ils se marient, puis entreprennent ce voyage de noces, qui les amènera dans les Alpes suisses, où ils avaient vraisemblablement fixé rendez-vous à Rita Draper — qui n'était autre que cette bonne amie de la jeune mariée —, avec l'intention de la tuer : c'est elle qu'ils ont choisie pour jouer le rôle tragique et hautement symbolique du cadavre de la « femme d'Hercule », qui, comme dans l'histoire, doit mourir après l'une des terribles colères du héros. La veille du drame, ils simulent cette querelle, puis vont faire leur promenade en montagne le lendemain. Hercule rentre plus tôt pour se créer un alibi, tandis que sa complice exécute Rita Draper, après avoir troqué ses affaires contre les siennes sous un prétexte quelconque. Les deux jeunes filles ont les mêmes cheveux, la même silhouette, et le corps de la victime est en trop mauvais état pour permettre une identification, que du reste seul Hercule est en mesure de faire, ainsi que la fausse Rita Draper, dont Patricia a désormais pris la place. Leur plan est ingénieux, car tous les soupçons sont détournés sur Hercule, qui possède un alibi en or.

Owen poussa un soupir avant de continuer :

— Notre artiste-assassin avait prévu de comptabiliser ce crime comme celui de l'Amazone, à cause du détail de la ceinture arrachée. Dans l'histoire, le héros avait dû occire la reine des cavalières pour s'en emparer. En la circonstance, cette fameuse ceinture était symbolisée par le harnais que portait l'infortunée Rita Draper et dont la rupture avait été fatale. Entre parenthèses, la coupable avait sectionné la corde qui la retenait, de manière assez grossière pour faire croire à une usure naturelle. Mais je lui ai expliqué que cette vision des choses n'était pas concevable, à cause du double emploi de ce meurtre avec celui de la « femme d'Hercule »...

— Vous le lui aviez déjà fait remarquer !

— Je sais. Mais cette fois-ci, je crois avoir réussi à le convaincre ! Revenons à notre tragique voyage de noces, qui vit le retour très remarqué du « veuf éploré » et celui beaucoup plus discret de la fausse Rita Draper... Maintenant que la « femme d'Hercule » est morte, les choses sérieuses vont commencer. Ils vont tous deux pouvoir préparer, puis commettre les crimes qu'ils ont prévus, sans oublier de retourner à chaque fois les figures d'argile correspondantes, probablement en un geste d'insolent défi devant parachever chaque « œuvre d'art », mais aussi pour fournir un alibi à Hercule lorsqu'il ne sera pas en mesure de le faire. Ah ! j'oubliais de vous dire que le couple était également très vexé d'avoir été boudé, et disons le mot, rejeté de toute la famille Richardson, à cause de la très mauvaise réputation de la fille Atkinson. Pour eux, il n'était pas question d'accepter ce *diktat*. Ils se devaient de relever cette nouvelle gageure et d'introduire Patricia à Greenway, fût-ce à l'insu de la famille du marié. Ils mirent donc au point un plan aussi audacieux qu'ingénieux, tout en respectant la légende, puisqu'il est prévu qu'Hercule épousera en secondes noces « Déjanire »...

— Toutes ses lamentations étaient donc feintes ?

— Exactement. Tout comme ses menaces de suicide, à peine voilées, destinées à brandir le spectre de la perte de son héritage. Ses perpétuelles jérémiades n'avaient d'autre but que de faire comprendre aux membres de la famille qu'ils risquaient de faire une très mauvaise opération financière et même de connaître la ruine, s'ils ne retrouvaient pas la copie conforme de la défunte. Là aussi, gageons que l'habile Patricia Atkinson n'a pas dû forcer son talent pour se faire remarquer par Michael Novello, en jouant son rôle de jeune fille timide et renfermée, telle que l'était peut-être la vraie Rita Draper. Ainsi donc, aussi incroyable que cela puisse paraître, on fut amené à embaucher Patricia Atkinson... pour ressembler à elle-même. Subtil, n'est-ce pas?

— Diabolique, oui!

— Je pense néanmoins que cette mission très particulière ne fut pas aussi facile qu'on le pense. Vous comprenez, il fallait doser ses effets, de part et d'autre d'ailleurs. Paraître amoureux, certes, mais sans excès au début. De plus, Patricia était habituée depuis longtemps aux stupéfiants. Elle dut faire plus ou moins abstinence, mais aussi se priver quelque temps de son amant, pourtant tout proche d'elle. Des relations trop intimes entre eux, si on les surprenait, auraient pu se révéler suspectes. Les baisers fougueux qu'ils échangeaient n'étaient que de faibles exutoires. Patricia vivait perpétuellement partagée entre le désir et la crainte, une crainte autant due à sa position délicate qu'à ses réminiscences troubles. Il lui fallait également veiller à ne pas se trahir durant son apprentissage de la peinture et de l'équitation, tout en obtenant de bons résultats rapidement. Le danger pouvait également venir d'une ancienne photo de son mariage, qu'Hercule aurait oubliée de détruire par mégarde. Je vous rappelle que Patricia Atkinson n'avait jamais mis les pieds à Greenway auparavant. Alors si quelqu'un se rendait compte par ce biais d'une trop grande ressemblance entre elle et la veuve d'Hercule... elle eût été dans de beaux draps.

» Nous comprenons dans ces conditions que son système nerveux ait été mis à rude épreuve — souvenez-vous des fréquents tremblements de ses mains pour vous en convaincre —, surtout avec la proximité des serpents de Derek. À ce propos, je pense que celui qui l'avait tant effrayée un soir s'était tout simplement glissé accidentellement dans sa chambre... peut-être parce qu'elle n'aimait pas les serpents. Voyait-elle un rapport entre ces reptiles et le dragon de ses rêves ? Ce n'est pas impossible. En tout cas, il est certain qu'elle n'a pas simulé la terrible frousse qu'elle a eue en s'introduisant dans la « chambre chinoise ». Contrairement aux colères feintes d'Hercule, qui ne cessait d'agiter ses osselets d'un air menaçant, cela n'était pas prévu au programme... Se trouvez nez à nez avec le dragon bleu, dont la vision était si étroitement liée à la tentative d'étranglement de son amant, a dû la glacer de peur, lui paraître un très mauvais présage...

Nous fûmes soudain surpris par Big Ben, tout proche, qui se mit à égrener les coups de minuit. Je restai muet, frissonnant à l'écoute du célèbre carillon et des incroyables révélations de mon ami.

— Owen, dis-je, cette histoire est si machiavélique que je souhaiterais n'en avoir jamais entendu parler. Mais je sais que c'est impossible. Je n'arrive pas à détacher de mes rétines l'image de ce couple diabolique. Hier soir encore, nous... Et que font-ils en ce moment ? Sont-ils encore devant la cheminée, en train de « rêver » en prenant leur dose de poison ? Avez-vous pensé à cela, mon ami ?

Dans l'ombre bleutée d'un porche, il hocha la tête et dit :

— Oui, je crois qu'il vaut mieux oublier, Achille. Tout oublier. Y compris moi-même. Je me demande si j'ai bien agi en...

— Oui ?

— Non, rien. Laissez-moi seul quelques jours, Achille. Je vous en serais reconnaissant.

Il posa sa main sur mon épaule, puis tourna les talons et s'éloigna le long du quai.

Perplexe, je regardai sa grande silhouette s'évanouir dans la nuit.

ÉPILOGUE

Le feu vif qui crépitait dans la cheminée éclairait la pièce d'une lumière rougeâtre, mouvante, épaissie par les volutes de fumée. Hercule allait et venait devant l'âtre, le visage tendu. Il s'arrêta soudain pour jeter quelque chose dans les flammes.

— Que fais-tu, mon chéri? demanda Déjanire d'une voix alanguie.

— Je viens de me débarrasser de mes osselets.

— Pourquoi?

— Je n'en aurai plus besoin, maintenant.

La jeune femme déglutit péniblement, puis ferma les yeux. Si elle les avait gardés ouverts, allongée comme elle l'était sur la peau d'ours recouvrant le sol, elle n'aurait vu que les planches et les poutres du plafond de la cabane. Mais à présent, c'était une autre image qui se dessinait devant elle. Un serpent bleu à la peau satinée, qui se lovait dans l'air, nimbé d'une lumière dorée. Elle ne tarda pas à reconnaître le dragon bleu. Il semblait différent, cette fois-ci, plus proche et plus précis. Elle voyait les écailles de sa peau comme si elle pouvait les toucher. Ses longues moustaches et ses épais sourcils frémissaient, se soulevaient sous l'effet de la chaleur, chaque fois qu'il crachait vers elle une gerbe d'étincelles...

Quand elle rouvrit les yeux, il était toujours devant elle. Elle avait l'impression qu'il lui parlait, bien qu'elle reconnût la voix d'Hercule.

— Tu es prête, ma chérie ? demanda le jeune homme d'une voix étranglée.

— Toujours... bredouilla-t-elle. Mais as-tu bien réfléchi ?

— Oui. Nous devons aller jusqu'au bout.

— Mais... mais pourquoi veux-tu faire de moi cette... cette Amazone ? Ne suis-je pas Déjanire ?

— Bien sûr, ma chérie, mais nous ne pouvons pas nous permettre de laisser derrière nous une œuvre imparfaite. Avoue qu'après tout le mal que nous nous sommes donné, ce serait vraiment absurde ! Et puis, j'ai longuement réfléchi aujourd'hui... Il me semble désormais clair que la femme tuée par Hercule dans cette crise de colère ne peut pas également être l'Amazone... Comprends-tu ? Nous devons achever cet ultime travail.

L'athlète, qui s'était agenouillé à côté de sa compagne, posa la main sur son front et lui caressa délicatement les cheveux, ajoutant :

— Et tu sais, ma chérie, je n'ai jamais vu de cavalière aussi douée que toi...

La visage souriant d'Hercule se substitua à la gueule menaçante du dragon. Elle referma les yeux, la gorge nouée par l'émotion, puis sentit le contact soyeux de ses mains sur son visage, sur ses épaules, sur son cou...

— N'aie crainte, ma chérie, tout se passera bien...

Elle se sentit submergée par une vague de chaleur, en même temps qu'elle revit le dragon bleu... Il cracha un nouveau nuage d'étincelles, qui lui incendièrent la gorge... Elle essaya de ne pas se débattre, mais c'était impossible... D'abord prise d'un spasme convulsif, elle finit par lutter de toutes ses forces pour se défaire du terrible étau qui l'avait saisie au cou. Mais rien n'aurait pu contenir la force implacable qui la terrassait. Le dragon redoublait de fureur, vomissait des flammes monstrueuses, une fumée épaisse et asphyxiante... Elle sentait sa gorge se remplir de lave, et même sa tête, dont certaines zones commençaient à se pétrifier. Tandis qu'elle sombrait dans une sorte de brouillard obscur, elle revit le fil de sa vie en un éclair. Cette vieille diseuse de bonne aventure, qui lui avait pourtant recommandé de se méfier des dragons... Si elle avait suivi ses conseils, elle n'aurait jamais fait la connaissance d'Hercule. Or, tout ce qui avait précédé leur rencontre était d'une platitude renversante, malgré ses efforts constants pour trouver une ivresse toujours nouvelle... Non, elle ne regrettait rien.

Hagard et ruisselant de sueur, Hercule maintint son étreinte jusqu'à ce que l'« Amazone » fût aussi molle qu'une poupée de chiffon. Son cœur battait à se rompre, il haletait comme un lévrier, les yeux exorbités et luisants de folie. Il semblait éprouver une joie frénétique, mais l'instant d'après, secoué de sanglots, il se jeta sur le corps sans vie de sa partenaire et l'inonda de ses larmes. Il martela le sol de ses poings redoutables mais impuissants et pleura longtemps, se consumant d'amour et de douleur. Il se sentait désespéré comme jamais personne ne l'avait été ; mais en même temps, il se disait que sa douleur l'aiderait à trouver le courage nécessaire pour terminer sa tâche.

C'est un visage ravagé qu'éclairèrent les flammes du foyer quand il se redressa. Il sortit de la pièce, titubant comme un homme ivre, puis gagna un débarras attenant. Il prit les deux bouteilles de réserve pour les lampes à pétrole et revint près de la cheminée. Ensuite, il se pencha au-dessus du corps flasque de Déjanire, lui arracha sa chemise et l'enfila après avoir ôté la sienne. Le contact sur sa peau du vêtement de sa compagne lui procura un frisson, dû davantage à son imagination qu'à ses sens. Cette chemise était celle que portait Déjanire lors de leur traversée mouvementée de la rivière. Entre-temps, la jeune femme l'avait raccommodée, mais sans l'avoir lavée, si bien qu'il subsistait toujours quelques taches de sang, faites par la blessure du « centaure Nessus ».

Hercule déboucha alors les deux bouteilles de pétrole et s'en aspergea entièrement. L'odeur forte le dégoûta, mais n'empêcha pas la marée des souvenirs de le submerger. Il revit notamment le visage aimable de son père, le nez chaussé de ses lunettes, en train de lui conter les exploits d'Hercule...

Cet homme, si doux et si patient avec lui, lui vouloir du mal? C'était absurde. Ce détective avait beau être perspicace et lucide, il ne s'en était pas moins trompé sur ce point. Si son père lui avait fait découvrir les joies de l'opium, c'était uniquement pour lui en faire connaître les vertus. Cette clairvoyance infinie que la drogue apportait à la réflexion, cette magnificence dont elle enveloppait tous les êtres et les choses... C'était peut-être elle, aussi, qui avait mis en lumière le message de sa vie...

Son père, cet homme au regard si doux...

Ô temps béni de son enfance... Il entendait encore sa voix :

— *... Puis Hercule tua d'une flèche le méchant centaure qui voulait faire du mal à Déjanire, et voilà. À présent, tu vas faire un gros dodo, et je te raconterai la suite demain...*

— *Non, maintenant, papa! Sinon, je ne pourrai jamais m'endormir!*

— *Demain, mon garçon...*

— *Non, non et non! Maintenant! Je le veux!*

— *Bon, si tu insistes... Mais je te garantis que je*

m'arrêterai après cela. Donc, Hercule venait de tuer le centaure Nessus. Juste avant de mourir, cette méchante créature, pour se venger, donna un peu de son sang à Déjanire, en lui disant qu'il s'agissait d'un baume magique, qui pourrait faire revenir Hercule vers elle, si un jour il venait à tomber amoureux d'une autre femme. Déjanire crut que ce jour était venu lorsqu'elle aperçut Hercule en compagnie d'une belle princesse nommée Iole. Alors, elle n'hésita pas une seconde. Elle choisit une belle tunique, l'enduisit du sang du centaure, puis la fit mettre à Hercule. Comme tu l'as sans doute deviné, c'était un piège mortel du méchant centaure. La tunique empoisonnée s'enflamma dès qu'Hercule la revêtit. N'importe qui d'autre n'aurait pas tardé à mourir, mais Hercule était l'homme le plus fort du monde. Il résista et souffrit longtemps avant de monter au ciel, pour rejoindre les dieux de l'Olympe... Et voilà, mon petit, c'est fini! Et maintenant, fais de beaux rêves...

Les yeux embués de larmes, Hercule Richardson eut un sourire de tendresse. Alors, il s'approcha de la cheminée et tendit ses mains vers les flammes.

Composition réalisée par EURONUMERIQUE

Impression réalisée sur CAMERON par

BRODARD & TAUPIN

GROUPE CPI

La Flèche
en février 2001

Imprimé en France
Dépôt éditeur : 9342-02/2001
Édition : 01
N° d'impression : 6108

ISBN : 2-7024-3032-5

52/1203/0